NARRATORI MODERNI

Della stessa autrice in edizione Garzanti:
Liberi come la neve

RITA NARDI

IL NARRATORE DI STORIE

Garzanti

Prima edizione: ottobre 2023

Per essere informato sulle novità del Gruppo editoriale Mauri Spagnol visita:
www.illibraio.it

ISBN 978-88-11-00819-4

Printed in Italy

www.garzanti.it

IL NARRATORE DI STORIE

A chi sogna in grande

PREMESSA

Vorrei tanto dirvi che *Il narratore di storie* è una storia totalmente inventata, ma non lo è.

O almeno non del tutto.

Ho conosciuto una ragazza che ha perso suo padre troppo giovane, e che ha dovuto imparare in fretta a cavarsela da sola.

Ho conosciuto un professore di filosofia tanto geniale quanto umano, che rendeva i propri insegnamenti delle vere lezioni di vita.

Ho conosciuto una madre che faceva i conti con una figlia che si rifiutava di mangiare e che alcuni giorni era intrattabile.

Ho conosciuto un padre che ha insegnato alla sua bambina che i sogni vanno inseguiti e che non bisogna mai smettere di credere in sé stessi.

Ho conosciuto un ragazzo divorato dai sensi di colpa che lanciava sassolini tra le onde del mare.

Ho conosciuto l'anziano commesso di un negozio di vinili che riparava giradischi con estrema cura e immensa passione.

Ho conosciuto una ragazza insicura che sminuiva gli altri perché si sentiva debole e incompresa.

Ho conosciuto tutti loro.

Un'autrice scriveva: «Tutte le storie sono vere».

Il narratore di storie lo è.

Vero a modo suo…

A modo *nostro.*

Una storia non è solo finzione, non è solo immaginazione.

È chi abbiamo conosciuto e ha lasciato un segno indelebile dentro di noi.

È chi lascia nelle nostre mani un frammento della propria vita, nella speranza che non venga dimenticata e che venga custodita per l'eternità.

E io non conosco altro modo per consegnare una storia all'eternità, se non quello di imprimerla con inchiostro su carta.

Per cui…

Spero di aver raccontato con coraggio la *vostra* storia.

Spero di averla resa *nostra.*

Ora non ci resta che sognare in grande.

«Le storie che raccontiamo hanno il
potere di cambiare il cuore delle persone.
Mi auguro che il tuo, piccola Trinity,
possa cambiare senza cambiare mai.»

MICHAEL SANDERS

PROLOGO

«Ci siete solo tu
e i tuoi sogni.»
MICHAEL SANDERS, *Il ladro di sogni*

Da piccola non riuscivo mai a prendere sonno.

Ero una bambina talmente vivace ed esuberante che, quando veniva il momento di infilarsi sotto le coperte, non chiudevo occhio e non c'era modo di convincermi a dormire.

Ricordo che, appena calato il sole, iniziavo a saltellare su e giù per la cameretta, fino a che mio padre non mi raggiungeva con un libro sottobraccio e un'espressione rilassata in volto.

Si sedeva accanto a me, sul letto, scostando di poco le lenzuola, tanto da permettere alla sua schiena di aderire alla spalliera e al suo braccio di avvolgermi nascondendomi sotto la sua ala.

Allora, e *solo* allora, al suono delicato e al tono profondo delle sue parole, le mie palpebre diventavano pesanti e il mio respiro cadenzato.

Lui era… *speciale.*

Non era solo uno scrittore.

Era il mio *Narratore di storie.*

Aveva scritto decine di racconti, solo per me.

Novantanove storie da raccontare.

Novantanove insegnamenti, nascosti dietro le linee sinuose dell'inchiostro blu notte, celati nelle favole più semplici che le orecchie di una bambina potessero ascoltare.

Li custodiva gelosamente, raccolti tutti in un libro dalla copertina blu e dagli angoli sfibrati, contusi e ingialliti dal tempo.

Quando gli incubi si affollavano nella mia mente, mi rintanavo tra le sue braccia, stringendo l'orlo della sua camicia tra le dita tremanti. Lui sapeva che sarebbe bastato un racconto, uno qualunque, per permettermi di riposare.

«Non voglio dormire, papà! Non voglio! Un'ultima storia, per favore», piagnucolavo stropicciandomi gli occhi con le manine.

Mi rifiutavo di dormire, perché sapevo che il buio mi avrebbe intrappolata tra le sue grinfie.

Desideravo solo lui, al mio fianco.

«È per via degli incubi?» domandò, con gli occhi illuminati dalla luce di un'unica fievole candela.

Annuii, coprendo il mio esile corpicino con le lenzuola, strette al petto.

«C'è un modo per allontanarli, mia piccola Trin», proruppe, risoluto.

«Davvero?» mi illuminai. «Come?»

«Con uno di quelli.»

Mi sollevò il mento con un dito indicando un acchiappasogni blu notte che penzolava appeso con dello spago alla parete. Un sorriso gli illuminò il viso stanco ma felice. «Quando gli incubi arriveranno, il nostro acchiappasogni incantato li terrà lontani», mi promise, lasciandomi un lieve bacio sulla fronte. «Ora dormi, tesoro.»

Soffiò sulla candela, ripose gli occhiali sul comodino e mi rimboccò le coperte.

«Sogna in grande, Trin. Sogna in grande», disse prima di sparire nel buio.

1.
UN INCUBO

«La linea che divide
un sogno da un incubo
ha contorni labili e orli fragili.»
MICHAEL SANDERS, *Il ladro di sogni*

Si legò il grembiule dietro la schiena, scrollando con i palmi tesi la farina in eccesso e agitando spasmodicamente la fiamma di un accendino sul fornello inceppato, nella speranza che il gas prendesse fuoco. Lunghi riccioli ramati le ondeggiavano sulle spalle, che scosse bruscamente, presa da un impeto di frustrazione. Dopo qualche istante, una timida fiammella si librò in aria e mia madre si lasciò sfuggire un sospiro di sollievo.

«Verrà a stare da noi per qualche giorno», disse con leggerezza, come se stesse parlando del più o del meno.

Non volevo crederci.

Le parole mi morirono sulle labbra e spalancai la bocca con occhi sgranati.

No, non poteva essere vero.

«Ma non c'è una qualche casa-famiglia che può ospitarlo al posto nostro?» la supplicai.

«Trinity Sanders, smettila di lagnarti! Questo è il minimo che io possa fare per aiutarla.»

«Ma siamo sempre state io e te, da sole. Non voglio che lui venga qui!»

«Sarà per poco, Trin. Giusto il tempo di un controllo ospedaliero.»

Sì, certo, come no.

Amanda era molto malata.

Non l'avevo mai conosciuta personalmente, ma sapevo che era una cugina di mia madre e che al college erano molto affiatate. Dopo gli studi, come accade spesso nella vita, le loro strade si erano separate. Poi mia madre aveva sposato mio padre e si erano trasferiti a Seafolk, perciò Amanda non le aveva più fatto visita.

Era una donna dolce e simpatica, dal carattere mite e dal cuore d'oro, almeno stando ai racconti di mia madre.

Poco tempo prima aveva scoperto di essere malata, e i medici le avevano dato poco più di un anno di vita.

Mia madre continuava a sperare in qualche miracolo.

Di *lui* sapevo ben poco, invece.

Il suo nome non mi diceva nulla e a malapena riuscivo a immaginare la forma del suo viso che, ne ero certa, sarebbe stato come tutti gli altri: anonimo e insignificante.

No, non volevo assolutamente dividere casa mia con un estraneo.

«E se fosse un assassino? Un maniaco? Se ci mettesse in pericolo?»

«Santo cielo, Trin! È tuo cugino di secondo grado, non Jack lo Squartatore!»

E io cosa potevo saperne?

Avrebbe potuto essere uno psicopatico, un maniaco, uno spacciatore...

Non volevo che mia madre fosse in pericolo, mi ripetevo. Anche se, in fondo, sapevo bene quale fosse la vera ragione del mio astio verso quel ragazzo che neppure conoscevo...

«Per quanto tempo rimarrà da noi, precisamente?» sbuffai.

«Almeno finché Amanda non starà meglio e potrà tornare a casa.»

«Ma non è detto che starà meglio, mamma.»

Mi rimproveravo la mia asprezza, ma quella era la dura verità.

Nel giro di qualche mese, la vita mi aveva sbattuto in faccia la realtà in un modo così crudo e violento da inasprire il mio temperamento, sino a renderlo inscalfibile.

Ammiravo la speranza di mia madre, ma la disillusione e il disincanto erano parte di me, ormai.

Le condizioni di Amanda erano preoccupanti. Mia madre ne aveva parlato con un'amica e io avevo ascoltato per caso la loro conversazione; inoltre, se Amanda non avesse raggiunto il limite, di certo non avrebbe chiesto a mia madre di ospitare suo figlio a casa *nostra.*

«Non so quanto tempo ci vorrà, ma non importa. Ora dobbiamo soltanto darci da fare affinché Acher si senta a casa.»

Lo stomaco mi si attorcigliò al suono di quel nome così vibrante.

Acher.

Acher Morris.

Un nome rude, graffiante.

Quasi stonava, strideva, se pronunciato con una certa attenzione.

Lo ripetei nella mia mente, assottigliando lo sguardo e facendo schioccare la lingua sul palato.

Non lo volevo a casa mia.

Erano i *miei* spazi, il *mio* posto sicuro.

Era l'unico angolo a Seafolk dove le persone non mi rivolgessero sguardi compassionevoli e impietositi, avvicinandomi con le solite frasi di cortesia o rassicurandomi con quegli aforismi sul senso della vita che avrebbero potuto volentieri andare a farsi benedire.

Un estraneo mi trasmetteva tutto, fuorché sicurezza.

«Non mi piace», dichiarai, scostante.

«Non lo conosci neppure. Dagli una possibilità, Trin. Fallo per papà.»

Mossa meschina.

Dovetti tirare indietro le lacrime con una forza di volontà disumana e le diedi le spalle per evitarle lo spettacolo.

«Non nominare papà per una sciocchezza simile.»

«Sarebbe stato il primo ad accogliere Acher, lo sai.»

Era vero.

Lo sapevo.

Mio padre lo avrebbe accolto a occhi chiusi, senza pensarci due volte.

Ma io non ero lui.

«Arriverà domattina», aggiunse con noncuranza.

«Come?!» sbottai.

Ecco, come rovinarsi le ultime settimane dell'estate!

«Spero tu stia scherzando!» sbraitai, tentando di mantenere la calma.

Ormai la rabbia era già giunta a livelli estremi e la mia soglia di sopportazione si era abbassata notevolmente.

«Credo che abbia bisogno di qualche giorno per ambientarsi, non trovi? E poi ho pensato che sarebbe stato più conveniente per lui iniziare l'anno scolastico dal primo giorno. Potrai mostrargli la scuola, presentargli i tuoi amici.»

I miei amici?!

Ma se ero la persona più asociale sulla faccia della terra!

O almeno, lo ero da nove mesi a quella parte.

I miei unici amici, Miles e Lola, erano rispettivamente il responsabile del club di robotica e la capitana della squadra di pallavolo.

Per il resto della scuola ero un fantasma.

Ero quasi sicura che la maggior parte degli studenti iscritti ai miei stessi corsi non ricordasse neppure il mio nome.

«Maledizione, dovremmo chiamare Bob. Il fornello fa di nuovo i capricci», constatò dopo aver osservato la fiammella affievolirsi sino a sparire.

La casa stava letteralmente cadendo a pezzi.

Due giorni prima, a seguito di un temporale più violento del solito, tre tegole si erano staccate dal tetto e per poco non avevano ammazzato il cane dei vicini, Charlie, mentre in camera mia l'umidità aveva invaso il soffitto a chiazze e l'intonaco era caduto rovinosamente a terra. Il rubinetto della doccia perdeva, la lampadina nello studio di papà si era fulminata e la porticina della cassetta della posta si era staccata.

Ah, come dimenticare la rete del mio materasso che cigolava incessantemente, come se avesse dei raggi laser in stile FBI pronti a captare ogni mio singolo movimento, respiri compresi.

Se ci fosse stato papà, lo avrebbe già aggiustato.

«Non credi che abbiamo fin troppi problemi, qui?»

«Non dire sciocchezze. Non è nulla che non si possa risolvere con un pizzico di tempo e un briciolo di impegno. E poi non sarà un altro piatto a tavola a spingerci sull'orlo del baratro.»

Già, perché ci siamo già finite mesi fa, nel baratro.

Non avevamo bisogno dell'ennesimo problema, dell'ennesimo guaio a cui pensare.

A malapena riuscivamo a badare a noi stesse, figuriamoci se avessimo dovuto tenere d'occhio un altro ragazzo.

«Ti stai comportando da egoista, Trinity. Quasi non ti riconosco.»

Non mi riconosco neppure io, mamma, credimi.

«Chi si sta comportando da egoista?»

Una voce familiare mi perforò le orecchie, attirando la mia attenzione.

Lanciai uno sguardo alla porta semiaperta.

«Miles!»

Miles Portland, alias la mia coscienza e il mio angelo custode fusi nella stessa leale e affidabile persona, fece il suo ingresso trionfale con un moonwalk in stile Michael Jackson. Si sistemò gli occhiali che stavano piano piano scivolando giù dal naso, per poi passarsi goffamente una mano tra i ciuffi ribelli color carbone che gli incorniciavano il viso, un delicato ovale dalle gote pronunciate e rossastre. Il fisico, asciutto e slanciato, era fasciato da una T-shirt azzurra su cui erano stampate delle formule chimiche e da un paio di jeans sfrangiati, con qualche chiazza più scolorita qua e là, esito di uno dei tanti esperimenti del club di robotica.

Fece un inchino maldestro e impacciato, rivolgendomi uno dei suoi sorrisi migliori e regalandomi un'occhiata divertita con i suoi occhi scuri, di una tonalità simile ai suoi capelli.

«Signora Sanders.» Le rivolse un occhiolino per salutarla.

«Ciao, Miles», sorrise mia mamma. «Quante volte ti ho detto di chiamarmi Ellen?»

«Oh, ma io sono un gentiluomo.»

Scoppiai a ridere, e anche mia madre si fece sfuggire una risatina sommessa.

«Mangi con noi? Ho appena finito di cucinare.»

«Oh, be'...» Miles finse di rifletterci su. «Se proprio insistete.»

Diede sfoggio di tutta la sua falsa modestia, mentre prendeva posto a tavola, proprio accanto a me.

«Preferisci il tacchino o lo stufato, Miles?»

«Qualunque cosa andrà bene, signora Sanders», rispose educatamente, mentre le sue narici si dilatavano per inspirare il dolce profumo di tacchino al forno.

Mia madre ce ne servì una porzione abbondante, forse troppo. Sebbene sapesse che mangiavo come un uccellino, si ostinava a cucinare per un esercito.

Fortunatamente Miles compensava la mia mancanza di appetito.

«Andiamo, Trin. Prova a mangiare qualcosina...» mi supplicò mia madre, osservandomi mentre sbocconcellavo qualche pezzetto di carne, con aria quasi annoiata. «Per caso non è buono?»

Miles si sbracciò energicamente, tentando di inghiottire per intero il suo boccone. Per un attimo mi ricordò vagamente uno scoiattolo, di quelli che riempiono le guance di ghiande con foga.

«Oh no, signora Sanders. È davvero squisito. Cucina divinamente, gliel'ho mai detto?»

Sbuffai, divertita. «Miles, se non ti conoscessi così bene, affermerei con sicurezza che hai una cotta segreta per mia madre.»

Per tutta risposta mi fece una linguaccia.

Mentre Miles non la finiva di rimpinzarsi, io non riuscivo a toccare cibo. Mi si era chiuso lo stomaco a furia di pensare a cosa sarebbe accaduto di lì a un giorno.

Continuavo a roteare la forchetta nel piatto, disegnando cerchi invisibili, mentre la mia mente vagava alla disperata ricerca di una scusa per sgattaiolare fuori di casa la mattina seguente.

«È tutto buonissimo, anche se non ho molta fame.» Abbozzai un sorriso sghembo.

Avrei fatto e detto di tutto pur di non causare dispiacere a mia madre. Io ero tutto ciò che le rimaneva: le delusioni non erano contemplate.

Tuttavia non riuscivo ad accontentarla, così come non riuscivo a togliermi quel nome dalla testa.

Acher Morris.

Avrei potuto cercare il suo nome su un motore di ricerca, spulciare qualche social network, ma non lo feci. Avrebbe significato accettare il suo imminente trasferimento, dettaglio che non volevo prendere in considerazione.

«Come mai è così nervosa?» domandò Miles, come se non ci fossi.

«Domani suo cugino verrà a stare da noi.»

La bocca di Miles parve imitare una "O" in segno di stupore.

«Oh, ora è tutto chiaro.» Ingoiò l'ultimo boccone. «Non sapevo avessi un cugino.»

«Guarda che casualità, neppure io!» dichiarai ironica.

Era vero.

Non sapevo di avere un cugino di secondo grado.

A dire il vero non sapevo neppure che Amanda avesse un figlio. Molto probabilmente mia madre me ne aveva parlato di sfuggita una volta, ma non l'avevo ascoltata.

«Non lo invidio. Scommetto cinque dollari che scapperà a gambe levate dopo qualche giorno di convivenza con Trinity, ha un caratterino...» sogghignò Miles, buttando giù un sorso d'acqua.

Lo fulminai con lo sguardo.

«Pare che tu sia sopravvissuto al mio caratterino.»

«Be', perché te l'ho detto: sono un gentiluomo.»

Non volevo dargliela vinta, ma sapevo che tutto sommato Miles aveva ragione. Se non potevo negare a mio cugino l'ospitalità offertagli da mia madre, allora gli avrei dato filo da torcere, finché non avesse pregato sua madre di mandarlo via, lontano, preferendo vivere sotto i ponti piuttosto che rimanere con un'adolescente odiosa e snervante.

«Conosco quel sorrisetto.» Mia madre alzò un sopracciglio. «Miles, secondo te sta progettando un omicidio?»

«Nah, non credo. Temo che stia macchinando una tortura ben più dolorosa.»

Le mie labbra si incurvarono in un sorriso.

Nessuno avrebbe turbato l'equilibrio che avevo ottenuto dopo mesi di sacrifici, combattendo con le unghie e con i denti. Nessuno sarebbe entrato nella mia vita, sconvolgendola ancora una volta. Ma soprattutto, nessuno avrebbe varcato la soglia di casa mia senza aver prima compreso che la convivenza con Trinity Sanders non sarebbe stata una passeggiata.

Eravamo sempre stati io, mamma e papà.

E dopo, soltanto io e mia madre.

«Dovresti dargli una possibilità, Trinity.»

Una possibilità?

Una possibilità?!

Dalla *sua* scomparsa, nessuno mi aveva dato una possibilità.

Mi avevano guardata con pietà, giudicata per non aver versato lacrime, criticata per non aver esternato teatralmente il mio dolore.

E ora si richiedeva a *me* di dare una possibilità a un estraneo che sarebbe piombato nella mia vita rendendola più difficile di quanto non fosse già.

Al diavolo!

Avrebbe trovato un altro posto in cui stare, un'altra amica di Amanda gli avrebbe certamente offerto ospitalità. Ma non noi, non a Seafolk.

D'acchito sarei sembrata egoista agli occhi di chiunque. Molti mi giudicavano, pochi mi conoscevano, ma nessuno sapeva quanto avevo sofferto.

Tantomeno lo avrebbe scoperto Acher Morris, il cui nome mi ricordava quello di una marca di sigarette fumate da un ottantenne.

«Guarda il lato positivo», mi esortò Miles, divertito. «Magari è un miliardario sotto copertura, e se ti comporterai bene con lui, ti lascerà un assegno da un milione di dollari.»

Sbuffai, esasperata. «Miles, se avesse avuto un milione di dollari, ora vivrebbe in un attico a New York e non chiederebbe ospitalità in una cittadina sperduta della Virginia.»

Perché proprio noi?

Insomma, gli Stati Uniti erano enormi, cinquanta stati e quasi dieci milioni di chilometri quadrati d'estensione… E dove diamine doveva trasferirsi quel tipo? A casa mia!

Quasi sicuramente non sapeva neppure dell'esistenza di Seafolk.

Come biasimarlo!

Seafolk era una città piccola e poco conosciuta, se non dagli abitanti del posto. Mi sarei stupita persino di notarla in altri posti se non in sciocche cartoline per i turisti.

Miles terminò l'intera pirofila di tacchino, inspirando profondamente per riprendere fiato. Si era riempito lo stomaco alla velocità della luce, come al solito.

«Domattina ci vediamo all'Havana's?» chiese, stiracchiandosi sulla sedia.

«Non posso, devo aspettare l'*ospite* a casa», risposi enfatizzando quella parola.

«Ci andrai con Acher, non appena sarà arrivato», mi interruppe mia madre. «Sono sicura che avrà bisogno di un frappè dopo il viaggio.»

Per poco gli occhi non mi balzarono fuori dalle orbite.

«Non se ne parla.»

«Devi mostrargli Seafolk», aggiunse, severa.

«Prometto che gli mostrerò ogni buco di questa cittadina, ma l'Havana's è off-limits.»

«Ne riparleremo domattina, signorina.»

«Sono sicura che odierà questa cittadina come ogni comune mortale», sussurrai, imperterrita.

«Ehi!» protestò Miles. «Io non odio Seafolk.»

«Infatti tu non sei un comune mortale. La tua *A* in matematica e fisica ne è la prova lampante.»

«Quando lavorerò alla NASA non mi prenderai così in giro», proclamò fiero.

«Ma io sono certa che lavorerai alla NASA, Miles. Se non tu, chi altri?»

Miles era il ragazzo più ingegnoso e brillante che avessi mai conosciuto. Avrebbe fatto strada e inseguito i suoi sogni, fin in capo alla luna, letteralmente.

Invece, io sarei rimasta qui a Seafolk, reclutando Bob

ogni qualvolta le perdite alle tubature avrebbero allagato il mio bagno.

Che prospettiva di vita entusiasmante.

Miles scrollò via dalle ginocchia delle briciole di pane, poi si pulì le labbra con un tovagliolo, soddisfatto.

«Signora Sanders, deve assolutamente aprire un ristorante», si complimentò. «Quanto a noi, ci vediamo all'Havana's alle dieci in punto, ricorda che odio i ritardatari.»

Ho già specificato che Miles è un maniaco della puntualità?

«D'accordo, spero di essere da sola», dissi alludendo all'estraneo che di lì a poco avrebbe stravolto la mia insignificante esistenza.

«Arrivederci, signora Sanders!»

Lo accompagnai alla porta. Mia madre ricambiò il saluto con un bacio volante.

«Saluta i tuoi genitori da parte mia, Miles.»

«Lo farò.» Miles mi lasciò un bacio sulla fronte. «Cerca di dormire, Trin. Non sopporto di vederti in questo stato.» Il suo tono di voce si incrinò, lasciando trasparire un velo di preoccupazione.

Forse le occhiaie violacee erano più evidenti di quanto pensassi...

«Ci proverò. Grazie di essere passato, sei il migliore.»

2.
JUKEBOX

«Gli avevano insegnato l'ordine,
per porre rimedio al caos nella sua mente.»
MICHAEL SANDERS, *Il soldatino di cristallo*

Condividevo con mio padre la passione per gli anni Ottanta, per qualunque canzone, film o aggeggio che ricordasse gli anni della disco music e dei drive-in.

Conoscevo ogni ritornello dei Bee Gees, degli Earth, Wind and Fire e dei Dire Straits, per non parlare delle battute dei cult che recitavo a memoria.

Se non fosse stato per il certificato di nascita, avrei giurato di essere nata qualche decennio prima che i fratelli Gibb formassero il loro gruppo.

Motivo per cui, per il mio sedicesimo compleanno, mio padre mi aveva regalato una Mercury Eight, meglio conosciuta come il Fulmine alla Brillantina di *Grease.* Mi aveva insegnato lui a guidare quel gioiellino, e io ne andavo molto fiera.

Peccato che, quella mattina, il mio "fulmine" non fosse l'unica automobile in sosta davanti a casa.

Alle otto in punto un taxi giallo ocra – un vero e proprio pugno nell'occhio, alla vista – costeggiò il marciapiede e si fermò in prossimità del vialetto che divideva il mio giardino da quello degli Smith.

Ero rimasta sveglia tutta la notte, affacciata alla finestra, in attesa che qualcuno varcasse la soglia, temendo che il *suo* arrivo fosse stato per caso anticipato, ma nella speranza che fosse stato cancellato per sempre.

Osservai con un'attenzione quasi maniacale ogni movimento, fino a che le urla di mia madre non mi fecero sussultare.

«Trinity! È arrivato, scendi!»

Come se non me ne fossi accorta!

Solo allora, scendendo di corsa le scale di casa, riflettei che non mi ero neppure cambiata.

Indossavo ancora i vestiti del giorno prima, un jeans strappato a vita bassa e una camicetta a fiori arancione trovata al mercatino dell'usato con Lola, accaparrata al modico prezzo di due dollari.

I miei capelli erano un disastro. Non ero solita curarmi particolarmente, tantomeno io e la mamma potevamo permetterci di andare dal parrucchiere una volta al mese, ma quella mattina... Cavolo, quella mattina ero in condizioni terribili!

I miei occhi si posarono di sfuggita sull'immagine riflessa nello specchio in fondo al corridoio. I capelli, lunghi fino ai fianchi, si erano intrecciati tra loro fino a formare dei nodi corvini e informi. Li ravviai dietro le orecchie con un gesto sgraziato, tentando invano di districarli. Mi passai una mano sulle guance scottanti per l'agitazione, osservando il notevole contrasto che formavano col resto del pallido volto. Non avevo una bella cera e dormire poco non aiutava di certo. Dei cerchietti violacei contornavano la parte inferiore dei miei occhi un po' spenti ma, come diceva mio padre, pur sempre *del colore del mare di Seafolk in inverno*. Amavo i miei occhi proprio perché erano identici ai suoi, ma avevano perso la sua luce. Evitai di spostare lo sguardo più in basso delle mie spalle.

Quando anche mia madre notò com'ero conciata, si passò una mano sulla fronte.

«Trin! Potevi almeno pettinarti!»

Presa alla sprovvista, mi fissai le punte dei piedi, rossa per la vergogna. Solo allora mi accorsi delle ciabatte di peluche a forma di coccodrillo. Di male in peggio.

Le lanciai in un angolo in un nanosecondo, per poi afferrare al volo le mie Converse nere.

Insomma, non ero abituata a ricevere visite. Non uscivo neppure per andare al cinema, figuriamoci se mi fossi agghindata per rimanere a casa.

Poi, riflettei.

Era la *mia* casa.
Non ero io quella che aveva bisogno di fare una buona impressione.
Allora lasciai perdere le Converse e recuperai le mie amatissime pantofole con un sorrisetto soddisfatto.
Ostruzionismo.
Avrei fatto ostruzionismo fino alla fine dei miei giorni.
Finsi di aggiustarmi la camicetta, guardando la porta di casa.
Si entra in scena.
Il sorriso si spense sulle mie labbra alla velocità della luce, mentre mi ritrovai a fissare il ragazzo che stava attraversando il vialetto, con una cera peggiore della mia.
Pareva che non dormisse da giorni.
Le sue occhiaie bluastre facevano concorrenza alle mie e la mia attenzione venne calamitata dai suoi zigomi, pallidi e scavati. Le guance si incresparono verso l'altro, come a fingere un sorriso di cortesia, mostrando un accenno di fossette.
Aveva un fisico slanciato, le spalle larghe e imponenti, le gambe longilinee. Doveva essere più alto di un metro e ottanta.
Intravidi di sfuggita i muscoli delle braccia attraverso le trasparenze della camicia di lino che portava arrotolata fin sopra al gomito e notai le dita affusolate afferrare con fermezza e senza esitazione il manico del borsone, che sporgeva timidamente dal portabagagli.
Il mio sguardo si soffermò sulle vene gonfie che spuntavano dal colletto della camicia, tanto che quasi sentii pulsare i battiti del suo cuore accelerato, e sulle goccioline di sudore che gli ricoprivano la fronte larga e corrugata, ricoperta da riccioli ribelli color nocciola, unico tocco di colore tra il pallore del viso e la tonalità esangue della camicia.
Quando rilassò lo sguardo e le lunghe ciglia lasciarono intravedere i suoi occhi spenti, di un verde cinabro, mi parve di scorgere delle pagliuzze dorate anche a distanza.
In quel momento mi pentii di aver indossato quelle maledettissime ciabatte a forma di coccodrillo. Perché Acher

Morris sembrava elegante anche con indosso soltanto una camicia stropicciata.

Mia madre lo accolse con un sorriso smagliante.

«Benvenuto!»

«Signora Sanders.»

Il suo tono di voce mi stordì.

Per un istante credetti di non aver mai sentito una voce così profonda in vita mia. Una voce impostata, equilibrata, contenuta, non un suono di troppo.

«Andiamo, Acher. Puoi chiamarmi Ellen, non credi?»

«Grazie per l'ospitalità, Ellen.»

Me ne stetti zitta, nel mio angolo, incerta sulla prossima mossa. Acher lasciò ricadere il borsone sul prato all'inglese, asciugandosi il sudore.

Non era abituato al caldo, era evidente.

Seafolk affacciava sul mare, motivo per cui le estati potevano risultare molto calde a chi non era abituato a vivere lungo la costa. Tuttavia, di lì a poco avrebbe soffiato la brezza marina, unico refrigerio nelle notti più afose.

Poi, d'un tratto, il suo sguardo si spostò su di me, e parve che l'iniziale pallore diminuisse. Le sue labbra si incresparono verso l'alto, in una smorfia che assomigliava più a un ghigno.

«E tu devi essere...?» accennò, atono.

Mi sentii paralizzata, schiusi la bocca come per pronunciare il mio nome ad alta voce, ma tutto ciò che riuscii a fare fu continuare a fissare i suoi occhi.

Non mi era mai capitato in tutta la vita.

Mia madre mi destò dai miei pensieri con una gomitata.

«Lei è Trinity, mia figlia.»

Acher sembrò ascoltare con attenzione, poi chinò il capo e il sorriso sardonico sul suo viso divenne più pronunciato.

«Belle scarpe», sogghignò.

Fui colta alla sprovvista; la mia mascella parve toccare il pavimento dallo stupore, e il mio istinto mi spinse a rispondere con la mia solita noncuranza.

«Bello stronzo.»

Mia madre fu lì lì per svenire, l'espressione di Acher divenne simile a quella che avevo poco prima e persino il tassista rise da lontano.

«Posso andare, signora?» domandò, tentando con tutte le forze di rimanere serio.

«Certo. Oh, ecco la sua mancia.»

Acher rimase lì, a fissarmi incredulo.

Cosa si aspettava, in fondo?

Che ridessi al suo commento di poco gusto?

«Acher, ti prego, perdonala. Alle volte è un po' troppo...»

«Sincera.» Feci sfoggio del mio sorriso migliore. «Be', sono Trinity Sanders. Benvenuto a casa *mia.*»

Acher Morris era entrato nella mia vita da soli dieci minuti e già odiavo il fatto che il suo borsone fosse gettato in un angolo del mio salotto, accanto al divano vecchio e logoro.

Mi ero allontanata in fretta e furia e mi ero cambiata alla bell'e meglio, pronta per raggiungere Miles e Lola all'Havana's.

Non avrei sprecato neppure un secondo degli ultimi giorni di vacanze per colpa sua.

Avevo appena afferrato le chiavi della Mercury, quando lo vidi incamminarsi verso lo studio di papà. Con nonchalance, si diresse verso la porta di mogano che per mesi era rimasta chiusa a chiave.

Nell'istante esatto in cui la sua mano avvolse il pomello, il sangue mi ribollì nelle vene e le mie guance si tinsero di un rosso scarlatto.

«Mamma!» Le mie grida risuonarono per tutta casa.

«Trin!» Corse dalla cucina. «Va tutto bene?»

«Saresti così gentile da spiegarmi cosa diavolo ci fa Acher nello studio di papà?» Le mani mi tremavano dal nervosismo. Mantenere la calma stava diventando un'impresa ardua e iniziavo a credere che sarei scoppiata come un pal loncino da un momento all'altro.

Non ero mai stata brava nel tenere a freno la rabbia e di certo non avrei cominciato proprio con Acher.

«Dove credi che dorma?»

Eh, Trin?

Dove credi che possa dormire, se non nell'unica stanza a disposizione in tutta la casa?

«Come, scusa?!» sbraitai.

Le chiavi dell'auto mi scivolarono via dalle mani e caddero ai miei piedi, rimbalzando a terra.

«Oh, non se ne parla. No, non se ne parla!»

Nessuno avrebbe messo piede nello studio di mio padre. In quella stanza c'erano tutte le nostre canzoni, il nostro giradischi con i vinili, il suo manoscritto, la sua macchina da scrivere… Tutto ciò che gli apparteneva si trovava ancora lì.

«Ma, Trin, non c'è un altro posto dove…»

«Non mi interessa! Deve starne fuori. Per me può anche dormire sul divano o sul tetto, se preferisce! Che stia ovunque, ma non lì!»

In quel momento Acher si palesò davanti a noi, con un'espressione seria in volto.

Aveva ascoltato ogni singola parola, ne ero certa.

«C'è qualche problema?» domandò con finta innocenza.

«Sì!» «No!» rispondemmo all'unisono io e mia madre.

La guardai in cagnesco, poi fissai Acher.

Sapeva perfettamente quale fosse il problema.

Oh, eccome se lo sapeva.

«No, non c'è alcun problema. Trinity sta un tantino esagerando, non è abituata a ricevere ospiti», si scusò mia madre, visibilmente a disagio.

Sentii le lacrime pizzicarmi gli occhi e, dopo aver recuperato le chiavi della Mercury, mi fiondai verso la porta, senza degnare Acher di uno sguardo.

Non avrei sopportato un secondo di più la vista della sua odiosissima camicia di lino e quella sua faccia da schiaffi.

«Dove stai andando?» domandò mia madre rincorrendomi, temendo che fuggissi chissà dove.

Quando ero arrabbiata, ero imprevedibile.

«Da Miles, glielo avevo promesso.»

«Giusto. Acher, vai pure con Trinity e i suoi amici, vi divertirete!» propose con voce angelica, ignorando il modo in cui mi ero bloccata sulla porta, furiosa.

Ora stiamo oltrepassando il limite.

«Forse è meglio che io stia a casa... Sa, il viaggio è stato lungo e sono molto stanco», osservò Acher in tono educato, sfoggiando un sorriso a trentadue denti che mi diede sui nervi.

«Sì, ecco, meglio che se ne stia qui...»

Mia madre scosse l'indice in segno di disapprovazione.

«No, no. Devi assolutamente accompagnarla all'Havana's! Mama prepara i *tamales* migliori dell'universo!»

Acher le sorrise cordiale, poi si rivolse a me, sghignazzando.

«Se lo dice lei.»

La mia Mercury avrebbe borbottato in tutte le lingue del mondo, se solo avesse avuto il dono della parola. Acher continuava a osservare ogni angolo della macchina con un'espressione disgustata in volto.

Giuro, lo prendo a schiaffi se continua a fissare la mia auto come se fosse una discarica.

Non conoscevo Acher Morris, ma soltanto uno sciocco non avrebbe notato la sua propensione a invadere i miei spazi: prima lo studio di mio padre, poi il sedile della mia auto e infine l'Havana's.

L'Havana's non era altro che un piccolo chiosco aperto negli anni Settanta proprio sulla costa, quando Seafolk era un golfo più simile a una laguna. Era un punto di ritrovo per me e la mia famiglia praticamente da sempre.

All'interno, dietro il bancone, c'era ancora il vecchio jukebox che Mama, la proprietaria di origini cubane, aveva barattato in cambio di un piatto di *tamales*, una prelibatezza per gli abitanti di Seafolk. Quel jukebox era ancora splendente come un tempo, e la musica era favolosa!

I tavolini, le sedie di paglia e i vinili appesi alle pareti conferivano all'ambiente un che di vintage. Dal soffitto, costituito interamente da legno e bambù, pendevano lanterne colorate e stringhe di luci variopinte. Il bancone era decorato, qua e là, da cestini intrecciati di vimini pieni di noci di cocco, ananas e papaia. Mama diceva che le ricordavano la sua Cuba.

Pensare che i miei genitori avessero chiacchierato seduti a quel bancone, ascoltato quelle stesse canzoni nel jukebox e gustato i *tamales* di Mama mi rincuorava e sollevava al tempo stesso, perché mi pareva di sentire mio padre accanto a me.

L'Havana's, infatti, non era soltanto un tuffo negli anni Ottanta, ma anche in tutto ciò che sapeva di casa. Io, Miles e Lola ci eravamo conosciuti lì. Era il *nostro* posto.

Ricordavo perfettamente il giorno in cui avevo varcato la soglia del chiosco, una torrida mattina di settembre, e avevo notato Miles in un angolo, afflitto, con il capo chino su un libro di geometria. Mi aveva fatto un po' pena, lì, tutto solo.

Allora mi ero seduta accanto a lui e gli avevo offerto una cola poi, chissà come, gli avevo proposto di giocare una partita a poker. Mio padre me lo aveva insegnato quando avevo sette anni ed ero convinta di essere la migliore in assoluto.

Qualche minuto dopo, una ragazza dai capelli scuri e dal naso aquilino, con un dito ingessato e un paio di ginocchiere rovinate, si era avvicinata a noi, scommettendo cinque dollari sulla mia vittoria.

Ovviamente Miles mi aveva stracciata a occhi chiusi.

«È tutta questione di probabilità», aveva spiegato timidamente, aggiustandosi gli occhiali sul naso in modo impacciato.

Lola era scoppiata a ridere, lasciandogli i suoi cinque dollari, mentre io tentavo ancora di metabolizzare la sconfitta.

Cinque minuti dopo, eravamo già diventati amici.

Da allora erano trascorsi quattro lunghi anni. Quattro lunghissimi anni, all'insegna di litri di caffè e milkshake, di falò sulla spiaggia e bagni di mezzanotte.

Miles e Lola erano il filo che mi teneva ancorata alla vita.

Erano le uniche persone su cui avrei potuto mai contare.

Ma, soprattutto, erano tutto ciò che rimaneva di me stessa, della mia identità, perché per loro non ero soltanto la ragazza che aveva perso tragicamente suo padre.

«Siamo sicuri che non rimarremo a piedi? Questo *coso* non sembra reggere...» commentò Acher alzando un sopracciglio, destandomi dai miei pensieri.

Il suo tono assomigliava più a una critica che a un dubbio.

«Come l'hai chiamato?!» Infilai le chiavi nel cruscotto con forza. «Si dà il caso che questo "coso", come l'hai chiamato tu, funzioni meglio di qualunque altra automobile in circolazione a Seafolk. E se temi di rimanere a piedi, puoi tornartene a casa. Prometto che raccoglierò i cocci infranti del mio cuore.» Mi portai una mano alla fronte teatralmente.

Acher mi fece cenno di partire, sbuffando, con ancora quel sorrisetto snervante sul volto. «Prego, avvii pure il bolide.»

I miei occhi divennero due fessure e, non appena spinsi il piede sull'acceleratore, Acher sussultò e si aggrappò all'istante alla maniglia della portiera.

La macchina partì in avanti sgommando e lasciando sul terreno l'impronta degli pneumatici.

Non te lo aspettavi, eh Morris?

Mio padre aveva "leggermente" truccato il motore della Mercury, per permetterle di durare più a lungo e di essere più scattante. La carrozzeria era tipica degli anni Ottanta, ma il motore era più simile a quello di una moderna Mustang. Dall'esterno, sembrava che fosse un'innocua auto d'epoca che non superava i sessanta chilometri orari e nessuno avrebbe immaginato che sotto il cofano si nascondesse un motore di grossa cilindrata. All'interno, aveva installato uno stereo di ultima generazione, così da poter ascoltare tutta la musica che volevo.

Gli lanciai uno sguardo vittorioso.

«Allora, credi ancora di rimanere a piedi?»

Acher non fiatò e considerai quella la mia prima vittoria di una lunghissima serie.

Quando arrivammo all'Havana's, Mama era già all'opera.

Non appena scostai con l'avambraccio la tendina posizionata all'entrata, un brano di Donna Summer mi coccolò le orecchie.

Finalmente rilassata, mi resi conto che il mondo, nonostante l'arrivo di Acher, non era ancora collassato.

Mama era già dietro al bancone a servire i suoi *tamales*, mentre Lola e Miles erano seduti al nostro solito tavolo, quello accanto al jukebox.

Quanto amavo quel posto!

«Ehi, bambina! Perché non presenti a Mama questo fustacchione?»

Un secondo, chi?

Per un istante mi ero dimenticata persino che Acher fosse dietro di me. Mi paralizzai e solo allora mi voltai verso di lui.

Il suo sorriso sardonico era sparito, lasciando spazio a un'espressione spaesata.

Per un momento mi ricordò me stessa quando, quattro anni prima, ero entrata in quello stesso chioschetto; non tornavo all'Havana's da quando ero bambina, e quasi temevo di mettere di nuovo piede lì senza i miei genitori ad accompagnarmi. Inoltre, era stata una brutta giornata e Sandie mi aveva presa in giro tutto il tempo, motivo per cui mio padre mi aveva spronata a entrare per rilassarmi e ascoltare un po' di musica.

E se lui non mi avesse convinta a lasciarmi andare, non avrei mai conosciuto Miles e Lola.

Mi accostai al tavolo dove i due stavano chiacchierando, e Mama ci raggiunse dopo qualche istante.

«Mama, Miles, Lola, lui è Acher Morris. Vivrà a Seafolk per un po'. Trattatelo peggio che potete, mi raccomando», scherzai, gettandomi sulla sedia e rubando la cola di Miles.

Fu il primo a tendergli la mano. La sua educazione era infinitamente superiore alla mia.

«Io sono Miles. Non preoccuparti, a Trin piace essere spiritosa. Io sono quello gentile del gruppo.» Tentò invano di ripulire le lenti dei suoi occhiali.

«Io sono Lola, quella sportiva. Piacere.» Gli porse la mano, che Acher strinse con un pizzico di titubanza.

«Allora, che programmi avete per oggi?» domandai ai miei amici ignorando completamente Acher.

«Ho un torneo di beach volley tra un quarto d'ora, che ne dite di fare un salto?» propose Lola, allacciandosi le scarpette da ginnastica prima di andare.

«Il tempo di una cola e ti raggiungiamo», la rassicurai.

«Ehi! Quella è mia!» mi apostrofò Miles, prima che Mama lo interrompesse. Sventolò le mani in aria, euforica. Poi stritolò Acher in un caloroso abbraccio, cogliendolo alla sprovvista.

«Io sono Mama, di nome e di fatto. Sei il benvenuto nel mio locale. La famiglia dell'Havana's si allarga, gente!»

Avrei voluto rassicurarlo e dirgli che Mama si comportava in quel modo con tutti, ma vederlo così in imbarazzo mi divertiva particolarmente.

Mi lasciai sfuggire una risatina sommessa.

Poi mi irrigidii, vedendo che si era allontanato dal tavolo, per dirigersi verso il jukebox.

Cosa sta facendo?

Non saprà neppure cosa sia, un jukebox.

Lo vidi sfilare dalle tasche una monetina luccicante, inserirla nella fessura, e poi pigiare il bottone centrale.

Conoscevo a memoria la posizione delle canzoni su quell'affare, perché le avevo ascoltate tutte almeno un centinaio di volte, se non un migliaio.

Pochi istanti dopo, le note di *Disco Inferno* si propagarono nel locale, e Acher mi lanciò uno sguardo di sfida.

Quella fu la nostra dichiarazione di guerra.

3.
GRECALE

«I narratori di storie
si riconoscevano all'istante:
insegnavano alle anime
a sognare in grande.»
MICHAEL SANDERS, *Il narratore di storie*

«Non mi piace qui, papà. Alle volte mi chiedo come abbiate fatto tu e la mamma a trasferirvi a Seafolk. È orribile.»

«Andiamo, Trin. Non è poi così male.»

Mio padre è sempre il solito, vede il buono anche dove non c'è. Vorrei amare Seafolk proprio come fanno loro, ma non riesco. So che questo non è il posto a cui appartengo.

Non voglio più mettere piede in classe, non voglio più sentire le cattiverie di Sandie.

Ecco perché oggi ho marinato la scuola e sono venuta qui, sugli scogli, per stare da sola. Ma mio padre mi conosce fin troppo bene e non ha impiegato molto a scoprire dove mi sono rifugiata.

«C'è tutto ciò di cui abbiamo bisogno: una casa spaziosa, un lavoro, e poi questa è una cittadina a dimensione d'uomo.»

«Ma non fa per me, papà. Voglio viaggiare, vedere il mondo. Andare via da qui e cercare la mia strada.»

Papà si siede accanto a me, e inizia a lanciare dei sassolini nell'acqua.

«Piccola Trinity, un giorno capirai che non c'è bisogno di girare il mondo da cima a fondo per trovare la tua strada, perché è già lì, nel tuo cuore.»

«Non c'è niente nel mio cuore, papà. C'è solo vuoto.»

«Solo tu puoi ritrovare i tuoi sogni. E non lasciare che persone come quella svampita di Sandra Dee si prendano gioco di te.»

Scoppio a ridere.

Ha sbagliato di nuovo il suo nome.

«Si chiama Sandie, papà.»

«E a chi importa? Un nome vale l'altro.»

Poggio la testa sulla sua spalla, mentre il grecale ci soffia tra i capelli.

«Promettimi che non marinerai più la scuola. Alla mamma è preso un infarto quando la professoressa Harris l'ha convocata in presidenza.»

«Mi dispiace. Te lo prometto.»

Papà afferra un sassolino, lo lancia lontano. Osservo la pietra che sfiora la superficie dell'acqua, creando dei cerchi concentrici.

Vince sempre lui, a questo gioco.

«Ma come fai?» ridacchio.

Lui mi fa un occhiolino, poi sussurra al mio orecchio: «Sogno in grande».

Seafolk era una comunissima cittadina della Virginia, situata tra un'insenatura e una catena montuosa.

I miei genitori si erano innamorati di quel piccolo angolo di paradiso e avevano scelto di trasferirsi lì per crescere la loro bambina, lontano dalla frenetica vita mondana delle metropoli americane.

Non contava più di qualche migliaio di abitanti e tutti sapevano tutto di tutti, perciò non potevamo di certo vantarci di un rispettato senso della privacy.

In città c'erano soltanto la scuola, un'officina meccanica – in realtà Bob svolgeva anche il mestiere di idraulico, di carpentiere e di disinfestatore a seconda delle necessità –, una merceria, un negozio per bambini, una tavola calda, qualche locale e l'Havana's.

Quasi dimenticavo, c'era anche un distributore di benzina.

Un qualunque turista avrebbe definito Seafolk una cittadina idilliaca, per via della sua tranquillità, ma io riuscivo a credere che fosse soltanto *limitante*, perché non c'era spazio per quelli come me.

Se nove mesi prima mi avessero chiesto se volevo fuggire via da Seafolk, avrei risposto con molta probabilità di sì.

Ma dalla scomparsa di papà, non mi sarei mai sognata di lasciare mia madre lì da sola.

Fuggire per scoprire il mondo non era più un'opzione.

Fuggire per scoprire me stessa, le mie passioni, non era

più un'alternativa alla monotona cittadina in cui ero cresciuta.

Avevo tentato in ogni modo di amare Seafolk come i miei genitori, a prima vista, incondizionatamente, ma non riuscivo ad apprezzare nulla che non fosse il chiosco di Mama e lo studio di mio padre.

Una volta, discutendone con Miles – che se non fosse stato così appassionato di matematica avrebbe avuto una carriera da psicologo –, lui era giunto alla conclusione che il problema non fosse Seafolk in sé. Mi aveva detto che era colpa dei brutti ricordi, del trauma della scomparsa di mio padre e delle persone schifose che mi avevano presa di mira sin dal primo giorno che avevo messo piede a scuola, ma sapevo che non era solo questo.

La dura verità era che Seafolk non aveva nulla da offrirmi.

Tutti sapevano qual era il loro posto nel mondo: Miles avrebbe lavorato alla NASA, Lola sarebbe finita nella nazionale di pallavolo, persino quella testa di rapa di Sandie Deed avrebbe avuto un futuro come modella. Tutti alla Seafolk High School avevano uno scopo, mentre io trascorrevo le mie giornate a riattaccare con la colla i cocci delle tegole in frantumi e a dare un senso al manoscritto di mio padre. Oltre a lavorare al locale nei fine settimana per una manciata di dollari, quanto bastava per fare il pieno alla Mercury o contribuire a pagare le bollette quando arrivare a fine mese era un'impresa ardua.

Tutti mi vedevano come l'adolescente senza aspirazioni che aveva perso il padre, che si sentiva spaesata nel mondo degli adulti e che sarebbe rimasta a Seafolk per tutta la vita a lavorare al Sand&Sea.

Ero un caso perso, soprattutto per Sandie Deed che si atteggiava più o meno a fotomodella, e per le sue snervanti amichette, che di beach volley non ci capivano un tubo, ma che si ostinavano a fare il tifo a ogni maledettissima partita.

Ecco perché, non appena misi piede sull'umida spiaggia di Seafolk Bay, le prime extension bionde che notai a metri di distanza furono le loro.

Subito dopo, Lola ci raggiunse a falcate, furiosa.

«Giuro su Dio che se quella gallina di Meredith non la smette di sventolare i suoi pompon durante le mie schiacciate, le lego un macigno alla caviglia e la getto in mare.»

Scoppiai in una fragorosa risata.

Il trio M.I.S., come lo chiamavamo io, Miles e Lola, era formato dalla cheerleader più scoordinata dell'intero universo, ma con un conto in banca più brillante del mio futuro, Meredith Stepphard, dalla figlia della professoressa di matematica più temuta della storia della Seafolk High, Isobel Harris, e dalla reginetta indiscussa della scuola, Sandie Deed. In tre non riuscivano ad arrivare a metà del quoziente intellettivo di Miles, ma erano intoccabili.

Lola si chinò per sistemarsi le ginocchiere.

«Non la sopporto, dannazione! Perché non va fuori città a dipingersi quegli artigli che ha come unghie, invece di rompere le scatole alla mia squadra?!»

Miles tentò di farla ragionare.

«Se continua a sbraitare in quel modo sotto al sole, c'è almeno l'ottantacinque per cento di possibilità che le venga un infarto. Tra dieci minuti noterà che il suo mascara sta colando e smetterà di agitarsi come un pollo.»

«Però! Sei davvero il ragazzo più intelligente che io conosca», gli concesse Lola.

Io rimasi in silenzio, osservando il campo di pallavolo a debita distanza.

Una chioma ossigenata stava correndo verso di noi con la sua minigonna rosa confetto, sbattendo le ciglia a una velocità impressionante.

Sandie.

Non la sopporto.

Ma non le si inceppano gli occhi, a fare così?

Non immaginavo neppure quanti soldi spendesse per decolorarsi i capelli sino a renderli simili a della paglia, ma Sandie si presentava ogni giorno con una tonalità più aranciata del solito.

Assomigliava vagamente a un canarino.

Solo allora mi accorsi di un dettaglio.

C'era qualcuno, dietro di noi, che non aveva fiatato da

quando avevamo lasciato l'Havana's. Un ragazzo che nessuno a Seafolk aveva mai visto prima, e che di lì a poco sarebbe diventato il bersaglio del trio M.I.S. e di tutta la scuola. Già mi pareva di ascoltare il brusio di sottofondo nei corridoi e le occhiate lanciate di nascosto al nuovo arrivato.

Perché Acher Morris, a differenza mia, non passava inosservato. Gli bastava la camicia di lino sbottonata e arrotolata sui gomiti per essere alla moda.

«Ciao, ragazzi!» ci salutò Sandie, sbattendo le lunghe ciglia finte.

La sua voce giunse alle mie orecchie sotto forma di squittio.

«Ciao, Trinity. Ti trovo bene! Anche oggi non hai trovato vestiti migliori nel cassonetto dell'immondizia?»

Si portò le dita alle labbra, nascondendo una risatina.

La uccido. Oh, sì che la uccido.

Le mostrai un sorriso sgargiante.

«Ciao, Sandie. Anche oggi non hai trovato ciò che rimane del tuo cervello dall'estetista?»

Insultarci a vicenda era all'ordine del giorno.

Avrei voluto dire che non mi importava delle sue prese in giro, ma non era vero, o quantomeno era la superiorità del suo tono a mandarmi su tutte le furie. Sapevo che i miei vestiti erano orribili e per nulla alla moda come i suoi. Io e la mamma non avevamo abbastanza soldi per abiti eleganti e gonne all'ultimo grido. Con tutte le spese per la casa, non potevamo permetterci neppure il lusso di spendere più di cinque dollari per una T-shirt. Motivo per cui frequentavamo i mercatini dell'usato che ogni venerdì si tenevano a Seafolk Bay. Giravamo tra le bancarelle in cerca di abiti vintage, di pantaloni a zampa d'elefante e fasce per capelli a fiori. Negoziavamo con i venditori per concludere dei veri e propri affari e portare a casa gli indumenti più costosi con qualche spicciolo. Quindi, no, non mi sentivo inferiore solo perché non potevo comprare una giacca di alta moda come quelle di Sandie, affatto. Quelli erano gli unici momenti in cui io e la mamma eravamo spensierate, *per davvero.*

«Oh, che sciocchina! Non mi sono presentata al nuovo arrivato!»

Eccola, all'attacco.

Sandie non aveva impiegato più di cinque minuti per adocchiare la sua nuova preda.

«Piacere, sono Sandie Deed. Mi avrai sicuramente vista in televisione.» Si passò una mano fra i capelli biondi, per poi tendergli la mano. Le sue unghie laccate di fucsia mi fecero venire il voltastomaco.

«No, a dire il vero non ti ho mai vista», mormorò glaciale Acher, rifiutando impassibile la stretta di mano. Per la prima volta, vidi Sandie vacillare.

«Impossibile! Sono stata eletta Miss Virginia l'anno scorso!»

«Non guardo abbastanza televisione, allora.» Scosse le spalle, indifferente.

Per un momento credetti che Acher Morris avesse abboccato.

Poi, riflettei.

Acher veniva dall'Ovest, quasi sicuramente da una città molto più popolosa di Seafolk, e chissà quante belle ragazze aveva conosciuto, magari anche superiori a Sandie per fascino.

Fu Lola ad accrescere il suo imbarazzo. «Acher è il cugino di Trinity», dichiarò, sorniona.

«Cugino di secondo grado, alla lontana», precisai, sprezzante.

Sandie fu lì lì per svenire. Appena arrivata, aveva insultato la cugina del ragazzo più attraente che avesse mai visto.

Il suo cervello impiegò una decina di secondi per scegliere la risposta più insolente.

«Oh.» Una risatina nervosa proruppe dalle sue labbra ricoperte di gloss. «Mi chiedevo perché un ragazzo così attraente come te stesse vicino a un rifiuto come *lei.*»

«Un rifiuto come me?!»

In quel momento Miles mi afferrò per il polso, impedendomi di saltarle addosso.

Non la sopporto!

«Fermati, non ne vale la pena.»

«Sono stanca, Miles», sussurrai tra i denti.

Miles tenne salda la presa, e solo in quel momento notai gli occhi di Acher fissi su di noi. Se ne stava in silenzio, a guardare la scena, a godersi gli insulti gratuiti che Sandie teneva sempre in serbo per me.

Per la prima volta da molto tempo, provai vergogna.

E rabbia, tanta rabbia.

«Be', allora ci vediamo alla partita!» Sventolò ancora i suoi capelli ossigenati e poi si diresse dalle sue amichette.

«Devo tornare in campo.» Lola mi diede un bacio sulla guancia, con uno sguardo colmo di compassione. «Non ci pensare, Trin. È l'ultimo anno, puoi resistere ancora un po'.»

Mi voltai titubante verso Acher, che mi scrutava, impenetrabile. Sandie mi aveva umiliata e io non ero riuscita a difendermi a tono, ne ero consapevole.

Sospirai, dirigendomi verso gli spalti.

Acher ci superò e si allontanò senza degnarci di un saluto, poi lo persi di vista tra la folla.

Sandie aveva ragione.

Come poteva un ragazzo educato e calmo come lui stare accanto a una come *me*?

Le prime parole che gli avevo rivolto al suo arrivo erano state "bello stronzo", lo avevo trattato uno schifo e mi ero comportata come una maleducata.

Era chiaro che non volesse stare con me e i miei amici. E, tutto sommato, era quello che volevo dall'inizio con il mio piano di ostruzionismo.

Il tifo incessante di Meredith e le flebili risatine dell'entourage di Sandie mi innervosirono ancora di più, ma non riuscivo mio malgrado a far altro che cercare Acher tra gli spalti. Che si fosse perso? In fondo non aveva mai messo piede a Seafolk, non conosceva la strada di casa né persone a cui chiedere aiuto se gli fosse capitato qualcosa.

Quando Miles mi fece spazio accanto a lui sullo spalto, vidi le cheerleader già intente a spettegolare.

«Ti dico che è un parente della pezzente! Lo ha confermato lei stessa», bisbigliò con disprezzo Sandie, riuscendo a catturare l'attenzione di Isobel.

«Non posso crederci, dici davvero? Insomma, hai visto quanto è bello? Ho sentito che viene dal Texas.»

Ero quasi sicura che *non* venisse dal Texas. A giudicare dal pessimo rapporto con l'afa di Seafolk, era quasi impossibile che venisse dal Texas. Inoltre, la sua carnagione era troppo pallida per assomigliare a quella di un texano. Per non parlare dell'accento meno marcato...

Un secondo, come faccio a sapere tutte queste cose?

Una strana consapevolezza si fece strada in me. Lo avevo osservato. Involontariamente, dal suo arrivo, avevo studiato ogni suo movimento, ogni sua espressione.

Avevo notato il sudore brillare sulla pelle, il suo volto esausto mentre scendeva dal taxi e le sue dita affusolate e piene di calli attorno ai manici del suo borsone.

Senza rendermene conto, ero già in piedi, sgomitando tra la folla seduta sulle panchine.

Miles mi lanciò uno sguardo, allarmato.

«Trin! Dove stai andando?»

«Vado a cercare Acher.»

«Vuoi che venga con te?»

«No, no. Fa' il tifo per Lola, torno subito.»

Affondai i piedi nella sabbia umidiccia, attenta a schivare i ciottoli più aguzzi.

La costa di Seafolk non era come le insenature basse e sabbiose del resto della Virginia. Non era adatta alla balneazione né agli sport acquatici, questa era la sua peculiarità.

Ovunque c'erano sassolini, breccia e pietrisco.

Le onde si frangevano sugli scogli provocando un frastuono assordante.

Se mia madre avesse scoperto che avevo perso di vista Acher un'ora dopo il suo arrivo, mi avrebbe crocifissa.

Ma di lui non c'era traccia. Dove poteva essersi cacciato? In fondo Seafolk Bay non era così grande...

Poi lo vidi, seduto su uno scoglio a gambe incrociate, con la fronte rivolta verso l'orizzonte.

Notai immediatamente la sua camicia rigonfia per via del grecale che spirava con violenza sulla costa.

Non era solo; accanto a lui c'era un bambino. Se ne stava tranquillo sugli scogli, con le esili gambe penzoloni, mentre la brezza gli scompigliava i capelli color grano, che rifulgevano alla luce del sole, assumendo delle sfumature dorate. Stavano lanciando dei sassolini nell'acqua, facendo a gara a chi avrebbe tirato più lontano.

Lo scroscio delle onde infrante celò il rumore dei miei passi, e mi permise di avvicinarmi ai due senza che si accorgessero della mia presenza.

Il bambino si accovacciò, portandosi le ginocchia al petto.

«Anche tu sei nuovo qui?» domandò timidamente ad Acher.

Lui annuì con un cenno del capo.

«E ti piace?»

Sembrava un bambino particolarmente loquace, tutto l'opposto di Acher.

Lui non rispose, si limitò a continuare a fissare l'orizzonte. I suoi palmi aderirono alla roccia e caricò tutto il peso sulle braccia, inspirando una grossa boccata d'aria. Il suo petto si gonfiò, mostrando i muscoli tesi dell'addome attraverso le velature del lino.

«Neppure a me. Ti manca casa tua?»

Acher lo guardò e, con estrema sincerità e semplicità, annuì.

In quel momento il mio cuore si infranse in mille pezzi.

Gli mancava casa *sua*. Non aveva scelto di venire a Seafolk, e di certo non aveva piacere a cambiare totalmente le sue abitudini e vivere con persone che a malapena conosceva.

«Sai, piccoletto, non avevo mai visto il mare così da vicino.»

Il bimbo parve sconvolto dalla confessione di Acher.

«Non avevi mai visto il mare?»

La sua espressione lasciò trasparire stupore e meraviglia.

«Neppure in vacanza?»

Acher scosse la testa.

«La mia mamma mi porta sempre al mare in vacanza.» Il bimbo tentò di far rimbalzare un ciottolo sulla superficie dell'acqua, ma non vi riuscì.

«Purtroppo mia madre non può venire in vacanza con me...» Finse un sorriso. «Ma appena potrà, la porterò qui, a sentire il grecale.»

Acher lanciò un sassolino e quello, dopo aver rimbalzato per tre volte a pelo d'acqua, finì oltre la boa.

«Ma come fai?» chiese il bimbo.

Non attesi neppure la sua risposta, perché al suono di quella domanda ero già fuggita via.

4.
FALÒ

«Da sola, nella sua torre,
non aveva mai conosciuto l'amore.
Ma appena lo vide, lo riconobbe.»
MICHAEL SANDERS, *La principessa di crepe*

Chiesi a Miles di riaccompagnare Acher a casa.

Non avrei avuto il coraggio di guardarlo negli occhi dopo averlo trovato con quel bambino sugli scogli.

Tornai subito a casa e la trovai vuota. Mia madre se n'era già andata, per il turno pomeridiano. Lavorava come donna delle pulizie in una cittadina a trenta chilometri da Seafolk, per qualche centinaio di dollari. Nemmeno a dirlo, metà del suo stipendio sfioriva nei pieni di benzina.

Ringraziai il cielo di non doverle delle spiegazioni sul perché ero rincasata da sola.

Mi chiusi nello studio di mio padre, respirando a fatica e sbattendo le palpebre tanto velocemente da farmi girare la testa.

Tentavo invano di mettere a fuoco le figure che si affollavano disordinatamente davanti ai miei occhi.

Ma riuscivo a pensare solo a me e mio padre sugli scogli, dopo aver marinato la scuola, e ad Acher e al suo sguardo perso nell'orizzonte.

E nei suoi movimenti fluidi, nella sua camicia sbottonata, nelle sue labbra all'insù… ci avevo visto *lui.*

Lui, che da nove mesi non c'era più.

Il mio *narratore di storie,* il mio migliore amico.

Il mio confidente, la mia stella polare.

Papà, perché non ci sei più?

Perché hai lasciato me e la mamma qui, da sole?

Perché non posso più ascoltare le tue storie?

Se fosse stato lì, con me, avrebbe saputo come calmarmi.

Avrebbe preso il suo libro, quello con la copertina di pelle cerulea, logora ai bordi, lo avrebbe sfogliato sino all'ultima pagina e...

Dovetti scaricare il peso del mio fragile corpo sulle braccia tese in avanti e sui palmi, poggiati sulla scrivania.

Boccheggiai e mi costrinsi ad aprire la finestra, inspirando aria.

Sì, avevo bisogno d'aria.

Aria fresca, gelida. Che non c'era, perché a Seafolk, a settembre, faceva maledettamente caldo.

Poi pensai ad Acher, a quanto si sentisse fuori posto, a quanto desiderasse tornare da sua madre, che si trovava in un letto di ospedale. E mi sentii la persona peggiore del mondo.

Mio padre mi avrebbe detto di smetterla di comportarmi come una bambina capricciosa.

Mi avrebbe detto di mettermi nei suoi panni, di immaginare il suo stato d'animo, di immedesimarmi in lui.

Perché mio padre era uno scrittore, e gli scrittori comprendono chiunque.

Mentre io stentavo a comprendere anche me stessa.

Sapevo perché Acher si era rifugiato proprio sugli scogli. Perché, proprio come me anni prima, sentiva di non appartenere a quel posto. Si sentiva sbagliato tra tutte quelle persone che lo osservavano come fosse la loro prossima preda.

Sapevo cosa vuol dire stare tra centinaia di persone e sentirsi solo, perché l'unica persona di cui hai bisogno non è più lì, accanto a te.

Mi morsi il labbro più che potevo.

Perché non riesco a essere gentile come te, papà?

Perché allontano sempre tutti?

La testa cominciò a girarmi vorticosamente, tanto che pensai di essere sul punto di svenire.

Poi sentii la porta di casa cigolare. Quel rumore inconfondibile, simile a un fischio, dovuto alle cerniere del portone arrugginite.

Sentii delle voci ovattate rompere il silenzio.

«Come mai frequenterai i nostri corsi se hai diciannove anni?»

Miles.

Mi ancorai al suono della sua voce, per rimanere lucida.

Aveva seguito alla lettera le mie istruzioni, accompagnando Acher fino a casa, fino all'uscio.

«Ho perso un anno nella mia vecchia scuola. Sai, mia madre, gli ospedali, i ricoveri... non riuscivo mai a essere costante nello studio.»

«Oh, sì, capisco. Mi dispiace tanto.» Notai una punta di imbarazzo nel tono del mio amico.

«Be', puoi...» Acher tentennò un istante. «Puoi anche andare, ehm...»

«Miles. Mi chiamo Miles.» Terminò al suo posto. «Volevo controllare che Trinity stesse bene. È venuta a cercarti, ma quando è tornata sembrava sconvolta.»

«Posso farlo io. Grazie del passaggio.» Tagliò corto. Sembrava che avesse fretta di liquidarlo.

«È che...» Immaginai Miles grattarsi la nuca, com'era solito fare quando era in imbarazzo, come durante le interrogazioni di storia. «Non è cattiva, te lo posso assicurare. È una ragazza fantastica, davvero. Devi solo rispettare i suoi spazi, ascoltare i suoi silenzi...»

«La conosci bene», lo incalzò Acher.

«È così, e sono molto fortunato. Perciò non te la prendere per i suoi atteggiamenti. Imparerai ad apprezzarla.»

In quel momento ebbi la conferma che Miles era il migliore amico che potessi desiderare, in assoluto. Quando era a disagio, balbettava un po', parlottava più del dovuto e si grattava nervosamente l'orecchio destro, ma era pur sempre il migliore.

«Sono molto stanco, quindi...» Acher pose fine alla discussione, con tono glaciale, per nulla scalfito dalla gentilezza di Miles.

«Sì, ecco, mi tolgo dai piedi. Benvenuto a Seafolk!»

Sentii nuovamente il cigolio della porta e, subito dopo, dei passi secchi, decisi, a ogni metro più intensi.

Quasi li sentivo rimbombare nelle orecchie.

Poi, d'un tratto, si arrestarono, proprio dinanzi alla porta di mogano dello studio di mio padre. Che non era più solo il *suo* studio, ma anche la camera di Acher.

Mi guardai attorno; non c'era neppure un letto nello studio di mio padre, solo un divano, una scrivania e una libreria.

E il nostro acchiappasogni appeso alla parete...

Acher sapeva che avrebbe dormito sul divano, ma non aveva replicato. Non si era lamentato neppure per un istante, non aveva protestato.

Io, invece, mi ero preoccupata solo di quelle quattro mura, di quello che avevano rappresentato per mio padre.

Non avevo riflettuto su quanto potesse essere difficoltoso per Acher trascorrere la notte su un divano malandato, dalle molle allentate, più scomodo di una roccia.

Il bracciolo poteva a malapena fungere da cuscino...

Mi concentrai sul silenzio.

Perché Acher era lì, immobile, dall'altro lato della porta.

Nessun fruscio o scalpiccio di passi.

Lo percepivo.

Così imponente e destabilizzante... era impossibile non accorgersi della sua presenza.

Non era necessario vederlo.

Sapevo che era lì.

Ad aspettare.

Aspettare che qualcuno facesse il primo passo.

Quasi percepivo i suoi palmi caldi sul legno fresco, le sue braccia tese in avanti, il suo sguardo accigliato, in attesa.

Per un momento immaginai persino un suo sospiro sommesso, represso.

Poi, il nulla.

Lo sentii allontanarsi, lasciando la porta serrata alle sue spalle.

Non era entrato sbraitando, urlandomi di uscire dalla sua stanza, di smettere di fare la bambina.

Perché Acher Morris era... *rassegnato*?

Con i miei amici, sugli scogli, davanti a quella porta...

Acher era rassegnato, quasi più di me.

Certa che se ne fosse andato, mi lasciai cadere sul divanetto, riprendendo fiato, quasi come fossi stata in apnea.

Mia madre non sarebbe tornata prima di sera e io sarei

rimasta lì, nello studio, a trascorrere la notte mettendo insieme i fogli rimasti del manoscritto di mio padre.

Avrei avuto bisogno di una torcia o di una confezione di candele, perché la lampadina appesa al soffitto cominciava a diventare sempre più fioca e ballerina.

Non chiusi occhio neppure quella notte.

Avevo sentito mia madre rientrare, esausta dopo otto ore di lavoro.

Non era venuta a cercarmi, perché sapeva che non avrei messo piede fuori dallo studio di mio padre. Era come se avessi un cartello con su scritto NON DISTURBARE appeso alla fronte.

Perché io incutevo timore, allontanavo tutti.

Mi lasciavano alla mia solitudine, proprio come aveva fatto Acher qualche ora prima.

Dopo la scomparsa di mio padre, avevo *scelto* di rimanere da sola.

Ma ora… nessuno si avvicinava più a me.

E io ero delusa, amareggiata.

In realtà non sapevo se desiderassi con tutta me stessa rimanere da sola o avere qualcuno al mio fianco, che mi stesse accanto.

Quando il sole ebbe superato la linea dell'orizzonte, mi decisi a scendere in cucina.

E non perché il mio stomaco brontolasse, ma perché mi parve di essermi isolata abbastanza.

La scena che si presentò dinanzi ai miei occhi mi destabilizzò a tal punto che ci mancò un soffio che ruzzolassi giù per le scale.

La testa di Acher era letteralmente infilata sotto il lavello della mia cucina. Tutt'attorno c'erano la cassetta degli attrezzi di papà, chiavi inglesi, cacciaviti e un martello arrugginito.

Boccheggiai, tentando di ragionare.

Acher.

Acher nella mia cucina.

Acher nella mia cucina con gli attrezzi di mio padre.

Le mie labbra si lasciarono sfuggire un mugolio sommesso.

«Uhm...» abbozzai, richiamando la sua attenzione.

Il ragazzo sussultò al suono della mia voce e la sua prima reazione fu uno scatto repentino, tanto che la sua fronte andò a sbattere contro una tubatura più sporgente.

Con gli occhi sgranati mi lasciai sfuggire una risatina istintiva e Acher si alzò lentamente, grattandosi la testa dolorante.

Ci scrutammo per un istante, senza parlare. Poi, rude come mio solito, ruppi il silenzio.

«Cosa stai facendo nella mia cucina?» domandai, atona.

«Aggiusto la tubatura, non si vede? Ah, no, perdonami. Era quello che stavo facendo, prima che tu mi interrompessi.»

«Nessuno te l'ha chiesto», constatai.

«Lo so», rispose immediatamente. «Ma mi sembrava il minimo, per ringraziarvi dell'ospitalità.»

Io ti faccio dormire su un divano, ti tratto nel peggiore dei modi e tu vuoi ricambiare l'ospitalità ricevuta?

Mi sarei presa a schiaffi da sola.

Poi lanciai uno sguardo fugace al salotto.

Acher aveva dormitò lì...

Avevo trascorso tutta la notte chiusa all'interno dello studio di papà, e tutti i bagagli di Acher – be', un solo borsone a dire il vero – erano lì.

Non aveva avuto neppure la possibilità di cambiarsi, motivo per cui indossava ancora gli abiti del giorno precedente.

«Io... mi...»

Perché balbetto? Insomma, devo solo scusarmi...

«Va tutto alla grande», esordì, ironico. «Questa è casa

tua, quello è lo studio di tuo padre. Non sono venuto qui per fare la guerra. Ho già abbastanza problemi.»

Eppure stai aggiustando i miei, di problemi.

«So che non mi vuoi qui. Per la cronaca, neppure io voglio stare qui. Ma non ho tempo da perdere con i tuoi capricci.»

Se anche per un momento avevo creduto che potessimo convivere pacificamente, senza odiarci per più di due minuti, bene, mi sbagliavo completamente.

«Cosa state facendo?» Mia madre ci raggiunse, nascondendo uno sbadiglio con la mano.

Rimase interdetta quando vide Acher con accanto la cassetta degli attrezzi di papà.

«Questa notte ha iniziato a gocciolare ed era un rumore a dir poco martellante. Non riuscivo a dormire, allora ho pensato di aggiustarlo.»

«Oh, Acher...» Mia madre era a un passo dal gettarsi ai suoi piedi, era chiaro.

Roteai gli occhi al cielo.

«Ti ringrazio molto.»

Quella scenetta stava iniziando a darmi la nausea.

«È il minimo, Ellen. E poi sono abituato.»

Sono abituato.

Abituato a stare da solo.

Abituato ad aggiustare tubature.

Amanda era in ospedale, ma suo padre?

Dov'era il padre di Acher?

«Avete fame, ragazzi?»

Storsi il naso.

«Da morire.» Acher sorrise cordialmente.

«Tu, Trin? Non hai fame neppure stamattina?»

«No, ma grazie lo stesso, mamma.»

Vidi la delusione nei suoi occhi spenti.

Non avevamo molto in frigo. C'erano solo degli avanzi del tacchino offerto a Miles, un sacchetto di Doritos aperto da qualche giorno, una scatola semivuota di cereali, delle uova e del latte.

Mia madre parve un po' a disagio.

Se avessimo avuto tempo di fare la spesa, avrebbe preparato ad Acher uno dei suoi piatti succulenti, ma dovette limitarsi a cucinare delle misere uova strapazzate.

Il mio sguardò finì sul calendario appeso al muro.

Un momento, oggi è venerdì!

«Questa sera non torno a casa», esordii.

«Come mai?»

«Falò a Seafolk Bay.»

Poi pensai ad Acher, al fatto che non avesse nessun amico e un'idea malsana mi balenò nella mente.

«Vuoi venire?» gli domandai.

Mia madre fu sul punto di affogarsi col caffè e anche Acher mi guardò sconvolto.

«Allora?» lo incalzai, imbarazzata da quelle reazioni incredule.

«Non sono tipo da falò...»

Feci spallucce. «Neppure io, ma dato che tra meno di due settimane ricomincerà quell'inferno chiamato liceo, voglio andarci.» Sospirai. «Comunque cercavo solo di essere gentile, per una volta.» Sbuffai.

«Acher, potresti controllare che non stia nevicando? Perché non riconosco più mia figlia.» Rise.

«Che simpatica!» la sbeffeggiai.

Mia madre alzò le mani in segno di resa, poi afferrò la borsa e le chiavi della sua Ford, e si diresse alla porta.

«Vado al supermercato. Vi serve qualcosa?»

Feci segno di no con la testa e Acher fece lo stesso.

«Preferenze per il pranzo?» Attese una risposta che non arrivò.

«Qualunque cosa andrà bene, Ellen.»

La cortesia di Acher mi dava letteralmente sui nervi. Quasi non riuscivo a sopportarla. Non riuscivo a capire se fosse reale, sincera, oppure totalmente architettata.

Quando mia madre si richiuse la porta alle spalle, mi avviai verso le scale per raggiungere camera mia.

«Verrò con te.»

Mi arrestai immediatamente, sorpresa dal suono della sua voce profonda, decisa, e mi voltai il necessario per poter scrutare il suo volto.

«Non era mia intenzione costringerti», dissi in un flebile sussurro che quasi stentai a riconoscere.

«Non mi stai costringendo. Verrò con te.»

«Non devi farmi un favore.»

«Verrò con te perché voglio. Fine della discussione.»

Un sorriso beffardo si dipinse sul mio volto, e mi ricordai delle parole che mi aveva rivolto poco prima.

«Assecondi i capricci di una ragazzina?»

«Assecondo i *miei*, Trinity.»

Il mio nome, pronunciato da lui, mi fece rabbrividire. Rimasi turbata dalle reazioni involontarie che la sua voce mi procurava.

«I tuoi capricci riguardano una notte sulla spiaggia? Molto ardito, eh Morris?»

«Oh, non immagini neppure di che genere siano i miei capricci...»

Con una velocità disarmante scattò in piedi e mi superò, percorrendo le scale fino all'ultimo gradino.

Quando fu in cima si voltò un'ultima volta.

«A stasera, Sanders.»

Odiavo le feste.

Ma i falò a Seafolk Bay erano magnifici.

Io, Miles e Lola trascorrevamo la notte in riva al mare, portando con noi piumoni, felpe e litri di caffè.

Inoltre, adoravo le sere di settembre.

Quelle sere, in cui lo scirocco lasciava spazio alla rigida brezza settembrina, mi ricordavano che tutte le cose belle prima o poi finiscono.

Settembre era sempre stato, per me, il mese a metà.

A metà tra la salsedine che si appiccicava come colla alle braccia, dopo un bagno nell'acqua gelida, e i tramonti che osservavamo con un brivido che ci attraversava la schiena, come fosse arrivato il momento di ripescare le felpe dal fondo dell'armadio.

Settembre era il mese dell'incertezza.

C'erano notti in cui bisognava serrare gli infissi alle finestre, perché pareva che un temporale fosse alle porte e che l'autunno avesse già invaso la città.

Altre notti, invece, il mare rilasciava il suo calore come in un abbraccio e l'acqua, tiepida, sembrava riscaldare i granelli di sabbia in cui erano affondati i piedi delle sedie a sdraio e degli ombrelloni, negli unici spazi liberi tra una roccia e l'altra.

Settembre era il mese che, più di tutti, mi riportava alla realtà.

Perché l'estate era il periodo dei sogni, in cui pareva di essere in uno di quei libri che mi leggeva mio padre prima di andare a dormire o in una di quelle serie tv anni Ottanta, con biker e surfisti.

Mentre l'autunno era la vita reale, con tutte le sue delusioni, con il suo dolore e la cattiveria delle altre persone.

E settembre… be', era nel mezzo.

I falò di Seafolk Bay erano un manifesto che quasi voleva dire "godetevi la vostra favola ancora per qualche giorno, perché poi il libro si chiuderà e voi rimarrete solo personaggi in attesa di un lieto fine".

E io mi sentivo proprio così, un personaggio, solo che il mio *narratore di storie* aveva lasciato la mia in sospeso, e non sapevo più chi fossi.

Un personaggio che, di notte, rimaneva sveglio per cercare una penna, un foglio e una storia che, con un pizzico di fantasia e coraggio, sarebbe diventata la sua.

Inoltre adoravo i falò perché, in quelle notti senza stelle, tutto era possibile.

Ciò che veniva detto o fatto ai falò rimaneva segreto, ed era come se la mattina successiva nulla fosse successo.

In quelle notti io non ero Trinity, la squilibrata senza un padre, ero solo… *io.*

Potevo confidarmi con Miles e Lola, perché l'oscurità delle tenebre avrebbe celato le mie paure e le mie insicurezze, regalandomi una maschera dietro cui nascondermi.

Mi sentivo molto più a mio agio e al riparo da sguardi indagatori; nel buio nessuno prestava attenzione a cosa indossavo o a come apparivo. Perciò mi sentii libera di indossare le mie solite Converse e la mia felpa preferita, quella col cappuccio, che puntualmente mi ricadeva sugli occhi.

Me l'aveva regalata mio padre, quattro anni prima.

Ricordavo perfettamente il motivo di quel regalo.

In una cittadina a qualche chilometro da Seafolk una band aveva organizzato una serata cover di tutte le canzoni dei Bee Gees e io avevo comprato due biglietti, per me e mio padre. La sera prima, però, la tonsillite peggiore che avessi mai avuto mi aveva relegata a letto, e addio Bee Gees. Delusa e amareggiata, mi ero rifiutata di uscire dalla stanza per giorni, fino a che mio padre non aveva lasciato davanti alla mia porta una busta. Avevo scartato con foga il regalo, ritrovandomi tra le mani una felpa con la stampa di John Travolta nella *Febbre del sabato sera.*

Nonostante i lavaggi, era ancora in ottime condizioni, fatta eccezione per i capelli di Travolta che penzolavano dal tessuto.

Ora la felpa mi andava un po' stretta, ma era pur sempre la mia preferita.

La indossavo a ogni falò.

Sandie mi sbeffeggiava, dicendo che l'avevo trovata in un cassonetto, o qualcosa del genere. Ma lei non sapeva. E andava bene così. Perché, anche se avesse saputo, non avrebbe capito.

Alcuni oggetti hanno un valore inestimabile, proprio perché è come se, anche solo guardandoli, sfiorandoli o indossandoli, la persona che richiamano alla memoria sia accanto a noi. E, ogni volta che fissavo nello specchio la figura di Travolta stampata sulla mia felpa, ci vedevo mio padre e il suo sorriso rassicurante.

Mi tastai le tasche dei jeans e mi accorsi di aver dimenticato le cuffiette.

Cavolo, le ho dimenticate di nuovo nello studio di papà.

Le avevo lasciate la sera prima, lì, sulla scrivania. Avevo ascoltato un paio di canzoni, poi avevo preso a correggere il manoscritto di mio padre ed erano rimaste lì.

Percorsi il corridoio a falcate, canticchiando nella mia

mente la colonna sonora di *Flashdance*, imitando i passi della protagonista.

Le sere dei falò ero particolarmente spensierata.

Mi sentivo libera di lasciar andare i pensieri negativi, di cantare a squarciagola le canzoni che amavo, di essere solo e soltanto Trinity.

«*Well, I hear the music. Close my eyes, feel the rhythm. Wrap around, take a hold of my heart...*»

Quando cantavo, quando sentivo nella mia testa quelle note, proprio come se le mie orecchie le stessero ascoltando... in quel momento ero quasi felice.

«*What a feeling!*»

Si trattava di brevi istanti.

Istanti interrotti da una voce parecchio incavolata. Anzi, furiosa.

«Ehi! Non puoi entrare così!» Una voce stridente interruppe la mia performance.

Non mi ero accorta, durante il mio assolo, di aver fatto irruzione nello studio di mio padre, dove Acher mi guardava bieco, a torso nudo, accanto alla scrivania.

Il mio volto impallidì alla velocità della luce.

Riacquistai immediatamente la cognizione del tempo e realizzai di essere entrata senza permesso nello studio, ormai diventato la sua camera.

Ero così presa dal testo della canzone che...

«Ehi! Mi hai sentito?!»

Mi destai, scuotendo il capo. Come avevo potuto dimenticarmi completamente della sua presenza?

«È lo studio di mio padre, non camera tua! Quindi posso entrare quando voglio!»

Tentai di nascondere l'imbarazzo e tornai all'attacco.

«Allora, mettiamola così, *usignolo*.»

Come mi ha chiamata?

«Non puoi entrare qui quando sono nudo!»

Sbattei le palpebre più e più volte.

In fondo aveva i pantaloni...

Be', aveva addosso *solo* quelli.

Non rimanere imbambolata a guardarlo!

Muoviti, distogli lo sguardo!

Mi domandai come, però. Dato che pareva che i contorni del corpo di Acher fossero stati disegnati da Michelangelo in persona.

«Mi hai sentito, usignolo?»

«Sì, ho sentito la tua snervante voce!» Ribattei, spazientita. «E non sono un usignolo!»

«Spoiler: quando canti la tua voce risuona in tutta casa. Chiunque abbia delle orecchie riesce a sentirti!»

Quando cantavo ero sempre da sola a casa...

Nessuno aveva mai sentito la mia voce, tranne mia madre, qualche volta.

«Ehi! Usignolo, mi stai ascoltando?»

Usignolo.

«Sì, cavolo, sì! Me ne vado.» Alzai le mani in segno di resa, spazientita.

Non appena ebbi tra le mani le mie cuffiette e la porta dello studio si richiuse con un tonfo alle mie spalle, rimasi immobile, con il fiato sospeso.

Usignolo.

Mi aveva chiamata in quel modo così strano, ma... *bello.*

Una cosa era chiara, però: ora che Acher Morris viveva con me, dovevo smetterla di cantare a squarciagola.

Sentivo freddo.

La fine dell'estate era vicina, e ciò voleva dire che quello sarebbe stato l'ultimo falò della stagione.

Avvertii una leggera pelle d'oca sulle braccia; quasi riuscivo a percepire la brezza settembrina intrufolarsi sotto la felpa e accarezzarmi la pelle.

Quando Miles suonò il clacson della sua automobile, trasalii.

Non avevo guardato Acher neppure per un istante dopo la figuraccia nello studio di mio padre, e mi ero ripromessa di continuare così per tutta la serata.

Lui mi rendeva... *debole.*

Mi sentivo quasi vulnerabile. E odiavo sentirmi in quel

modo, perché l'ultima volta in cui ero apparsa così indifesa era stata dopo la morte di mio padre.

Intravidi Lola seduta sul sedile anteriore. Ciò voleva dire solo una cosa: sarei rimasta accanto ad Acher per tutto il tragitto.

Mi morsi la lingua talmente forte da farla sanguinare, poi lanciai un urlo stridulo e poco elegante.

«Morris, ce la fai a scendere?!»

Non l'avessi mai chiesto...

Acher Morris era affascinante, non c'era alcun dubbio.

Ma mai avrei immaginato di vederlo scendere dalle scale con una giacca di pelle nera, una T-shirt bianca e dei jeans skinny. Se non fosse stato per i suoi morbidi riccioli color nocciola, avrei scommesso la mia anima che fosse uscito fuori da *Grease*.

Distogli lo sguardo, muoviti!

«Bella felpa», mi interruppe.

Mi sentii avvampare.

«Senti, se stai cercando di prendermi in giro...»

Sempre sulla difensiva, eh, Trin?

«Dico davvero.» Sembrava serio. «Travolta, eh? Forte.»

Anzi, il suo tono era serissimo.

Lo guardai in cagnesco.

«Non ti sto prendendo in giro, conosco quel film, è un capolavoro.»

Conosceva davvero la *Febbre del sabato sera*?

Non sembrava in vena di scherzare, perciò decisi di credergli. A ogni modo, avrei potuto ringraziarlo per il complimento, ma non lo feci.

Rimasi lì, confusa.

«Miles e Lola ci stanno aspettando.» Cambiai discorso per spezzare l'imbarazzo.

«Sono pronto.»

Be', io no.

«Andiamo.»

Per tutto il tragitto mi domandai per quale motivo avessi invitato Acher Morris al nostro falò.

Acher era un tipo silenzioso, lo avevo capito. Motivo per

cui non rispose a nessuna delle domande che Lola gli rivolse nel giro di quindici minuti.

All'ennesimo "qual è il tuo gusto di gelato preferito?", Acher sbuffò sonoramente e Miles scoppiò a ridere.

«Dagli tregua, Lola. Di questo passo si getterà fuori dal finestrino.»

Incrociai lo sguardo di Miles nello specchietto e mi sorrise. Per un istante mi tranquillizzai. Ricambiai l'occhiata, come a dirgli "concentrati sulla strada, non su di me".

Poi, come se mi sentissi un macigno sulle spalle, ruotai il capo tanto da poter fissare con la coda dell'occhio Acher e notare che stava squadrando il mio migliore amico.

«Uffa, sei noioso, Miles», frignò Lola.

«Noioso, ma responsabile.»

«A proposito...» abbozzai. «Grazie per ieri.»

«E di cosa?» Mi fece un occhiolino. «Per te questo e altro.»

Seguirono degli interminabili secondi, più che imbarazzanti. Vidi Lola irrigidirsi e osservare ogni espressione di Miles. Poi, dopo un breve momento di silenzio, tossicchiò per attirare la sua attenzione.

Cos'è appena successo?

Era raro vedere Lola così nervosa, quasi irritata.

«Quanto è lontana questa spiaggia?» chiese Acher, spazientito.

«Ecco, siamo arrivati», rispose Miles tranquillo, con la sua capacità di rimanere imperturbabile, estraneo a qualsiasi emozione negativa, come se lo attraversassero, senza sfiorarlo mai.

Appena parcheggiò, misi piede sulla sabbia umida mista a pietrisco e mi sentii sollevata.

Il sole stava tramontando dietro il promontorio, quello che chiamavamo Silver Mountain, e spirava una leggera brezza che increspava le onde.

Amavo il mare di notte, i teli stesi sulla sabbia e i tronchi attorno al fuoco scoppiettante.

Un paio di coppiette si erano già appartate sugli scogli, e le risate fragorose dei ragazzi risuonavano sullo strepitio delle fiamme.

Il falò era iniziato da meno di un'ora e già intravedevo nella folla Sandie.

Lei, che odiava i falò, ma che doveva prendere parte a qualunque iniziativa avesse la parvenza di una festa.

Lei, che doveva essere ovunque e con chiunque.

Lei, che stava aspettando solo *lui*.

Notarla fu facile: indossava un abito striminzito a pois rossi e una fascia nei capelli che, nonostante le folate di vento, rimanevano immobilizzati grazie alla quantità esorbitante di lacca che aveva spruzzato sui boccoli.

Le ombre iniziavano ad allungarsi, ma la notte era appena iniziata e io non ero sicura di riuscire a sopportare la voce stridula di Sandie per altre sei ore.

Miles si mise al mio fianco.

«Possibile che questa felpa ti stia meglio ogni anno che passa?» ridacchiò.

Lui sapeva.

Sapeva di mio padre, forse anche più di Lola.

Perché lo conosceva, e conosceva la storia della nostra felpa.

«Grazie, Miles.»

«A me non fai mai complimenti», protestò Lola, tenendosi il labbro inferiore tra i denti, con un velo d'amarezza.

Ma che le prende stasera?

«Perché non ce n'è bisogno, sai già di essere bella», rispose educatamente Miles con un sorriso.

Ma Lola rimase seria e ci diede le spalle, quasi delusa.

«Vado a prendere da bere», mormorò con freddezza.

Anche Acher ci lasciò lì, da soli.

«Come va la convivenza con tuo cugino?»

«Cugino di secondo grado.»

Meglio specificare.

«Va bene, riformulo. Come va con tuo cugino *di secondo grado*?»

«Cerco di non ucciderlo.»

Miles scoppiò in una fragorosa risata.

«È già una conquista. Sembra un tipo a posto.»

Non mi andava di parlare di Acher, quindi cambiai argomento.

«Non noti nulla di strano in Lola? Prima mi è sembrata parecchio nervosa.»

Io e Lola non ci confidavamo più come un tempo; lei trascorreva molto più tempo con la squadra di pallavolo, io invece preferivo di gran lunga stare da sola. Quando uscivamo, eravamo sempre in compagnia di Miles, e non parlavamo mai di "cose da ragazze" in sua presenza. Ciò nonostante, ero sicura della nostra amicizia.

Eppure, avevo come l'impressione che mi stesse sfuggendo qualcosa.

«Be', sai, dopo la scomparsa di tuo padre, ho trascorso molto tempo con te e...» Abbassò lo sguardo.

«E lei si sente messa da parte», conclusi, mortificata.

«Prometto che sarò più presente per Lola.»

«No, è...» Tentai di non scoppiare in lacrime. «È che mi sento in colpa.»

Miles mi posò una mano sulla spalla, come per rassicurarmi, ma le sue parole arrivarono alle mie orecchie ovattate e mi domandai se non fossi finita in una bolla. Una bolla che stava per scoppiare alla vista di Sandie accanto ad Acher.

Il respiro mi si fermò in gola e il sangue mi ribollì dalla rabbia.

Seguii la figura di Acher finché Sandie non gli si parò davanti, ostacolando il suo passaggio.

Poi accadde tutto in un istante.

Vidi Acher mormorare qualcosa, e il sorriso sgargiante di Sandie spegnersi immediatamente. Lei tentò di prendergli il polso, ma Acher la strattonò, liberandosi dalla morsa, ma evitando di farle del male.

Percepii la tensione del momento a metri di distanza e fui sul punto di corrergli incontro.

Sandie, sconvolta, rimase interdetta per qualche secondo, poi corse via dalle sue amiche.

Non l'avevo mai vista così delusa.

Acher non l'aveva rifiutata, aveva fatto molto peggio...

Cosa diavolo le aveva detto?
«Aspettami qui.» Liquidai Miles in fretta e furia, che mi guardò confuso.
Persi di vista Sandie, ma il mio sguardo seguì ogni mossa di Acher lungo la spiaggia. Corsi verso di lui, decisa.
«Ehi, Morris! Cosa le hai detto?» domandai a debita distanza, con i miei soliti modi bruschi.
«Che ti importa? Credevo la odiassi», replicò glaciale.
«È vero, ma non voglio che tutta la scuola mi odi perché mio cugino ha tirato uno schiaffo alla reginetta della Seafolk High!»
«Cugino di secondo grado», precisò.
Sbuffai.
«È uguale! Cosa le hai detto?»
Ti importa saperlo per timore che Sandie parli male di te o perché sei solo curiosa?
Zittii la mia coscienza.
«Ho messo le cose in chiaro.»
«Le cose in chiaro?»
«Conosco quel genere di ragazze. Insistono finché non cedi e te le porti a letto. A me non interessa.»
Scoppiai a ridere.
Acher che rifiutava Sandie… pensava fossi così ingenua?
«Fingerò di crederti…» Feci per allontanarmi.
«Ho una ragazza.»
Quelle parole squarciarono lo spazio che ci divideva.
Ho una ragazza.
Ovvio che ne avesse una.
Insomma, dovevi immaginare che avesse una ragazza, Trinity. Era scontato.
Da dove veniva, chissà quante belle ragazze aveva già conquistato. L'aveva rifiutata perché lì, nella città in cui era cresciuto, a migliaia di chilometri da Seafolk, aveva una vita. Una vita di cui non sapevo un bel niente.
Per un momento avrei voluto *sapere*. Avrei voluto chiedere ad Acher del suo passato, della sua vita prima che sua madre scoprisse di essere malata. Avrei voluto ascoltarlo mentre parlava dei suoi amici, delle sue passioni.

Mi morsi la lingua, incrociando le braccia al petto e sfoggiando il mio sorriso migliore.
«Be', sarà felice di sapere che le sei fedele.»

5.
INSONNIA

«Il ladro di sogni non era
un uomo senza cuore, un tempo.
Era un uomo a cui l'avevano strappato via.»
MICHAEL SANDERS, *Il ladro di sogni*

Prima o poi, tutti ci ritroveremo a fare i conti con la morte.

Avevo scritto questo sul mio diario a un mese dalla scomparsa di mio padre.

La vedevo ovunque.

Dietro gli alberi, tra i banchi di scuola, nel suo studio.

Era una lucida consapevolezza che sapeva di insensata razionalità.

Ci pensavo ogni notte.

Ogni notte in cui non riuscivo a dormire e mi rigiravo sul materasso, sentendomi un sacco di iuta troppo pesante anche solo per spostarsi di un millimetro.

Odiavo sentirmi così.

Odiavo quella sensazione così destabilizzante.

D'un tratto, lo stesso diario che custodiva i testi delle mie canzoni preferite si era tramutato in una brutta copia dell'*Antologia di Spoon River*, con epitaffi sparsi qua e là tra le pagine macchiate di lacrime e caffè.

La parte peggiore era vedere mia madre sfogliare quelle pagine di nascosto. Non perché volesse frugare nella mia roba, ma per il desiderio di conoscere e condividere un pezzetto del mio dolore. Del *nostro* dolore.

Un dolore che non esternavo mai, ma che tutti vedevano nei miei occhi velati, nel suono ovattato della mia voce, nei miei gesti così avventati e fin troppo istintivi.

Il dolore si riconosce.

Mia madre lo riconosceva, scovandolo nelle pagine del mio diario. Non glielo impedivo perché non ne avevo la forza, o forse perché anch'io, in fondo, avevo un disperato bisogno di condividere la mia sofferenza con qualcuno.

Ciò che mi dilaniava di più era l'idea di non apparire come la figlia forte e tenace di cui aveva bisogno. Perché lei aveva bisogno di un supporto, di una roccia. Ma io a malapena riuscivo a sorreggere me stessa.

La sera dei falò, però, vedevo spuntare sul suo viso un sorriso leggero, timido, perché sapeva che per una sera il peso che mi gravava sul petto si sarebbe alleggerito un po', giusto qualche ora, il tempo necessario a trovare sollievo nel cielo stellato. Era felice che, anche solo per una notte, mi sentissi una normale adolescente, spensierata e... *viva.*

Perché ero viva, ma non mi sentivo tale.

Prima c'era stato il dolore, poi erano arrivate le responsabilità: le bollette, i conti a fine mese, la casa che assomigliava ogni giorno di più a un rudere diroccato...

Ero cresciuta troppo in fretta e mia madre lo sapeva.

Mi aveva visto diventare cinica e insensibile.

Ma in quelle sere... ero solo una ragazza.

Una semplice ragazza della Virginia che ammirava le stelle, distesa sulla sabbia che le riempiva le Converse e persino un po' l'anima.

Ero Trinity Sanders, un nome comunissimo per una ragazza comunissima.

Ecco chi ero.

O meglio, chi avrei voluto essere.

Sfilai dal mio zainetto il telo che avrei disteso sulla sabbia. Miles si era offerto di darmi una mano, ma gli avevo categoricamente ordinato di andare a cercare Lola. Le avrebbe fatto piacere sapere che a Miles stavano a cuore i suoi sentimenti. Ma, soprattutto, avevo come l'impressione che avesse più bisogno di lui, al momento, che di me.

Una volta sistemata, rivolsi uno sguardo alla riva, dove gruppi di ragazzi ridevano e ballavano già a ritmo di musica. Lanciai un'occhiata veloce al resto della spiaggia, ma di Sandie nessuna traccia.

Alcuni dicevano che fosse tornata a casa prima del previsto o che fosse dietro uno scoglio a strusciarsi con un certo Samuel Pickett, un surfista australiano con un conto in banca che avrebbe facilmente sfamato persino i nipoti dei miei pronipoti.

Avevo sistemato il mio telo più lontano dal cerchio del falò, e la musica delle chitarre mi arrivava soffusa, quasi ridotta a un brusio.

«Questa festa fa schifo.»

Quella voce. Quella voce così snervante... L'avevo sentita per la prima volta neppure quarantott'ore prima e già l'odiavo.

«Forse da dove vieni tu le feste sono più belle», risposi con asprezza.

«Forse. Ma la gente è tutta uguale, ovunque tu vada.»

Non mi voltai neppure a guardarlo.

Eppure sei tu quello fidanzato. Non è così uguale, no?

Avvicinai una lattina di cola alle labbra, in attesa del prossimo commento che sarebbe fuoriuscito come una saetta dalle sue labbra.

«Non mangi, eppure bevi litri di quella roba.»

«È cola senza zuccheri», precisai.

«Ed è per questo che la bevi.»

Sbarrai gli occhi.

Come faceva a...?

«Non hai di meglio da fare, che parlare con me?» chiesi sarcastica.

«Si dà il caso che io conosca solo te e degli altri mi importi poco», mormorò. «Stavamo parlando di quella.» Indicò la lattina tra le mie dita.

«Non ho bisogno di uno psicologo, ma grazie lo stesso.»

Quella del falò era l'unica sera dell'anno in cui il mio cuore poteva tirare un sospiro di sollievo da tutte le paure e il dolore che provavo. Non avevo voglia di parlare né di cibo né di altro.

«Perché non parliamo di te, Morris? Che cosa facevi nella tua vecchia scuola? Fammi indovinare, capitano della squadra di football e re del ballo?» Risi con amarezza.

«Sono il figlio di una donna malata di cancro. Che vuoi che me ne importi del ballo della scuola o di quattro idioti che si scannano per una palla?»

La sua risposta non mi colse di sorpresa. Punzecchiarlo con le mie domande inopportune era diventato il mio passatempo preferito, e non perché sminuissi il suo passato, ma perché finalmente avevo qualcuno con cui ironizzare sul male che era capitato anche a me.

Riusciva quasi ad allentare la morsa delle mie preoccupazioni.

«Tu, invece? Pecora nera della famiglia e teppistella della scuola?»

Certo, lo sarei stata, se solo non ci fossimo soltanto io e mia madre in famiglia. A scuola, invece, ero un caso disperato.

«Cavolo, mi hai scoperta.» Bevvi un altro sorso, fingendo una certa preoccupazione.

«Sei sempre così pungente o...»

«O magari lo sono solo con te perché sei un ficcanaso?»

Per tutto quel tempo, non lo avevo degnato neppure di uno sguardo.

Acher Morris era così maledettamente simile a me, da farmi venire la nausea.

«Trascorreremo qui tutta la notte?» chiese esausto.

«Sì», risposi gelida. «Se vuoi andartene, chiederò a Miles di riportarti a casa.»

«Non è il mio baby-sitter. Posso andarmene da solo, quando voglio.»

«Prego, allora. Perché sei ancora qui?» sbottai, distogliendo lo sguardo.

Solo Sandie riusciva a innervosirmi in quel modo. Ma Acher stava per battere il suo record.

«Sei molto accogliente...»

«Sono accogliente con chi ho voglia, non con gli estranei che invadono i miei spazi.»

«Io non ho invaso proprio nulla e non ho intenzione di farlo proprio ora. Credi che mi piaccia stare qui, a queste festicciole da due soldi?»

«Se sei così indipendente come dici, allora che ci fai ancora qui? Hai detto che potevi andartene quando volevi, allora vai!»

«Sono venuto a questa stupida festa solo per te!»
Per... me?
Cosa diavolo significa?
Fu Miles a interromperci.
«Non sono riuscito a fermarla», esordì con il fiato corto.
«Cosa...?» Non terminai neppure di pronunciare quelle parole che la vidi.
Lola era ubriaca fradicia. Aveva gli occhi lucidi e le gambe quasi non riuscivano a reggere il suo peso. Miles la sorreggeva con un braccio attorno alla vita, per evitare che barcollasse a tal punto da cadere.
«Stava per scivolare da uno scoglio. Credo abbia buttato giù tre tequila e due shot di roba viola. Dio santo, non l'ho mai vista bere così tanto.»
Tastai la fronte di Lola: sembrava accaldata. Miles mi guardò, allarmato.
«La riporto a casa? Oppure in ospedale?»
«Miles, calmati. Ha solo bisogno di mettersi a letto e riposare.»
Miles non era abituato alle emergenze. Qualunque cosa andasse fuori dai suoi schemi lo metteva in crisi.
Lola si dimenò.
«Sto bene, lasciatemi stare! Torna dalla tua Trinity! *Trinity qua, Trinity là!*» piagnucolò.
Stava delirando.
«Ti porto a casa», disse Miles con fermezza.
Eppure quelle parole...
Trinity qua, Trinity là!
«Non preoccuparti, Portland. Vomiterà tutto tra qualche ora», lo rassicurò Acher, con la calma di chi non si scompone mai, davanti a nulla.
Miles sospirò, rassegnato. «Odio le feste», terminò lamentoso, prima di caricarsi Lola sulle spalle.
«Vuoi che venga con te?» domandai, preoccupata.
«No, dovrei farcela. Goditi il falò.»
«Chiama, se hai bisogno», gridai quando ormai aveva già percorso a falcate metà della spiaggia.
Eravamo un disastro.

Tutti a Seafolk trovavano una valvola di sfogo, non sempre positiva.

Miles era ossessionato dai suoi voti, Lola dal campionato e dagli allenamenti, Sandie spendeva così tanto denaro da far piangere la carta di credito del padre e io avevo smesso di mangiare. Eravamo una nave la cui rotta era destinata a finire contro un iceberg.

«Le passerà», tentò di tranquillizzarmi Acher, sfiorandomi appena il gomito.

Ma non riuscivo a pensare ad altro che non fossero le parole che Lola aveva balbettato in preda all'alcol.

Perché erano vere.

«No, non le passerà così facilmente. Aveva bisogno di me e io...»

«Avevi bisogno di vivere il tuo dolore e lasciare il mondo fuori. È stato giusto così. Lola starà bene.»

Mi morsi l'interno della guancia.

«Non la conosci», lo aggredii, strattonando il braccio per non sentire più le sue dita addosso. «In realtà sei arrivato... da quanto? Due giorni? E già credi di conoscerci tutti. Ma non è così. Mi dispiace dirtelo, ma non sei lo psicologo di Seafolk.»

Acher Morris mi faceva ribollire il sangue nelle vene.

«Cercavo solo di tranquillizzarti», rispose atono.

«Non mi servono le tue rassicurazioni.»

Se io ero furiosa, Acher non dava neppure minimamente a vedere il suo nervosismo. Sembrava essere parecchio abituato alle discussioni.

«Ora che Portland deve riaccompagnare la tua amica, come torneremo a casa?»

«Miles sa quando venirmi a prendere.»

Di solito io trascorrevo tutta la notte al falò. Miles e Lola andavano a casa verso le quattro del mattino, poi tornavano a prendermi all'alba.

Mi piaceva osservare il sole sorgere su Seafolk Bay. Lo facevo spesso con mio padre...

«Sa così tanto di te...» disse quasi tra sé e sé.

Storsi il naso.

Miles sapeva così tanto di me perché glielo avevo permesso. E una cosa era certa: non lo avrei permesso allo stesso modo ad Acher Morris.

«Ora potresti stare zitto?!»

Il suono della sua odiosissima voce, così graffiante, stonava con le note delle chitarre e il fruscio delle onde del mare.

Eppure, più lo sentivo parlare e rispondere alle mie battute mordaci, più una certezza avanzava con prepotenza in me: lui era diverso.

Diverso da tutte le persone che vivevano a Seafolk, diverso da Miles e da Lola, ma così simile a me da rendersi detestabile.

Odiavo che rispondesse a tono alle mie provocazioni, ma sotto sotto mi divertiva.

Era sulla mia stessa lunghezza d'onda, anche se le sue idee erano agli antipodi rispetto alle mie.

Poi, d'un tratto, si avvicinò al mio orecchio, come per sovrastare il suono della musica. Fu un gesto talmente repentino, che neppure mi accorsi dei passi che aveva percorso per raggiungermi.

Mi sentii avvampare, ma non mi ritrassi.

Non mi fai paura, Morris.

Poi, in un soffio, pronunciò queste parole: «Ti risponderò in questo modo quando canterai a squarciagola per tutta casa, usignolo».

«Smettila di chiamarmi in questo modo!» sbuffai, infastidita. «Non sono un maledettissimo usignolo!»

«Le tue cuffiette reclamano un po' di pace», sogghignò «E anche le mie orecchie, a dire il vero.»

«Ricordami un momento a chi appartiene la casa in cui trascorrerai le tue notti...»

«A Michael Sanders, che non sei tu.»

Il suono di quel nome, quelle quattordici lettere, si infranse contro il mio stomaco, vorticò un paio di volte e poi mi trafisse il cuore con una fitta lancinante.

Il nome di mio padre. Dell'uomo che aveva costruito casa nostra, che ancora era inciso sulla cassetta delle lettere e che non riusciva ad abbandonare le notti in cui mi tormentavo. Spalancai la bocca e un gemito fuoriuscì dalle labbra al posto delle parole che gli avrei rivolto con disprezzo.

Ma la voce mi morì tra le corde vocali e indietreggiai, barcollando.

La vista mi si appannò per un istante interminabile, tanto che pensai di star per svenire.

Non sentivo pronunciare quel nome da…

Acher sporse le braccia verso di me, come per afferrarmi, sorpreso dalla mia reazione, ma io mi scansai frettolosamente.

«Non toccarmi», ringhiai, facendo ruotare le mani sui polsi e scuotendo il capo.

«Trinity…»

Mi sembrava di vedere il mondo attraverso il fondo di una bottiglia verdastro, sfocato, inaridito, sproporzionato.

«Trinity…» mi chiamò ancora una volta. Ma la sua voce era un flebile suono, simile a un fischio nel fondo delle mie orecchie. «Trinity, mi disp…»

Mi dispiace, Trinity, davvero, ma non ce l'ha fatta.

Avrei voluto gridare, dire ad Acher che avrei preferito che non fosse mai esistito, ma non potevo, perché non rispondevo più delle mie azioni.

«Trinity, ascolta…» Acher mi afferrò il polso con dolcezza tentando di trattenermi, ma prima che riuscisse a dire altro, un braccio mi strattonò via dalla sua presa.

«Che cosa le hai fatto?!» domandò in tono di accusa una voce familiare.

Miles…

«Non le ho fatto un bel niente!» protestò Acher. «Levati, Portland.»

«Tu dici a *me* di levarmi? Si può sapere cosa è successo?! Stava bene prima che vi lasciassi da soli!»

«Stavamo solo parlando.»

«Solo parlando?!»

Acher era a un passo dall'afferrare Miles per il colletto della sua camicia, quando trovai la forza di stringere le dita attorno all'orlo dei suoi polsini.

«Miles, per favore...» sussurrai sbattendo le palpebre più e più volte. «Non è successo niente.»

Non sono il genere di ragazza che deve essere salvata.

Posso cavarmela da sola.

«Smettetela, entrambi! Ci stanno guardando tutti.»

Devi passare inosservata, Trin. Essere invisibile.

Devi scrollarti di dosso gli sguardi delle altre persone.

Devi fuggire via.

«Me ne vado, ne ho abbastanza», dissi con voce rotta, reprimendo un singhiozzo.

Mi maledissi per aver accettato il passaggio di Miles e non essere venuta lì con la mia auto. Odiavo dipendere da qualcuno. Inoltre, volevo piangere. Volevo, ma non riuscivo. In parte perché sentivo sulla schiena le occhiatacce scottanti degli amici di Sandie, in parte perché il nome di mio padre pronunciato da Acher aveva risvegliato in me troppa rabbia persino per potermi lasciare andare alle lacrime.

Sentivo un nodo crescermi nel petto e il respiro farsi più pesante, eppure non c'era traccia di lacrime.

Feci per allontanarmi dai due, quando sentii nuovamente la voce di Miles.

«Trin, vuoi che ti riporti a casa?»

«Ehi, dove stai andando?» seguì la domanda di Acher.

«Posso andare da sola o credete che abbia bisogno di un cavaliere?» chiesi retoricamente.

«Trin.» Miles catturò la mia attenzione «So che non vuoi essere aiutata, ma per favore, lascia che ti riporti a casa.»

«Al diavolo il tuo passaggio, Portland.» Acher lo raggiunse a falcate.

«Smettetela, maledizione!» sbraitai. «Non ho bisogno di tornare a casa!»

Mi allontanai lungo il molo, senza voltarmi indietro per scorgere i volti impiccioni dei ragazzi che schiamazzavano attorno al falò.

Avrei voluto affermare che mi importava poco delle dicerie che mettevano in giro sul mio conto, ma non era così.

Mi importava, anche se poco. Perché, anche se false e

frutto della cattiveria di Sandie e delle sue amiche, tutti ci credevano.

Proseguii lungo la spiaggia, là dove l'unico barlume di luce a illuminare i granelli cristallini che risplendevano come costellazioni era il faro di Seafolk Bay, i cui raggi colpivano a intermittenza un paio di assi di legno addossate alla vecchia torre dei bagnini.

Era stata abbandonata qualche anno prima, quando quel lato di spiaggia era stato dichiarato inagibile per via delle continue frane della parete rocciosa che abbracciava quella lingua di terra.

Era diventato il *mio* posto, ovviamente. Perché tutto ciò che era abbandonato o trascurato pareva appartenermi, come se il mio cuore fosse un ingranaggio rotto e malandato, abbandonato a sé stesso e caduto in disuso.

Ero spezzata, malandata.

Ero come quel molo, che non frequentava più nessuno.

Ero come un sassolino calpestato, tra altri mille.

Ero come quella torretta, dal legno consumato dalle termiti, su cui nessuno voleva più mettere piede.

Mi arrampicai sulla scaletta a pioli che conduceva all'interno della torre di salvataggio e mi sedetti sul legno umidiccio, facendo aderire la schiena alle assi logore e un po' sudicie, per via del tempo e delle intemperie, ma soprattutto per via della trascuratezza.

Inspirai profondamente, assaporando la tranquillità che avvolgeva il luogo in un abbraccio.

Ma il silenzio continuava a martellarmi nel petto e nel cuore e, se non avessi riempito quel vuoto, i pensieri mi avrebbero logorata.

Rimasta sola, estrassi il mio cellulare dalla tasca e non feci altro che selezionare la mia playlist preferita.

Ormai le voci fastidiose che provenivano dal falò sembravano solo un ricordo lontano e le note di *All Night Long* contrastavano il soffio del vento e l'infrangersi delle onde sugli scogli.

Let the music take control.

Quanto avrei voluto che fosse così.

Quanto avrei voluto che la musica prendesse il controllo, rubandolo alle mie emozioni.

Paura, perché temevo di aver ferito Miles.

Amarezza, perché sentivo di non aver aiutato Lola.

Rabbia, perché non sopportavo Acher.

Tristezza, perché mio padre non c'era più.

Feel it in your heart and in your soul...

Let the music take control.

«Qualcosa mi dice che non sei mai stata brava a controllare la rabbia...»

Mi sporsi immediatamente dalla cima, per avere la certezza che quella voce appartenesse a *lui.*

«È *l'impulsività* che non riesco a controllare...» risposi atona.

«Me ne sono accorto.»

Che ci faceva Acher Morris lì?

«Mi hai seguita per caso?» domandai.

«Non ce n'è stato bisogno.»

Una folata di vento gli arruffò i ricci, ma non si scompose.

«Come mi hai trovata?»

«Posto isolato dal mondo... Dovevi per forza essere qui.» La sua mano afferrò il manico della scala. «È stato un gioco da ragazzi trovarti.»

Si arrampicò finché non ci ritrovammo a condividere quel misero quadrato di tre metri per tre, tanto che mi parve di non avere abbastanza ossigeno.

Poi, quasi come un ladro, sfilò dalla tasca della giacca una lattina di cola e me la porse.

«È il tuo modo di farti perdonare?»

«Una specie. Non abituartici.»

La afferrai con non poca riluttanza, scrutando ogni movimento di Acher. Lui si sedette a gambe incrociate davanti a me, serrando le labbra e sbottonandosi la giacca. Il clima diurno era caldo, a Seafolk, ma di notte la brezza faceva calare la temperatura di qualche grado e sembrava quasi di essere sulle Blue Ridge Mountains. Tuttavia, Acher non sembrava sentire freddo neppure in quel momento.

«Lionel Richie, eh?»

Solo allora mi resi conto che il cellulare stava continuando a riprodurre la canzone.

«Come fai a conoscerlo?»

Era la seconda volta che Acher mi stupiva: prima con la *Febbre del sabato sera* e poi con Lionel Richie. Erano musiche desuete, poco conosciute dai miei coetanei. Ma forse non avrei dovuto sorprendermi: *lui* non era mai stato come gli altri.

«Come sei curiosa, Sanders...»

«Sei tu quello misterioso, Morris», controbattei.

«E tu maledettamente insistente, lo sai?»

Sorrisi.

Suonava come un complimento.

Insomma, non ricevevo molti commenti del tipo "sei bellissima", quindi la parola "insistente" suonava un po' come un timido apprezzamento.

«Non hai sonno?»

Il suo tono era stranamente calmo.

«Perché dovrei?»

«Be', sono quasi le tre del mattino.»

Le tre del mattino?!

Quanto tempo avevo trascorso camminando da sola verso il faro? E perché sembravano trascorsi solo pochi minuti dal litigio tra Miles e Acher?

«Fai fatica a prendere sonno», constatò.

«Wow, Sherlock. Mi stupisci», commentai ironica.

«Il mio intuito è infallibile.»

Ma sapevo che voleva la verità.

Una verità che non ero pronta a raccontargli, non ancora.

«Tu, piuttosto? Come mai non sei stanco?»

«Chi ha detto che non sono stanco?» Si passò una mano tra i capelli, reprimendo uno sbadiglio.

«Allora perché non sei al falò a riposare?»

«Perché tu sei qui, di notte, da sola. E non sarei riuscito a dormire, così.»

Quelle parole arrivarono alle mie orecchie come un timido sussurro.

«So cavarmela da sola.»

«Non lo metto in dubbio.»

Parlare con Acher voleva dire partecipare in prima persona a un dibattito studentesco o a un'udienza in tribunale, ma non mi dispiaceva. Le nostre parole erano celate da un sottile vero di ironia che ci nascondeva e proteggeva al tempo stesso.

Di lì a un paio d'ore l'alba sarebbe sorta e Miles sarebbe tornato per portarci a casa. Ma allora perché avrei voluto rimanere su quella torre per sempre?

Poi, realizzai.

Miles…

Miles!

Dov'era finito? Era arrabbiato? Aveva riportato Lola a casa? Stava bene?

«Miles…» accennai, ma Acher non mi lasciò terminare.

«Portland sta bene. Ci siamo chiariti, prima.» Afferrò la lattina per berne un sorso. «Un po' nervoso, il ragazzo.»

Un po' nervoso…

Era proprio quello il punto.

Miles non era *mai* nervoso.

Era la persona più tranquilla ed equilibrata che avessi mai conosciuto e non l'avevo mai visto così scosso prima.

Ma quella era stata una serata movimentata e io, Miles e Lola non litigavamo quasi mai. Forse, vedere me e Lola in un pessimo stato lo aveva turbato parecchio.

«Siete mai stati insieme?»

Al suono di quella domanda, sgranai gli occhi e con un gesto distratto e repentino urtai la lattina di cola versandone il contenuto sul pavimento di legno della torre. «Cosa? No. No, mai.»

Eravamo amici da tempo immemore, eravamo quasi fratelli. C'era una maggior probabilità che mio cugino fosse Miles e non Acher.

«Che domanda stupida…» mormorai.

«Riformulo: sei mai stata con qualcuno, Sanders?»

Ancora una volta un ghigno sardonico comparve sul suo volto.

«Credo che non siano affari tuoi.» Liquidai il discorso.

«Vedremo, usignolo. Vedremo.»

6.
INERZIA

«Nessuno sapeva nulla di lui.
Alcuni credevano fosse un fantasma,
altri ancora una leggenda.
Ma una cosa era certa:
il suo cuore era di cristallo.»
MICHAEL SANDERS, *Il soldatino di cristallo*

«Odio Sandie, odio Seafolk, odio tutto!»

Entro sbattendo la porta. Papà sta aggiustando il lavandino, che si è rotto ancora una volta. È la quarta, questa settimana. Sono le tre del pomeriggio e sta grondando di sudore, mentre si sforza di avvitare un bullone lungo la tubatura.

«Che succede?» mi domanda passandosi un polso sulla fronte, per asciugarsi delle goccioline.

«Che succede?! Che qui fa tutto schifo! Mi isolano tutti, non capisco perché non ho amici, perché allontano ogni essere vivente su questa terra!»

«Cosa te lo fa pensare?»

Strabuzzo gli occhi, abbozzando una smorfia.

«Sei serio? Papà, insomma! A pranzo sono sempre da sola, nessuno mi invita alle feste, sono sempre l'ultima scelta quando bisogna formare le squadre di pallavolo. Mi sento la feccia dell'umanità!»

Mi sorride amorevolmente e con comprensione, poi mi fa cenno di avvicinarmi.

«Trin, sono sicuro che è tutto nella tua testa. È soggezione.»

«Te lo giuro, papà. Mi evitano come la peste.»

«Forse perché sei tu a evitare loro?»

Incrocio le braccia al petto.

«Cosa vuoi dire?»

«Che tu ti senti diversa da loro, giusto?»

Annuisco, sbattendo le palpebre per allontanare il pizzicore agli occhi.

«Bene, sei diversa. Non è un male. Lo si nota anche a chilometri di distanza. Anche i tuoi compagni ti percepiscono diversa, e si sentono a disagio.»

«Ma loro sono un branco, come fanno a sentirsi a disagio con me?»

«Cosa fa un lupo quando vede un animale che è più forte di lui?»

«Non lo so... fugge via?»

«Esatto.»

Mio padre era uno scrittore. Ma siccome la pubblicazione di un romanzo non era sufficiente per crescere una figlia e pagare le bollette, lavorava anche come architetto.

Diceva che la geometria lo aveva da sempre affascinato.

Non riusciva a capacitarsi di come, grazie a una serie di calcoli, un palazzo riuscisse a stare in piedi e di come, grazie a una serie di lettere, si potesse accarezzare il cuore delle persone.

Credeva che fossero dei miracoli.

Sosteneva anche che la letteratura non fosse poi così diversa dalla matematica.

Entrambe migliorano la vita delle persone, Trin.

Affermava anche che la combinazione tra le due gli permetteva di dare un tocco di originalità alla sua vita. Quasi lo invidiavo, perché riusciva sempre a trovare una ragione per iniziare una nuova giornata col sorriso. Mentre il mio si spegneva non appena mettevo piede in aula. Perciò, quando settembre era alle porte, una strana malinconia mi invadeva il petto e il respiro si faceva sempre più affannato, come se l'ossigeno iniziasse a mancare.

Tutti dicevano che ero una ragazzina difficile.

O meglio, era difficile vedermi seduta a un banco per cinque interminabili ore.

Era difficile invitarmi a una festa o mangiare con me alla mensa scolastica.

Forse perché ero brava ad allontanare le persone. Lo ero prima, quando mio padre era ancora al mio fianco, poi lo ero diventata ancora di più.

Non biasimavo i miei compagni di corso perché mi evitavano ogni volta che mi incrociavano in corridoio.

Non mi importava più di loro.

Non mi importava di respingerli, di non farli sentire a loro agio, perché ci ero abituata.

Ma di *lui*...

Di Acher mi importava.

Anche lui mi definiva diversa?

Anche lui aveva notato la distanza tra me e gli altri ragazzi di Seafolk?

La mattina successiva al falò, mi domandai proprio questo.

Mi stupii dei miei pensieri: da quando mi interessava l'opinione di Acher?

Lui non era altro che una spina nel fianco che ti ferisce, ma che ti fa sentire viva.

Era una macchia di colore blu in un mondo in bianco e nero.

Acher era... un motivo.

Un motivo per svegliarsi al mattino e affrontare la giornata.

Un motivo per non chiudermi in me stessa, per confrontarmi con la vita.

Un motivo per non lasciarmi andare.

Non era più semplice inerzia quella che mi spingeva ad aprire gli occhi e trascinare il mio corpo stanco fuori dal letto.

E avevo paura.

Anzi, ero terrorizzata.

Perché conoscevo Acher solo da un paio di giorni e già iniziavo a riconoscere il suono dei suoi passi. Cercavo la sua presenza nella stanza, anche quando non c'era. Mi pareva persino di percepire il suo profumo in ogni angolo della casa.

Stavo impazzendo.

Perché lo odiavo.

Odiavo il fatto che dormisse nello studio di mio padre.

Odiavo i suoi "buongiorno" di cortesia ogni mattina.

Odiavo il suo sorrisetto beffardo, le sue battutine scortesi.

Ma odiavo ancora di più non sapere nulla di lui.

Insomma, aveva una ragazza, sua madre era in ospedale, e...?

E non sai nient'altro, Trinity.

Rimaneva solo una cosa da fare: cercare su Google.

Mi intrufolai nello studio di mio padre, dove c'era ancora il suo vecchio computer, un Macintosh di almeno dieci anni, ma ancora perfettamente funzionante.

Mio padre adorava scrivere su carta, ma un computer faceva comodo quando c'era bisogno di revisionare capitoli e inviare e-mail agli editori.

Cliccai sul motore di ricerca e digitai il suo nome e il suo cognome, tamburellando le dita sul mouse, in attesa.

Ma di Acher non c'era traccia. Non un link né una fotografia.

Plausibile, pensai.

D'altronde neppure io avevo un profilo Facebook e odiavo i social network.

Continuai a spulciare qualche sito web, ma il nome Acher Morris non compariva mai.

Tirai un leggero pugno al mouse per il nervosismo.

Era un dannatissimo fantasma.

Esisti per davvero, Acher Morris?

Ma che stavo facendo? Lo stavo stalkerando?

Forse perché lui sapeva fin troppo di me, mentre io sapevo così poco di lui.

Non sapevo nulla della sua vita prima dell'arrivo a Seafolk e di certo lui non era aperto a discussioni del genere.

Poi, digitai il suo nome e, accanto, "Blue Ridge Hospital".

Supponevo che fosse l'ospedale in cui era ricoverata sua madre, ma mai mi sarei aspettata il risultato che comparve come un flash su quello schermo.

La ricerca portava a una certa Elizabeth Tatcher...

Ma questo non è il nome di sua madre.

«Che fai qui?»

Sussultai all'istante.

Quella voce agghiacciante...

«Quante volte devo ripeterti che sì, questo è lo studio di tuo padre, ma non puoi entrare quando vuoi?!»

Acher era furioso e... madido di sudore.

O almeno lo era il suo petto nudo.

Indossava soltanto un paio di pantaloncini a vita bassa e aveva i capelli bagnati, perciò intuii che fosse appena uscito dalla doccia.

«Be', non sei nudo, almeno», ribattei, precipitandomi a chiudere le schede del motore di ricerca prima che potesse sbirciare l'oggetto della mia indagine.

«Ti piacerebbe.» Scosse il capo, lasciando gocciolare l'acqua in eccesso dai suoi ricci, e mi costrinsi a distogliere lo sguardo dalla sua figura, concentrandomi sullo schermo davanti a me.

«Alla tua ragazza no.»

In quel momento lo sguardo di Acher mutò in quella che parve l'espressione più furiosa che avessi mai visto.

«*Cosa?*» si limitò a sibilare.

Fui colta alla sprovvista da quel cambiamento repentino. Era arrabbiato, ma non solo.

«Alla tua ragazza non piacerebbe... se io ti vedessi nudo, intendo», chiarii all'istante.

I muscoli del collo parvero rilassarsi e io tornai a respirare. Cosa avevo detto di così sbagliato?

«Era solo una battuta...» precisai.

Noi ci scambiamo sempre battute mordaci, che ti prende?

«Se non riesci a tenere a freno la lingua, evita di fare battute su di lei, allora.» Fece schioccare la lingua sul palato in aria di sfida, come per sancire la fine di quella discussione, e io mi sentii ribollire il sangue nelle vene.

«Ehi!» protestai, scattando dalla sedia. «Ti ha forse morso una vipera?»

Acher mi diede le spalle e fu allora che mi infuriai ancora di più.

«Ah, certo! Tu puoi chiedermi se sono stata con Miles, ma io non posso scherzare sulla tua ragazza?»

Mi avvicinai più del dovuto, tanto che, in un secondo, si voltò verso di me e mi ritrovai a un millimetro dalla sua fronte.

Acher mi spinse contro il muro e le sue braccia mi incastrarono tra il suo corpo e la gelida parete che aderiva perfettamente alle mie spalle.

«Ti ho detto di non parlare mai più di lei», sussurrò con gli occhi stretti in due fessure.

Sentii il suo fiato sul collo e per un secondo dubitai di essere al sicuro.

Vidi la sua mascella irrigidirsi, fino a diventare una smorfia di dolore. Istintivamente, con un gesto fulmineo, mi afferrò per un braccio.

«Sono stato chiaro, usignolo?»

Suonò come una minaccia.

Non c'era traccia di ironia.

In quel momento non riuscii a far altro che divincolarmi, per sfuggire alla sua presa. Mi misi a correre per il corridoio, per arrivare dall'altra parte e chiudermi nella mia stanza, come spinta da una forza incontrollata che muoveva le mie gambe nonostante la paura.

Perché cosa fa un lupo quando vede un animale che è più forte di lui e non può attaccarlo?

Fugge via.

7.
ANCORA

«Si chiedeva se,
una volta visto il mondo là fuori,
quello l'avrebbe capita.»
MICHAEL SANDERS, *La principessa di crepe*

Il giorno seguente allo pseudo-litigio con Acher, telefonai a Lola per chiarire quanto accaduto la notte del falò con Miles.

«Sto bene, Trin. Te lo giuro.»

Non era per nulla convincente.

Dopo il falò, avevo come l'impressione che tra noi qualcosa fosse cambiato.

«Io e Miles ci siamo spaventati a morte, lo sai.»

«Miles ha paura anche della sua stessa ombra.» Ridacchiò.

«Eravamo preoccupati», ribattei, seria.

«Andiamo, Trin, avevo solo bevuto un po' troppo. Nessun problema, davvero.»

«Hai detto che...»

Torna dalla tua Trinity! Trinity qua, Trinity là!

Quelle parole erano scolpite nella mia mente.

«Trin, non so come altro dirtelo. Ero ubriaca. Qualunque cosa abbia detto, non lo pensavo veramente.»

«Se ci fosse qualcosa che non va tra noi, me lo diresti?»

«Ovvio, sei la mia migliore amica.»

Eppure il suo tono di voce non rispecchiava le sue parole.

La sentii sospirare, per poi cambiare discorso.

«Ascolta, che ne dici di andare all'Havana's, io, te e Miles, come ai vecchi tempi? Anzi, no! Invita anche tuo cugino, così posso farmi perdonare per la figuraccia dell'altra sera.»

No, non se ne parla!

«Acher ha altro da fare...»

«Cose del tipo?» domandò Lola dall'altro capo del telefono.

«Sì, cosa, usignolo?»

Possibile che Acher Morris spuntasse ogni volta da dietro le mie spalle, come in un maledettissimo film horror?

«Ehm, ti dispiace se ti richiamo dopo?» proposi a Lola.

«D'accordo. Ma non puoi rifiutare un invito all'Havana's. Fammi sapere se viene anche Acher!»

Non appena sentii un prolungato *bip*, segno che la chiamata era terminata, mi voltai verso Acher.

«Ti piace seguirmi, di' la verità.»

«Viviamo sotto lo stesso tetto. Se tu e la tua amichetta conversate con questo tono di voce, è facile sentire quando pronunciate il mio nome.»

Dannazione, era vero.

La mia voce era squillante, come se avessi un megafono attaccato alle corde vocali e questo lo infastidiva parecchio.

Ma, riflettendoci, cosa non dava fastidio ad Acher di me? Gli davo sui nervi senza il minimo sforzo.

Poi, da quando avevo scherzato sulla sua ragazza, si era creata una certa distanza, tra di noi.

Acher era... *complicato.* Non ero riuscita ancora a inquadrarlo. Agli altri dava l'idea di un ragazzo freddo e distaccato, eppure con me era diverso. Era scostante.

Come se avessimo l'innata capacità di metterci in crisi a vicenda e di respingerci con una tale naturalezza... come due calamite.

«La tua amica mi ha invitato in quel posto dove andate sempre, no?»

«Per la cronaca, si chiama Havana's», precisai, sprezzante.

«Be', esaudirò il suo desiderio, allora.»

Sta scherzando, giusto?

«Ascolta. Io non ti voglio tra i piedi, tu non mi vuoi tra i piedi. Insomma, meglio che ci stiamo alla larga, no? E allora perché diavolo devi venire con noi?»

«Ascolta, usignolo», disse, alzandomi il mento con l'indice. «Starò a Seafolk finché mia madre non uscirà da quello schifo di ospedale, quindi abituati a condividere i *tuoi* spazi, capito? L'Havana's non è di tua proprietà, o sbaglio?»

«No, hai ragione. Ma dato che te ne andrai, e lo hai precisato tu stesso, non c'è bisogno di entrare a far parte della mia vita che, in caso non l'avessi capito, fa già pena così com'è, e tu saresti solo in grado di peggiorarla, per quanto possibile.»

Acher era ancora lì, a un centimetro dal mio mento, dalle mie labbra. Nessuno dei due osava allontanarsi, eppure sapevamo. Sapevamo che c'era un limite invalicabile, lì a separarci.

«Ehi, ragazzi!» La voce di mia madre costrinse Acher ad arretrare con uno scatto. «Buongiorno, Acher.»

«Giorno, signora Sanders.» Si limitò a sorridere educatamente, mutando la sua espressione in un nanosecondo.

Agli occhi di mia madre lui era un ragazzo semplice, modesto e beneducato.

Ma con me… Acher mostrava il peggio di sé.

«Quante volte ti ho detto di chiamarmi Ellen?»

«D'accordo, Ellen.» Sorrise ancora, scuotendo il capo, divertito.

«Allora, come procede la convivenza?» domandò, rivolta a entrambi.

«Vorrei soltanto strangolarlo», mi limitai a rispondere, nascondendo l'ironia dietro uno dei sorrisi più finti che io avessi mai inscenato.

«Ottimo, allora tutto procedere per il meglio!» esclamò, battendo le mani.

Non ricordavo l'ultima volta in cui avevo visto mia madre così felice. Felice di vedere lo studio di papà finalmente pieno di vita, ora che Acher l'aveva trasformato nella sua camera da letto.

Lui era ciò che mia madre amava definire "aria di cambiamento". Peccato che quel cambiamento mi innervosisse più di qualsiasi altra cosa. Era quell'aria da bravo ragazzo – camicia di lino stirata alla perfezione, polsini sbottonati e maniche arrotolate all'altezza dei gomiti – che gli conferiva un che di eleganza e compostezza, dietro cui si celava quel suo sorrisetto sardonico e snervante, sempre e solo rivolto a me.

Arricciai il naso in una smorfia e feci per sfuggire dalle grinfie di Acher e di mia madre che, al momento, rappresentavano la combo perfetta dei miei incubi.

«Non così in fretta, signorina.»

Per favore, no…

«Perché non facciamo colazione tutti insieme, proprio come una famiglia?»

Strabuzzai gli occhi.

«Forse perché non siamo una famiglia?» domandai retorica.

«Oh, insomma, Trinity! Acher è tuo cugino.»

«Di secondo grado!» ripetemmo entrambi all'unisono, fissandoci per un istante per lo sgomento.

«Tutti a tavola, forza.»

Sapevo che a mia madre mancava l'unità familiare di quando papà era ancora vivo, ma tornare indietro era impossibile.

Già solo ospitare Acher era per me uno sforzo immane, figuriamoci sedermi a tavola con lui, chiacchierare del più o del meno come fossimo amici.

Non volevo che lui stesse lì, che si sedesse al posto di mio padre, che dormisse nel suo studio, che vivesse in casa mia.

«Caffè?» gli domandò mia madre.

«Oh, no. Prendo solo del succo, grazie.»

Quel suo sorriso da damerino mi mandava in tilt il cervello.

Okay, calma, Trin.

Non puoi versargli addosso una tanica di caffeina.

Ma i suoi modi così falsamente cortesi mi davano alla testa.

«Non puoi bere solo caffè, Trin. Prima o poi il tuo stomaco smetterà di funzionare.» Mia madre adagiò sulla tavola una confezione di Reese's al burro di arachidi e una scatola di corn flakes.

«Mangia», mi ordinò gentilmente.

«Non ho fame.»

«Questa scusa non regge più.»

Se non avesse smesso con quella scenata, avrei ribaltato la tavola.

«Andiamo, un biscotto, almeno. Su, Trin, non fare la bimba.»

Non fare la bimba.

«Ho detto che non ho fame!» sbraitai, incurante della reazione di Acher. «Acher non è parte della famiglia, quindi risparmiamoci questa pietosa finzione. E tu non puoi sederti al posto di mio padre, spostati!»

Non appena pronunciai quelle parole, scostai bruscamente la sedia, rovesciando parte delle tazze ricolme di succo d'arancia. Non sopportavo quella parvenza di normalità che mia madre voleva a tutti i costi. Ma, soprattutto, non sopportavo che considerasse Acher parte della famiglia.

Perché non lo era.

Non sapevamo niente di lui, quindi perché fingere e trattarlo come un vecchio amico?

«Trinity!» mi rimproverò mia madre con un singhiozzo, ma ero già sul pianerottolo, diretta verso le camere da letto.

Odiavo deluderla e risponderle in malo modo, ma contenere la rabbia era fin troppo difficoltoso, se non impossibile.

«Trinity!» continuò, ma ero già nello studio di mio padre.

Quello era uno dei miei posti sicuri, il luogo dove mi rifugiavo quando il mondo incombeva su di me e non mi lasciava respirare.

Perché costringermi a mangiare?

Perché costringermi ad accettare la convivenza con Acher?

Perché costringermi a superare il dolore?

Repressi le lacrime, inspirando enormi boccate d'aria e riempiendo i polmoni che parevano lì lì per bruciare.

«Trinity.»

Quella voce ferma e risoluta... non era quella di mia madre.

Che cavolo, si può restare un minuto da soli in questa casa?!

«Scendi e chiedi scusa a tua madre», mi ordinò Acher.

«Come dici?» chiesi spalancando gli occhi per lo stupore. «Ti credi forse mio padre?» Risi per schernire il suo comando.

«No, non sono tuo padre, ma non puoi mancarle di rispetto in questo modo.»

«Chi ti ha dato il permesso di venire qui e farmi la predica su come devo comportarmi?»

«Sei proprio una ragazzina...» commentò sprezzante, per poi darmi le spalle e muovere un passo.

«Una ragazzina?!» Scattai in avanti verso di lui. «Ascolta, Morris. Non so quale sia per te la definizione di "ragazzina", ma *questa* ragazzina ha affrontato la morte di suo padre portando avanti la famiglia.» Tentai di tenere a freno le lacrime. «Famiglia di cui tu non fai parte. Perché non c'eri. Non c'eri, va bene? Non c'eri quando mia madre a stento respirava e non aveva la forza per andare al lavoro né per mangiare. Quindi, carissimo, sei pregato di non mancare di rispetto a *me* con i tuoi giudizi affrettati.»

Non mi capacitavo di come fossi riuscita a pronunciare quella frase senza scoppiare in lacrime, ma sentii la fierezza scorrermi nelle vene.

Acher si voltò nell'istante in cui smisi di parlare, inchiodandomi sull'uscio. «Il tuo passato non ti autorizza a comportarti così», sibilò, digrignando i denti. «Tuo padre è morto, hai portato avanti la tua famiglia, complimenti. Ma tua madre è ancora viva; eppure, invece di starle vicino, le stai mancando di rispetto, sfogando la tua rabbia su di lei. Non ti rendi conto di quanto tu sia fortunata, perché io non ho avuto neppure la possibilità di vedere o parlare con *mia* madre. È stata per mesi in rianimazione, Trinity. Non ho udito la sua voce né l'ho vista per settimane. E non sai cosa darei per poterlo fare ora.»

Sentii le palpebre pizzicare e arricciai il naso, sentendomi piccola sotto il peso delle sue parole.

«Il mondo non gira attorno a te», mormorò, alla fine.

«Lo so...» risposi in un sorriso amaro. «Non ha mai girato attorno a me, stanne certo.»

«Non ti accorgi neppure di quante persone si preoccupino per te, eh Trinity? Credi di essere sola, eppure tutti pendono dalle tue labbra.»

Le parole di Lola riemersero nuovamente nella mia testa, e soffocai un singhiozzo.

Torna dalla tua Trinity! Trinity qua, Trinity là!

«Smetterai di essere una ragazzina quando verrai fuori da quel maledetto guscio dentro cui ti nascondi.»

«Non c'è nessun guscio...» sussurrai.

«Ah, no? Perché odi quando qualcuno pronuncia il nome di tuo padre? Perché sei così maledettamente aggressiva con tutti? Perché non mangi?»

«Cosa puoi saperne tu? Sei qui da quanto? Poco più di tre giorni, forse.»

«Sono qui da abbastanza tempo da capire che ti nascondi, Trinity Sanders.»

Non mi ero accorta di quanto fosse vicino, così tanto che per un istante il suo respiro si fuse al mio.

«Non sai niente di me...»

Sentire la sua presenza, il suo calore accanto al mio corpo, mi dava sui nervi. Quasi fremevo per la sua vicinanza.

Perché con te le barriere non funzionano?

Perché tu riesci a vedere?

Perché ti insinui nella mia testa?

«So di te più di quanto tu creda.»

Come faceva a sapere tutte quelle cose?

Come faceva a conoscere i miei segreti?

Come faceva a...?

«Ci vediamo all'Havana's.»

Quella sera, Acher non venne a tavola per cena. Non lo avevo visto uscire né rientrare. Mia madre rimase in silenzio tutto il tempo, salvo chiedermi se avessi voglia di qualche piatto in particolare, che rifiutai con un tono mesto.

Non era arrabbiata con me. Nei mesi successivi alla morte di mio padre si era abituata ai miei scatti d'ira, ai quali non reagiva limitandosi a parlare poco e mantenere un'aria tranquilla in casa. Alle volte, avevo come l'idea che temesse di perdermi, così come avevamo perso papà.

Temeva che scappassi di casa o che combinassi qualche guaio.

Mi aveva più e più volte consigliato una psicologa, per affrontare quello che lei declinava come "trauma", ma io avevo sempre rifiutato. A scuola me ne avevano affibbiata una, per qualche settimana, ma mi ero presentata in studio solo per il primo appuntamento.

Mia madre aveva paura che mi facessi involontariamente del male durante le mie crisi. Allora, per non peggiorare le cose in quei momenti, si era sempre limitata a rimanere muta, in attesa che sbollissi la rabbia. Io non facevo altro che sentirmi in colpa per il mio carattere impulsivo, per le mie parole taglienti. Parole a cui solo Acher riusciva a tenere testa.

Ed era stato proprio lui a farmi riflettere.

«Mamma...» Esordii, mesta. «Mi dispiace per oggi.»

Mi stupii delle mie stesse parole.

«Non riesco ancora ad accettare...» Tossii, a disagio. «Sai, che Acher sia qui. Non che sia gelosa, o cose del genere...»

«Ma non vuoi che prenda il posto di tuo padre», terminò lei, calma.

Annuii.

«Va bene, Trin. Sai che non mi offendo, quando hai quei tuoi momenti di... sfogo? Sì, possiamo definirli di sfogo.»

«Non te lo meriti.»

Gli occhi iniziarono a pizzicarmi, ma preferii approfittare dell'assenza di Acher per parlare con mia madre.

«Neppure tu meriti ciò che hai passato, Trin. So che impiegherai del tempo per accettare il fatto che Acher abiti con noi, ma sono convinta che diventerete amici. È un bravo ragazzo.»

Annuii, esausta. Non avevo voglia di controbattere o continuare la conversazione.

«Credi che non sia rimasto a cena per colpa mia?» domandai d'un tratto.

«No, non penso. In fondo, sono sicura che Acher abbia capito che stai attraversando un momento delicato. Inoltre, anche per lui il trasferimento deve essere stato difficile.»

Annuii di nuovo, afferrando dal frigo una lattina di cola. «Sto per andare all'Havana's, non aspettarmi sveglia.»

8.
TRAMONTI

> «E proprio quando il sole calava
> e gli ultimi raggi accarezzavano
> le cime delle montagne,
> il ladro di sogni si intrufolava
> nelle camere dei bambini
> e tempestava le loro menti di incubi.»
> MICHAEL SANDERS, *Il ladro di sogni*

L'Havana's organizzava periodicamente delle serate karaoke in cui io, Lola e Miles cantavamo fino a notte fonda, quando ormai per Seafolk non girava più anima viva. Amavo follemente il karaoke. Non riuscivo a smettere di cantare per più di due minuti e Miles e Lola avevano sempre assecondato la mia passione. Infilavamo monetine su monetine nel jukebox fino a che sul display impolverato e dalle luci intermittenti non compariva la stessa canzone almeno per più di tre volte; a fine serata, aiutavamo Mama a ripulire e sistemare il locale, per poi dormire sulla spiaggia.

Dormire.

Da nove mesi a quella parte, non riuscivo più a dormire. Rimanevo, piuttosto, a osservare il frangersi delle onde sugli scogli aguzzi, fissando la luce del faro e ascoltando il respiro cadenzato di Miles e Lola accanto a me. Oppure mi arrampicavo sul tetto di casa mia o uscivo per fare lunghe passeggiate sul molo, rintanandomi nella mia felpa e nascondendomi nel suono ovattato delle canzoni che si susseguivano dalle cuffiette.

Altre volte guidavo fino a Seafolk Bay, ma mia madre temeva che, prima o poi, fin troppo immersa nei miei pensieri, sarei andata a sbattere contro qualche albero lungo la strada.

Ma io adoravo guidare di notte. Stringere il volante con lo sguardo perso lungo la strada deserta, con la sola compagnia delle luci dei lampioni e col vento che dal finestrino mi scompigliava i capelli.

Guidare teneva occupati i miei pensieri.

Ero fin troppo concentrata sulla strada per poter riflettere su mio padre, su Sandie o su tutto il resto.

La musica, d'altra parte, aiutava.

Aiutava ai falò, alle serate karaoke, a casa…

Era l'unico motivo per cui non mi privavo di quel briciolo di vita sociale che sarebbe andato a farsi benedire con l'avvento del college per Miles e con la partecipazione di Lola ai campionati internazionali.

Mentre io sarei rimasta a Seafolk, con mia madre.

Mi sarei reputata fortunata anche solo se avessi trovato un posto come cameriera all'Havana's.

Mio padre non sarebbe stato fiero dei miei pensieri, se avesse potuto ascoltarli.

Parcheggiai accanto a un lampione fulminato, lungo il marciapiede antistante il locale.

Il sole era ancora alto nel cielo, ma presto si sarebbe tuffato nelle acque increspate di Seafolk Bay. Il caldo avrebbe lasciato spazio alla sabbia e alle pietre gelide, mentre l'acqua sarebbe rimasta tiepida al tatto, come al solito.

Conoscevo ogni angolo di Seafolk. E ogni angolo scatenava in me un senso d'odio e d'appartenenza insensato, che non ero mai riuscita a spiegarmi.

Avrei voluto andare via, certo.

Ma lì c'era tutto.

Mia madre, da sola.

Gli unici ricordi che avevo di mio padre.

Mama e l'Havana's.

Ero così combattuta tra la ricerca della mia strada e i ricordi da non accorgermi dell'incessante scorrere del tempo, che stava inghiottendo ogni cosa sotto i miei stessi occhi.

Lola e Miles erano già arrivati, molto probabilmente erano seduti al nostro solito tavolo, sorseggiando da due cannucce colorate un milkshake più grande delle loro facce.

Dall'esterno udivo già le note di qualche canzone jazz, le

preferite di Miles, mentre l'odore di *tacos*, seppur a metri di distanza, riempiva le mie narici.

Non appena varcai la soglia, Miles e Lola mi urlarono di raggiungerli, mentre Mama mi salutò dalla cucina, muovendo il bacino a tempo di musica e sistemandosi il grembiule con la scritta a caratteri cubitali BEST MAMA EVER.

Mi ritrovai a sorridere, scuotendo il capo.

Il locale era deserto a eccezione del vecchio Jonathan, cliente fedelissimo dell'Havana's.

L'orario di chiusura voleva dire avere il locale tutto per noi. Motivo per cui le serate karaoke riguardavano solo me, Miles e Lola. E il jukebox di Mama, ovviamente!

«Stavamo aspettando solo te per il karaoke!» Miles abbozzò un inchino. «Vostra altezza si è degnata di raggiungerci!»

«Ehi, Trin! Siediti accanto a me!» Lola mi fece posto, avvicinando uno sgabello al tavolo.

«Milkshake alla fragola...» constatai.

«Mi conosci, non cambio mai.» Sorrise.

Tutto era come sempre.

Come l'anno scorso, e quello prima ancora.

«Tutto bene?» domandai titubante a Lola.

«Te l'ho detto, Trin. Se ci fosse qualcosa che non va, non sarei così tranquilla.»

Annuii, rilassata.

Odiavo l'idea di sentirmi fuori posto anche con Lola e Miles, motivo per cui mi scrollai di dosso la sensazione di star trascurando dettagli importanti.

«Ehi, ragazze. Sapete che non sono solito spettegolare, ma...» Miles trattenne una risatina composta.

«...ma?» lo incalzò Lola.

«Indovinate chi è stata respinta da tuo cugino per la seconda volta in meno di una settimana?» si lasciò sfuggire tutto d'un fiato.

Cosa?

«Non dirmi! Sandie Deed è stata rifiutata per la seconda volta dallo stesso ragazzo?! Cavolo, allora il karma esiste per davvero!» Lola batté il pugno sul tavolo, soffocando una risata.

«In che senso rifiutata per la seconda volta?» domandai incuriosita.

«Non hai saputo? Josh, un ragazzo del secondo anno che lavora da Penny's come commesso, lo ha detto a Emmett e Emmett lo ha detto a me... Per farla breve, Sandie ha incontrato lì Acher e lo ha invitato alla sua festa di compleanno. Be', *incontrato* si fa per dire, lo avrà inseguito come una stalker. Acher ha rifiutato non appena Miss Mondo ha chiuso bocca. Per poco non sveniva.»

Un momento... da Penny's?

Cosa ci faceva Acher in un negozio di articoli per bambini?

«Da Penny's?» sottolineai sconcertata.

«Sì, ma non è questo il punto!» commentò Lola euforica. «Le ha dato palo! Per ben due volte!»

«Quel Josh ha per caso detto cosa stava comprando Acher?» Mi rivolsi a Miles.

«No, Sherlock. Aspetta... conosco quello sguardo.» Mandò giù un sorso del milkshake. «Cosa sta frullando nella tua testolina?»

Perché Acher era entrato da Penny's?

Insomma, quel negozio vendeva giocattoli per bambini, o al massimo biberon.

Mia madre mi aveva sempre ribadito che era figlio unico, ne ero certa.

«Alla faccia di Sandie Deed e del suo entourage di oche!» Lola innalzò il bicchiere ricolmo di panna al cielo, brindando.

«Dai, Trin, rilassati.» Miles afferrò la mia mano, trascinandomi al centro del locale. «Qualunque cosa sia, non c'è da preoccuparsi. So che vuoi controllare tutto, ma almeno questa sera divertiti.»

Anche Lola scattò in piedi.

«È il momento di ballare!»

Miles sfilò dalle tasche una monetina, avvicinandosi al jukebox.

«Una delle tue preferite...» mi sorrise raggiante Miles.

«Schiaccia play!» gli ordinò Lola.

Saturday Night Fever dei Bee Gees.

Ah, Miles... come fai a conoscermi così bene?

Miles e Lola iniziarono a ondeggiare goffamente, a ritmo di musica.

Listen to the ground, there is a movement all around, there is something going down and I can feel it.

Anche Mama iniziò a canticchiare dietro i fornelli.

Lola salì in piedi sul bancone, battendo le mani a tempo.

La musica faceva vibrare il pavimento di legno, e lo sfrigolio dei *tacos* si confondeva al ticchettio dei boccali di vetro dei milkshake.

Miles afferrò la mia mano, facendomi volteggiare.

«*And the sweet city woman, she moves through the light, controlling my mind and my soul...*»

Le mie labbra si curvarono in un sorriso, mentre seguii Miles, e prendendo a cantare.

Anche il vecchio Jonathan, seduto in un angolo del locale davanti alla sua birra alla spina, aveva preso a ondeggiare il capo a tempo.

Il ritornello era il mio preferito in assoluto.

«*Then I get night fever, night fever! We know how to do it, oh! Gimme the night fever, night fever! We know how to show it!*»

Un sorriso a trentadue denti mi si stampò sul volto.

Quelli erano i sabato sera più belli di sempre.

Miles mi fece roteare ancora, afferrandomi per i fianchi.

«Potresti spiegarmi per quale motivo non sei ancora a Broadway?» domandò tentando di sovrastare il volume della musica.

«Quando smetterai di lusingarmi?»

«Forse quando crederai finalmente in te stessa», mi disse all'orecchio.

Poi, d'un tratto, Lola interruppe la musica.

Ci voltammo verso di lei all'istante per scoprire il motivo dell'interruzione, ma il suo sguardo era rivolto altrove.

Verso qualcuno.

Qualcuno che stava sull'uscio, immobile, senza fiatare.

Acher.

Ci ricomponemmo, in silenzio.

«Continuate pure. Non era mia intenzione interrompervi», esordì atono.

Si avvicinò al bancone del locale, dove Mama stava impiattando i *tacos.* Ordinò un succo e si lasciò cadere su uno sgabello, rimanendo a debita distanza da noi.

Miles inserì un'altra monetina nel jukebox, ma ero troppo impegnata a osservare i movimenti sinuosi di Acher per riconoscere le note della canzone.

Aveva un'aria stanca.

Anzi, no. Esausta.

Chissà dov'era andato…

Era uscito poco dopo la nostra discussione e non si era presentato per la cena.

Ma aveva mantenuto la sua promessa.

«Ci vediamo all'Havana's, usignolo», aveva detto.

Ed eccolo lì, gettato su uno sgabello, con i gomiti piegati a mo' di triangolo sul bancone e labbra tese in una smorfia.

Lola afferrò Miles per un polso costringendolo a muoversi scoordinato sulla pista da ballo.

La musica ripartì, ma arrivò alle mie orecchie come lontana anni luce.

Continuai a osservare Acher da lontano, come se non avessi la forza fisica di trascinarmi fino a lui.

«Per quanto ancora continuerai a fissarmi? Sei inquietante», commentò tra un sorso e un altro, senza voltare il capo e degnarmi di uno sguardo.

«Non ti sei presentato per cena», mormorai avvicinandomi lentamente.

«Ho avuto da fare.»

«In una città in cui non conosci nessuno? È un po' sospetto, non trovi?»

«Non mi serve conoscere qualcuno», commentò sprezzante.

«Come sei tornato qui da Penny's?»

«È un interrogatorio per caso?» Rise e deglutì, terminando il succo in un ultimo lungo sorso. «Un tipo di nome Emmett mi ha offerto un passaggio. Pare che a Seafolk non ci siano autobus.»

«Non ce ne sono a quest'ora. L'ultima corsa è alle diciassette.» Spostai lo sguardo dalle sue labbra alla cucina di Mama. «Quindi, se mai dovessi scappare da Seafolk, dovrai ricordarti di farlo entro le cinque del pomeriggio, altrimenti addio fuga da Alcatraz.»

«Sai, Trinity Sanders, se utilizzassi un briciolo dell'impegno che impieghi nelle tue battute ironiche in altro, ora saresti miliardaria.»

«Forse non voglio essere miliardaria...» sussurrai.

Per la prima volta dalla sua entrata nel locale, Acher cercò il mio sguardo.

«Allora *chi* vuoi essere?»

Quella domanda, pronunciata con quel suo tono pacato, ma allo stesso tempo tagliente, fermò i battiti del mio cuore, almeno finché Miles non si avvicinò ad Acher, circondando le sue spalle col suo braccio.

«Ehi, Morris. Rimani con noi stasera? Stavamo giusto andando al faro per vedere il tramonto. Ho costruito un drone che dovrebbe scattare delle foto *spaziali*!»

Sapevo il motivo di quell'invito.

Miles voleva rimediare.

Tra lui e Acher non era iniziata nel migliore dei modi, motivo per cui quella serata sarebbe stata un ottimo pretesto per ricucire i rapporti.

«Sì, perché no?» Poi si rivolse a Lola: «Smaltita la sbronza?».

«Alla grande. Come nuova.»

Ma Lola prese la palla al balzo, per stuzzicarlo. «Secondo benservito a Sandie Deed... Siamo sicuri che tu non sia gay?» domandò retorica.

«Ha una ragazza», commentai spontaneamente, con una nota di amarezza sulle labbra.

«Oh», abbozzò Miles. «Be', devi amarla molto per esserle così fedele, nonostante la distanza.»

«O è semplicemente gay», ridacchiò Lola.

Lanciai uno sguardo ad Acher.

Non sembrava arrabbiato perché avevo tirato in ballo la sua ragazza, o magari era fin troppo stanco anche per reagire. Acher era un mistero.

«Trinity è venuta con la sua macchina, quindi non credo ci sia bisogno di riaccompagnarvi a casa...» intervenne Miles.

«Sei venuta con la tua macchina?» Diventò pallido d'un tratto. «E guiderai di notte?» proseguì, allarmato.

Vedere Acher così preoccupato senza alcun motivo mi mise in agitazione.

«Sì, perché? Sono abituata», risposi automaticamente, ma col tono più calmo possibile.

Che problema c'è?

I miei dubbi vennero interrotti da Miles.

«Andiamo o ci perderemo il tramonto!»

I tramonti a Seafolk Bay, soprattutto se ammirati lungo il molo, accanto al faro, erano eccezionali. Chiunque si sarebbe emozionato dinanzi alle sfumature di rosso e arancio di cui si tingevano le nuvole che sfioravano l'orizzonte. Mi chiesi se Acher avesse mai visto tramonti così dalle Blue Ridge Mountains. Ammettendo che venisse proprio da lì.

Camminammo lungo la costa canticchiando, scambiandoci battute e osservando le onde.

Lola era particolarmente sprizzante di gioia, mentre Miles continuava a lanciare occhiate verso Acher, che rimaneva in fondo alla fila, calpestando e lanciando ciottoli qua e là con la punta delle scarpe.

«Pensieroso tuo cugino, eh...» mi si affiancò Miles.

«Già», mi limitai a sibilare.

«Eccolo lì!» Lola indicò il cielo con un gridolino.

I tramonti di settembre mi provocavano una particolare sensazione di appartenenza e malinconia, ma una cosa era certa: riuscivano a stupirmi ogni volta. Inspirai una profonda boccata d'aria, come se il cielo terso, tinto delle tonalità calde del rosso, riuscisse a cullarmi i polmoni.

Vidi Acher quasi barcollare, stupito dalla bellezza del tramonto.

Miles sfilò dalla borsa a tracolla la sua Canon e, seguito da Lola, si allontanò verso il faro per scattare delle foto da presentare al corso di fotografia che avrebbe seguito di lì a qualche giorno.

Ne approfittai per sedermi accanto ad Acher sugli scogli.

«Non ci sono tramonti così belli dove vivevi?» domandai tranquilla.

«Ci sono più albe, che tramonti», rispose con lo sguardo fisso nelle nuvole.

«Non hai idea di quante albe io abbia visto, rimanendo sveglia ogni notte.»

«Io credo di non averne viste abbastanza dall'interno dell'ospedale dove si trova mia madre.»

Lanciò un sassolino nell'acqua, come gli avevo visto fare col bambino, durante la sua prima visita a Seafolk Bay.

«Anche mio padre lo faceva spesso...»

Le parole sfuggirono lievi dalle mie labbra, come attirate dal suono delle onde.

«Eri molto legata a lui.»

La sua non era una domanda. Si trattava più di un'affermazione senza malizia.

Annuii, senza fiatare.

«Hai chiarito con tua madre?»

Annuii nuovamente, lanciando un sassolino nell'acqua, che non rimbalzò neppure una volta e affondò tra le onde con un sonoro *bloop.*

«Stai sbagliando. Non devi lanciarlo...» sussurrò afferrandomi delicatamente per un braccio. «È una questione di polso, devi inclinarlo e poi ruotarlo, mentre il braccio deve rimanere fermo.»

Mi lasciai guidare dalla sua voce e dal suo gesto rilassato.

Scelse un altro sassolino tra gli scogli, il più piatto e levigato, poi dischiuse il mio palmo e mi fece cenno di afferrarlo.

«Lascia andare il sassolino proprio mentre stai ruotando. Sì, ecco, così...»

Accompagnò il mio braccio fino a che non lasciai andare il sassolino, che rimbalzò a pelo d'acqua per ben tre volte.

Non ci ero mai riuscita.

Solo in quel momento mi resi conto che Acher era proprio dietro di me e che non mi aveva ancora lasciata andare. Sentivo la sua presa leggera attorno al mio braccio, che mi provocava un formicolio lungo tutta la schiena. Sussultai quando si allontanò bruscamente, con in volto un'espressione confusa e accigliata quanto la mia. Per un istante, un solo istante, mi parve di essere tornata bambina, con l'ingenuità e la vulnerabilità che avevo perso dalla morte di mio padre.

Sentii inspiegabilmente una sensazione di vuoto, fino a che la voce di Miles non mi risuonò nelle orecchie.

«Ragazzi! Il drone ha scattato delle foto meravigliose!»

9.
PATTO

«Credeva che il mondo
non sarebbe mai cambiato,
perciò faceva dell'odio e della rabbia
la sua armatura.»
MICHAEL SANDERS, *Il soldatino di cristallo*

«Papà, perché la nonna di Emmett non può essere operata? In fondo è solo una frattura al braccio», mormoro ingenuamente.

«Perché la nonna di Emmett non ha un'assicurazione.»

Arriccio il naso, contrariata.

«E chi non ha un'assicurazione non può aggiustarsi un braccio rotto?»

Papà scuote la testa, a malincuore.

«Purtroppo non tutti hanno i soldi per permettersi delle cure mediche. Nel nostro paese funziona così», risponde cauto facendo ordine tra le scartoffie sulla scrivania.

Non sembra sorpreso.

Perché non sembra sorpreso?

È un'assurdità non poter andare in ospedale per aggiustarsi un braccio rotto!

«Perché non sei arrabbiato?» domando delusa.

«Perché è così che funziona il mondo, Trin.» Le sue parole suonano ciniche.

«Ma insomma, funziona uno schifo!»

«Lo so, tesoro. Ho trascorso tutta la mia vita a cercare di cambiare il mondo, ma non ci sono riuscito. Forse persone come te riusciranno a fare la differenza.»

Scoppio a ridere.

«Se non ci sei riuscito tu, papà, che sei la persona più intelligente del mondo, come farò io?»

«Non dire sciocchezze, sono solo un architetto, io. E poi è molto semplice: sognando in grande.»

Dopo la sera del tramonto a Seafolk Bay, Miles mi aveva mostrato almeno duecento scatti, tutti uguali, a cui avevo risposto con un finto «wow», perché ancora intontita dal gesto di Acher.

Erano trascorsi un paio di giorni, nei quali il nostro ospite non aveva messo piede fuori dallo studio di mio padre, perché troppo occupato a contattare medici che si trovavano dall'altra parte dello stato.

Sua madre stava peggiorando.

Non che ce ne avesse parlato, ma riuscivo a percepirlo dal tono di voce aggressivo che utilizzava al telefono.

«Cosa vuol dire che i risultati del nuovo farmaco saranno visibili tra un mese?! Mia madre non ha un mese. Non lo ha!» sbraitò una volta.

Non stavo origliando, ma era impossibile non ascoltarlo. Il volume della sua voce era più alto degli ABBA nelle cuffiette e avrei tanto voluto entrare nello studio per tranquillizzarlo, ma non erano affari miei.

Solo che io avevo vissuto una situazione simile. Con la differenza che non avevo avuto neppure un giorno di tempo per provare a salvare mio padre.

Acher non scendeva né per fare colazione né per cenare. Se ne stava rintanato tutto il giorno, e stentavo a credere che esistesse un essere vivente che mangiasse meno di me. Ma comprendevo alla perfezione la sua mancanza di appetito.

«Mia madre non ha un mese», aveva detto.

Avevo quasi pianto ascoltando i discorsi che intratteneva con medici e compagnie assicurative.

Stando a quanto ascoltato di sfuggita, gli servivano soldi.

«Maledetto sistema sanitario americano!» aveva sbraitato dopo aver riattaccato il telefono.

Occorrevano soldi per cure sperimentali, me lo aveva spiegato una volta il professor Max.

Al terzo giorno di isolamento programmato, decisi di bussare alla porta dello studio di mio padre.

E per la prima volta, non feci irruzione, ma bussai.

Tre tonfi secchi.

Ci fu silenzio per i dieci secondi successivi.
Poi, Acher schiuse la porta.
«Cosa c'è?» domandò secco. «Se hai bisogno dello studio, mi faccio subito da par...»
I suoi occhi ricaddero sul piatto che reggevo con la mano destra.
Erano solo degli avanzi, metà cheeseburger con extra dose di ketchup e delle patatine ormai flosce e fredde. Ma pur sempre una cena.
«Oh...»
«Ho pensato che avessi fame...» mormorai.
Da quando sei così generosa con lui, Trin?
Devi smetterla.
«Non molta in realtà, ma...» La porta si aprì del tutto. «Grazie. Entra, in fondo è casa tua.» Scrollò le spalle.
La camera era in perfetto ordine.
Pareva che Acher ci avesse a malapena dormito.
«Ti serve qualcosa?» domandò.
«No, sono solo venuta per portarti questo.»
Acher afferrò con titubanza il piatto.
«Non è avvelenato, vero?»
Risi immediatamente.
«Sai, non ho abbastanza soldi per pagare anche le *mie* cure.» C'era un pizzico di amarezza in quell'affermazione.
«Non sto tentando di avvelenarti, anche se fino alla settimana scorsa era la mia priorità.» Ridacchiai, felice di avergli strappato un sorriso.
«Sono stato la priorità della temibile Trinity Sanders, sono onorato», ironizzò.
Ci fu un istante di imbarazzante silenzio.
«Sono venuta anche per dirti che...» Inghiottii la saliva in eccesso. «Che non sono così pessima, di solito.»
«Lo so. Ti ho vista con Portland varie volte.»
«Non sono gentile solo con lui. Cioè, a dire il vero lo sono solo con lui e Lola. Ma in genere non sono così presuntuosa.»
«Mi fido.» Pareva serio.
Sentire Acher così distrutto al telefono mi aveva ricorda-

to le conversazioni che avevo intrattenuto con notai e bancari i primi giorni successivi alla morte di mio padre. Mia madre non aveva la forza di chiedere dei prestiti o di estinguerne altri, così mi ero occupata di ogni singolo dettaglio. Ma per fortuna mio padre aveva pensato anche a quello. Mio padre pensava *sempre* a tutto.

«Vuoi?» domandò osservando il piatto e afferrando il cheeseburger.

«No.»

«Non mangi mai», constatò.

«Non è vero.»

«Da quando sono qui ti ho vista mangiare come un uccellino.»

«È sempre stato così...» mentii.

Acher scrollò le spalle, prendendo a mangiare. Distolsi lo sguardo, concentrandomi sulle scartoffie che ricoprivano la scrivania.

«Come sta tua madre?» domandai per poi pentirmene subito dopo, temendo di aver toccato tasti sbagliati e dolenti. «So che non sono fatti miei, ma ho inevitabilmente sentito le telefonate dei giorni scorsi e...»

Acher mi interruppe. «Potrebbe andare meglio, ma riesco a cavarmela da solo.» Ecco tornato il suo tono glaciale.

«Non lo metto in dubbio.» Alzai le mani in segno di resa.

Non sono qui per litigare, Acher.

«Tu ed Ellen mi state già offrendo un posto dove stare, non ho bisogno di ulteriore aiuto.»

«Sì, lo dicevo anch'io...» mormorai.

Lo dicevo anch'io quando tutti cercavano di affievolire il peso sul mio petto, ma invece ne avevo.

Ne avevo bisogno, più di ogni altra cosa. Eppure rifiutavo tutti, compresa mia madre.

«Ascolta. Sono stata una stronza. Con tutti. Con te, con mia madre, e anche con Miles e Lola. Ma so che anche tu preferiresti stare altrove piuttosto che con noi, quindi sanciamo un periodo di resa. Almeno finché non troverai i soldi necessari per quei farmaci di cui parlavi.»

Acher sollevò lo sguardo, sorpreso.

«Quindi stiamo firmando un patto di non-aggressione?» domandò curioso, alzando un sopracciglio.

«Almeno finché tua madre non starà meglio. Sono certa che non hai bisogno di un'ulteriore rompiscatole tra i piedi.»

«D'accordo, allora.» Mi porse la mano.

Esitai un secondo a stringerla.

«Dopodiché tornerò a essere la solita acida.»

«Con buona probabilità non sarò più a Seafolk, quindi ci sto.» Annuì.

Spero davvero che tu te ne vada, Acher.

E non perché ti odi.

Ma perché vorrei che tua madre stesse meglio. Vorrei che almeno tu avessi la tua possibilità. La possibilità di stringerla ancora, di parlarle, di vivere *accanto a lei ancora.*

Acher sorrise.

Sul suo viso apparvero dei solchi, delle fossette.

Delle minuscole fossette.

«Però, a una condizione», aggiunsi. «Nessun segreto importante. O tornerò a essere acida come al solito.»

«Non posso promettertelo, ma...» Si guardò la punta delle scarpe. «Farò il possibile per non renderti una furia, usignolo.»

«Sei incredibilmente bravo», sussurrai.

«A fare cosa?»

«A rendermi una furia. Sembri un damerino.» Risi.

«Sono solo educato.»

«*Pfff*, pareva volessi portarti a letto mia madre al tuo arrivo.»

Acher scoppiò a ridere.

«Ma poi mi hai detto che hai una ragazza, quindi pericolo scampato!» Finsi un sospiro di sollievo.

Ma lui si rabbuiò all'istante.

«Ho una clausola da aggiungere al patto», proclamò gelido.

Ascoltai in silenzio.

«Non dovrai più fare domande su di lei. *Mai.* Né potrai parlarne con i tuoi amici.»

Le sue parole mi lasciarono di stucco.
«D'accordo. Allora ho anch'io una clausola per te.»
«Dimmi.»
«Non nominerai mai mio padre, a meno che non sia io a parlarne.»
Acher annuì, serio.
«Grazie per la cena, Trin.»
Il modo in cui aveva pronunciato il mio nome... Quel suono, così fermo e risoluto, ma anche colmo di gratitudine, mi riportò alla mente fin troppi ricordi.
Abbozzai un sorriso.
«Che patto di non-aggressione sarebbe, sennò?» ne approfittai. «Vorrei dirti che mi dispiace per la pessima accoglienza che ti ho riservato, ma non ci riesco. Non cercherò motivazioni per giustificarmi, è solo che...»
È solo che sono una stronza, perché a Seafolk fa tutto schifo e non riesco a trovare una ragione per non odiare tutto questo. E di conseguenza ho odiato anche te, che non c'entravi nulla.
Acher mi zittì nel momento stesso in cui la sua mano sfiorò la mia spalla e mi parve di andare a fuoco.
«Non c'è bisogno di spiegazioni.» La sua voce ferma non esitò neppure per un istante. «Non devi dare spiegazioni. Almeno non a me.»
Rimasi in silenzio per qualche istante, poi un sorriso spuntò sulle mie labbra e Acher parve sorpreso.
«Cosa c'è?» domandò.
Continuai a ridere sotto i baffi. «Non sei uno spacciatore.»

10.
ACCHIAPPASOGNI

«Si diceva che fosse stato
costruito da un fabbro,
per proteggere la sua bambina
dalle insidie della notte
e dai mostri del passato.»
MICHAEL SANDERS, *L'acchiappasogni incantato*

Non ricordavo il momento esatto in cui mio padre aveva costruito l'acchiappasogni che penzolava dal muro di camera mia.

Ma ricordavo il motivo.

Gli incubi.

Non mi lasciavano tregua; infestavano le mie notti, impedendomi di chiudere occhio.

Allora mio padre aveva inventato una delle sue storie e aveva costruito quell'oggetto per me, assicurandomi che mi avrebbe protetta da qualunque pericolo.

Tuttavia, a distanza di anni, nulla era cambiato.

Gli incubi tornavano frequentemente a farmi visita e dormire era un'impresa impossibile.

Dopo la sua morte, spesso mi appisolavo per la stanchezza, poi il mio cuore iniziava a battere all'impazzata e le mie urla svegliavano mia madre. Da allora avevo smesso di dormire.

Riuscivo a rimanere sveglia anche per giorni di fila.

Bevevo cola e caffè per tenermi vispa, trascorrevo la maggior parte delle notti sul tetto o in spiaggia, altre nello studio di mio padre.

La notte era il mio regno, la mia casa.

Ma quella fu una delle peggiori.

Meno di una settimana dopo sarebbe iniziata la scuola e il pensiero delle chiacchiere e delle occhiatacce di Sandie e degli altri studenti mi davano la nausea. Non avevo paura di loro, ma ero stanca. Esausta di essere l'emarginata, quella che rimaneva sola, in fondo alla classe. Ero stufa di sentire Sandie ridere alle mie spalle e di vedere come tutti gli altri la ascoltassero. L'idea di dover tornare a quella routine, il pensiero di dover sopportare ogni giorno quel chiodo fisso mi davano il voltastomaco.

Ero irrequieta.

Poche cose mi mandavano fuori gioco, e una di quelle era sopportare per l'ennesima volta i loro scherni. Il lato peggiore era mostrarmi impassibile ai loro occhi, come se non potessero scalfirmi.

Alcuni credevano che, dopo la morte di mio padre, Sandie avrebbe avuto un minimo di compassione per me e mi avrebbe lasciata stare, ma non fu così. Nessuno aveva provato pietà per me, e io di certo non ne volevo. Ma nessuno si era preoccupato di chiedermi come stessi, se avessi bisogno di qualcosa.

Perché io ero Trinity «la solitaria» Sanders, non parlavo con nessuno tranne che con Miles e Lola, non partecipavo alle feste, non frequentavo nessun corso pomeridiano, non eccellevo in nessuna attività sportiva o extrascolastica.

Ero un fantasma, per la maggior parte del tempo.

Anche quella notte, i pensieri mi tormentavano. Frustrata, scostai con uno spasmo le lenzuola e mi alzai dal letto, diretta verso la botola sul soffitto.

Mi arrampicai sul tetto, com'ero solita fare, con soltanto la mia felpa lunga fino alle ginocchia a coprirmi. Mi sedetti sulle tegole rossastre e sospirai, mentre il vento prendeva a scompigliarmi i capelli.

Neppure la musica riuscì a darmi conforto.

Riconoscevo quei sintomi.

Sapevo che, prima o poi, sarei scoppiata.

Tentavo di tenere a freno la rabbia che sentivo montare nel mio stomaco, ma era troppa.

Ero così maledettamente arrabbiata con me stessa e col mondo…

Perché non riesci a farti accettare da loro?

Perché non puoi essere una normale adolescente, Trin?

Perché è così difficile?

Mi asciugai l'angolo dell'occhio con il polsino della felpa. Avrei potuto chiamare Miles, ma non lo feci. Sentivo di dover affrontare quella battaglia con me stessa, e con nessun altro. Era un dolore che apparteneva a me, e a me soltanto. Volevo bene a Miles e Lola, ma non avrebbero capito. Perché mai nessuno capiva, anche sforzandosi.

«Solo chi prova il tuo stesso dolore può capirti», diceva mio padre, «il tuo cuore non è fatto per tutti.»

Mi strinsi nella felpa, fissando il faro di Seafolk Bay da lontano. A quell'ora della notte, nessuno era sveglio. Le strade erano deserte, non vi era alcun rumore.

Tranne uno… scricchiolio.

Solo allora mi accorsi di aver lasciato la botola aperta e che una mano, o meglio un braccio, stava spuntando dalla mia stanza.

Dopo la mano, spuntarono dei capelli.

Ricci, scuri.

Acher.

«Ehi…» sussurrò sereno. Poi vide la mia espressione, i miei occhi lucidi, e sbucò completamente dalla finestrella, sedendosi a qualche metro di distanza da me.

«Perché sei qui?» domandai, passandomi i polsini della felpa sugli occhi, cercando di nascondere il rossore.

«Potrei dire che ti ho trovata per caso, ma la verità è che ti ho vista uscire dalla botola e ti ho seguita. Non capita tutti i giorni di vedere una ragazza arrampicarsi sul tetto.»

«Vengo spesso qui.» Scrollai le spalle.

«Evidentemente non hai passatempi usuali come gli altri.»

«Quanto vorrei essere come *tutti gli altri…*» sussurrai di rimando tra i denti.

«Come quella stronza?» continuò lui.

Battei le palpebre, stupita.

«Chi?»

«La ragazza bionda, che sembrava avere un castoro sulla testa.»

Scoppiai a ridere, asciugandomi le lacrime. «Sandie è molto bella.»

«E tu?» chiese lui.

«Cosa?»
«Tu non ti reputi bella?»
«Tu non ti reputi cieco?» controbattei.
Acher rise.
Fissai il suo profilo sinuoso, i riccioli che gli ricadevano scuri sulla fronte mossi dal vento, le mani nelle tasche dei jeans e le gambe leggermente piegate.
«Fidati ci vedo benissimo...» ammiccò. «E mi piace quello che vedo.»
Probabilmente se non avessimo stipulato il nostro patto di non-aggressione, gli avrei rifilato un bel "sei fidanzato, Morris", ma rimasi in silenzio.
«Perché sei qui?»
«Te l'ho detto. Ci vengo spesso.»
«Il vero motivo, Trinity.»
Il modo in cui pronunciò il mio nome, che venne fuori così dolce e deciso dalle sue labbra, mi convinse a parlare.
«L'ultimo anno.»
Mi diedi della stupida. Perché parlarne ad Acher, che non sapeva nulla di me e della Seafolk High? A lui non importava di me e di ciò che subivo.
«Ascolta, non è importante...» Mi strinsi nelle spalle. «Dimentica tutto e va' a dormire.»
«A me interessa tutto ciò che ti fa piangere.»
Mi lanciò uno sguardo che parve più una supplica.
«Non piango per Sandie o le altre, ma perché...» Feci un lungo respiro, finché l'aria non mi riempì i polmoni. «Perché non riuscirò mai a sentirmi a mio agio lì. Perché non sono come loro.»
«È per questo che non mangi?» domandò.
Ma io rimasi in silenzio, fissando le onde.
«Sappi, usignolo» – si avvicinò di più a me, costringendomi a guardarlo negli occhi – «che se fossi come quell'odiosa bionda ossigenata non ti parlerei neppure. Ma sono qui a parlare con *te* su questo tetto che, a proposito, è a norma?»
Si guardò attorno, con un velo di ironico timore negli occhi.

«Ma non è questo il punto. Ho scelto di stare accanto a te perché sei Trinity Sanders, l'insopportabile maniaca dei Bee Gees, fissata con le auto d'epoca. Quindi perché desiderare essere qualcun altro?»

Abbozzai un sorriso.

«Santo cielo, ma poi ti ci immagini con i capelli cotonati?» Scoppiò a ridere, e io lo seguii a ruota.

«Perché stai facendo questo?» domandai d'un tratto ritornando seria.

«Questo cosa?»

«Aiutarmi, ascoltarmi. Ti ho trattato da schifo.»

Acher storse il naso. «Questo è vero. Ma anch'io ti ho risposto a tono, dandoti filo da torcere. So essere un ospite parecchio rompiscatole, quando voglio», sviò.

«Non hai risposto alla mia domanda.»

Acher rimase in silenzio per qualche istante, con lo sguardo perso nei bui contorni di Seafolk Bay.

«Perché siamo soli, Trin.»

Si limitò a rispondere.

È vero, siamo soli.

Non fisicamente, ma nell'animo.

«Dovresti dormire…» propose.

Oh, Acher…

È più complicato di quello che pensi.

«Vieni qui», disse indicando il suo petto.

«Come?» replicai, stupita.

Avrei voluto dire un: "dici davvero?", ma rimasi troppo sconvolta dalla sua proposta.

«Vieni qui», ripeté. E lui non dava l'impressione di ripetere qualcosa per più di due volte.

«Non riuscirò a…»

«Fidati di me, Trinity.» Picchiettò nuovamente l'indice sulla sua camicia, all'altezza del cuore.

Mi stava chiedendo di appoggiarmi a lui, di lasciarmi andare.

«Da domani torneremo a bisticciare come abbiamo sempre fatto, ma per favore…» sussurrò a un palmo dal mio volto. «Stanotte fidati di me.»

Fidarmi di qualcuno era estremamente difficile.
«Poi torneremo a odiarci come sempre?»
Lui annuì, tranquillo.
Tirai un sospiro, esausta.
Sono stanca di farcela da sola.
Sono stanca di covare rabbia e rancore.
Sono stanca di soffrire in silenzio.
Infilai le mani nella tasca della felpa e mi coprii il capo col cappuccio, come per nascondermi, poi ruotai lievemente il corpo, così che la mia schiena potesse aderire al petto di Acher. Rimasi in tensione, a distanza.
«Rilassati, non pesi così tanto», sussurrò al mio orecchio.
Rabbrividii e mi strinsi nelle spalle.
In quel momento ero... *vulnerabile.*
Con Acher lo ero sempre, a dire il vero.
Lui metteva a nudo tutte le mie insicurezze, ma non le trattava come tali. Perciò non mi sentivo sbagliata, persino quando crollavano le mie barriere. Mi lasciai completamente andare, distendendo il capo all'indietro e buttando fuori tutta l'aria che avevo imprigionato nei polmoni. Acher abbassò il cappuccio della felpa e i miei capelli gli solleticarono il mento. Spostò delle ciocche di lato, cingendomi il corpo con le braccia. Ero così esile in confronto a lui.
«Ora chiudi gli occhi e prova a pensare a qualcosa di bello...» La sua voce parve ovattata. Poi prese ad accarezzarmi lentamente i capelli, rimanendo in silenzio.
Qualcosa di bello, Trin.
Pensa a qualcosa di bello...
Non pensai ad altro, se non me, mio padre e mia madre in auto, lungo la costa, che cantavamo a squarciagola le nostre canzoni, quelle registrate su un vecchio cd con su scritto *80s* in pennarello indelebile nero. Stavamo andando in vacanza, e l'auto era ricolma di bagagli; con il finestrino totalmente abbassato, sfrecciavamo sulle note degli Empire of the Sun e di Gazebo.
Ero felice.
Felice per davvero.

Per un secondo mi parve davvero di essere lì; mio padre era ancora vivo, la mamma non aveva quell'espressione buia sul volto. Mi sembrava di sentire il vento che dal finestrino mi scompigliava i capelli.

Il mio ultimo ricordo di quella notte fu i miei occhi ridenti che incrociavano quelli di mio padre nello specchietto.

11.
VINILI E MISTERI

«Nessuno sapeva dove si nascondesse:
il ladro di sogni era come uno spirito,
perennemente assente e
presente al tempo stesso.»
MICHAEL SANDERS, *Il ladro di sogni*

La mattina seguente, le prime luci dell'alba mi destarono. Non ero più sul tetto, però. Mi trovavo nello studio di mio padre, sul divanetto accanto alla libreria. Mi guardai attorno, confusa. Dov'era Acher? Ma, soprattutto, mi ero davvero addormentata sul tetto, tra le sue braccia?

Il solo pensiero di aver ceduto alla sua proposta e di essermi esposta in quel modo mi provocava una nausea incontrollabile.

Che fosse stato solo l'ennesimo dei miei sogni più strani?

Il campanello della porta d'ingresso mi fece sussultare.

Ma chi è a quest'ora?

Solo in quel momento mi stropicciai gli occhi e lanciai uno sguardo fugace allo schermo del Macintosh, sulla scrivania di mio padre.

MAR 8 SETTEMBRE, 10:45

Le undici del mattino.

Le undici del mattino?!

Quanto diavolo ho dormito?

Mi catapultai, scalza, giù per le scale. Imprecai almeno una decina di volte, controllando di essere quantomeno presentabile. Sapevo chi era alla porta.

Miles.

Ogni martedì mattina, accompagnavo Miles in città per acquistare i materiali da impiegare nel club di robotica. Di solito ne approfittavo per fare un salto da Flashdance, il miglior negozio di dischi di tutta la Virginia. Mi tastai le tasche dei jeans, in cerca del telefono. Due chiamate perse e dieci messaggi.

Ehi, Trin. Ci sei?

Dovevi accompagnarmi in città, ricordi?

Trin. Sei sveglia?

Sono quasi da te.

Ancora correndo, afferrai al volo una T-shirt pulita e mi diressi alla porta.

«Arrivo!» gridai.

Come previsto, Miles mi attendeva alla porta.

«Trin! Non hai risposto ai miei messaggi, ero preoccupato!»

Si aggiustò gli occhiali sul naso, nervoso.

«Scusa.» Mi passai una mano sul viso. «Scusami, non mi ero resa conto che... Scusa», ripetei. «Mi sono addormentata e sai, non metto mai la sveglia.»

«Un attimo, ti sei...» Spalancò gli occhi. «Addormentata?»

Miles era sbalordito almeno quanto me.

Sapeva dei miei incubi e aveva provato a farmi addormentare almeno un centinaio di volte, senza riuscirci. Avevamo tentato qualunque stratagemma, ma era tutto inutile.

«Come hai fatto a addormentarti?»

Sì, dai, Trin. Dicci come hai fatto a addormentarti.

Zittii la voce della mia coscienza, mordendomi il labbro.

«Insomma, è una cosa meravigliosa», continuò, ancora incredulo.

Rimasi a bocca aperta per qualche secondo, incapace di proferire parola. Almeno finché Acher non fece il suo ingresso nell'atrio con soltanto un asciugamano attorno alla vita e i capelli grondanti acqua.

Per poco Miles non si strozzò con la sua stessa saliva.

«Trin!» Si agitò. «Potresti dirmi che ci fa lui qui, nudo?!»

Mi concessi un istante per ordinare ai miei neuroni di distogliere lo sguardo da Acher.

«Be', ci vive», risposi distogliendo lo sguardo.

«Ma è nudo!»

«Ho sentito il campanello da sotto la doccia», spiegò Acher. «Sei parecchio insistente, Portland.»

«Quante volte lo hai visto così?!» continuò Miles sotto shock.

«Mai!» mi difesi.

«Oddio...» tossicchiò Miles, a disagio.

Acher rise, passandosi una mano tra i capelli ancora umidicci. Solo allora mi resi conto di quanto ricci fossero. «Se non c'è altro, tolgo il disturbo.»

«Oh, in realtà...» Richiamai la sua attenzione. «Avremmo bisogno di una mano con l'erba in giardino. Dovevamo chiamare Bob per tagliarla, ma...»

Ma non ci sono abbastanza soldi per il momento, e crediamo che ci siano almeno tre tane di talpe lì sotto. Non vorrei chiamare la disinfestazione per invasione di talpe nel mio seminterrato, dato che ho già abbastanza problemi.

«Già fatto, ieri pomeriggio. Ho anche aggiustato una tegola sul tetto. Sai, credo che stanotte sia scivolata via...» Si allontanò velocemente, strizzando un occhiolino nella mia direzione. Il che, tradotto e interpretato, voleva dire: "Non ho dimenticato la notte sul tetto e no, non sono tornato a odiarti come stabilito".

Maledizione, Morris.

Sei assurdo!

Miles attese che non ci fosse più nemmeno l'ombra di Acher e sgranò gli occhi, gesticolando come se avesse appena visto un fantasma.

«Cos'era quello?»

«Quello cosa?» finsi.

«Andiamo, Trin! Non sono cieco.»

«Non dovevamo andare in città, noi due?» domandai recuperando le Converse dal pavimento.

Miles scosse la testa.

Era nervoso e… scontroso, anche. Di solito quella scontrosa ero io.

In fondo, però, aveva ragione: avevo dimenticato il nostro appuntamento del martedì ed ero sparita per ore. Per la prima volta, tra me e Miles si era creato uno strano imbarazzo. Era il mio migliore amico, la persona di cui mi fidavo di più al mondo, ma sentivo di non potergli parlare di Acher. Cosa avrebbe pensato se gli avessi detto della notte trascorsa sul tetto?

«Trin.» Mi distolse dai miei pensieri, allacciandosi la cintura. «Va tutto bene?»

«Sì, perché?»

«È che…» Lo vidi fissare la mia immagine nello specchietto, poi riportò il suo sguardo su di me. «Stanotte sei riuscita a dormire, ed è stupendo, ma…» Esitò un istante. «Entro in casa tua e trovo *lui* in quel modo. Non capisco, c'è qualcosa che non mi stai dicendo?»

Spalancai gli occhi all'istante.

«Cosa? No, Miles. No.»

Mi ritrovai a mentire di nuovo.

«Ero davvero stanchissima, ieri. Ho aiutato mia madre con delle faccende e sono crollata. Sai che non imposto mai la sveglia, perché non ce n'è bisogno.»

«È normale, sei debole perché non mangi», ripeté. «Quindi… è tutto okay? Acher non c'entra nulla?»

«No, Miles. Se fosse così, te lo direi.» Tirai in su la curva delle mie labbra.

«Lo so, sono pesante. So che forse sto esagerando, ma io c'ero quando tuo padre è andato via e ricordo quanto hai sofferto. Ho trascorso con te centinaia di notti insonni e non voglio che tu mi tenga nascosto nulla, perché non sopporterei di vederti ancora in quello stato.»

Al suono di quelle parole, gli occhi iniziarono a pizzicarmi.

«Lo so, Miles…»

"E ti ringrazio per essermi stato accanto", avrei voluto aggiungere, ma le mie labbra si chiusero a una velocità impressionante e per un momento smisi di respirare.

«L'importante è che sia tutto a posto.» Sorrise, sfiorandomi la spalla con la mano.
«Sì.» Inghiottii la menzogna. «Tutto a posto.»

Mentire a Miles non era mai una buona idea. Ma non era vero ciò che gli avevo riferito: non era tutto a posto, per niente.
Dall'arrivo di Acher a Seafolk, quella che chiamavo "normalità" era stata stravolta. Lo avevo capito sin dall'istante in cui lo avevo visto sugli scogli, con quel bambino. Ma non riuscivo a dare un nome a ciò che sentivo. Sapevo soltanto che si trattava di una sensazione destabilizzante, lì, alla bocca dello stomaco. Un formicolio, quasi nauseante. Un misto di nervosismo e attesa, di rabbia e rimorso, ma anche di speranza e mistero.
Miles non avrebbe capito.
Perché io stessa non riuscivo a comprendere i miei sentimenti e non sarei stata in grado di spiegarli. Sin dalla morte di mio padre, avevo concepito solo odio e rabbia nei confronti di una cittadina che non mi apparteneva più, di una *vita* che non sentivo mia. Ma era bastata una manciata di parole pronunciate da Acher per farmi riflettere su tutti quelli che avevo intorno e, mio malgrado, su me stessa.
Non sopportavo il fatto che riuscisse a scavarmi dentro con una semplicità mai vista prima. Ma Miles, questo, lo aveva capito. E percepivo la gelosia che provava nei confronti di Acher.
Forse perché, nonostante Miles fosse stato al mio fianco per mesi, se non anni, non era mai riuscito ad abbattere le barriere che Acher aveva distrutto con un soffio. Non era mai riuscito a provocarmi quella sensazione così forte, così totalizzante. Acher, invece, era sbucato dal nulla, e aveva fatto breccia nel mio mondo, anche se le avevo provate tutte per tenerlo lontano.
Solo allora compresi che non aveva stravolto soltanto la mia vita, ma anche quella dei miei amici.
«*Il mondo non gira attorno a te*», aveva detto Acher.

Ed era vero. Anche Miles aveva paura dei cambiamenti, anche Lola e lo stesso valeva per mia madre.

Mi concentrai sulla linea di mezzeria pur di non annegare nei miei pensieri.

«Eccoci arrivati.» Miles sorrise, ormai calmo.

«Scusa, ero soprappensiero.»

«Lo so, sei sempre soprappensiero.» Rise. «E cosa sono tutte queste scuse? Cosa ne hai fatto di Trinity Terminator Sanders?»

Scoppiai a ridere. «Non sono così pessima.»

«Vallo a dire al bidello del secondo piano.» Ne approfittò per aprirmi lo sportello.

«È stato un incidente, va bene?» Mi finsi offesa.

«Oh, certo. Hai lanciato il suo secchio fuori dalla finestra perché ti aveva minacciata di chiamare il preside.»

«Un. Incidente», scandii, ridendo.

Ero stata sospesa, per tre giorni. Ma ne era valsa la pena.

«Ricordi quando la professoressa Harris mi ha convocata in presidenza perché avevo organizzato un torneo di poker con l'assistente di laboratorio?»

«Come faccio a dimenticarlo? Mi sono preso metà della colpa, in quanto contabile!»

«Dovevi solo reggere cinque dollari!» protestai, divertita.

«Ecco tornata la mia Trin», disse con una punta d'orgoglio nella voce.

Sorrisi, guardando il Flashdance dall'altro lato della strada. Il negozio preferito di mio padre.

«Faccio un salto al negozio di vinili. Ci ritroviamo qui?»

«D'accordo. Non metterci troppo, devo passare da Penny's per acquistare un pacco di pannolini.»

«Pannolini?»

«Già. Stiamo testando alcuni esperimenti termodinamici sui pannolini. Sai, possono fungere da mongolfiere.»

Scoppiai in una fragorosa risata.

«In nome della Scienza, Trinity Sanders, ti ordino di portare rispetto ai miei esperimenti.»

«Certo, certo...» dissi dirigendomi verso il negozio. «A dopo, Miles.»

Il Flashdance era l'unico negozio di Seafolk e dell'intera Virginia a custodire gli ultimi esemplari dei vinili originali dei Bee Gees e degli altri gruppi che avevano scritto la storia della disco music. Inoltre, aveva un ampio repertorio di giradischi e altre cianfrusaglie per i patiti di musica, proprio come la sottoscritta.

Il proprietario, Robin, aveva ottant'anni suonati, ma avrei scommesso venti dollari che fosse molto più sveglio della maggior parte degli studenti della Seafolk High.

I capelli bianchi, ben pettinati e tirati all'indietro con la gelatina, il giubbotto di pelle borchiato firmato *Iron Maiden* e la sua abituale collana col teschio gli conferivano un'aria alquanto... *giovanile*.

«Ciao, Robin. Come va?»

La campanella all'ingresso lo avvertì del mio arrivo.

«Ehi, Trinity!» Mi salutò con un sorriso a trentadue denti. «Alla grande. Come sta la mia cantante preferita?»

«Me la cavo.» Sorrisi, alzando lo sguardo al soffitto ricoperto di vinili neri e rossi.

Ogni volta che mettevo piede al Flashdance, mi sembrava di fare un tuffo nel passato. Avrei giurato che i poster di Elvis Presley e dei Beatles appesi alle pareti venissero direttamente dagli anni Sessanta.

«Ti serve qualche disco in particolare?» domandò distogliendo lo sguardo dagli ingranaggi del Mersoco che stava aggiustando.

«Sono al verde.» Alzai le mani, sorridendo.

«E chi ha parlato di soldi?»

«Allora, forse, potrei prendere in prestito qualcosina...» Sorrisi, incantandomi a fissare le superfici lucenti dei dischi. Ero stata al Flashdance almeno un miliardo di volte, eppure ne ero ogni giorno più innamorata del precedente.

«Vieni a vedere questo gioiellino», propose invitandomi dietro al bancone. «Lo hanno lasciato in una discarica. Era completamente distrutto e ho dovuto sostituire piatto e testina. Ma ne è valsa la pena.»

Avevano abbandonato un Auna del '65 in perfette condizioni. Persino il castano del retro era ancora lucido e brillante come un tempo.

«Wow, ma è meraviglioso.» Rimasi a bocca aperta. «Il pitch funziona?»

«Proviamolo subito.» Scollò le spalle dal muro dirigendosi verso uno scaffale.

«ABBA o Depeche Mode?» mi domandò sfilando un paio di dischi dalla custodia. C'era l'imbarazzo della scelta. Il Flashdance era il paradiso dei vinili, dagli anni Cinquanta fino alla musica attuale. Non che importasse a molti, oltre me e Robin.

«Dire Straits, stavolta.»

«Giorni pesanti?» rifletté.

«Vita pesante», mormorai sospirando e sistemando il disco sul piatto del giradischi. Non appena la puntina iniziò a scorrere sulla superficie lucida del vinile percorrendo i solchi, i riff dei Dire Straits si propagarono nella sala, invadendo il silenzio.

«Direi che funziona.» Sorrisi, osservando meglio il giradischi.

Come avevano potuto abbandonare in una discarica un oggetto così prezioso?

«Le persone rinunciano alle cose migliori...» osservò Robin.

Annuii, a malincuore.

Quando terminarono anche le ultime note, fui scaraventata di nuovo nella vita reale. Sospirai, infilando il vinile nella sua custodia con una cura maniacale.

«Lo rimetto a posto. Secondo scaffale a destra, giusto?» chiesi accarezzandone il titolo in rilievo.

«Puoi tenerlo, se ti va.»

«Dici davvero?» Mi illuminai.

«Prima o poi questo posto esploderà con tutte le cianfrusaglie che conservo.» Intravidi un sorriso spuntare dalla sua barba.

«Sei il migliore, Robin.»

«Lo so.» Rise con falsa modestia.

«Alla prossima, allora», dissi al settimo cielo.

Mi congedò con un cenno del capo. «Saluta Ellen da parte mia.»

«*Saluta Michael!*» diceva.

«*D'accordo!*» rispondevo.

La mia voce si incrinò leggermente. «Lo farò.»

Quando Miles intravide la mia faccia nascosta dietro il vinile, scoppiò a ridere.

«Sei un'accumulatrice seriale.»

«Ehi, sono i Dire Straits.»

«Perdonami, *regina della disco music.*»

«Ah-ah, molto divertente.» Storsi il naso.

La prossima e ultima tappa sarebbe stata Penny's.

«Hai trovato quello che ti serviva?» domandai.

«Cacciaviti: presi. Filo di rame: preso.» Finse di spuntare la sua lista immaginaria.

«Andiamo, mancano solo i pannolini aerospaziali.»

Penny's non era così distante dal negozio di vinili. Si trattava di un enorme magazzino che riforniva Seafolk e le città vicine di articoli per bambini, dai giocattoli ai beni di prima necessità. L'insegna pop up fucsia e blu risaltava sulla facciata grigiastra e anonima dell'edificio.

«Ehilà, scendi o no?» gesticolò.

«Cosa?»

«Accompagnami.»

«Non se ne parla. Odio l'odore degli omogeneizzati.»

«Sì, be', io sembrerò un padre single squattrinato se non mi accompagnerai lì dentro», protestò.

«Ma così sembreremo due genitori single squattrinati!»

«Non importa, muoviti.»

Alla fine cedetti e lo accompagnai all'interno. Miles si rivolse immediatamente alla commessa per scongiurare la possibilità che qualche rappresentante ci rifilasse un dépliant sull'ultimo modello di passeggini, mentre io rimasi a ciondolare all'entrata.

«Ehi, Trin», mi salutò un ragazzo dai capelli rasati, più basso di me. Impiegai qualche secondo per mettere a fuoco la sua figura e assegnargli un nome. Si trattava di Josh, un ragazzo che avevo conosciuto durante un workshop di filosofia al secondo anno. Ecco perché mi aveva riconosciuta.

«Ehi, ciao, Josh. Come procede il lavoro?»

«Puzzo di borotalco e salviette per bimbi dalla mattina alla sera, ma bene. Come va con tuo cugino?» Sorrise.

In quel momento mi balenò in mente un'idea.

Come si dice?

Cogli l'attimo.

«Oh, Acher...» riflettei. «Bene, si sta ambientando, per così dire.» Attesi un istante. «Tu l'hai conosciuto qui al Penny's, giusto?»

«Sì, era alla ricerca di qualche giocattolo e gli ho indicato il reparto giusto. Ha comprato un paio di trenini elettrici e delle garze. Ma anche tu sei qui, quindi... Oddio, non sei incinta, vero? I trenini sono per te?»

Scoppiai a ridere fragorosamente. «No, ovvio che no. Ho accompagnato Miles.»

«Soliti esperimenti?» Parve sollevato.

«Proprio così.» Annuii.

Josh parve titubante.

«Allora, tu e Acher verrete al campeggio questo weekend?»

Giusto, il campeggio...

I ragazzi dell'ultimo anno organizzavano sempre un campeggio a Seafolk Bay prima dell'inizio della scuola. E anch'io, Miles e Lola avremmo frequentato l'ultimo anno, purtroppo.

«Non lo so, lui è molto occupato», risposi.

«D'accordo. Allora io torno in cassa.»

«Buon lavoro.» Lo salutai con un cenno del capo.

Feci mente locale: trenini elettrici e delle garze. Cosa diavolo ci faceva Acher Morris con dei trenini elettrici e delle garze?

«Ecco fatto. Vado a pagare e possiamo tornare a casa.» Era stato Miles a parlare, questa volta.

Annuii, riflettendo.

Acher Morris aveva un segreto.

E io lo avrei scoperto, a tutti i costi.

12.
CAMPEGGIO

«Aveva fiuto per le storie degli altri,
le accarezzava e le custodiva,
come solo un vero narratore sa fare.»
MICHAEL SANDERS, *Il narratore di storie*

«Raccontami di come vi siete conosciuti tu e la mamma.» Sorrido. «Dai, papà. Andiamo, puoi smetterla di omettere i dettagli più compromettenti.»

«D'accordo.» Mette giù la penna, sorridendo. So che sta lavorando al suo romanzo e mi dispiace interromperlo, ma sono troppo curiosa.

«Eravamo qui a Seafolk, nell'estate dell'86. Faceva un caldo tremendo, ma quella sera d'agosto un temporale violentissimo si abbatté sulla costa. La mia tenda e quella dei miei amici si allagarono completamente e fummo costretti a ripararci in un chiosco.»

«Continua.»

«Ammetto che, forse, eravamo un po' brilli», si lascia sfuggire. «Ma tu non dire alla mamma che te l'ho detto.»

«Promesso.» Rido. «Lo giuro, continua.»

«Così, quando vidi tua madre entrare nello stesso chiosco, con un abito bianco, scoperto sulla schiena, pensai che fosse un'allucinazione. Mi ripetevo: d'accordo, Michael. Forse hai bevuto un po' troppo. Ma la sera seguente lei era lì, ed era ancora bellissima.»

«La mamma avrà sicuramente pensato che fossi un cattivo ragazzo!» Scoppio a ridere.

«Chiaro che l'ha pensato. Ma i giorni seguenti non è riuscita a resistere al mio fascino», gongola, orgoglioso.

Vorrei tanto un amore come i miei genitori. Vorrei trovare qualcuno che mi guardi come papà guarda la mamma.

«Come hai fatto a capire che era quella giusta tra tutte quelle ragazze che ballavano?»

Papà impiega qualche istante per rispondere. Poi, deciso, mi sorride: «Perché quando i suoi occhi si posavano su di me, mi sem-

brava di essere in un sogno, e non avevo alcuna voglia di svegliarmi».

«Trinity Sanders, tu andrai a quel campeggio!» sbraitò mia madre, dalla cucina.

Quanto avrei voluto essere in uno di quei film americani in cui i genitori obbligano i figli a rimanere chiusi in casa, in punizione.

Invece mia madre mi costringeva a uscire.

Neppure il lavoro mi avrebbe salvata: il Sand&Sea era chiuso durante il weekend del campeggio e non avrei potuto utilizzare quella come scusa.

«Non resterai un'asociale per un altro anno.»

«A me va bene così, mamma!» replicai.

Sbuffai animatamente.

«So che non vuoi lasciarmi da sola per tre giorni, perché pensi che qualche agente dell'FBI possa rapirmi ma, credimi, Trin, starò bene.»

«Non è assolutamente per te», mi affrettai a precisare.

Invece è proprio per te.

«Devi andarci», insistette, categorica.

Buttai giù l'ennesima tazza di caffè nero. Se fossi andata a quel campeggio, mia madre sarebbe rimasta da sola con i suoi pensieri. Avrebbe ricordato papà e...

«Chi deve andare dove?» domandò Acher, avvicinandosi al frigo.

Con finta noncuranza si versò un bicchiere d'acqua ghiacciata, per poi sedersi a tavola, proprio di fronte a me.

Non al posto di papà.

«Non glielo hai detto?» Mia madre parve sconvolta.

«Sono certa che a lui non importa», tentai di liquidare il tutto.

«Mi importa, invece», ribatté con la sua solita faccia da schiaffi. «Di che si tratta?»

«Gli studenti dell'ultimo anno andranno in campeggio questo fine settimana. Convinci Trinity ad andarci, ti prego», lo supplicò mia madre.

«Siete patetici», borbottai.
«Perché no?» chiese Acher. «Sarà divertente.»
«Divertente? Sai cosa vuol dire il campeggio a Seafolk Bay? Scherzi. Di cattivo gusto. Zanzare. *Ovunque.*»
«Si chiama campeggio per questo motivo. Non mi aspetto di certo un hotel a cinque stelle», mi sbeffeggiò.
«Che simpatico...» mormorai.
Acher e mia madre erano la combo perfetta per i miei nervi. Decisamente.
«Non sono mai stato in campeggio al mare», riprese lui. «Sarà una bella esperienza.»
«Ben detto!» gli diede man forte mia madre.
«Sì, come no...» lo canzonai.
«Dai, Trin. Lasciati andare per una volta», mi sussurrò con quel suo tono irritante.
Ora gli tiro uno schiaffo.
Eccome, se lo faccio.
«Se ti rende più serena, starò da Ginny finché non tornate a casa», sorrise mia madre.
Ginny abitava a un isolato di distanza. Si era trasferita a Seafolk due anni prima, insieme al novello sposo. I miei genitori li avevano visti in difficoltà e si erano offerti di dar loro una mano con il trasloco. Così, tra uno scatolone e l'altro, mia madre e Ginny erano diventate ottime amiche.
Ero abbastanza certa che Gin fosse una persona affidabile.
«Se accetto, la smetterete di infastidirmi?»
Acher e mia madre annuirono.
«D'accordo!» accettai, esausta. «Va' a preparare il tuo dannatissimo zaino.»
Mi maledissi per aver ceduto.
Sapevo come funzionava il campeggio a Seafolk Bay. Si sceglieva la zona libera più ampia accanto alla costa, in prossimità del faro e la Seafolk High metteva a disposizione un certo numero di tende per gli studenti dell'ultimo anno. Era una delle poche occasioni in cui la squadra di football, quella di pallavolo, le cheerleader, il club di robotica e qualunque altra associazione scolastica convivevano nello

stesso posto, interagendo tra loro e tentando di non trasformare la coesistenza pacifica in una rissa. Nella migliore delle ipotesi, i giocatori di football si sarebbero addormentati ubriachi sulla spiaggia, le cheerleader si sarebbero lamentate per «le condizioni selvagge del campeggio» e gli altri sarebbero sopravvissuti incolumi a quella giungla.

Come se non bastasse, Sandie sarebbe stata lì. Con le sue odiosissime pantofole fucsia a pois di peluche e i suoi completi da red carpet. Più ci pensavo e più mi maledicevo; Acher, al contrario, era l'emblema della tranquillità.

Perché non sa nulla della Seafolk High.

Eppure, Acher aveva la stoffa per diventare uno degli studenti più desiderati della scuola. Le attenzioni che Sandie gli riservava ne erano la prova. La presenza di Lola e Miles non mi avrebbe aiutata, questa volta. Lola sarebbe stata con la sua squadra, Miles con i suoi amici del club di robotica e io… be', ecco uno dei numerosissimi motivi per cui non volevo andare in campeggio.

Sarei rimasta da sola.

Ancora.

Sapevo che per mia madre quell'attività rappresentava un modo per socializzare, ma per me era diverso. Lei e papà si erano conosciuti lì e si ritrovavano, ogni estate, in campeggio a Seafolk Bay.

Ma quelle che per gli altri erano occasioni per socializzare, per me si rivelavano un totale fallimento.

«Ehi, usignolo!» Acher mi sfilò una cuffia dall'orecchio.

«Non vedi che sto ascoltando musica, riflettendo su quanto sia inutile andare in campeggio?»

«Non vedi che sei seduta sui miei boxer?»

Sbattei le palpebre più volte.

Cavolo!

Ero finita di nuovo nello studio di mio padre, precisamente sul divanetto che era stato adibito da Acher ad attaccapanni, almeno provvisoriamente.

«Potresti evitare di lasciarli in giro?»

«Dove dovrei lasciarli? In camera tua? Si dà il caso che non ci sia un cassettone, qui.»

Dannazione, ha ragione.

Di nuovo.

Mi alzai immediatamente dal divanetto.

«In campeggio non avrai neppure un divano su cui poggiarli», rimbeccai.

«Sì, Trinity, so cos'è un campeggio. Sai, con le tende, il fuoco...» Rise prendendosi gioco di me.

Frenai l'impulso di lanciargli i suoi dannatissimi boxer addosso, ma un briciolo del mio contegno me lo impedì.

«Se hai finito, posso tornare ad ascoltare la mia musica.»

«Fa' pure, usignolo.»

Neppure John Travolta in persona con la sua giacca di pelle nera mi avrebbe convinta che partecipare al campeggio sarebbe stata una buona idea.

Piuttosto avrei preferito darmi fuoco.

Ma mia madre aveva già preparato il suo borsone per stare da Ginny e Acher sbuffava ininterrottamente da dieci minuti perché tardavo a scendere.

«Non credevo che fossi una di quelle ragazze che si chiudono in bagno per ore», commentò al mio arrivo.

«Non lo sono. Stavo solo cercando di nascondermi, nella speranza che vi dimenticaste della mia esistenza», controbattei ironica.

«È difficile "dimenticarsi della tua esistenza" se cammini per casa cantando e ballando come in un musical.»

«Oh, andiamo. L'ho fatto per due minuti, sulle note di *Grease.* Era obbligatorio.»

«Allora, ragazzi, siete pronti?» domandò mia madre, col borsone in spalla.

«Sei sicura?» ritornai seria.

«Starò benissimo», mi rassicurò.

«Chiamami, se hai bisogno», ripetei.

«Ti ricordo che la mamma sono io, qui», ridacchiò.

«Sì, ma...»

«Niente "ma", signorina. Andate e divertitevi.»

Divertirmi.

Certo, come no.

Infilai, anzi, scaraventai, il mio zaino nel portabagagli e feci lo stesso con quello di Acher. La delicatezza non era mai stata il mio forte, soprattutto da arrabbiata. Salutai mia madre e guidai in silenzio fino a Seafolk Bay. Avrei scommesso i miei vinili più costosi che, una volta iniziata la scuola, Acher mi avrebbe rivolto al massimo due o tre parole al giorno. Avrebbe fatto parte del gruppo degli "inarrivabili", mentre io ero la solita sfigata.

«Potrebbe essere un sequestro di persona», sibilai.

«Ma se stai guidando tu…» continuò, divertito.

«Sì, ma mi avete costretta.»

Acher sbuffò. «Sei assurda.» Rise.

L'avevo sentito ridere poche volte, in effetti.

Mi morsi il labbro, evitando di rispondere. Picchiettai le mani sul volante, per tutto il tempo che fummo fermi al semaforo. Tra poco meno di una settimana, sarebbero iniziate la lezioni alla Seafolk High e, sebbene fosse il mio ultimo anno da liceale, non ero per niente emozionata. Mancavano solo tre mesi a maree di dépliant colmi di immagini di college e università, di incontri del tipo "scopri la tua attitudine!!!" (sì, con tre punti esclamativi), e altri inutili test per scegliere la strada giusta per il proprio futuro. Personalmente, avrei preferito rimandare quella scelta all'infinito.

Sbuffai e affondai il piede sull'acceleratore non appena la luce divenne verde.

Acher sussultò.

«Per curiosità, chi ti ha dato la patente?»

Lo fulminai con lo sguardo.

«Senti, Hamilton, hai intenzione di commentare anche il modo in cui guido?»

«Dov'è finito il nostro patto di non-aggressione?»

«Si limiterà a una collaborazione pacifica per trovare i fondi necessari alle cure di tua madre», terminai categorica.

Acher sorrise.

«Dai, dillo di nuovo.» Storsi il naso.

«Sei assurda», ripeté, divertito.

Arrivammo a Seafolk Bay cinquecento metri e due semafori, rigorosamente rossi, dopo.

Intravidi Lola con le sue compagne di squadra e di Miles non c'era ancora traccia.

Sospirai, prendendo il mio zaino e chiudendo il cofano con un tonfo.

«Trinity!»

Oh, Santo Dio. Quello squittio irritante.

«Sandie, ma che piacere», commentai ironica.

«Sei venuta, incredibile!» ridacchiò. «Guardate, ragazze.»

Il trio M.I.S. era magnificamente al completo, con Meredith e Isobel alle spalle di Sandie, come a farle da scudo.

"Queste qui hanno visto fin troppi film", pensai.

Tuttavia, il loro tentativo di emulare le cheerleader più seccanti della storia era ben riuscito.

«Oh, Acher.» Sandie sbatté i ventagli che aveva al posto delle ciglia, mentre io alzai gli occhi al cielo. «Ci sei anche tu! Pensavo fossi malato, non sei venuto alla mia festa.»

«Sto benissimo, ti avevo detto che non sarei venuto perché non ero interessato.»

Sandie metabolizzò la risposta in un tempo record di venti secondi e rispose con un sorriso, fingendo di non aver capito.

O forse è stupida, e non ha capito davvero.

Sì, forse il suo cervello non riesce a razionalizzare i rifiuti da parte dei ragazzi.

È una patologia? Cercherò su Google. Anzi, no, cercherò: la combo ciglia finte, carta di credito illimitata e rossetto rosa shocking danneggia i neuroni?

Contenni la mia risata.

«Ma ora sei qui, quindi non importa!» replicò Sandie. «Se avessi bisogno di qualcosa, non esitare a chiamarci.» Mimò un bacio con le labbra.

«Non credo mi servirà nulla», rispose allontanandosi.

Lo seguii a ruota.

«Dovevi risponderle, prima. Non asfaltarla.» Risi. «Non è abituata a...»

Acher non mi permise di terminare.

«A ragazzi che la credono una gallina senza cervello?»

Scrollai le spalle.

Sandie aveva avuto tutto dalla vita. Era cresciuta nel lusso e i suoi genitori l'avevano viziata. Non aveva idea di bollette da pagare, prestiti da estinguere e altre incombenze note ai comuni mortali. Otteneva ciò che desiderava senza il minimo sforzo, ma non era tutta colpa sua. Una volta il professor Max ci aveva dimostrato come l'ambiente socio-culturale in cui nasciamo influenza inevitabilmente alcuni dei nostri atteggiamenti. Sandie era l'esagerata eccezione che confermava a pieni voti la regola. Una ragazza cresciuta nell'agio e accerchiata da persone che le ripetevano ogni giorno che era la migliore. Ragazzi come Acher le provocavano un crollo emotivo, probabilmente. Ma lei l'avrebbe presa come una sfida, per conquistarlo.

«L'ha capito che sei...?»

"Fidanzato", stavo per dire.

Ma poi mi ricordai del nostro patto; non potevo neppure nominare la sua ragazza.

«Mmh?» domandò, distratto.

«Nulla.» Scossi la testa.

"A te non fa piacere sentir parlare di tuo padre, a lui non fa piacere sentir parlare della sua ragazza", mi ripetei.

«Ehi, ragazzi, venite tutti qui!» ci richiamò una voce. Era Emmett, un amico di Miles. «Dobbiamo dividere le tende!»

Ecco il momento a prova di rissa in cui tutti, e sottolineo tutti, si affollavano per recuperare la tenda più spaziosa e meno malandata. Di solito le squadre e le cheerleader erano le più avvantaggiate, perché la scuola riservava loro le attrezzature migliori. Il club di robotica di Miles ne aveva costruita una tutta sua, mentre, a quanto pare, gli unici a non avere una tenda eravamo noi altri. Una folla di ragazzi si precipitò nel ripostiglio delle tende e altri attrezzi, creando un atroce baccano.

«Ecco perché non volevo venire», ripetei sottovoce.

Acher rimase impassibile, mentre Lola attraversò la folla per venire a salutarmi.

«Ehi, Trin, sei venuta.»

«Già», mormorai, infastidita.

«Mi dispiace non poter dormire con te, ma devo stare con le mie compagne di squadra.»

«Non preoccuparti, non importa. Non vedo Miles, alla fine non è venuto?» domandai lanciando l'ennesimo sguardo alla folla.

«No, si sta dedicando ai test d'ammissione.»

«Ma manca ancora un anno», protestai.

«Lo so, ma a quanto pare vuole davvero partecipare a un progetto della NASA o qualcosa del genere», sbuffò.

Quando tutti abbandonarono il ripostiglio, ero certa che la tenda rimasta sarebbe stata la peggiore, ma non importava. Avrei potuto rimanere sveglia per tutta la notte, sulla spiaggia, senza aver bisogno di quell'aggeggio malandato.

«È rimasta solo una tenda per voi due.» Emmett ci consegnò un mucchietto di staffe di metallo e stoffa verde. «Non dovrebbe essere un problema, siete cugini, giusto?»

Acher annuì, ma Sandie si palesò tra noi.

Come cavolo fa a spuntare così, dal nulla?

È un fantasma, questa ragazza.

«Non avevate detto che ragazzi e ragazze dovevano dormire separati?»

«Ma sono parenti, per loro non vale. Sai perché è stata istituita questa regola», la ammonì.

«Sta' tranquilla, non ho comunque intenzione di dormire; Acher occuperà la tenda da solo», la rassicurai.

Sandie si impuntò.

«Non è giusto: le regole valgono per tutti!»

Oh, Dio.

Proprio lei parla di giustizia.

Da che pulpito…

«Dormono già sotto lo stesso tetto, Sandie. E poi tutti gli altri posti sono al completo. Se non vuoi dormire con Trinity, lasciali in pace», sbuffò Emmett.

Sandie non fiatò. Chiaro che non volesse dormire con me. «Tenete, ragazzi. Montatela dove volete.» La consegnò ad Acher che, per nulla stupito dall'atteggiamento di Sandie, si allontanò per scegliere il luogo più adatto.

Ma sono parenti, per loro non vale.

Giusto, perché era impossibile che due parenti…
«Sai montarla?» Acher mi riportò sulla terra.
«Imparo in fretta.»
«Va bene, non sai montarla», tradusse le mie parole.
«Fammi provare, no?»
Acher si passò una mano sul viso.
«Sei testarda e insistente.»
«E tu seccante e…»
Maledettamente attraente, stavo per dire.
Sì, perché quando Acher si arricciava i polsini della sua camicia fin sopra al gomito, temevo per la mia incolumità mentale.
Mi innervosiva, certo, ma rimaneva attraente.
«Vuoi darmi una mano, allora?»
«Se starai in silenzio, sì!»
Era la tenda peggiore che avessi mai visto, non sarebbe rimasta in piedi per più di un'ora.
Non avevo alcuna intenzione di dormire là sotto.
Dopo ben venti minuti trascorsi a infilare dei paletti arrugginiti nel terreno, tentammo di recuperare gran parte del telo che avrebbe funto da tetto sulla nostra testa.
Lanciai uno sguardo alla tenda fucsia delle cheerleader, montata in men che non si dica dalla squadra di football, e sbuffai.
«Non tutti devono sudare per ottenere ciò che vogliono», commentò Acher, con gli occhi fissi sulla tenda, cercando di capire l'angolazione migliore. «Ma continuare a osservarli non ti renderà la vita più semplice.»
«Mi danno sui nervi.»
«Tu dici? Non si nota affatto!» mi sbeffeggiò.
«Ripetimi perché siamo venuti qui.»
«Per trascorrere in modo diverso gli ultimi giorni che ci separano dall'inizio dell'ultimo anno», ripeté.
«Stavo bene anche a casa.»
«Sì, certo, usignolo.»
Possibile che nel bel mezzo del campeggio si sentisse già odore di erba e di alcol? Come se non bastasse, la musica

era pessima. Storsi il naso, infastidita, e mi infilai le cuffie nelle orecchie.

Quanto avrei voluto nascere negli anni dei walkman e dei jukebox, dei flipper e dei drive-in, quando gli adolescenti non avevano neppure un cellulare o una macchina e facevano l'autostop sulla costa.

Sei nata nel secolo sbagliato, Trin.

I miei pensieri furono interrotti da uno strattone.

Qualcuno mi aveva travolta.

«Ehi, vedi dove metti i piedi!» protestai. Mitchell, un giocatore della squadra di football ed ex ragazzo di Sandie, mi era finito addosso per rincorrere la sua maledettissima palla.

«Sei tu quella che mi sta tra i piedi, sfigata», sbraitò, strappandomi le cuffiette dalle orecchie. «Che schifo stai ascoltando?» mi insultò.

«Non sono affari tuoi.» I miei occhi si chiusero in due fessure.

«C'è qualche problema?» intervenne Acher.

Oh, no. Non lascerò che tu mi difenda.

«No, tranquillo. Questo energumeno mi è soltanto finito addosso per recuperare il suo giocattolo», sibilai.

Mitchell avanzò di un passo, minaccioso.

«Vuoi picchiare una ragazza, per caso?» Imitai la voce stridula di Sandie per provocarlo. «Dov'è finita la tua galanteria?»

Con lo sguardo intimai ad Acher di rimanere in disparte.

Mitchell rimase in silenzio.

«Sei proprio una stronza...» sussurrò.

Furono quelle parole a far scattare Acher e a convincerlo di volergli sferrare un pugno in pieno viso, ma riuscii prontamente ad afferrargli il polso, per impedirgli di colpirlo. Se avesse tirato un pugno a Mitchell, sarebbe stata la sua condanna a morte.

«Acher, fermati», lo ammonii, tenendo stretta la presa sul suo polso. «Non ne vale la pena, è un idiota.»

Mitchell lo guardò in cagnesco, sconvolto dal gesto che stava per compiere.

«Ricorda di scegliere bene le tue compagnie, Morris, o potresti pentirtene.»

Sopravvivere alle prime due ore del campeggio fu un'impresa ardua, ma fortunatamente le mie canzoni mi furono d'aiuto. Acher era scomparso da una mezz'ora, che avevo trascorso osservando una partita di beach volley della squadra di Lola, lontana da sguardi indiscreti. Eppure, avevo la vaga impressione che Mitchell non avrebbe dimenticato l'accaduto. Ogni gesto che disturbasse lui e Sandie era una condanna a morte, con tanto di firma e garanzia. Ma Acher mi avrebbe difesa, anche se glielo avevo impedito.

«Ehi, ragazzi, niente falò per stasera.» Fu Emmett a parlare: a quanto pare, aveva assunto le veci di organizzatore. «Si prospetta un brutto temporale.»

Alzai lo sguardo ai grossi nuvoloni neri che minacciavano la costa.

Perfetto, ora non potrò dormire sulla spiaggia.

I temporali a Seafolk erano rari, ma violenti. Le raffiche di vento erano capaci di sradicare anche decine di alberi in pochi secondi.

Certo, avrebbero potuto consultare le previsioni meteo prima di organizzare questo stupido campeggio. E avrei potuto consultarle io, prima di accettare di prendervi parte.

Mi guardai attorno, per ricercare il volto di Acher.

Dovevo avvisarlo del temporale: ero quasi sicura che non avesse idea delle tempeste che si abbattevano su Seafolk.

«Speriamo che domattina il tempo migliori.» Emmett si allontanò tenendo stretta al petto la sua cartellina.

«Ehi, Trin», mi richiamò Lola. «Stiamo andando a rinfrescarci, vieni con noi?»

Scossi il capo. «Magari dopo, vado a fare due passi.»

«D'accordo, ci vediamo stasera, allora.» Annuii, avviandomi verso la tenda.

Chissà dove si è cacciato...

Acher avrebbe tirato un pugno a Mitchell, perché mi aveva offesa in quel modo. Lui non era un cattivo ragazzo, per niente. Ricordavo ancora la sua camicia ben stirata con le maniche arrotolate al suo arrivo a Seafolk. Ricordavo i suoi modi gentili e la sua educazione. Non rivolti a me, ovviamente, ma pur sempre a mia madre.

Allora perché stava dando di matto per così poco? Sapevo che non era solo per difendermi. C'era dell'altro e aveva a che fare col segreto che nascondeva. Ne ero certa.

Arrivata alla tenda, notai con sorpresa il profilo di Acher.

Era rimasto lì per tutto il tempo? Non si era mosso di un millimetro...

Lo osservai per una frazione di secondo; pareva nervoso, quasi intimorito.

«Come procede il campeggio?» domandò divertito non appena entrai nel suo campo visivo, tentando di eliminare la parvenza di tensione che mi aveva trasmesso fino a poco prima.

«Stai scherzando?» risposi a tono. «Come se non bastasse la voce stridula di Sandie, verrà anche a piovere. Potremmo trascorrere la notte in auto o andarcene...»

«E perdere lo spirito del campeggio? No, grazie. Siamo venuti qui per una ragione.»

Determinato, il ragazzo.

Però, era bravo a nascondere la tensione.

Sbuffai, infastidita.

«Cerca solo di non discutere con Mitchell. Lui e Sandie sanno essere molto vendicativi.»

«Non m'importa», rispose con la sua solita noncuranza. «Avrebbe meritato più di un pugno.»

«È che non sei abituato a loro... Sono fatti così, non cambieranno mai. Non tentare di ribellarti e non sperare di cambiare le cose. Non succederà.»

Una goccia di pioggia piombò sul mio naso. Il temporale stava arrivando e sarebbe stato molto violento.

«Ti sei arresa, Trinity.»

Quelle parole mi si incisero nel cuore.

«Cosa?» sussurrai.

Vidi il suo sguardo severo posato di me, le braccia incrociate al petto, in segno di ammonizione.

«Ti sei arresa a questo schifo, a come ti trattano. È per

questo che mi hai trattenuto dal tirargli un pugno?» domandò rude.

«Ti ho fermato perché non ho bisogno di essere difesa da un ragazzo e perché non ne vale la pena.»

«Nessuno ha mai dato una lezione a quei due», ribadì. «Sarei stato orgoglioso di essere il primo.»

Scossi la testa, con un sorriso amaro sul volto. «Tu non li conosci. Ti renderanno la vita un inferno, a scuola.»

Come l'hanno resa a me. Per anni.

«La mia vita è già un inferno, usignolo.» Acher si sedette accanto a me. «Non ho nulla da perdere.»

Neppure io avevo nulla da perdere, allora perché avevo smesso di ribellarmi a Sandie e a tutti i suoi insulti, a tutte le sue prese in giro?

«Sono stanca, Acher. Persino di combattere con gente come loro.»

«Bene, allora chiudi la partita una volta per tutte.»

Avrei dovuto ringraziare la pioggia per aver costretto gli studenti della Seafolk High a rifugiarsi nelle tende.

Acher aveva spostato la nostra in un punto più alto, così che la pioggia defluisse e non infradiciasse le nostre cose. L'idea di abbandonare il campeggio fu inutile: in tempo record, il temporale si era trasformato in una vera e propria tempesta, e sarebbe stato impossibile uscire dalla tenda per raggiungere l'auto, senza venire scaraventati dal vento contro un albero o una staccionata.

Eravamo ufficialmente bloccati lì.

Acher era teso.

A ogni goccia che cadeva al suolo, diventava sempre più nervoso. Lo vedevo torturarsi le mani, controllando insistentemente se la pioggia diminuiva.

«Va tutto bene?» domandai, tranquilla.

«Sì, certo.» La tenda subì uno scossone e vidi la mascella di Acher irrigidirsi.

«È solo il vento», lo rassicurai. «Quando le correnti si scontrano, è normale che nascano temporali o trombe d'aria.»

«È che...» Deglutì a fatica. «Non mi piacciono i temporali così violenti.»

Conoscevo quegli atteggiamenti, quei movimenti spasmodici. Conoscevo quel pallore sul viso, quelle smorfie che ricordavano un dolore fisico, ma che partivano dal cuore. Perché li avevo provati sulla mia pelle. Si trattava di un trauma. Acher ne aveva subito uno, ne ero quasi certa. Ma perché aveva insistito a rimanere qui, se temeva la tempesta? Avremmo potuto tornare a casa, prima che il temporale ci colpisse.

Finge, Trinity.

Come hai sempre fatto anche tu.

Non vuole mostrarsi vulnerabile. Chi ti ricorda?

«Sono certa che smetterà presto», continuai.

Acher rimase in silenzio, incapace di proferire parola. Si addossò al suo zaino, continuando a torturarsi le mani.

Però potevo fare qualcosa: potevo provare a distrarlo.

«I miei...»

Coraggio, Trinity. Puoi farcela.

«I miei genitori si sono conosciuti in questo campeggio.» Terminare la frase fu come un colpo allo stomaco.

Sperai che nella leggera penombra Acher non notasse i miei occhi lucidi.

«Un tempo, lì dove ora c'è il campo di beach volley, c'era un piccolo chiosco, con un jukebox, come quello dell'Havana's, che vendeva granite a un quarto di dollaro. Una tempesta lo ha distrutto una decina di anni fa, e non l'hanno più ricostruito. I miei genitori si davano appuntamento lì ogni sera.»

Sorrisi, ricordando le parole di mio padre. Per un istante mi parve di sentirlo accanto a me.

«Mia madre non doveva neppure venire in vacanza a Seafolk, quell'anno, ma i miei nonni la convinsero. Affittarono una casa dall'altro lato della strada, poco distante dalla spiaggia. Mio padre, invece, adorava fare campeggio; quella estate comprò una tenda e la piantò proprio qui, in questa zona di Seafolk Bay.»

Lanciai uno sguardo ad Acher, che mi fissava, in silenzio.

«Continua, ti prego...» sussurrò.

«Una sera, mio padre era in quel chiosco, con i suoi amici. Credo che avessero bevuto un po' troppo perché, non appena mia madre li vide, pensò di essersi imbattuta in un gruppo di alcolizzati.» Risi. «Nonostante il loro primo incontro burrascoso, si ritrovarono anche la seconda sera, e la successiva, e così via per tutta l'estate.»

Mi asciugai una lacrima, col sorriso.

«Questo è il loro posto. Mia madre non torna più qui da quando lui se n'è andato, ma non vuole che io faccia il suo stesso errore. Non vuole che io mi privi dei ricordi, ecco perché ha insistito che venissi al campeggio.»

Mi stupii delle mie stesse parole.

«Purtroppo, o per fortuna, i ricordi sono l'unico modo che abbiamo per rimanere ancorati al passato», sussurrai. «Che sia un bene o un male. Però si sono innamorati qui, quindi...» Ridacchiai sommessamente e proseguii con un velo d'amarezza nella voce. «Forse dovrei ringraziare questo campeggio.»

Lanciai uno sguardo ad Acher, che continuava ad ascoltarmi attento, interessato alle mie parole. Pareva più rilassato; missione compiuta. Rimase in silenzio per qualche istante, poi parlò.

«I temporali mi ricordano un giorno che vorrei solo dimenticare. Il giorno in cui la mia vita ha iniziato ad andare a rotoli.»

«Non sei costretto a...»

A parlarmi di te, se non vuoi.

Osservai le sue labbra serrarsi e poi schiudersi, in un respiro. Si stava davvero spingendo al limite per pronunciare quelle parole.

«*Voglio* dirtelo.» Si mise a giochicchiare con i polsini della camicia, come era solito fare quando era nervoso. «Quella sera ho commesso un errore che non mi perdonerò mai e che mi porterò fin dentro alla tomba.»

Rabbrividii.

Si strinse nelle spalle, smettendo di parlare. Avrei voluto sommergerlo di domande, ma tutto ciò che mi parve op portuno in quel momento fu rispettare il suo silenzio, riflettendo sulle sue parole.

Quella sera ho commesso un errore che non mi perdonerò mai e che mi porterò fin dentro alla tomba.

Prima che potesse dire altro, trascinai il mio corpo accanto al suo in modo che le nostre spalle si sfiorassero. Presi tra le mani i lembi dei suoi polsini.

«Distruggerli non servirà a nulla...» sussurrai.

I suoi occhi si fissarono nei miei, e per un secondo dimenticai persino dove fossimo.

Odio l'effetto che mi fai, Acher Morris.

Non aveva senso continuare a torturarsi. Quel posto avrebbe fatto male a entrambi, se fossimo rimasti lì per altri due giorni. Perché entrambi avevamo qualcosa per cui soffrire.

Non è vero che non abbiamo nulla da perdere, abbiamo noi stessi, i nostri ricordi.

Che sono molto più preziosi di qualunque altra cosa.

Acher adagiò la sua testa sulla mia spalla.

Ho ricambiato il favore del tetto, pensai.

Ora siamo pari.

Feci un respiro profondo e sussurrai al suo orecchio: «Attenderemo che il temporale smetta e torneremo subito a casa».

13.
BARCA A VELA

«Il ladro di sogni non aveva un volto.
Era il nulla e il tutto al tempo stesso.
"Chi sei?" chiese la bambina.
"Chi vuoi che io sia?" rispose lo spirito.»
MICHAEL SANDERS, *Il ladro di sogni*

Impiegai qualche ora per accorgermi che qualcosa non tornava. Acher non era tipo da feste o falò sulla spiaggia, perché, proprio come me, aveva un animo solitario. Eppure aveva insistito per prendere parte al campeggio. Come se l'avesse fatto per me...

Ma come era venuto a conoscenza della storia dei miei genitori, prima ancora che gliene parlassi io? E, soprattutto, perché mi aveva lasciata parlare come un fiume in piena, se conosceva già ogni dettaglio? Che si fosse accordato con mia madre? Impossibile, non parlava mai di queste cose agli altri e, nonostante volesse bene ad Acher, era ancora un estraneo per noi.

«Hai detto che sarebbe stata una buona idea divertirci prima dell'inizio delle lezioni», affermai, tirando fuori dallo zaino le chiavi del mio fulmine alla brillantina. «E anch'io ho voglia di distrarmi.»

«Che intenzioni hai?» domandò titubante.

Sul mio volto si dipinse un'espressione divertita.

«Al molo. Sali», ordinai, una volta arrivata al parcheggio.

Ce ne saremmo andati da quel campeggio e ci saremmo divertiti, ma a modo *mio*.

«Dove stai andando?»

«Dove *stiamo* andando, semmai», sghignazzai. «Al molo, te l'ho detto.»

«Vuoi gettarmi in mare con una palla di ferro attaccata alla caviglia?» rise, salendo in auto.

«Mi hai scoperta, maledizione! Ora dovrò ucciderti durante il tragitto!» risposi, con fare melodrammatico.

Acher scosse la testa, divertito.
«Sei assurda.»
«Allora? Ti muovi?» lo incalzai.
«D'accordo, andiamo.»
La tempesta era svanita, ma i venti continuavano ad accarezzare il velo dell'acqua e a sospingere le onde, l'ideale per andare in barca.
Mio padre mi aveva insegnato a governare una barca a vela a tredici anni. Diceva che mi sarebbe stato utile, anche se non ne vedevo il motivo. Poi avevo capito: saper dirigere una barca significava libertà e autonomia. Mi ero sempre sentita prigioniera, a Seafolk, ma, senza che me ne rendessi conto, mio padre mi aveva insegnato un modo per fuggire via. Lo aveva fatto tramite la sua passione: il mare.
Ci saremmo allontanati dalla costa per non più di qualche ora, il tempo di goderci la quiete dopo la tempesta.
I venti avrebbero soffiato per un altro giorno al massimo, dopodiché la superficie dell'acqua sarebbe diventata come una tavola da surf.
«Sto seriamente iniziando a pensare che tu stia meditando il mio assassinio. Il che non sarebbe un male, ma...» Si interruppe e tra di noi calò il silenzio.
Non mi ero neppure accorta di essere soprappensiero. Miles e Lola erano abituati ai miei silenzi, ma lui no. Mi riscossi all'istante.
«Sei sempre così pensierosa, non è vero?»
«Quando devo assassinare le persone, gettandole in mare? Sì», finsi.
Acher scoppiò a ridere.
I ricordi della notte precedente sembravano così surreali...
«Noteranno la nostra assenza, al campeggio?» domandò.
«Non hanno mai notato la mia, a scuola. Quindi no», mormorai con gli occhi fissi sull'asfalto. «Lola mi manderà un messaggio, credo.»
Acher annuì.
«Sei mai stato in barca a vela?» domandai, curiosa.
«Allora vuoi davvero uccidermi», realizzò, ironico. «Co-

munque no. Da dove vengo io ci sono fiumi, al massimo laghi. Non abbiamo sbocchi sul mare.»

«Blue Ridge Mountains?» chiesi conferma.

«Come fai a saperlo?»

«Intuito.» Scrollai le spalle.

«Oh, andiamo.»

«Hai un pessimo rapporto con l'afa di Seafolk.» Mi morsi il labbro inferiore tra i denti, riflettendo. «In valigia hai praticamente solo felpe e jeans pesanti. Sei abituato al vento, ma non alla pioggia insistente. Ho immaginato che fossi originario della Georgia o del Kentucky, o delle zone dell'entroterra dove fa freddo nove mesi l'anno.»

Le labbra di Acher formarono una "O" di stupore.

«Sei estremamente attenta ai dettagli.»

«Non hai visto ancora nulla.» Sorrisi. «Andiamo, la barca è ancorata al molo. Faccio un salto da Frank e ti raggiungo.» Gli lanciai le chiavi dell'auto. «Prendi!»

Acher fu colto alla sprovvista, ma riuscì ad afferrare al volo le chiavi.

Raggiunsi la base del faro e bussai alla porticina di legno inumidita dagli schizzi delle onde che si frangevano contro gli scogli. Frank non era soltanto il guardiano del faro, ma anche il custode di tutte le barche attraccate al molo, compresa quella di mio padre. Non avevo osato più salirci dal giorno in cui era scomparso, ma mi sentivo pronta per salpare di nuovo.

«Chi è?» tuonò una voce rude dalle scale, senza aprire la porta. Frank odiava essere disturbato.

Gli abitanti di Seafolk lo definivano un burbero senza cuore, ma vivere in solitudine lo aveva semplicemente reso un uomo scostante, a tratti scorbutico.

«Sono Trinity Sanders, la figlia di Michael!» risposi, tentando di imitare il suo tono risoluto.

Frank attese qualche istante, poi sentii una chiave ruotare nella serratura e la porta scricchiolò, ruotando sui cardini.

Il suo sguardo si rilassò. «Cosa vuoi?» Si finse disinteressato, ma sapevo che, in fondo, il suo tono si era addolcito al suono del nome di mio padre.

«Ho bisogno di salpare con la barca di mio padre. Potresti darmi una mano a sganciarla dal molo?»

Frank esitò per qualche istante.

«D'accordo. Ti ricordi come si governa una barca?»

Annuii, decisa.

Certo, non uscivo in mare da quasi un anno, ma per me era come andare in bicicletta o guidare un'automobile. Il tempo non avrebbe mai cancellato il ricordo dei gesti per manovrare l'imbarcazione, così come l'uomo che me li aveva insegnati.

Richiamai Acher con un cenno della mano, invitandolo a raggiungerci.

Attraccate al molo c'erano solo tre barche. Era ancora settembre, il che voleva dire che molte famiglie avevano ripreso le loro per andare in vacanza e che le avrebbero riportate per la metà del mese. Tutti a Seafolk imparavano ad andare in barca; la maggior parte degli abitanti discendeva da famiglie di pescatori o marinai, che trasmettevano ai loro figli, di generazione in generazione, la passione per il mare.

Mio padre aveva fatto lo stesso con me. Mi aveva insegnato a osservare le onde, la direzione dei venti, le luci a intermittenza del faro. Mi aveva insegnato a orientarmi in mezzo al nulla sia di giorno sia di notte.

Frank liberò la barca dall'attracco e issò la randa, che si gonfiò alla prima folata di vento. Avrei dovuto prendermi più cura della barca, raschiare il ponte da cima a fondo e sostituire le cime usurate dal tempo. Ma avevo evitato tutto ciò che riportava alla memoria mio padre.

«Vi terrò d'occhio dal faro. Se hai bisogno d'aiuto, sai cosa fare», si raccomandò, dopo avermi consegnato un segnalatore luminoso.

Annuii, sicura.

«Speriamo che non ce ne sia bisogno...» scherzò Acher, ma Frank lo fulminò con uno dei suoi sguardi agghiaccianti. «Mi scusi», si affrettò a dire.

Scoppiai a ridere.

«Grazie, Frank. Saremo di ritorno per domattina al massimo.»

«Dovere», si limitò a rispondere.

Mi accostai al timone, esitante.

I ricordi di mio padre sulla barca mi si affollavano nella mente, provocandomi una fitta lancinante al cuore.

Non lasciare che il dolore superi i ricordi felici che hai di lui. Non permetterti di soccombere.

«Tutto bene? Sembri pallida...» domandò Acher, facendomi rinsavire.

«Assolutamente.» Accarezzai il timone, prima con tenerezza, poi con decisione.

«*Per governare una barca, devi soggiogare il vento e sfruttare le correnti*», diceva mio padre.

E io lo avrei fatto, come mi aveva insegnato lui.

«Pronto? Si parte.»

Virai verso il mare aperto, allontanandomi dal molo, prima lentamente, poi acquistando velocità grazie alla potenza del vento.

Acher si resse all'albero della barca, in modo un po' impacciato.

«Dimmi almeno che sai nuotare», ridacchiai.

«Ti ho detto che dove vivo non c'è il mare, non che mancano piscine coperte e corsi di nuoto», mi scimmiottò.

«Allora quando ti getterò in acqua saprai riemergere.»

«Molto divertente, Trinity Sanders. Occhio al timone, piuttosto», mi rimproverò con un pizzico di timore. Acher aveva dipinta sul volto la stessa espressione che avevo io, a dieci anni, la prima volta che mio padre mi portò in barca. Ero spaventata e goffa, perché temevo che affondasse e che le onde ci inghiottissero. Tre anni dopo, ero già al comando della mia prima imbarcazione. Sorrisi, all'immagine di una piccola Trinity ancorata alle gambe di suo padre, in preda al terrore.

«Se mia madre sapesse che sono qui mi ucciderebbe.» Abbozzai un sorriso. «Ma sarebbe anche fiera di me.»

Lasciai che il vento spingesse i miei capelli all'indietro e spalancai le braccia, ridendo.

Per mesi mi ero privata di quella leggerezza, di quella incredibile sensazione di spensieratezza.

Poco dopo, anche Acher iniziò a rilassarsi, una volta accertato che sapessi *davvero* governare una barca. E, per quanto temessi di non ricordare con precisione i gesti da compiere, tutto apparve incredibilmente naturale.

«Sei piena di sorprese, Sanders», mi sussurrò Acher nell'orecchio, tentando di contrastare il rumore del vento.

«Mai quanto te.»

«Non ho mai conosciuto una ragazza che sapesse andare in barca, te lo concedo.»

«È un complimento?»

«Dipende. Stai ancora meditando di uccidermi?»

Scoppiai a ridere, approfittando di un attimo di bonaccia per allontanarmi dal timone. La barca sarebbe rimasta ferma fino alla ripresa del vento.

«Forse.»

«È stato tuo padre a...?» domandò titubante, per poi frenarsi. «No, non dovrei. Il patto», mi ricordò.

Rimasi in silenzio.

«Sì, è stato lui a insegnarmi», risposi. «Tuo padre, invece?»

«Non l'ho mai conosciuto come si deve. Ho vissuto solo con mia madre da quando avevo sei anni, l'età in cui ci siamo trasferiti a Blue Ridge. Credo che mio padre sia l'ennesimo stronzo che abbandona una donna sola con un bambino perché non vuole assumersi le sue responsabilità. O probabilmente ha trovato un'altra più giovane e se n'è andato. Ma non mi interessa la motivazione per cui l'ha fatto», commentò sprezzante.

Riuscivo a percepire perfettamente l'odio che provava nei confronti di quell'uomo.

«Immagino che tua madre non ne parli spesso.»

«Chiaramente no.» Il suo sguardo si fissò sull'orizzonte, il che mi permise di studiare il suo profilo sottile per una manciata di attimi. «Ma lo accetto. Credo che stia già soffrendo abbastanza. Non mi interessa rivederlo, comunque.»

«Non ricordi che aspetto abbia o il suo tono di voce, magari? Non hai mai chiesto di lui a tua madre?»

«Mentirei se dicessi che non ho mai voluto saperne di lui. Da bambino tentavo in ogni modo di frugare in soffitta o nella stanza di mia madre per trovare anche solo una sua fotografia o qualcosa che gli appartenesse, ma...» Sospirò. «Era prima che intuissi il motivo per cui ci ha lasciati.»

Rimasi in silenzio, ascoltando con attenzione le sue parole.

Io avevo perso mio padre, certo, ma era stato un genitore fantastico e non avrei potuto desiderare di meglio.

Ma Acher e sua madre erano stati meno fortunati.

«Spero che guarisca presto...» Furono le uniche parole che riuscii a pronunciare.

L'espressione di Acher si fece affranta e le sue labbra si curvarono verso il basso. «Non sono sicuro che ce la farà.»

La mente mi si offuscò e dinanzi ai miei occhi si dipinsero i contorni di un ricordo.

Non credo che supererà la notte, signorina Sanders. Le chiedo di prepararsi al peggio e le consiglio di stare accanto a sua madre.

«Perché...» Per un istante l'aria non arrivò ai miei polmoni e deglutii a stento. «Perché dici questo?»

«Perché la realtà è dolorosa, ma è la realtà. È inutile illudersi.»

Mi morsi un labbro, tentando di calmare il mio cuore in preda alla tachicardia. «Non puoi smettere di sperare.»

«Trinity», mi richiamò, fissando i suoi occhi nei miei. «Ho smesso di sperare tempo fa.»

D'un tratto non si riferiva più a sua madre. Stava alludendo ad altro. «Perché ogni conversazione con te si trasforma in un esame di coscienza, usignolo?» mi chiese, tentando di alleggerire l'atmosfera.

«Posso sempre gettarti in mare, se lo desideri.»

«Sì, se vieni con me.»

Alzai un sopracciglio.

«È una sfida?» domandai, sardonica.

Acher scrollò le spalle, con finta indifferenza. Pareva già pronto a gettarsi in acqua, se solo non lo avessi frenato io.

«Ti consiglio di spogliarti, se non vuoi congelare dopo.»

Con i vestiti bagnati e le raffiche di vento improvvise si sarebbe come minimo beccato una polmonite.

«Mi chiedi già di spogliarmi, usignolo?»

Alzai gli occhi al cielo, sbuffando. «Anche se lo volessi e, fidati, non lo voglio, non potrei mai.»

Acher alzò le mani. «Non credevo che Trinity Sanders avesse un suo codice d'onore.»

Non lo seguivo mai, aveva ragione.

Quella, però, non era una semplice regola. Era una sorta di legge non scritta, dettata dalle convenzioni sociali. Inoltre, c'era un altro incombente ostacolo... Acher aveva una ragazza, a cui era fedele. Cosa avrebbe pensato, se ci avesse visti? Sarebbe andata su tutte le furie, senza ombra di dubbio. Inoltre, soltanto un altro ragazzo mi aveva vista in costume, ma si trattava di Miles, ed eravamo quasi fratelli.

«Non accetterò la tua sfida, ma bel tentativo», lo sbeffeggiai.

Non mi sarei mai esposta tanto con Acher. Non potevo ancora fidarmi di lui, non del tutto, almeno.

Rimanemmo in silenzio fino al calar del sole, momento che avevo atteso per tutto il giorno. Avevo dimenticato quanto fosse liberatorio fissare il sole che, lentamente, si tuffa nelle onde. La luce dei suoi raggi iniziava ad affievolirsi e il blu dell'oceano ad avvolgere il suo chiarore.

Il tramonto, osservato da una barca a vela, è una delle meraviglie del mondo.

Per quanto tempo mi ero privata di quello spettacolo e mi ero rifiutata di salire su quella barca, per via dei ricordi e dei rimorsi?

Io e Acher non ci eravamo più parlati, ma i nostri sguardi si erano tacitamente accordati per trascorrere la notte in barca. Ben presto lo sfondo violaceo si increspò, macchiandosi di tonalità più scure. La volta celeste, tinta di un blu ceruleo, era la tela perfetta per quel groviglio di stelle che illuminava la costa di Seafolk e il suo faro. E quei puntini luminosi, che si tuffavano nelle onde, si mescolavano alle luci delle case e dei negozi, che brillavano in lontananza nel buio, ravvivato dal solo chiarore a intermittenza del faro. Seafolk, di notte e nel silenzio, riacquistava lo splendore che, per qualche effimero istante, mi concedeva di credere che quella cittadina non fosse così male come avevo sempre pensato.

Qualunque turista sarebbe rimasto incantato dinanzi a un simile spettacolo. Ma anch'io, che avevo vissuto lì per tutta la mia vita, non riuscivo ad abituarmi alla meraviglia che i miei occhi avevano il privilegio di scorgere dopo il tramonto. Quelle stelle, quel mare e quel silenzio mi facevano vacillare.

Ecco perché mio padre si è innamorato di questo posto…

Con il naso rivolto all'insù e lo sguardo fisso in quell'intreccio di pietre preziose, mi domandai se anche mio padre riuscisse ancora a vederle. Settembre voleva dire giorni più corti, ma notti più intense. Notti da vivere svegli, in silenzio.

Anche Acher continuava a fissare il cielo, con la sua solita espressione accigliata, come se i pensieri gli si affollassero in testa più numerosi delle stelle nel cielo. Come biasimarlo; fino a quel momento, avevo sempre e solo pensato che la mia vita fosse l'unica a essere stata stravolta da avvenimenti improvvisi.

Ma Acher era la prova che la vita sa colpirti ancora più violentemente, se lo desidera.

E ci aveva colpiti, con prepotenza.

Ci rimanevano solo un cielo stellato e i nostri ricordi.

Tuttavia, io che avevo vissuto nel silenzio, non riuscivo a sopportare quella forzata quiete tra noi.

«Hai freddo?» domandò, come se potesse leggermi nel pensiero. Sussultai al suono della sua voce.

«Un po', ma sono abituata.» Avevo trascorso fin troppe notti sul tetto, anche d'inverno, in preda all'insonnia.

«Mi dispiace di aver lasciato la mia felpa in auto, te l'avrei prestata volentieri», mormorò arricciando il naso.

Quella frase mi strappò un sorriso sincero. «Non importa.» Indicai un punto nel cielo. «Quello è il Grande Carro… » farfugliai. «Mio padre diceva sempre che un tempo i marinai si orientavano con le stelle. Mi ha insegnato a orientarmi anche guardando il cielo, sai, in caso non avessi una bussola.»

«Sei brava in astronomia.»

Mi lasciai sfuggire una risatina.
«Sono una frana a scuola. Ma geografia astronomica e filosofia sono le uniche materie per cui non ho abbandonato gli studi.»
Se fossi stata brava in matematica, avrei anche potuto lavorare come scienziata in qualche laboratorio aerospaziale, ma purtroppo ero stata rimandata fin troppe volte in quella materia.
Miles era il migliore.
Inoltre, il mio curriculum non era rispettabilissimo: ero stata sospesa tre volte nei sei mesi successivi alla morte di mio padre. Mi cacciavo sempre nei guai e la presidenza era diventata la mia seconda casa. Fortunatamente, grazie alle attenuanti familiari, ero sempre riuscita a cavarmela con una sospensione di qualche giorno, al massimo una settimana. Il professor Max garantiva per me ogni volta.
«Io me la cavo parecchio bene in matematica e letteratura.» Quelle parole catturarono la mia attenzione. «Sì, lo so, due materie all'apparenza completamente diverse, ma con molti punti in comune.»
Mi sembrò di sentir parlare di nuovo *lui.*
«Da piccolo volevo cambiare il mondo. Mi dicevo che sarei andato in uno di quei paesi poveri per costruire ospedali o strutture del genere. Avevo promesso a mia madre che mi sarei iscritto ad architettura, un giorno. Poi ho capito come gira il mondo e mi sono accorto che è stato lui a cambiare me.»
Per un secondo dovetti frenare l'istinto di vomitare.
Non lo sta dicendo davvero…
Impossibile.
«Dove ti iscriverai l'anno prossimo?»
Scossi il capo, concentrandomi sulla sua domanda piuttosto che sui miei pensieri. Non ne avevo la più pallida idea. Non eccellevo in nessuna materia e non avevo neppure una passione che potesse diventare un lavoro. Quella semplice e innocua domanda mi tartassava e mi struggeva nel profondo, perché continuavo a vivere in un mondo in cui tutti sapevano qual era il loro posto, eccetto me. Solo

quando Acher riprese a parlare, mi accorsi che ero rimasta ancora una volta per troppo tempo in silenzio.

«È normale non avere idee chiare per il futuro», ricominciò. «Non tutti abbiamo la strada spianata o un progetto da seguire.»

Lo fissai, interdetta.

«Lo dici davvero o è solo una di quelle frasi fatte per rincuorare gli scansafatiche?»

Acher scoppiò a ridere.

«Hai idea di quanti ragazzi non sappiano cosa fare delle loro vite? Milioni. Non sei né la prima né l'ultima. Troverai qualcosa che amerai e che vorrai inseguire.»

«Mi sa di discorso motivazionale...» farfugliai, scorbutica.

«In ospedale li ascoltavamo.» Lo vidi stringersi le braccia al petto, mentre la sua schiena aderiva perfettamente alla prua. «Noi figli dei malati, si intende. C'erano un mucchio di psicologi e assistenti pronti a supportarci nella "battaglia". Ho seguito alcuni incontri per due mesi, ma assomigliavano più a gruppi di sostegno per tossicodipendenti, e allora ho mollato.» Rise, scrollando le spalle. «Non che non fossero utili, solo che...»

«Che erano inutili», replicai.

Non riponevo molta fiducia nel supporto psicologico, colpa del mio scetticismo. «Mia madre mi ha costretto ad andare dalla psicologa della scuola, qualche mese dopo la morte di mio padre. Diceva che aprirmi con qualcuno mi avrebbe fatto bene, ma non avevamo soldi per permetterci una privata. La prima e unica seduta non è stata molto... *produttiva*, ecco.»

«Considerando il tuo caratterino...»

«Cosa vorresti insinuare?» Mi finsi offesa.

«Nulla, nulla.» Si arrese. «Hai smesso di andarci?»

Annuii.

«Ho trovato conforto nella musica.»

«Me ne sono accorto.» Sorrise, continuando a fissarmi. «Sei davvero brava, usignolo.»

«Anche questa l'hai appresa al corso motivazionale?»

«Sono solo sincero.»

«Su tutto?»
Acher rimase in silenzio e distolse lo sguardo.
«Prossima domanda?» sviò.
Sei pieno di segreti, Acher Morris.
Sono certa che nascondi qualcosa.
«Devo ancora inquadrarti...» sussurrai, rivolgendo lo sguardo al cielo.
«Che intendi?»
«Devo capire se sei il bravo ragazzo che si è presentato a casa mia con la sua camicia immacolata o uno spacciatore in riabilitazione.» Risi.
Vidi Acher irrigidirsi.
«Non ho trascorsi, non con la droga, almeno», si limitò a rispondere, serrando la mascella.
«Non sei un ladro, vero?»
«Se lo fossi, avrei i soldi per le cure di mia madre.»
Giusto, touché.
«Allora chi sei?»
«Scegli tu.» Reclinò il collo all'indietro, chiudendo gli occhi. Si leccò le labbra, e mi sorpresi a fissarlo, incantata. «Chi vuoi che io sia?»

14.
ULTIMO ANNO

«Quella torre era il suo inferno
e il suo paradiso al tempo stesso.»
MICHAEL SANDERS, *La principessa di crepe*

La scuola era il mio inferno personale, come un vestito cucito su misura per me.

Avevo più volte riflettuto sul lasciare il liceo, e lo avrei già fatto, se non fosse stato per Max. Max Donovan non era soltanto il professore di filosofia più in gamba della storia, ma anche il migliore amico di mio padre, dai tempi del college. Si erano conosciuti alla Virginia State University, ma frequentavano indirizzi differenti. Mio padre architettura, lui filosofia. In poco tempo erano diventati inseparabili.

Max aveva supportato la mia famiglia più di chiunque altro dopo la sua scomparsa. Aveva accompagnato me e la mamma al suo funerale e ci aveva aiutate con spinose questioni burocratiche da sbrigare. Inoltre, mi aveva convinta più volte a non mollare la scuola, anche quando ricevevo sospensioni e ore da scontare in punizione. Ero grata a Miles e Lola per la loro amicizia, ma Max era la mia figura di riferimento, la mia guida.

Durante le lezioni, Sandie protestava, sostenendo che il professor Donovan facesse dei favoritismi nei miei confronti, e che questo l'avesse spinta ad abbandonare il corso di filosofia. Il che era non era del tutto falso. Max era come un padre per me e mi trattava come tale. Mi accompagnava in presidenza ogni volta che ne combinavo una delle mie, mi riaccompagnava a casa quando la macchina era dal meccanico e pregava i docenti di avere pazienza e comprensione quando le insufficienze tingevano di rosso il mio nome sul registro. Max aveva promesso a mio padre di rimanere vicino a me e alla mamma, se mai gli fosse successo qualcosa.

E lui aveva mantenuto la promessa, *sempre*.

Quella mattina, quando mi svegliai, mi pervase l'orribile consapevolezza che l'estate era finita. Feci un lungo sospiro e mi costrinsi a trascinare il mio corpo fuori dal letto. Ancora assonnata, lanciai uno sguardo veloce allo studio di mio padre, notando con stupore che la porta era spalancata, e all'interno di Acher non c'era traccia. Mi spostai in cucina, dove mia madre era già intenta a preparare la colazione.

«Buongiorno, tesoro.» Mi sorrise, consegnandomi una tazza di caffè nero.

La ringraziai con un cenno del capo.

«Dov'è Acher?» domandai in uno sbadiglio.

«Oh, è uscito presto stamattina.» Si grattò il capo, tentando di ricordare. «Credo fosse ansioso per il primo giorno. Sembrava un po' agitato.»

"Non è di certo agitato per la scuola", pensai all'istante.

Nascondeva qualcosa. Qualcosa che lo preoccupava parecchio.

«Sei pronta per l'ultimo anno?» mi chiese emozionata.

«Certo...» risposi ironica.

«Trin...» Seguì una breve pausa, colma di tensione. «Per favore, nessuna sospensione questo semestre. L'anno prossimo dovrai andare al college e...» Sospirò. «Me lo prometti?»

«Sai che non posso promettertelo, mamma. Ma ci proverò.»

Ero troppo impulsiva per promettere che non avrei *delicatamente* sbattuto la testa di Sandie contro un dannatissimo armadietto.

Mia madre aveva imbandito la tavola per me e aveva persino comprato una scatola dei miei cereali preferiti, i Lucky Charms.

Non riuscii a toccare nulla, forse per il buco che mi divorava, proprio all'altezza dello stomaco.

"Mi dispiace", avrei voluto dirle, ma sperai che comprendesse il mio silenzio.

«Vado a scuola a piedi», la informai.

«Ma la tua auto funziona benissimo.»

L'ultima volta che mi ero recata a scuola con il mio fulmine alla brillantina, Sandie e Mitchell avevano imbrattato la fiancata destra con una bomboletta spray, disegnando sagome indecenti. Avevo speso tutti i miei risparmi dal meccanico per darle una riverniciata. Ringraziai solo il cielo che mio padre non avesse visto quell'orrore.

«Lo so, ma preferisco camminare.»

«D'accordo.»

Il suo sguardo stanco fu come un colpo al cuore.

«Terrò d'occhio Acher», borbottai, realizzando solo dopo le mie parole. «Cioè, volevo dire che...» Affondai il viso nella tazza del caffè. «Farò tutto il possibile affinché si senta a suo agio alla Seafolk High.»

Mia madre si lasciò sfuggire un sorrisino.

«Saluta Max da parte mia», disse infine.

«Lo farò», gridai ormai sull'uscio.

La Seafolk High distava venti minuti a piedi da casa mia. Non era come le scuole americane dei film; gli armadietti erano arrugginiti e la palestra non aveva neppure i canestri da basket. La mensa scolastica aveva bisogno di una disinfestazione coi fiocchi e i club erano relegati nel seminterrato, senza luce del sole. Se ne avessi avuto la possibilità, l'avrei rasa al suolo per ricostruirla dalle fondamenta.

Mi ero chiesta più volte in cosa venissero impiegate le numerose donazioni del padre di Sandie alla scuola. Probabilmente finivano nelle tasche del preside Johnson, suo carissimo amico e compagno fedele di partite di poker. Johnson era uno spendaccione alla mercé dell'uomo più ricco di Seafolk, nonché padre della bionda ossigenata che aveva scoperto l'immenso piacere del prendermi di mira.

Miles mi invitava a lasciar correre, ma non riuscivo a sopportare le ingiustizie e rimanere in silenzio. Johnson era un pessimo preside e tutti i soldi ricevuti non erano mai stati impiegati in opere di miglioramento scolastiche. Anche Max lo sapeva, tutti i professori lo sapevano. Ma vivere in una cittadina come Seafolk voleva dire rimanere in silenzio, soprattutto quando la verità era scomoda.

Arrivai a scuola in tempo per le lezioni, persino un po' in anticipo. Non succedeva mai, di solito.

Superai il cancello che faceva vagamente assomigliare la Seafolk High a un carcere, attraversai il parcheggio e l'entrata ammuffita per poi dirigermi al mio armadietto, senza prestare troppa attenzione ai fiumi di studenti che si riversavano in corridoio. Nessuno si accorgeva mai di me. Parlavo poco e non ero iscritta a nessun club. Mi sentivo invisibile e tutti mi trattavano come tale. Nessuno studente mi si avvicinò per salutarmi o per chiedermi come fossero andate le vacanze. Ascoltavo il brusio sommesso in disparte, da lontano, e le risate arrivavano alle mie orecchie ovattate.

Stavo cercando di ricordare la combinazione dell'armadietto, quando Sandie si affiancò al suo, proprio accanto al mio. *Maledizione.*

«Anche oggi ti sei vestita in una discarica?» commentò con gli occhi fissi sul suo zainetto fucsia di peluche.

Ma ci vede con le ciglia finte lunghe un chilometro?

«Baciami il culo, Sandie», replicai tra i denti, quasi impercettibilmente.

Quell'anno non mi sarei risparmiata. Le parole di Acher mi vorticavano ancora nella testa.

Ti sei arresa, Trinity.

Mi ero davvero arresa a Sandie e Mitchell?

Al diavolo l'educazione e le buone maniere, ne avevo abbastanza.

«Siamo acidine, oggi. Oh, perdonami. Lo sei sempre.» Sbatté le ciglia due volte, ruminando la sua gomma da masticare.

«Trinity.» Una voce profonda richiamò la mia attenzione. Solo una possedeva quel tono…

Quando mi voltai, Acher era a un passo da me. Indossava la solita camicia bianca, che faceva risaltare il suo corpo tonico.

«Ti sei alzato presto, questa mattina…» commentai.

«Avevo bisogno di prendere un po' d'aria.»

«Buongiorno, Acher!» squittì Sandie.

«Ciao, Sandie», rispose lui atono.

«Stavo giusto dicendo a tua cugina quanto fosse bella questa mattina, non trovi?»

«Credo tu stia sbagliando», la interruppe, rude.
Con sguardo interrogativo, mi voltai verso di lui.
«C-cosa?» balbettò Sandie, ma i miei occhi erano ancora fissi in quelli di Acher.
Continuò a guardarmi, poi disse: «È bella ogni giorno».
Quelle parole mi lasciarono di stucco, e dischiusi le labbra per lo stupore.
«Certo!» Sandie ridacchiò. «La bellezza dev'essere una dote di famiglia.» Le sue parole non mi importavano.
«E infatti siamo parenti alla lontana», precisò lui.
Un momento. Acher aveva detto che...
«Oh, ma guarda che casualità!» disse Sandie strappandogli dalle mani l'orario scolastico. «Anch'io ho lezione con la professoressa Harris alla prima ora!»
Fissai il mio orario.
Io avevo lezione con Max.
«Tu?» mi domandò Acher.
«Filosofia. Ci vediamo a pranzo, allora», mormorai, sbattendo con forza l'anta dell'armadietto e avviandomi verso la mia aula.
Miles non perdeva neppure una delle lezioni del professor Donovan.
«La filosofia morale è necessaria per lo sviluppo della robotica», diceva, «su cosa credi che si basi l'intelligenza artificiale?»
Io, invece, amavo la filosofia perché potevo pormi tutte le domande del mondo, senza essere considerata matta.
Max diceva sempre che tutti i filosofi sono un po' fuori di testa, ma a me andava bene. Forse ero anch'io un po' fuori di testa.
Non rivolsi ad Acher neppure un ultimo sguardo.
Avrebbe trascorso tutta la giornata con Sandie e a me...
A me non importava, no.
L'aula era ancora deserta.
Le lezioni sarebbero iniziate di lì a dieci minuti e, chiaramente, il primo giorno, tutti erano in cortile a spettegolare sulle proprie esperienze estive. Mi sedetti al solito posto, all'ultimo banco, ed estrassi dallo zaino il manoscritto di mio

padre. Max entrò poco dopo, con i suoi occhiali un po' sbilenchi sul naso, un accenno di barba e il maglioncino a quadri verde e arancio, da cui spuntava un colletto bianco. Riconobbi immediatamente la sua solita borsa a tracolla penzolante dalla spalla destra e i mocassini sbiaditi ai piedi.

«Trinity, già qui?»

«Per una volta che sono in anticipo.» Alzai lo sguardo, sorridendo. «Anzi, mi correggo. Per una volta che sono presente.»

Scoppiò a ridere e lanciò uno sguardo ai fogli legati insieme dalle spillette, poi il suo sorriso si affievolì.

«Lo stai terminando?»

Annuii timidamente.

«È solo una raccolta di favole...»

Ma era incompleta, perché mio padre era morto prima di ultimarle.

«È più difficile di quanto pensassi.» Sospirai. «La scrittura, intendo. Manca un ultimo racconto, ma non riesco a scrivere nulla che non mi faccia schifo e che sia alla sua altezza.»

Avrei tanto voluto essere come lui, *diventare* come lui. Scrivere centinaia di racconti, di favole.

Ma non ero brava neppure la metà di mio padre. Non sarei mai stata una narratrice come lui.

Le parole proprio non volevano saperne di venir fuori dalla mia penna, e trascorrevo ore e ore a fissare le pagine immacolate senza scrivere neppure una virgola, senza macchiarle d'inchiostro neppure per sbaglio. Non avevo ispirazione, non ero capace.

«Non devi costringerti», mi spiegò, sedendosi sul banco accanto al mio.

«Ma io voglio farlo, glielo devo.» Fissai con insistenza le pagine. «Avrebbe voluto terminare il suo libro e ci sarebbe riuscito, se...»

Max mi posò una mano sulla spalla. «Ci riuscirai quando sarai pronta, Trin. Ma non ora», disse calmo.

«Quando sarò pronta?»

«Quando smetterai di sopravvivere e inizierai a vivere, Trinity.»

Quelle parole enigmatiche si addicevano perfettamente a un professore di filosofia come lui.

Max mi posò le mani sulle spalle, infondendomi coraggio. «Andiamo, sta per iniziare la lezione.»

La classe di filosofia era composta da una decina di ragazzi. A molti di loro non importava delle lezioni di Max, ma avevano bisogno di riempire buchi o ottenere crediti. Avrei assistito con la stessa curiosità alle lezioni di geografia astronomica della Harris, se solo non mi avesse odiata a morte dal primo giorno.

Per lei ero solo una lettera.

Per la precisione, una *D*--.

Alle volte, quando era più furiosa del solito, una *F*. Ma quella era solo per le occasioni speciali.

Una massa disordinata di ragazzi abbronzati e poco attenti si distribuì per tutta l'aula, e un chiacchiericcio sommesso prese a ronzarmi nelle orecchie.

Miles fu tra i primi a entrare. Mi salutò velocemente con un cenno della mano e si sistemò a uno dei primi banchi, di fronte alla cattedra.

Tipico di Miles.

Istintivamente, sorrisi.

Max iniziò l'appello e finalmente calò il silenzio.

«Henderson...»

«Presente.»

«Morrow...»

«Presente, professor Donovan.»

Un tonfo interruppe l'elenco e un colpetto di tosse attirò l'attenzione. Tutti gli sguardi si diressero verso la porta semiaperta.

«Mi perdoni, sono in ritardo. È il mio primo giorno e non trovavo la sua aula.»

Quella voce.

Quella voce snervante e profonda.

Sapevo a chi apparteneva.

Che diavolo ci faceva Acher nella classe di filosofia? Avrebbe dovuto seguire le lezioni della Harris.

«Lei è?» Max si abbassò gli occhiali per scrutare in viso il nuovo arrivato.

«Achernar Morris.»

Un momento.

Achernar?

Acher era solo un'abbreviazione?

«Non mi risulta che lei sia iscritto al mio corso, signor Morris.»

«Lo sono. Da ora.»

La risposta lo sbalordì.

«Le servono crediti extra?»

«No, professor Donovan.»

«È consapevole che questa è la classe di filosofia?» Si tolse gli occhiali per scrutare meglio il suo interlocutore.

«Sì, professore.»

«È già abbastanza», borbottò. «D'accordo, allora. Se è *davvero* interessato, prenda posto accanto a Trinity e cerchi di seguire la lezione.»

Appuntò il nome del nuovo alunno a matita sull'elenco.

«Che ci fai qui?» sussurrai, mentre Acher estraeva una matita dal suo zaino.

«Seguo la lezione di filosofia», replicò atono, senza degnarmi di uno sguardo.

«Andiamo, avevi matematica.»

«Ho fatto un salto in segreteria per cambiare corso.»

«Cosa hai fatto?!» sbottai, con un tono più alto del precedente.

«Sanders, se ha tanta voglia di chiacchierare, può uscire fuori.»

Ogni tanto Max mi riprendeva con modi duri pur di non rendere così evidente il rapporto che c'era tra noi e io stavo al gioco.

«Mi scusi, professor Donovan», farfugliai, mesta.

Miles mi rifilò un'occhiata di rimprovero.

"Che ci fa lui qui?" mimò con le labbra.

Scossi le spalle, confusa.

«Vediamo di iniziare la lezione», mormorò Max. «Allora, Morris. Cosa sa della filosofia?» domandò. «Ehi, voi due, là in fondo. Mettete via i cellulari.»

Acher esitò.

«Che serve a porsi domande che non troveranno mai delle risposte?» esordì, non tenendo neppure conto della forza delle sue parole.

«Esatto. E non solo.» Fece schioccare la lingua sul palato, poi si sedette a gambe incrociate sulla cattedra.

«Rinfreschiamo la memoria anche agli altri studenti.» Tenne la penna tra l'indice e il medio. «Non sono qui per assegnare un misero voto al vostro operato, né per inculcarvi nozioni che io stesso non conosco. Non ho mai saputo dare voti, in vita mia. *So di non sapere*, diceva Socrate. Bene, in filosofia si è alle prime armi anche dopo trent'anni. Piuttosto, sono qui per insegnarvi come si sta davanti alla realtà. Come osservarla, come interagire con essa. Mi auguro che, al termine dell'ultimo anno, avrete compreso almeno un po' come si sta al mondo, quali domande porvi e quali ragionamenti adottare per tentare di venirne a capo. Non vi assicuro che ci riuscirò, ma ci proveremo insieme.»

Il discorso che Max teneva tutti gli anni.

«E ricordate che la filosofia è *quella cosa con la quale o senza la quale tutto rimane tale e quale.*»

Un sorriso spuntò sulle sue labbra.

«Possiamo iniziare. E diamo il benvenuto alla nostra new entry.» Lanciò uno sguardo ad Acher, divertito.

Acher aveva superato il "piccolo test" di Max.

La prima ora di filosofia del primo giorno trascorreva sempre in quel modo. Ed era la mia preferita.

Lanciai uno sguardo alla classe: tutti fissavano Acher.

E… *me*.

Perché sapevano che ero sua cugina e che potevo essere un mezzo per arrivare a lui.

Come biasimarli: le ragazze lo mangiavano con gli occhi e i ragazzi lo invidiavano.

Acher era semplicemente… *bello*.

Bello da mozzare il fiato.

Non avrei saputo trovare altre parole per definirlo.

Mi domandai se fosse consapevole dell'effetto che aveva sugli altri. Come una calamita, attraeva sguardi e pensieri di chi gli stava accanto, ma lui non ne aveva idea. Forse era sempre stato troppo preso da sua madre e dalla sua malattia per vivere come un comune adolescente americano.

Forse non aveva avuto modo di sfruttare la sua bellezza per ottenere ciò che tutti desideravano...

I suoi gesti, così disinvolti, erano ammalianti. Le ragazze si incantavano a fissare le sue dita strette attorno alla penna o il colletto sbottonato della camicia di lino. I capelli ricci e scompigliati, di quella tonalità nocciola...

Dovevo evitare di guardarlo. Così mi costringevo a tenere gli occhi fissi sul quaderno, che avevo stropicciato per il nervosismo.

«Come hai fatto a cambiare corso?» bisbigliai, ma facendo in modo che mi sentisse.

«Ho detto che preferivo stare con un parente, per ambientarmi meglio a scuola.»

«Ed è cosi?» lo incalzai. «Volevi stare con me?»

«Ti pare, usignolo?» Scrollò le spalle. «Mi era venuta un'incredibile voglia di studiare filosofia.»

Riflettei solo dopo sulle sue parole.

Preferivo stare con un parente.

Ero sua cugina, in effetti.

L'unica, in quella stanza, a non poterselo mangiare con gli occhi.

Non che volessi.

Ma non avrei comunque potuto.

Max richiuse il tomo che aveva appena terminato di sfogliare, poi riprese il discorso.

«Quest'anno ci cimenteremo nella scoperta di alcuni dei filosofi più significativi della storia della filosofia. Hegel, Nietzsche, Schopenhauer, Kierkegaard. Speriamo di riuscire a capirne almeno un dieci per cento», si augurò, ironico.

La campanella interruppe il flusso dei miei pensieri.

«Ma perché la prima ora è sempre così breve?» protestò

Max. «Ehi, ragazzi, ci vediamo domani! Henderson, non corra per il corridoio!»

Rimasi ferma al mio posto, all'ultima fila, immobile, mentre tutti si affollavano sull'uscio.

Poi, realizzai.

Non sarei stata più invisibile.

Sarei diventata Trinity Sanders, la cugina sfigata di Acher Morris, il ragazzo più bello e misterioso dell'ultimo anno.

E poi, la scelta di seguire il corso di filosofia...

Perché essere il ragazzo tenebroso non bastava: studiare filosofia faceva ancora più figo!

Maledetto Acher!

Presa da una smania incomprensibile, mi alzai dal banco con uno scatto e mi fiondai fuori dall'aula.

In corridoio, c'era il putiferio.

«Non riesco a trovarlo su Instagram.»

«Nemmeno io, l'ho stalkerato per giorni, ma nulla!»

«Si può essere così carini?»

Avrei voluto strapparmi le orecchie a morsi pur di non sentire le voci di quelle ragazze infervorate.

Bruciavo di rabbia.

«Ehi, Trinity!» mi salutò sgargiante una compagna del corso di letteratura inglese, che fino a qualche mese prima neppure sapeva della mia esistenza. Ally Goldwain, iscritta al club di moda, era solare e simpatica quanto bastava per non arrivare ai livelli di Sandie. Ma entrambe condividevano ciò che io non avevo mai sperimentato: la popolarità.

Tutte quelle persone, che d'un tratto avevano preso a salutarmi, non mi avevano mai rivolto la parola in vita loro.

Finsi di non ascoltarla, ma insistette.

«Ciao, Trinity! Ti ricordi di me, sono Ally, del corso di letteratura inglese. Al terzo anno eravamo vicine di banco!» La sua voce squillante di primo mattino mi fece venire i brividi.

Le sue amiche la affiancarono.

«Sì, mi ricordo vagamente di te», borbottai.

«Volevamo chiederti se per caso avessi il numero di tuo cugino, Acher. Non riusciamo a trovarlo sui social.»

Spalancai le labbra, interdetta.

Poi, mostrai il mio sorriso migliore.

«Mi dispiace tanto informarvi che...» – mi finsi dispiaciuta – «mio cugino è felicemente fidanzato con una splendida ragazza.»

Ally batté le palpebre più volte, sorpresa, metabolizzando le mie parole. «Oh...»

Una sua amica la incalzò. «Ma noi non siamo gelose!» ridacchiò, squallida.

Scherziamo, vero?

Improvvisamente, sentii una morsa stringermi il braccio e venni trascinata con irruenza lontano da quelle ragazze. «Ma che diavolo...?!» farfugliai, quando la presa sul mio braccio divenne sempre più forte.

Venni spinta in uno sgabuzzino.

Lo stanzino puzzava di vernici e disinfettante. Se il bidello mi avesse scoperta lì il primo giorno, sarei finita in presidenza. Non riuscivo a vedere nulla, nel buio, tranne una sagoma scura che incombeva su di me. Spalancai gli occhi riconoscendo Acher, furioso.

«Che cavolo fai?!» sbraitai.

«Il nostro patto, eh Trinity? Te ne sei dimenticata?» Acher era visibilmente allarmato.

«Cosa?»

«*Lei.* Lo sai.»

Avevo parlato della sua fidanzata a quelle ragazze, ma senza pensarci. Non avevo pensato al patto, avevo solo agito d'istinto.

«Mi dispiace, io...»

«Tu cosa? Sei forse una ragazzina, Trinity? C'è un motivo se ti ho chiesto di non parlare di lei!»

Il suo tono così aggressivo mi diede sui nervi. Scattai all'attacco. «Ma certo!» dissi sardonica. «Non vuoi che le altre ragazze lo sappiano, perché così puoi provarci con tutte, non è così? In fondo la tua fidanzata abita a centinaia di chilometri da qui, non lo saprà mai. Sei uno stronzo, Acher.»

«Ma che diavolo vai blaterando, Trinity?»

«Sei quello nuovo, no? Puoi permetterti di provarci con tutte, ora. Sei il loro giocattolino.»

«Cosa?» Rise, sarcastico. «Sei forse impazzita?»

Quel ripostiglio era troppo stretto per entrambi. Il nostro litigio proseguiva in flebili sussurri, ma con toni aspri e rabbiosi. Acher mi incastrò tra il suo corpo e lo scaffale alle mie spalle.

«E se anche fosse? Se volessi provarci con ognuna di quelle ragazze lì fuori? Chi saresti tu per impedirmelo?»

Nessuno.

Non sono proprio nessuno.

Non posso impedirgli di fare ciò che vuole.

Sentivo il suo respiro accanto al mio orecchio, incapace di muovermi.

Inghiottii un groppo d'ansia, rimanendo in silenzio.

«Come immaginavo.»

Il sangue mi ribollì nelle vene e non ci vidi più dalla rabbia. Acher Morris aveva chiuso con me.

«Trovati un altro posto che non sia casa mia, quando te le porti a letto», terminai gelida, scansandolo di lato per uscire da quel maledetto stanzino.

15.
CHIAVE DI BASSO

«Alcuni dicevano che quella maschera
potesse mostrare i desideri
più reconditi degli uomini.
Altri che ingannasse anche la mente
del più abile degli incantatori.
Ma contro di lei… quella maschera nulla poteva.»
MICHAEL SANDERS, *La maschera di vetro*

«Trinity Sanders, esci fuori da questa stanza!» È mia madre che grida, battendo i pugni sulla porta.

«Non ritorno in quello schifo di scuola, te lo puoi scordare.» Sono categorica.

La Seafolk High fa schifo.

Sandie fa schifo.

La Harris fa schifo.

No, non metterò più piede in quella topaia.

Lì tutti mi trattano come se valessi meno di zero, come fossi *uno zero. E nessuno se ne è mai accorto.*

«Non lascerai la scuola, scordatelo, Trinity.»

«Ah, no?» la minaccio.

Mia madre sbuffa e continua a sbraitare fuori dalla porta, ma io fingo di non sentirla.

Che senso ha continuare a frequentare un luogo in cui non si impara nulla, se non la cattiveria di adolescenti repressi e viziati?

D'un tratto, mia madre si ferma.

C'è silenzio.

Poi, a continuare, è mio padre.

«Trin…» Il suo tono è più calmo e accondiscendente. Mia madre grida, mio padre sussurra. «Cos'è successo a scuola?»

Quella gallina di Sandie mi ha strappato una ciocca di capelli e, per difendermi, ho appiccicato la sua faccia all'armadietto. Ho assestato un bel colpo alla faccetta innocente della pupilla del preside Johnson. Ma si trattava di legittima difesa. Più o meno. Poi ho raccontato alla vicepreside la verità, ma non mi ha creduto. Allora mi ha sospesa, per due settimane.

La professoressa Harris ha convocato mia madre in presidenza, chiedendole di farmi seguire un percorso psicologico per ragazzini violenti.

Ma mi sono solo difesa, cavolo!

Non mi sveglio la mattina e penso: "Oggi è un buon giorno per sbattere facce contro gli armadietti!".

Cosa dovevo fare? Rimanere ferma, in silenzio?

«Niente», rispondo a mio padre. La rabbia mi ribolle nelle vene.

«Niente è troppo poco per una sospensione, non credi?» mi chiede con tono pacato.

Lo sento, al di là della porta.

«Vuoi davvero abbandonare la scuola per via di quella Sandra?»

«Si chiama Sandie.» Inizio a credere che lo sbagli di proposito, per farmi sorridere.

«A chi importa.» Ride. «Ascolta, lo so che ti trattano come uno straccio. E hai fatto bene a difenderti, e per questo sono fiero di te. Ma la prossima volta, non usare la violenza: è sempre sbagliata, anche quando la ricevi. Prova con le parole, alle volte feriscono più di uno schiaffo.»

«Trinity Sanders, esci fuori da questo stanzino!» La voce di Lola mi perforò un timpano.

Lo stanzino del bidello, in cui ero solita nascondermi quando l'ambiente scolastico prevedeva azioni impensabili come socializzare, era stretto e stracolmo di stracci e bastoni di scopa, ma in un angolo c'era uno sgabelletto su cui potevo sedermi e attendere che il viavai di studenti rallentasse, per poi uscire allo scoperto.

C'era persino uno spioncino, dal quale potevo osservare cosa accadeva in corridoio.

In quel preciso momento, il mio occhio destro non vedeva altro che la fronte corrugata di Lola, vagamente simile a quella di un bizzarro alieno piuttosto arrabbiato.

«Esci da qui!» ripeté, urlando in un sussurro. «Ora sfondo la porta. Sono cintura verde di karate, Trinity!»

«Libero?» domandai, prima di mostrare il mio nascondiglio segreto al pubblico.

«Sì, non c'è nessuno in corridoio.»

Quelle parole bastarono per permettermi di aprire la porta e tirare Lola al suo interno.

«Ti sei rinchiusa di nuovo qui?»

«No, stavo cercando uno straccio per pulire il culo a Johnson», ribattei ironica. «Certo che mi sono rinchiusa qui!» La mia acidità era alle stelle.

Tutto merito di Acher Morris.

Anzi, di *Achernar.*

Si chiamava così, *Mister camicia di lino.*

Era il secondo giorno di scuola, e di Acher non c'era traccia. Era uscito di casa presto anche quella mattina, ma non aveva seguito letteratura inglese come esigeva l'orario del nostro corso.

Marina già la scuola, il damerino.

«Trinity, non puoi stare chiusa qui e saltare le lezioni. Ti servono crediti extra per superare l'anno con almeno la sufficienza. E filosofia non basta!»

«Lo so, Lola. Lo so.»

Le sospensioni avevano parecchio influito sul mio curriculum, ma i crediti extra facevano comodo a chiunque avesse un'insufficienza in almeno due materie, come la sottoscritta. Lola giocava nella squadra di pallavolo, Miles era nel club di robotica (non che avesse bisogno di crediti, era già un genio) e io… Io avevo preso residenza nello sgabuzzino del bidello.

«Non c'è proprio nessun corso che ti va di seguire?» mi domandò, implorandomi.

«No», ribattei, secca.

«Impossibile. Andiamo, Trinity. È il secondo giorno e ti stai già nascondendo.»

«Sempre meglio che tirare un pugno a Sandie e finire in presidenza, *di nuovo*», sottolineai.

Lola non parve più arrabbiata.

«La terza ora è buca. I club e le associazioni della scuola sono a disposizione degli studenti, in modo che possano sceglierne uno da inserire nel curriculum. La mia squadra è in palestra, Miles è nel seminterrato col suo gruppo. Che ne dici di fare un giro?»

«Odio gli sport e faccio schifo in matematica.»

Lola sbuffò.

«Non devi necessariamente stare con noi! C'è il club degli scacchi, quello di moda, c'è persino...»

«Ho capito. Ci penserò», la liquidai. Avrei dovuto per forza aderire a un qualche gruppo studentesco. Se un college avesse visionato il mio curriculum, mi avrebbe cestinata all'istante. Non avrebbe letto neppure il mio nome in cima al foglio immacolato. Non avevo speranze. Non che volessi andare al college, ma il mio futuro faceva pena.

«D'accordo. Mi raccomando: socializza!» Lanciò un urletto, come una ragazza pompon.

Alzai gli occhi al cielo, contrariata.

"Avrei dovuto mollare la scuola l'anno scorso", mi maledissi mentalmente.

Uscii dallo stanzino a malincuore, attendendo che il suono della terza campanella la smettesse di perforarmi le orecchie e mi diressi in segreteria. Afferrai un foglio ricolmo di anonimi quadratini, accanto ai quali erano riportate tutte le attività proposte dai club della scuola, e mi diressi verso il seminterrato.

Allora, vediamo...

La strada per il seminterrato assomigliava più o meno all'ambientazione di un horror di Stephen King, con le ragnatele agli angoli del soffitto e le scale sporche di sudiciume. C'erano dei flebili neon a intermittenza che illuminavano una serie di asettiche stanze color avorio, simili a quelle di un ospedale, che si estendevano lungo tutto il corridoio. Non mi sarei stupita se un mostro a tre teste fosse spuntato da una di quelle porte. Le pareti puzzavano di disinfettante e gomme da masticare, attaccate chissà dove in ogni angolo di quel buco.

Questa scuola cade a pezzi.

Lanciai uno sguardo al foglio di cui avevo già strappato gli angoli. Depennai immediatamente il club di robotica. I pannolini spaziali di Miles non mi avevano mai convinta. La squadra di pallavolo era off limits per una che, se prendeva una palla, era perché diretta alla sua testa. Della moda non mi era mai importato, così come degli scacchi. A malapena capivo i movimenti del cavallo e dell'alfiere.

Cosa rimaneva?

Fu in quel momento che sentii un riff riecheggiare dal primo stanzino. Riconoscevo perfettamente le note della canzone: qualcuno stava suonando il giro di note di *Under Pressure*. Non avevo mai suonato in vita mia, ma avevo orecchio per la musica e intuii all'istante di che strumento si trattasse. Quasi riuscivo a immaginare le corde vibrare a tempo. Era un basso.

Mi avvicinai all'aula di musica, nella quale venivano riposti i pochi strumenti che la scuola aveva acquistato. In parte erano scordati, in parte malandati. Nessuno si preoccupava della manutenzione né la scuola aveva un insegnante di musica.

Mi avvicinai alla porta semichiusa, sbirciando all'interno e concentrandomi sulle note che, almeno nella mia testa, sovrastavano l'insopportabile brusio delle altre stanze.

Ma quando i miei occhi si posarono sulla figura che brandiva un basso con una sicurezza unica, mi mancò il respiro.

Acher stava suonando.

Anzi, no. Acher sapeva suonare.

Il mio cuore mi martellò nel petto e, istintivamente, tremai.

Ecco perché non storceva il naso davanti alle canzoni che ballavamo all'Havana's.

Ecco perché conosceva *La febbre del sabato sera*.

Ecco perché continuava a chiamarmi usignolo.

Non me lo aveva detto.

La disinvoltura con cui premeva le corde sul manico del basso mi stordì. Sarei rimasta a bocca aperta a osservare i riccioli che gli ricadevano sulla fronte mentre il suo profilo rimaneva concentrato sulle note, se solo qualcuno non mi avesse colto alla sprovvista.

«Tu sei Trinity, giusto?»

Sussultai, ricomponendomi.

Anche la musica si arrestò.

Una donna di poco più di trent'anni, con i capelli legati

in modo disordinato in uno chignon tenuto su da una matita, mi afferrò la mano, stringendola per presentarsi.

«Io sono la professoressa McCaffry e sono la nuova insegnante di musica e recitazione! Il professor Donovan mi ha parlato tanto di te!» La sua esuberanza mi fece venire la nausea.

Max. Maledizione, me la paghi.

«Sì, sono io», mi limitai a rispondere, atona.

«Ottimo! Sono qui per presentarti il nuovo corso di musical della Seafolk High!» esclamò teatralmente.

È impazzita.

«Il professor Donovan mi ha detto che adori cantare e... dato che ci servono degli iscritti per ricevere dei fondi dal preside Johnson, ho pensato: "Perché non invitare una studentessa così brillante?".»

Parla sempre a voce così alta, questa donna?

«Brillante?» le chiesi. «Non so se ha visto il mio curriculum: arrivo a malapena alla sufficienza in tutte le materie, tranne che in filosofia.»

«Ottimo!» esclamò. «No, cioè, volevo dire... ti servono crediti extra, no? E il corso di musical fa proprio al caso tuo!» Lanciò un urletto, come se fosse in una campagna promozionale.

«Senta, mi dispiace, io non...»

Come la liquido?

«Abbiamo intenzione di allestire *Grease*, quest'anno.»

Mi immobilizzai all'istante.

Grease?

Ho sentito bene?

«Ci servono degli attori che sappiano cantare. Che ne pensi di fare un salto da noi, domani? Ci vediamo ogni mercoledì e giovedì nell'aula di musica!» Il telefono prese a squillarle, e fu costretta ad allontanarsi con un sorriso a trentadue denti sulla faccia, mimando un: "Ci conto!".

Sbigottita, ripensai al dialogo grottesco che avevamo appena avuto.

Però... *Grease.*

Quando realizzai di essere rimasta sola, davanti alla porta

socchiusa, con Acher all'interno della stanza, filai via, stringendo al petto il foglio della segreteria.
Forse, ci avrei pensato.

Il giorno seguente consegnai in segreteria quel maledettissimo foglio con una grossa *x* segnata accanto alla voce: *Club di musica e spettacolo.*
La professoressa McCaffry era stata appena assegnata alla Seafolk High e quello era il suo primo impegno in un liceo.
Chiaramente, ci teneva a fare una bella figura davanti agli studenti e al corpo docente.
Digitai il suo nome sul motore di ricerca, scoprendo che aveva studiato a Broadway, ma un infortunio non le aveva permesso di continuare la carriera di ballerina nei musical, allora si era dedicata al canto e alla recitazione, finendo per insegnare in una misera scuola della Virginia.
Dopo aver seguito cinque estenuanti ore di lezione, una più noiosa dell'altra, trascinai il mio corpo verso il seminterrato, senza neppure curarmi di passare per la mensa scolastica.
Avevo scritto un messaggio a Miles, chiedendogli di aspettarmi fuori dall'aula di musica, al termine del corso.
Percorsi l'anonimo corridoio, fino a una macchinetta automatica, e infilai un quarto di dollaro per ricevere in cambio una lattina di cola.
La sera precedente non avevo dormito neppure un po', in parte per via dell'insonnia, in parte perché avevo atteso che Acher tornasse a casa.
Ma non era rincasato.
Aveva rifilato a mia madre la scusa del dormire da un amico, proprio come avrebbe fatto un ragazzino di quattordici anni che vuole fumare o andare alle feste di nascosto dai propri genitori.
Ma Acher non fumava e odiava le feste.
Stava solo nascondendo qualcosa.
E io avrei scoperto i suoi segreti, a ogni costo.
Non appena spalancai la porta dell'aula di musica, notai con stupore che brulicava di studenti.

Ragazzi in fila, in attesa di salire sul palchetto che la professoressa McCaffry aveva allestito per l'occasione.

Uno a uno, attendevano di mostrare la loro performance agli altri.

Oh, no.

Oh, cavolo, no!

«Ehi!» Attirai l'attenzione della professoressa McCaffry non molto garbatamente.

«Oh, Trinity. Sei venuta! Che piacere!»

«Non aveva parlato di audizioni», precisai.

«Oh, mi sembrava ovvio! Come troveremo i nostri Sandy e Danny, altrimenti?»

Fece svolazzare la sua pomposa gonna di tulle rosa, agitando le mani qua e là.

«Io me ne vado.» Feci per avvicinarmi alla porta, determinata e risoluta. E l'avrei fatto, se solo Acher non avesse bloccato la porta con il braccio, impedendomi di passare.

Che diavolo ci fa lui qui?!

Non ci parlavamo dalla volta in cui eravamo finiti nello sgabuzzino, e lui mi aveva minacciata.

«Lasciami passare», ringhiai.

Lui non accennò a muoversi.

«Ho detto: lasciami passare.»

«Andiamo, Trinity! Ci sono tanti ruoli da ricoprire! Prendi tuo cugino Achernar, lui si occuperà della sceneggiatura.»

Sceneggiatura?

Acher Morris che partecipa a un musical?!

La voce di Lola mi rimbombò nelle orecchie. Sarei scappata via, ma... servivano crediti, dannazione. Senza replicare, mi diressi in fondo alla classe, abbandonando lo zaino in un angolo polveroso. Due ore trascorsero ascoltando voci stonate e osservando ragazzi scoordinati. Furono senza alcun dubbio le audizioni più penose nella storia delle audizioni. Mitchell fu scritturato per il ruolo di Danny Zuko. Non aveva neppure un decimo della bravura di Travolta, ma l'atteggiamento del bad boy un po' zuccone gli si addiceva alla perfezione.

Non bastava il football a quell'energumeno?

Gesù, mi sembra di stare in High School Musical, *ma la versione fasulla. Le scuole americane sono un cavolo di cliché.*

Poi, fu il turno di Sandie.

Dulcis in fundo.

Si sarebbe esibita per il ruolo di Sandy. Non mi stupii: non riusciva a concepire la sua vita se non come protagonista.

«Sono qui per il ruolo di Sandy!» squillò, ammiccando in direzione di Acher.

«D'accordo. Cosa ci canti?» domandò la professoressa McCaffry.

«*Toxic* di Britney Spears.»

Alzai gli occhi al cielo.

Tossico, come te.

Se John Travolta e Olivia Newton-John avessero ascoltato tutte quelle stonature, si sarebbero gettati dall'ultimo piano dell'Empire State Building di New York senza paracadute.

La sua voce squillante come una trombetta non azzeccava una nota neppure per sbaglio.

Acher si lasciò scappare una risatina da sotto i baffi, e io non potei che seguirlo a ruota. Ci lanciammo uno sguardo fugace, ma fui la prima ad abbassare gli occhi sulle mie scarpe.

Al termine di quella penosa performance, la professoressa McCaffry rimase in silenzio, incapace di proferire parola.

«Allora?» la incalzò Sandie, sorridente. «Ho avuto la parte?»

La McCaffry tossicchiò, a disagio. Gli altri studenti rimasero in religioso silenzio, anche se avrei scommesso dieci dollari fossero sull'orlo di una risata.

«Ecco, vedi...» Mordicchiò il tappo della sua biro. «Che ne pensi di un ruolo come comparsa?»

Sandie fu sull'orlo del pianto.

«Ma sono bionda! Sono una Sandy perfetta!»

«Tesoro, ma non bastano i capelli e il nome...» Il suo tono era compassionevole, ma senza malizia. «Devi saper cantare, almeno un po'.»

Sandie strizzò un occhio per il nervosismo.

«Ma è inammissibile!» Sbatté un tacco a terra.

«Che ne dici di... interpretare una delle Pink Ladies? Sono sicura che il ruolo ti starà a pennello!» esultò, ma Sandie si era già fiondata fuori dall'aula.

La McCaffry sospirò, ricevendo una pacca sulla spalla da Mitchell.

«Bene, ragazzi», mormorò un po' afflitta. «Per oggi abbiamo finito. Non abbiamo trovato la nostra Sandy, ma sarà per la prossima volta.»

Tutti gli studenti si riversarono nel corridoio, con facce stanche e assenti.

«Portate un quaderno, la prossima volta!» gridò la McCaffry, delusa.

«Fare l'insegnante è il mestiere più complicato del mondo», farfugliò con un filo di voce, quando tutti furono fuori dall'aula, eccetto me e Acher.

D'un tratto, Miles bussò alla porta, guardandosi attorno.

«Salve, mi scusi, sto cercando Trinity… Oh, eccoti qui!» esclamò, vedendomi intenta a raccogliere le mie cose prima di uscire.

«Anche tu per l'audizione?» Il volto della professoressa si illuminò.

Miles scoppiò a ridere.

«No, frequento il club di robotica, sono venuto solo per fare il tifo per un'amica.» Sorrise nella mia direzione e ricambiai timidamente. «Hai fatto anche tu l'audizione?» mi domandò.

Sgranai gli occhi.

No, Miles, zitto!

«Non ha voluto», mi rimproverò la professoressa McCaffry. «Andiamo, Trinity, vale la pena provare.»

Non se ne parla!

«Lei non ha idea di quanto sia brava», rincarò la dose Miles. «State allestendo *Grease*, vero? Trinity conosce tutte le canzoni, sa persino le battute a memoria! È fissata con John Travolta.» Le sue parole furono un fiume in piena e io lo fulminai con lo sguardo.

La McCaffry si illuminò nuovamente.

«Non mi piace cantare in pubblico…» farfugliai, colta di sorpresa.

«Ah, no?» mi schernì Acher. «Canti ovunque e con chiunque, di solito. Soprattutto in *mia* presenza.» Alludeva alle molte volte in cui avevo canticchiato per casa o all'Havana's.

«Se salirò su quel palco mi lascerete andare?» domandai.

Miles si mise comodo, in prima fila.

«Stiamo aspettando», mi incalzò Acher.

«Ti serve una base musicale?» domandò la McCaffry.

«No.»

No, perché la musica mi scorreva nelle vene, non mi abbandonava mai. Ero abituata a sentire il ritmo sotto i piedi e le note nella testa. Feci un respiro profondo, costringendomi a distogliere lo sguardo da Acher. In fondo, avevo sempre cantato in presenza di Miles e la McCaffry non mi spaventava affatto.

È il ruolo di Sandy, no?

Allora cantiamo una sua canzone.

Non ebbi neppure bisogno di un microfono. Non lo usavo mai, avevo sempre cantato a cappella, ovunque.

«*Guess mine is not the first heart broken. My eyes are not the first to cry. I'm not the first to know there's just no getting over you.*» Mio padre adorava quando la cantavo. Chiudendo gli occhi, quasi mi pareva di sentirlo accanto a me, tamburellando le dita su una cassa. «*I know I'm just a fool who's willing to sit around and wait for you. But baby, can't you see there's nothing else for me to do? I'm hopelessly devoted to you…*» In quel momento aprii gli occhi, e la prima cosa che vidi fu il sorriso compiaciuto di Acher e le sue iridi fisse di me. «*But now there's nowhere to hide, since you pushed my love aside. I'm out of my head… Hopelessly devoted to you.*» Presi un respiro profondo. «*Hopelessly devoted to you…*»

In quel momento mi domandai se la stessi cantando per mio padre o per Acher.

«*Hopelessly devoted… to* you.» Pronunciai l'ultima parola in un sussurro.

Un silenzio tombale avvolse il termine della canzone.

Miles guardava me, io guardavo Acher.

Battevano le mani, entrambi.

E la professoressa McCaffry stava… piangendo?

«Oddio!» esclamò, battendo le mani come una ragazzina a un concerto. «Oddio, oddio! Meravigliosa!»

«D'accordo, ora possiamo andare.» Mi affrettai a scappare via da quel palco di cartapesta.

La McCaffry sventolò le mani al cielo, roteandole.

È posseduta da qualche demone?

Sì, per forza.

«No, no, no.» Agitò le braccia in aria. «Trinity, Santo cielo, non mi avevi detto che cantavi così bene!» Era sbigottita.

Tentai di liquidarla alla svelta, ma lei mi rincorse fino all'ultimo banco.

Poi, mi strinse la mano tra le sue.

«Abbiamo trovato la nostra Sandy Olsson.»

16.
COSTRETTI A COMBATTERE

«Tutti, per tale ragione, lo chiamarono
"il soldatino di cristallo".
Perché combatteva senza sosta,
come una furia, certo che
quello fosse il suo destino.»
MICHAEL SANDERS, *Il soldatino di cristallo*

«Sei stata fantastica, Trin!» Miles era solito lusingarmi. Fin troppo spesso.

Alzai gli occhi al cielo, sorridendo.

La McCaffry credeva davvero che avrei accettato di interpretare Sandy?

Be', si sbagliava di grosso.

«Dico davvero! Sei stata grande!»

«Ho solo cantato una canzone, Miles.»

«Ma è stato *come* l'hai cantata.»

Eravamo rimasti solo noi tre all'interno della Seafolk High e Acher fremeva per uscire da quelle quattro mura di cemento e lerciume. Ci precedeva come se avesse del ghiaccio sciolto nelle tasche dei pantaloni. Il sorriso compiaciuto sul suo volto era scomparso poco dopo l'uscita dall'aula di musica e la vista di Miles gli provocava ancora un leggero fastidio.

«Miles, devi smetterla di lodarmi solo perché sei mio amico. I complimenti non reggono più.» Risi di gusto.

«Ehi!» Si mostrò offeso. «Io ti faccio complimenti perché sono il tuo *migliore* amico.»

Sì, Miles, amico.

Ma ultimamente sembra che tu voglia di più…

Avevo quel presentimento dalla sera del tramonto a Seafolk Bay e le parole di Lola mi vorticavano in testa. E anche se quando le aveva pronunciate era ubriaca, io ci avevo intravisto un fondo di verità.

«Allora, vi do uno strappo a casa?» propose raggiante.

Acher gli riservò una smorfia.

«Preferisco camminare. Ma grazie, Portland.»

«Tu, Trinity?» Si rivolse a me, speranzoso.

«Lo accompagno, in caso non ricordasse la strada», mentii.

Acher stava cercando di liquidarci. Aveva quel fare incerto, come se nascondesse qualcosa. Era di poche parole, e sempre vaghe. Ma io non ero una stupida. Se credeva di passare inosservato, si sbagliava.

Acher mi guardò in cagnesco, ma non controbatté. Voleva che mi togliessi dai piedi, ma non sarebbe riuscito nel suo intento.

«D'accordo, ci vediamo domani, allora.» Miles interruppe il nostro scambio di sguardi, con tono mesto.

«A domani, Miles», lo salutai con un cenno del capo.

Acher attese che Miles salisse in auto e facesse retromarcia nel parcheggio della scuola, per poi rivolgersi a me, con un'espressione agghiacciante in volto.

«Non sei la mia baby-sitter. Sono abbastanza grande per tornare a casa da solo.»

Baby-sitter?

Sta scherzando, spero.

«Dove sei stato ieri sera? E la sera precedente?»

Acher rise, nervoso.

«Ora è anche un interrogatorio?»

Studiai la sua espressione più e più volte, ma non vi trovai alcun segno che potesse confermare le mie ipotesi.

«Mi hai preso per una stupida?» lo incalzai. «Non torni a casa, racconti bugie a mia madre. Crede davvero che tu dorma da un amico, ma non hai amici qui a Seafolk. A malapena parli con me, che sono tua cugina.»

La consapevolezza delle mie ultime parole mi colpì in pieno, quasi barcollai.

«Non farmi la predica. Sei la stessa che qualche mattina fa ha dato di matto a colazione, perché troppo inorridita dalla parvenza di normalità che sua madre tanto desiderava.»

Ora lo uccido!

«Lo hai detto tu, no? Non siamo una famiglia. Allora perché ti preoccupi tanto? Rilassati, usignolo.» Mi liquidò con un cenno svogliato della mano.

«Rilassarmi? Vuoi smetterla di fare l'arrogante, *Achernar*? Sai, non sapevo neppure che ti chiamassi così. Sei un bugiardo, a quanto pare.»

Se il parcheggio della Seafolk High non fosse stato deserto, avremmo dato spettacolo.

«Non mi pare che tu mi abbia chiesto se avessi un nome completo o un secondo nome. O sbaglio?»

Andrà a finire male.

Strinsi i pugni, esasperata.

Io e lui siamo così simili che quasi ho la nausea.

Non distolsi lo sguardo dai suoi occhi neppure per un secondo, in segno di sfida.

Siamo della stessa pasta, dello stesso odio.

Sarà dura venirne a capo.

«È buona educazione presentarsi, quando si mette piede in una casa che non è la tua!» replicai, furiosa.

«Dove vuoi andare a parare, eh Trinity? Cosa vuoi da me?» Digrignò i denti, sprezzante.

«Voglio sapere dove diavolo sei stato ieri notte», ripetei, risentita.

Strinsi ancora di più i pugni, sino a rendere le nocche bianchissime.

Acher rimase in silenzio.

«Non mi faccio prendere in giro da te...» sibilai tra i denti.

«Non sono fatti tuoi, Trinity.» Il modo in cui il mio nome fuoriuscì rude dalle sue labbra mi fece rabbrividire.

«Che fai, eh? Ti droghi, spacci, vai a feste clandestine, derubi case?» Non stavo scherzando, per niente. «Anzi, no. Non mi interessa! Ma qualunque cosa tu faccia, se metti nei guai me e mia madre, non ci penserò due volte a farti a pezzi, *Achernar.* Tu non mi conosci.»

Dovevo proteggere mia madre, e anche se ero certa che Acher non fosse un assassino, avrei tanto voluto evitare di ritrovare la polizia davanti casa o una denuncia nella cassetta della posta. Ma soprattutto, dopo la morte di papà, mia madre non avrebbe sopportato altri dispiaceri, e Acher era un tipo pronto a darglieli. Lei gli voleva bene, come a un figlio, perché Amanda era la sua migliore amica.

«Vuoi sapere se mi drogo, Trinity? No. Se bevo? No. Non fumo neppure. Perché non ho denaro, e quel poco che ho messo da parte occorrerà per le cure di mia madre. Credevo avessi capito come sono fatto.»

«No, non l'ho capito, Acher!» sbraitai. «Vieni qui e mi fai la morale, il giorno seguente parliamo come fossimo vecchi amici. Poi scompari notti intere, e ti presenti direttamente a scuola. Che diavolo stai nascondendo? Chi sei veramente?»

Acher rimase in silenzio, e per un momento sospettai che non avesse ascoltato neppure una parola.

Ma poi, si avvicinò a me.

Inespressivo, quasi avesse spento i sentimenti.

Avvicinò le labbra al mio orecchio, ma non per intimidirmi. «Prima di arrivare a Seafolk avevo una vita, Trinity. Una vita che non ti riguarda, perciò stanne fuori. Non farò mai del male a te o a tua madre, e ti basti sapere questo.»

Deglutii a fatica, e mi parve di aver smesso di respirare.

«Non mi basta, Acher...» sussurrai di rimando.

Percepivo sulla mia pelle, proprio sotto l'orecchio, il bruciore delle parole di Acher e il suo respiro sommesso, come se avesse appena confessato un segreto inimmaginabile.

«Non mi sto cacciando nei guai. Ma questo riguarda me, e me soltanto. Non voglio farti la guerra, Trinity. Ma se continuerai a insistere, mi vedrò costretto a combattere.»

Non riuscii a scorgere, nei suoi occhi, nient'altro che durezza e severità.

Rimasi in silenzio, riorganizzando i pensieri.

Non voleva che mi immischiassi nella sua vita? Allora neppure lui avrebbe dovuto interferire con la mia.

«Cambia corso, Acher. Non voglio vederti neppure a lezione.»

Avevo sempre avuto difficoltà nel dormire, ma quella notte chiudere occhio fu impossibile. Sentivo un peso all'altezza dello stomaco, di nuovo.

Acher mi faceva sentire così.

Il problema non era tanto la sensazione di disagio che mi aveva accompagnata sin dal suo arrivo, quanto il fatto che lui fosse l'unico a smuovermi dentro. Non c'era un motivo specifico per il quale mi sentissi così irrevocabilmente legata a lui, o a ciò che nascondeva, ma sentivo che qualcosa mi stava divorando nel profondo. Perché non reputavo Acher come tutti gli altri? Perché desideravo a tutti i costi sapere dov'era e con chi era?

Scossi la testa, crucciandomi inutilmente.

Avevo bisogno di prendere una boccata d'aria. Non riuscivo a stare ferma, sentivo le gambe fremermi e le braccia solleticarmi dal nervosismo.

Mia madre dormiva profondamente nel suo letto: i turni di pulizie la stancavano a morte.

Tirai un sospiro e fissai la porta socchiusa dello studio di mio padre. Mi avvicinai in punta di piedi, di soppiatto, anche se Acher non era lì. Aveva trascorso l'ennesima notte fuori. Facendo attenzione a non far cigolare i cardini e a non svegliare mia madre, mi accostai allo scrittoio dove avevo riposto l'ultimo manoscritto di mio padre e lo afferrai con esitazione.

Non mi ero mai sentita degna neanche solo di sfiorare quelle pagine ingiallite dal tempo.

Non mi ero mai sentita adatta per quel ruolo, la scrittrice.

Mio padre, invece, era... *geniale.*

Io non mi avvicinavo neppure lontanamente alla sua bravura, alla sua fantasia, alla sua eccezionalità.

Ghermii una penna, dall'inchiostro ancora totalmente integro, e me la infilai nella tasca della felpa, poi uscii, diretta verso la spiaggia. C'era un tratto di costa, proprio dietro casa nostra, protetto dalle correnti da un promontorio e accarezzato dalla baia dall'altra parte. Una stradina sterrata si districava tra ciottoli e sabbia e conduceva direttamente in quella minuscola insenatura che sembrava creata appositamente per riflettere il bagliore delle stelle. Alcune volte Seafolk era magica. Altre temevo con tutta me stessa di rimanere intrappolata lì, in quell'angolo di mondo, come una marionetta in uno spettacolo di burattini.

Ero confusa.

Riguardo al mio futuro, riguardo ai miei sentimenti.

Tutto vorticava come in un uragano, e io ero nel mezzo.

O, forse, l'uragano ero io.

Perché inghiottivo tutto ciò che mi stava attorno, lo divoravo, lo distruggevo.

Ero tempesta, ero impeto.

Ma volevo solo essere mare.

Mi sistemai sui ciottoli, stringendo al petto i fogli ripiegati su sé stessi, un po' disordinatamente, e avvicinai la penna alla carta, così vicino che potesse sfiorarla. Perché ogni volta che mi accingevo a scrivere l'ultimo racconto mi pareva di rovinare l'intero lavoro di mio padre? Perché non trovavo il coraggio di lasciare la *mia* impronta su quei fogli? Le mie lettere, la mia storia? La mano quasi mi tremava all'idea che la mia grafia accompagnasse la sua, su quelle pagine.

Un'ultima storia.

Ne manca una soltanto.

E poi sarà terminato.

Una raffica di vento mise in disordine le pagine, facendone volare alcune a qualche metro dalla battigia. Mi voltai immediatamente per recuperarle, prima che le onde potessero inghiottirle. Le rimisi in ordine sulle gambe soffermandomi sui titoli fiabeschi e sulla grafia ordinata. Mio padre odiava scrivere al computer. Componeva ogni suo racconto a penna, una biro blu, perché diceva che la storia doveva scorrergli nelle vene e proseguire nell'inchiostro, fino a imprimersi sulla carta.

E lì rimaneva indelebile, indissolubile.

Sfogliai i fogli raffazzonati alla bell'e meglio, la storia del soldatino di cristallo che mi raccontava sempre, prima di andare a letto.

Era una delle tante, delle novantanove che aveva scritto.

C'era una volta un soldatino di cristallo…

Era solo un bimbo come tutti gli altri quando l'esercito del Rea-

me di Diamante lo prelevò dalla sua fattoria e lo addestrò, per combattere contro i nemici del regno. Lo forgiarono con del cristallo puro e il fanciullo crebbe destinato a combattere, lontano dagli affetti della famiglia e dalle bellezze del mondo.

Visse per venti lunghi anni nel buio di un castello, addestrandosi per uccidere. Perché gli avevano fatto credere che la morte era il suo scopo, il suo unico fine. Era cresciuto ostinato, senza sentimenti, con il cuore duro come cristallo. E tutti, per tale ragione, lo chiamavano "il soldatino di cristallo". Perché combatteva senza sosta, come una furia, credendo che quello fosse il suo destino. Uno strumento, nelle mani di uomini rudi e malvagi, almeno fino a che non gli comandarono di distruggere un intero villaggio.

Entrò silenzioso nella prima casa di paglia e mattoni, ritrovandosi faccia a faccia con la bellezza.

La figlia del capo del villaggio lo guardava con quegli occhi colmi di terrore, ancora immobile nel suo letto, e lo pregava di risparmiarla. Il soldatino non aveva mai visto una fanciulla così bella. Lo splendore dei suoi occhi, le ciocche dei suoi capelli e le sue mani, strette attorno alle lenzuola, lo segnarono a tal punto che il soldatino si domandò se fosse necessario spezzare quelle vite.

E per la prima volta, vacillò.

Si chiese perché fosse costretto a combattere.

Il cristallo con cui era stato forgiato si incrinò, e centinaia di crepe si formarono sulla sua armatura. La fanciulla, esterrefatta, assistette alla magia, coprendosi gli occhi per non essere accecata dalla luce che sprigionava il cuore del soldatino in frantumi. Poco dopo, del cristallo non rimase nulla se non schegge, e dall'armatura fuoriuscì un giovane, in carne e ossa.

Perché lei, con uno solo sguardo, lo aveva risvegliato.

Scossi la testa, come appena uscita da una trance. Era la prima volta che rileggevo qualche riga di quel racconto e rabbrividii al pensiero di quanto fosse... *vero.*

«*Mi vedrò costretto a combattere*», aveva detto Acher, nel parcheggio della scuola.

E se lo fosse? Se fosse davvero costretto a combattere perché non aveva avuto altra scelta? Come risvegliarlo dalla sua armatura di cristallo? Come scheggiare il suo scudo? Io non avevo gli occhi di una principessa, né i modi gentili di una fanciulla.

Fu in quel momento che i fari di un'automobile illuminarono la strada a quel metro dal mio nascondiglio. Mi acquattai dietro il muretto di rocce scoscese e mi sporsi tanto da poter scorgere il volto della persona che stava scendendo dall'auto.

Nessuno viene vicino a casa mia, a quest'ora.

Chi diavolo è?

Lo sportello del passeggero si spalancò, e una figura si fiondò fuori dall'auto. Era Acher.

«Ci vediamo domani, Malcom», disse stringendosi nella giacca di jeans e guardandosi attorno, come a controllare che nessuno lo stesse spiando.

In risposta, l'uomo – doveva essere quel Malcom – sfrecciò talmente velocemente che riuscii a intravedere soltanto le ultime due lettere della targa: *WS*.

Schiacciai la schiena contro le rocce e trattenni il respiro.

Non posso crederci.

Aveva detto "nulla di illegale".

Non appena Acher diresse i suoi passi verso casa, mi passai una mano sulla fronte, terrorizzata.

Chi diavolo è quel tipo?

E che cavolo ci faceva Acher in macchina con lui a quest'ora di notte?

Attesi qualche minuto prima di uscire allo scoperto e respirai affannosamente, strofinando le mani sudaticce sui pantaloni.

Maledetto il giorno in cui Acher Morris ha varcato la soglia di casa mia.

17.
GOCCE DI SPERANZA

«Incantava anche le anime più disilluse,
perché le sue storie donavano ciò che
più rincuorava l'animo umano:
la speranza.»
MICHAEL SANDERS, *Il narratore di storie*

Provavo spesso fastidio, rabbia, delusione, tristezza, ma quasi mai paura. Il timore non era un sentimento che mi apparteneva. Ma quella sera, quando avevo visto Acher scendere da quella automobile, ebbi davvero paura.

Una paura mostruosa, viscerale.

Paura che fosse coinvolto in un giro più grande di lui, con persone più *grandi* di lui. Più importanti, più pericolose. E temevo che io e mia madre fossimo in pericolo, anche se lui mi aveva assicurato che eravamo al sicuro. Ero indecisa se immaginare Acher come il bravo ragazzo che indossava camicie di lino e riparava tubature e tegole rotte o come il tipo scaltro che sapeva come fingere, come celare il suo passato.

Ciò che mi spaventava maggiormente, e che credevo essere il motivo per cui si era volto alle cattive compagnie, era il suo bisogno di soldi. Alla madre occorrevano cure che Acher non poteva permettersi, e nonostante avessi promesso di aiutarlo, non riuscivo a capire come.

Lavoravo part time nei weekend, ma i soldi ricavati bastavano a malapena per pagare le bollette dell'elettricità.

Avevo paura.

Perché in fondo, tanto in fondo, sentivo Acher fin troppo simile a me.

Quando fissavo i suoi occhi ricolmi d'amarezza, mi pareva di guardarmi allo specchio e la sensazione non mi piaceva.

Odiavo vedere me stessa in lui, nella sua rabbia.

Odiavo vedere la sua gentilezza rivolta solo a chi lo meritava, perché lo stesso avevo fatto io con Lola e Miles, gli unici che avevano guadagnato il mio rispetto.

Odiavo lui... perché avevo sempre odiato me stessa.

Il giorno seguente, a scuola, mi chiesi se Acher mi avesse dato ascolto, se avesse cambiato corso. Ma al suono della campanella, lo vidi prendere posto nell'aula di filosofia come se nulla fosse, salutando Max e facendo un cenno a Miles. Finse che io non esistessi, rispose all'appello e chinò il capo sul suo quaderno, cominciando a scarabocchiare le pagine a righe blu con una matita mangiucchiata in cima.

È mancino.

Fu la prima cosa che notai.

È uno stupidissimo dettaglio inutile!

Che diavolo vai a guardare, Trin?

Lo stai fissando. Di nuovo!

Mi destai dai miei pensieri solo quando Max chiamò il mio nome.

«Sanders, è tra noi?»

«Cosa?» balbettai.

«La lasci stare, prof. È tutta rimbambita.»

«Fottiti, Morrow», replicai, nervosa.

«Morrow! Eviti di fare commenti sui suoi compagni. E lei, Sanders, moderi il linguaggio!»

Sapevo che *doveva* farmi la ramanzina.

Ma conoscendo il carattere di Max avrei giurato che fosse fiero della mia risposta.

«Mi scusi, professor Donovan.»

«Sì, scusi», mi fece eco Morrow.

Acher non mi lanciò neppure uno sguardo.

Mi concentrai sulla lezione, per quanto fosse possibile.

«Bene, ragazzi. Qualcuno sa dirmi chi è questo signore qui?» Max proiettò l'immagine di un uomo sulla lavagna elettronica.

«Non saprei, prof. Assomiglia vagamente al commesso del minimarket.»

Una risata generale si propagò per l'aula, ma io non sorrisi. Ero con la testa sulle nuvole.

«Sbagliato. Altre idee?»

«È Nietzsche», rispose Miles, sicuro di sé.
«Esatto, Portland. È corretto.»
«Secchione!» si sentì dal fondo dell'aula.
«Morrow! Fuori!» Max indicò la porta.
«Ma...»
«Siamo qui per fare filosofia, non per insignire i compagni di titoli poco gradevoli.»
Morrow abbassò il capo, fissandosi le scarpe. Fece per uscire dalla porta, e mimai un "ti sta bene" con le labbra. Ricevetti in cambio un gesto poco educato, ma me lo aspettavo.
«Allora, ragazzi. Cerchiamo di fare scuola», sospirò Max. «Lui è proprio Nietzsche. Non sono qui per ripetere le parole che troverete stampate ordinatamente sul vostro manuale di filosofia. Sono qui per rendere la lezione interessante.»
In aula si levarono dei bisbigli.
Il metodo di Max era... particolare. Molti lo definivano enigmatico e poco comprensibile, ma io trovavo le sue lezioni stimolanti e parecchio interessanti, mentre altri si limitavano a sbattere la testa sul banco e annuire a caso.
«Valori. Fatemi un esempio di valore», disse, sedendosi sulla cattedra.
«Valori?» chiese una ragazza dai capelli rossi nelle prime file, a qualche banco di distanza da Miles.
«Sì, cos'è che ritenete un valore?»
«La fedeltà.» Fu Madeline Kingston a parlare.
Il suo tono era provato.
«Quella che mancava al tuo ragazzo...» farfugliò qualcuno dal fondo dell'aula.
«E che manca a tua madre!» rincarò la dose lei.
Max intervenne.
«Tralasciando storie passate e vecchie fiamme... Si spieghi meglio, signorina Kingston.»
«Fedeltà è quando un ragazzo si impegna a stare con una sola ragazza», spiegò rimarcando il *sola* con parecchia enfasi. «E non la tradisce con altre.»
«Esemplificativo.» Max scrollò le spalle. «E se le dicessi

che esistono altri paesi in cui gli uomini possono sposare più donne e viceversa?»

«Sì, ma sono altri paesi, come ha detto lei. Sono poligami, per loro è normale», protestò.

Dove vuole andare a parare Max?

«Perché? Cosa vuol dire "normale"?» domandò con il solito luccichio negli occhi.

I suoi ragionamenti contorti ci portano sempre dove vuole, e noi non ce ne accorgiamo.

«La loro cultura!» esclamò un'altra mano, svolazzando in aria. «La loro cultura lo prevede. Ecco che vuol dire normale.»

«Quindi questo valore dipende dal luogo in cui si sviluppa; non è univoco, giusto? Dipende dal popolo che lo costruisce, dalle persone che credono in esso», continuò Max.

«È relativo?» domandò Acher.

E allora mi illuminai.

«O non esiste», risposi sottovoce.

Max mi indicò, con un certo entusiasmo.

«Eccoci! Si spieghi meglio, Trinity.»

Avrei preferito mordermi la lingua e rimangiarmi le parole appena pronunciate.

«Che...» mi schiarii la voce. Parlare con tutti quegli occhi puntati addosso mi infastidiva. «Che se sono tutti valori diversi, che se ognuno li vede in modo diverso, allora non c'è alcuna certezza. Non c'è un punto fisso, non c'è la sicurezza che siano veri.»

«Questo, ragazzi...» Alzò la voce. «In parole povere, si chiama *nichilismo.*» Scrisse la parola alla lavagna.

«Nichi-che?»

«Nichilismo», ripeté. «I valori etici, morali, le credenze religiose... non esistono. Il nulla cosmico, ragazzi. Zero assoluto.»

«E allora che cavolo di senso ha?»

Giusto, e allora che senso ha stare tutti qui?

Se non c'è nulla di certo per andare avanti.

«Ed è qui che Nietzsche corre in nostro aiuto.»

Max scrisse una seconda parola alla lavagna.

Oltreuomo.
«Non ci capisco una ceppa», si lamentò una voce che mi strappò una risata.
«Vale anche per le donne, eh», precisò. «Oltreuomo è chi dice *sì* alla vita, nonostante tutto. Chi, presa coscienza che non esista una verità assoluta, un punto cardinale in cui credere, dice *sì* alla vita.»
«Che vuol dire "sì alla vita"?»
«Accettare di vivere, nonostante tutto. Accettare di vivere in una società in cui non ci sono valori, né certezze. Anzi, distruggere i vecchi valori e crearne di nuovi. L'Oltreuomo pratica il *nichilismo attivo.*»
Alzai la mano.
«Sì, Trinity?»
«Come faccio a dire *sì* alla vita, se non ho nulla in cui sperare?»
Acher si voltò nella mia direzione, Max vacillò.
La campanella coprì il suono delle sue parole.
«Creando qualcosa per cui vale la pena sperare.»

Quel pomeriggio, dopo le lezioni, Acher tornò a casa.
Emmett si era offerto di dargli un passaggio, a patto che lui prendesse parte alle selezioni di football. Lui aveva accettato, ma ero sicura fosse un bluff. Acher non era tipo da squadra.
Si chiuse nello studio di mio padre senza degnarmi di un saluto, e iniziò il suo giro di telefonate all'ospedale. Ringraziai il cielo che mia madre fosse al lavoro. Non mi piaceva che sentisse della malattia di Amanda o che pensasse spesso ai ricoveri.
La morte di mio padre l'aveva traumatizzata, e anche la sirena di un'autoambulanza la terrorizzava. Iniziava a tremare, a sudare freddo e a piangere. E non volevo che capitasse. Io riuscivo a mostrare freddezza quando accadevano episodi del genere, ma il dolore che provavo era inimmaginabile.
«Che diavolo vuol dire "in rianimazione"? Quando pen-

savate di avvisarmi, eh? Non dovevate contattare il parente più prossimo? Sono suo figlio!»

Silenzio.

«Non me ne importa niente di quei cavolo di moduli, non posso venire in ospedale!»

Ancora silenzio.

«Cosa diavolo non capite della frase: "Non posso venire in ospedale al momento"? È così complicato?» sbraitò.

Poi silenzio.

Prima che un tonfo mi facesse sussultare.

Qualcosa si era rotto, infranto al suolo.

Qualcosa di vetro.

Il mio primo pensiero volò al quadretto di vetro e pietre colorate che incorniciava una foto sulla scrivania di mio padre. Immaginai che Acher l'avesse scaraventato a terra, lanciandolo chissà dove in un angolo della stanza. Mi fiondai immediatamente nello studio, e non perché mi importasse di quella stupida cornice presa a qualche mercatino dell'usato.

«Acher!» gridai, facendo irruzione nella stanza. «Acher, fermati!»

Tutto ciò che ricopriva la scrivania era a terra. Il quadretto incriminato giaceva dinanzi al divano, in mille pezzi. Dalla mano di Acher colavano gocce di sangue.

«Acher, che diavolo hai fatto?»

Sembrava impazzito.

Annaspava, senza fiato in gola, e stringeva le mani in due pugni per evitare di scagliarmi contro degli oggetti. Camminava in circolo, respirando a fatica e fissando il vuoto.

«Acher! Cosa è successo?» ripetei, ma pareva non ascoltarmi.

Era come se la mia voce non arrivasse neppure alle sue orecchie.

La sua mente era totalmente isolata.

Avevo vissuto centinaia di momenti in quello stato, dopo la morte di mio padre.

«Acher», lo chiamai ancora, più lentamente, prendendo il suo volto tra le mani. «Acher, ora mi ascolti. Farai quello che ti dico io.»

I suoi occhi vitrei parevano spiritati.
«Ora inspirerai, per due secondi. E butterai fuori l'aria in quattro. Capito? Due e quattro.» Poggiai la mano sul suo petto, per controllare i battiti.
«Respira, capito? Due e quattro.»
Anche se non rispondeva, stava facendo ciò che gli avevo detto. Sentivo i battiti rallentare a poco a poco.
«Bene, bravo.» Scandii le parole in modo chiaro, a due passi dal suo volto, ancora tra le mie mani. «Ora, di più. Inspiri in quattro, butti fuori in otto.»
Sentivo la mano sul suo petto andarmi a fuoco.
La psicologa della scuola mi aveva insegnato quel trucchetto durante la prima seduta, per contenere i miei attacchi, sempre più violenti...
«Di nuovo. Dentro e fuori l'aria.»
Annuì, ascoltandomi.
Ripeté il gesto, finché il suo respiro non divenne regolare.
«D'accordo. Bravo, ancora.»
Quando fu completamente calmo e i suoi occhi ritornarono del colore che mi aveva colpito al suo arrivo a Seafolk, capii che la crisi era passata.
«Riesci a dirmi cos'è successo?»
Per un momento, nel suo sguardo, nella sua smorfia di dolore, ci vidi paura. La paura di un bambino, che non sa cosa fare, che non sa *come* fare.
Vidi le sue labbra tremare e notai la sua difficoltà nel trovare le parole.
«Loro...» Deglutì. «Lei doveva... non respirava.» Balbettò.
«Continua», dissi calma, con le mani ancora sulle sue tempie, che sfioravano i suoi capelli.
«È finita in rianimazione, i polmoni si sono riempiti d'acqua e... Gli serve il permesso per operarla, io non...»
«Acher, con calma. Piano.»
«Serve la mia firma, lei non è cosciente, non posso andare da lei. Non ho soldi, non so come fare, non hanno la firma, non... Non posso andarci.»
Non riusciva a ragionare lucidamente.

«Passami il cellulare.»
«Cosa?»
«Fidati di me.»
Impiegai poco più di un minuto a recuperare il suo cellulare e cercare nelle chiamate recenti il numero dell'ospedale dove Amanda era ricoverata. Non volevo immischiarmi in faccende che non mi riguardavano, ma Acher non era in grado di ragionare.
La sua mente non era lucida, non era reattiva.
«Pronto?» A rispondermi fu la voce stridula di un'infermiera che mi perforò i timpani. «Salve, chiamo per una vostra paziente, Amanda Rogers. Sì, esatto, reparto di oncologia, ora in rianimazione. So che vi serve l'autorizzazione per procedere con l'operazione di completo drenaggio.»
Se fossi stata così ferma e risoluta mesi fa, forse ora mio padre sarebbe vivo.
«Esatto, vi serve la firma di Acher Morris. Tuttavia, al momento non può raggiungere la struttura ospedaliera. Vi chiederei di inoltrare al seguente indirizzo e-mail il modulo, che vi verrà inviato completato immediatamente. Ecco, glielo detto... Sì, la ringrazio. Gentilissima. Buon lavoro, signorina?» Inspirai mantenendo il controllo. «Signorina Dutler. La ringrazio.»
Terminai la chiamata e mi misi al computer, attendendo che sull'icona dell'e-mail apparisse una rotella di caricamento.
L'e-mail arrivò in un battibaleno. Compilai il modulo, falsificai la firma di Acher e lo rispedii al mittente. Poi, mi rivolsi nuovamente a lui, immobile davanti ai resti di tutto ciò che aveva scaraventato a terra. «È tutto risolto. Capito? Risolto, puoi stare tranquillo.» Tentai di assumere il tono più calmo possibile.
Rimase in silenzio per minuti interminabili, poi scoppiò.
«Mi dispiace...» mormorò tentando di racimolare i cocci del quadretto che si era infranto in mille pezzi. «Mi dispiace, mi dispiace.»
Sapevo cosa voleva dire perdere il controllo. Lo avevo vissuto durante la morte di mio padre, quando mia madre

non era capace di comprendere ciò che le veniva detto, e fissava il vuoto, come uno spettro, come Acher. Ci ero già passata. Scrivere un'e-mail era la soluzione più semplice, ma alle volte il dolore e la rabbia non ci permettono di individuare la strada più semplice da seguire.

«Non me ne importa niente di quelli...» Indicai i resti sul pavimento. «Non me ne importa, erano cianfrusaglie. È tutto risolto, okay? Davvero», ripetei.

E poi... capitò ciò che non avrei mai creduto possibile.

Acher mi si gettò tra le braccia, stringendomi con tutta la forza che aveva nell'animo, affondando il volto nell'incavo del mio collo, tanto che potei sentire i suoi riccioli sfiorarmi il mento e la spalla.

E il suo respiro mi investì in pieno, facendomi barcollare. Sentivo tutto il suo corpo aderire al mio, fremendo per rimanere attaccato a quell'ultimo frammento di certezza, di stabilità.

Percepivo tutto.

La sua paura, la sua preoccupazione.

Il desiderio di essere supportato, aiutato.

La sua rabbia, la sua delusione.

Tutto.

Sentivo, incastrarsi nel petto, ogni sua emozione.

Le mie mani gli sfiorarono la nuca, affondando nei suoi ricci, e mi parve che si stesse finalmente lasciando andare.

«Va tutto bene...» sussurrai. «Va tutto bene. Tua madre starà bene, starete entrambi bene.»

D'un tratto, avevo inglobato dentro di me la sua paura, per permettergli di respirare, anche solo per un minuto. Per permettergli di liberarsi di quel peso che gli gravava sul petto, di accettare i suoi dubbi e le sue preoccupazioni.

E a me... andava bene così.

Se potessi, mi prenderei tutto il tuo dolore. Perché sono così abituata a conviverci, e non importa se una goccia si aggiunge alle altre. Perché, per te, posso essere mare.

«Acher, guardami.»

I suoi occhi mi fissarono con un'innocenza tale da farmi tremare.

«Andrà tutto bene, ma tu devi crederci. Devi sperarci, capito? Possiamo farcela.»

Max aveva ragione: bisognava creare qualcosa in cui sperare, nonostante tutto.

Nonostante tutte le porte che la vita ci aveva sbattuto in faccia, nonostante le difficoltà che non meritavamo, nonostante gli ostacoli insormontabili.

Avremmo trovato quei soldi.

Amanda sarebbe tornata a casa.

Acher sarebbe tornato a casa.

Annuì impercettibilmente.

E per la prima volta pensai che, forse, avevamo una ragione per cui combattere.

18.
PERDERE PEZZI

«Temeva che, abbandonata la sua torre,
le sue crepe l'avrebbero distrutta,
sino all'ultimo fragile pezzo.»
MICHAEL SANDERS, *La principessa di crepe*

«Cosa fai?» domando a mio padre.

Oggi sembra giù di morale.

Infila un disco in quell'affare. Una volta ne ho preso uno per osservarlo meglio e ho passato un dito sui solchi. Servono da canali per la puntina, che rimane ferma mentre il disco gira. Dopo un suono metallico, puf, *la magia ha inizio! La musica parte, nota dopo nota.*

È incredibile!

Non ho mai visto nulla del genere!

«Ascolto un po' di musica», mi risponde.

«Non puoi, che ne so, sentirla dal cellulare come tutti? Non è più semplice?»

Lui sorride.

«E dove sarebbe il divertimento, sennò?»

Noto ogni suo movimento, come per studiarlo, e apprendere quanto più possibile.

«Ogni lato ha una serie di canzoni. Esistono dei 33, dei 45 e dei 78 giri», spiega, calmo.

«E il nostro di che tipo è?»

«Un 45.»

Aggrotto le sopracciglia, un po' confusa. Non so bene come funzioni questo aggeggio.

«Devi premere play?»

«Prima alzi la puntina e la posizioni sul disco. Mi raccomando, sul bordo. Altrimenti, quando schiacceremo play, la canzone sarà già avviata. A questo punto, quando sei sicura che sia tutto a posto, puoi premere play. Ah, puoi anche attivare la riproduzione automatica.»

«Cavolo, è proprio figo.»

«Proprio così.» I suoi occhi sono luminosi anche se è una brutta giornata. La musica lo mette sempre di buonumore.

«Che canzone ascolti?»

«Si chiama Losing My Religion. *Mi aiuta sempre nei momenti difficili.»*

Lo ascolto con attenzione.

«E di cosa parla?»

«Di un uomo che ha perso la speranza nel mondo.»

«E tu?»

«Cosa?» Si rivolge a me, distogliendo l'attenzione dal disco.

«Tu ce l'hai ancora?»

Papà sospira, un po' avvilito.

La musica si propaga per tutto lo studio. Ha dei toni mesti e mi mette un po' di tristezza.

Come fa a sentirsi meglio ascoltandola?

«Non lo so, Trinity.» Mi guarda un po' cupo. «Però sono certo di una cosa soltanto: che finché continuerai a sognare, avrai qualcosa per cui sperare.»

Ogni tredici del mese, a maggior ragione se di venerdì, marinavo la scuola per dedicare la giornata a mio padre. Erano trascorsi nove mesi dalla sua morte, ma a ogni anniversario rivivevo quel giorno con emozioni differenti.

Avevo un rituale, però.

Saltavo la scuola, mi chiudevo nel suo studio, infilavo un vinile nel giradischi, fino a che *Losing My Religion* non risuonava in tutta la casa e infine, di pomeriggio, Max mi accompagnava al cimitero per portare dei fiori.

A ogni tappa della giornata, mi pareva di perdere un pezzo di me.

Non che ne fossero rimasti molti.

A scuola avevano persino smesso di conteggiare le mie assenze. Tra le ore trascorse in punizione e le altre in sospensione, ero diventata la nemesi di un'assidua frequenza scolastica. Ma non mi importava delle assenze, perché desideravo soltanto stare da sola con mio padre.

Spesso, nei giorni ordinari, mi pareva di non dedicargli abbastanza tempo. Mi sentivo in colpa, perché temevo che mia madre pensasse che mi ero dimenticata di lui, che ero andata finalmente avanti o che avevo superato il dolore, e non era affatto vero. Non lo avevo superato, semmai lo avevo realizzato.

I primi mesi, mi trovavo quasi in uno stato di dormiveglia. Mi sembrava di essere in un incubo in attesa di svegliarmi e mi convincevo che mio padre sarebbe tornato. La mia mente si era illusa che lui fosse in viaggio, e che prima o poi sarebbe ricomparso dal nulla a casa nostra.

Ma non era così.

Impiegai i primi sei mesi per rendermi conto che non lo avrei più rivisto e che, in quella tomba al Seafolk Cemetery, c'era davvero lui, in carne e ossa.

Non era un incubo, era la realtà. O forse, entrambi.

Il tredici di ogni mese mia madre lavorava tutto il giorno. Doppio turno, dalle 8 alle 20.

Diceva che avevamo bisogno di soldi, ma era evidente che lo faceva sempre in quella data così dolorosa. Aveva bisogno di occupare la mente e di uscire dalla casa che aveva condiviso per anni con mio padre.

La mattina del 13 settembre, la giornata partì decisamente col piede sbagliato.

La prima stonatura fu constatare che la puntina attaccata al muro dello studio, da cui di solito pendeva l'oggetto più prezioso che possedessi, era vuota. Mancava qualcosa...

Mi venne un colpo quando realizzai che l'acchiappasogni costruito da mio padre era volato a terra dopo che Acher, durante la sua crisi, lo aveva calpestato, sino a romperlo in due. Non se n'era accorto e non gli davo di certo la colpa di quella che per me era la peggiore delle tragedie. Tuttavia la consapevolezza che il gesto non fosse stato intenzionale non mi impedì di urlare e scoppiare in lacrime.

«No!» Mi gettai a terra. «No, no, no!»

Le piume erano inerti sul pavimento, staccate dai nastri, e la struttura del cerchio era completamente distrutta. Sentii il cuore battere all'impazzata e a stento riuscivo a respirare.

Ciò che avevo di più caro appartenuto a mio padre era andato in frantumi.

Continuai a urlare una serie di "no" colmi di disperazione, fino a che le mie grida non attirarono l'attenzione del nostro ospite.

Acher fece irruzione nella stanza, ma quando mi vide in lacrime sul pavimento, capì ciò che aveva fatto.

«Maledizione...» sussurrò, mortificato.

Non fiatai, non emisi un suono.

«Scusami, Trinity, mi dispiace», ripeté.

Avrei voluto dirgli che sapevo com'era andata, perché ero presente durante il suo attacco di panico nello studio, ma le parole non vollero venire fuori dalle mie labbra.

Lo so che non l'hai fatto di proposito.

Ma mi sento a pezzi.

Il legame che avevo con quell'acchiappasogni era qualcosa di unico. Quasi... *magico.* Non sarei mai riuscita a separarmene.

Acher si chinò accanto a me, con un'espressione mortificata in volto. Si aspettava che iniziassi a insultarlo, a urlare anche con lui, ma non lo feci. Le lacrime continuavano a scorrermi sulle guance, creando solchi roventi, e sentivo la fronte ribollirmi.

«Posso...»

Le sue parole non mi arrivavano neppure alle orecchie.

«Posso fare qualcosa? Ti prego, dimmi come posso rimediare...»

Senza rispondere, stordita e dolorante, mi tirai su, lasciando ciò che rimaneva dell'acchiappasogni sulla scrivania e dirigendomi barcollante nella mia stanza.

Cosa avrei detto a mio padre, arrivata al cimitero?

Che il suo acchiappasogni era distrutto? Che il suo libro era rimasto incompleto, perché non riuscivo a scrivere neppure una parola? Che sua figlia era un fallimento?

Mi raggomitolai in un angolo della camera, stringendomi le braccia al petto e tirando su col naso.

Poche cose mi scheggiavano, pochi avvenimenti ferivano il mio cuore e lo riducevano in mille pezzi.

Era facile mostrarsi forte e impassibile la gran parte del tempo, ma quando rimanevo da sola, tra le quattro mura di casa mia, potevo concedermi quei pochi istanti di fragilità che mai nessuno avrebbe potuto rubarmi. In quei momenti potevo essere la vera me, con paure e debolezze, da sola.

Quando fui finalmente certa che Acher fosse andato a scuola, potei dedicarmi al mio solito rituale.

Losing My Religion era la canzone che mio padre ascoltava nei momenti difficili. Diceva che gli dava la forza per superarli e speravo che un pizzico di quel coraggio e di quella sicurezza venisse concesso anche a me.

Ma la giornata era destinata a continuare com'era iniziata. Quando la puntina del giradischi si posò sul vinile, attesi che il LED diventasse bianco per premere play. E fu allora che uno stridio insopportabile si propagò per la stanza. Spensi immediatamente il giradischi, per controllare quale fosse il problema, e in quel momento mi accorsi che la puntina era rotta. Completamente piegata su sé stessa, non avrebbe potuto leggere nessun altro disco, in quelle condizioni. Ero a un passo dall'urlare e mettermi a piangere come non mai, ma le parole di Acher mi tornarono in mente come un ritornello.

Sei proprio una ragazzina.

Da quando Acher era arrivato a Seafolk, avevo iniziato a riflettere su ogni mio atteggiamento. Mi pareva di sbagliare in tutto e mi rimproveravo più delle volte in cui mi lodavo.

Mi asciugai nuovamente le lacrime e appuntai sulla card magnetica appesa al frigo di acquistare una nuova puntina per il giradischi, poi mi obbligai a fare la doccia. Quando uscii dalla cabina, avvolta dal vapore, sospirai talmente forte che, se le mura di casa avessero potuto parlare, probabilmente mi avrebbero intimato di starmene zitta e vivere il mio dolore in silenzio.

Non avevo potuto suonare la canzone di mio padre e il suo acchiappasogni era rotto.

Poteva andare peggio?

Miles e Lola mi avevano inviato qualche messaggio che evitai di leggere, e mi rintanai sotto le coperte, fissando dal basso la botola che dava sul tetto.

Quanto avrei voluto fuggire via. Via da Seafolk, via dai ricordi, via da Acher.

Ma se lui era ospite a casa mia, allora perché volevo andarmene io?

Dov'era finita la Trinity determinata a mandarlo via?

Dove era la sua grinta, il suo fuoco?

Mi stavo spegnendo. Dopo la morte di mio padre, non avevo fatto altro che lasciarmi andare.

Non cercavo di fare amicizia, non mi importava di fare domanda per il college, non c'era nulla per cui valesse la pena andare avanti.

Max diceva che avrei dovuto creare una speranza per dire "sì" alla vita, ma io proprio non riuscivo a trovarne una.

Oddio, Max!

Non mi ero accorta che le ore erano trascorse come un fiume in piena e che ero rimasta ferma, immobile nel letto per un lasso indeterminato di tempo.

Afferrai il cellulare, per controllare l'ora.

Sono in ritardo! In ritardo, per andare al cimitero da mio padre. Come diavolo ho fatto a dimenticarmene? Questa giornata è un completo disastro!

Max mi attendeva sempre all'incrocio a due isolati da casa mia. Salivo sulla sua Ford malandata, con una ruota per metà sgonfia, e raggiungevamo insieme il cimitero. Non c'era da stupirsi se condividevamo quel giorno così triste: io avevo perso mio padre, lui il suo migliore amico. Mi infilai in fretta e furia le Converse bucherellate sulla punta e la solita felpa, e presi a correre senza fiato, fino a che la Ford grigio topo di Max non spuntò tra le villette a schiera che parevano fatte con lo stampino.

Se ne stava lì, con una spalla appoggiata alla portiera, le gambe incrociate e le braccia intente a sfogliare un quotidiano.

«Sono in ritardo, mi dispiace!»

«Trinity!» Si riscosse. «Credevo non venissi più.»

«Stai scherzando?»

«Può capitare che tu non voglia venire, per una volta.» Il suo sguardo si addolcì.

«Non sono una tipa suscettibile», lo ammonii, salendo in macchina.

«Lo so, ma ciò non vuol dire che non esistano brutte giornate.»

Scoppiai a ridere per il nervoso.

«Oh, questa è *decisamente* una brutta giornata.»

Allacciai la cintura e attesi che Max mettesse in moto.

«Ti sei persa la Harris sbraitare contro Mitchell, oggi», mi informò.

«Davvero?» Mi illuminai.

«Sì, ha fatto saltare in aria mezzo laboratorio di chimica. Una provetta sbagliata e *boom*, in presidenza.»

«Che idiota!»

«Ehi!» Si finse offeso. «Non insultare i miei studenti, sono pur sempre il tuo professore di filosofia.»

«Non ora.» Lo fissai. «Ora sei solo il migliore amico di mio padre, e anche il *mio*.»

Max mi rivolse un sorriso sincero.

«Manca anche a me», si lasciò sfuggire.

«Lo so, manca a tutti.» Fissai fuori dal finestrino; una lieve pioggerellina iniziava a bagnare le case e le automobili, ma sapevo che ben presto si sarebbe trasformata in una tempesta.

Eppure, io la tempesta me la sento dentro.

«Andiamo, prima che i fiori si bagnino...» sussurrò.

«Li hai presi tu?»

Max sorrise mesto.

«Come sempre.»

Impiegammo dieci minuti per arrivare al confine della città. Il cimitero di Seafolk non era enorme, e c'erano solo quattro o cinque cappelle di famiglia. Mio padre aveva una misera tomba nella zona comune, tra altre decine. Io e la mamma non avevamo abbastanza soldi per permettercene una migliore. Quando pioveva, era facile che si allagasse e che l'acqua arrivasse sino alle lettere incise nella pietra e laccate di nero. La fotografia stava iniziando a sbiadire e la lapide non era più liscia come nove mesi prima. Il tempo passava indisturbato, i giorni si susseguivano e formavano insormontabili mesi, e io rimanevo a crucciarmi lì, come il primo giorno.

I soliti epitaffi si succedevano come in una filastrocca, alcuni originali, altri meno.

Mi chiesi se mio padre fosse soddisfatto del suo.

In fondo, era uno scrittore.

Chi meglio di lui avrebbe potuto dircelo?

MICHAEL SANDERS
PADRE, MARITO E FIGLIO AMOREVOLE
CHE LA TERRA POSSA CONTINUARE A GODERE
DELLA SUA PASSIONE E DEL SUO TALENTO

«Dici che è troppo banale?» chiesi a Max.

«Forse solo la prima parte. Ma a chi importa?» Scrollò le spalle, posizionando un mazzetto di fiori di campo accanto alla sua fotografia.

«Giusto. Di certo non importa ai morti.»

Le tombe sono per i vivi.

Ci manca così tanto la persona che ci ha lasciati che dobbiamo parlare a una lapide per immaginare di averla vicino. Come se quella pietra potesse compensare l'assenza, come se quel corpo, là sotto, fosse ancora vivo.

«Oggi ho rotto il suo acchiappasogni. Cioè...» esordii, per alleviare il peso che mi gravava sul petto. «Non sono stata io. Però, quando è accaduto, non me ne sono accorta. È completamente distrutto.»

La pioggia stava aumentando, ma non mi importava.

«Lo aveva costruito lui», precisai.

«Lo so», aggiunse, chinandosi accanto a me.

«Non avrei dovuto permettere che accadesse.»

«Gli oggetti si aggiustano, Trin. E sai cos'altro?» domandò, fissando la lapide.

«No. Cosa?»

«Le persone.»

«Non è vero, quelle non possono aggiustarsi.»

«E invece sì. Proprio qui.» Indicò il mio cuore. «Il cuore è fatto di ingranaggi che possiamo regolare, sintonizzare. Di rotelle che possono essere sostituite, di morsetti che possono essere stretti o allentati. Il cuore può essere aggiustato, con cura e impegno.»

«Non sono un automa.»

«È vero, sei un essere umano. Se lo fossi, non avresti un cuore che batte per qualcuno o per qualcosa.»

«Non batte per niente e per nessuno», mi affrettai a precisare.

Max storse il naso, in disaccordo.

«E allora perché ti senti triste, arrabbiata, o felice? Cosa provoca quelle emozioni? Il tuo cuore batte, Trinity. Sarà nel momento in cui non proverai più nulla che dovrai iniziare a preoccuparti. È lì che si sarà fermato.»

«Sì è fermato quando *lui* è morto.»

«La vita va avanti, Trinity. Puoi scegliere di farti trasportare dalla corrente o iniziare a nuotare. Devi scegliere la tua rotta.»

Sospirai, fissando il vuoto.

«È facile per te accettare la morte. Insomma, hai cinquant'anni e insegni filosofia!»

«Mi stai dando del vecchio?» mi domandò. «Hai sentito, Michael? Tua figlia mi dà del vecchio!» Rise, indicando l'immagine sulla lapide.

«E comunque, anche se studio filosofia da oltre trent'anni, non vuol dire che io abbia capito come funzionino la vita e la morte. Certi meccanismi non hanno un manuale delle istruzioni, Trinity.»

«Ma come...» L'argomento mi innervosiva. «Come si fa ad accettarlo? Come si fa a dire: "È parte del gioco"?»

«Non si accetta. Ci si convive e basta.»

Sospirai, fissando la tomba.

«Non convivrò mai con... *questo.*»

«Non dico che il tuo dolore scomparirà, Trinity. Dico solo che, a un certo punto, sarà parte di te e lo considererai un vecchio amico.»

Scossi il capo.

Forse… aveva ragione.
Lui ne sapeva sicuramente più di me.
Chissà se gli era capitato di perdere qualcun altro, oltre a mio padre. Se aveva già provato il dolore di un'assenza.
«Sai sempre cosa dire…» gli concessi. «Come ci riesci?»
«Il problema è che, spesso, dico cose sbagliate.» Si lasciò andare accanto alla lapide. «Essere un insegnante, alle volte, significa anche spiegare ai ragazzi che alcune cose non possono essere insegnate.»
«Cose come *questa*?»
Max annuì. «Soffro anch'io, Trinity. E non ho ancora trovato una soluzione. Non credo la troverò mai, ma finché continuerò a pormi delle domande, allora saprò di essere ancora vivo.»
Mi fissai la punta delle scarpe, poi spostai lo sguardo sul nome sulla lapide.
«Capisco perché *lui* ti ha scelto», sussurrai.
Le labbra di Max si incurvarono in un sorriso.
«Andiamo, ti riporto a casa prima che arrivi il temporale.»

Quando Max mi lasciò nel vialetto di casa, la pioggia batteva sui tetti con insistenza. Dei nuvoloni cinerei incombevano su Seafolk. Sperai che mia madre fosse già di ritorno. Entrai in casa titubante e diedi un'occhiata al salotto, poi alla cucina.
Via libera.
Salii al piano di sopra scalciando le scarpe in un angolo e sbirciando dalla porta se Acher fosse a casa, ma non era lì. C'era da aspettarselo. Sospirai, accendendo la luce in camera mia e gettando il mio zainetto in un angolo. Mi sarei comodamente crogiolata sul letto se non avessi notato una busta color blu notte adagiata sul mio copriletto.
All'interno, c'era un bigliettino, probabilmente ricavato da un foglietto strappato a righe.
Lo lessi, parola dopo parola.

Mi piace aggiustare le cose

All'interno, accanto al foglietto, c'era l'acchiappasogni di mio padre. Come nuovo, come se non si fosse mai rotto. Le tre piume pendevano dal cerchio e i nastri erano perfettamente arricciati attorno alla struttura in legno. Lo spago formava le figure geometriche che conoscevo a memoria e il laccio era pronto per essere attaccato al muro.

Era stato *lui*.

Lo aveva aggiustato.

Fissai l'acchiappasogni e il biglietto.

Un ingranaggio del mio cuore era stato aggiustato. E, di quel passo, Acher Morris ne avrebbe aggiustati molti altri.

19.
LAMPI DI FREMITI

«Il buio era la sua casa,
la notte il momento in cui
tutti i sogni uscivano allo scoperto.»
MICHAEL SANDERS, *Il ladro di sogni*

La pioggia picchiettava contro la botola sul soffitto della camera. Il vetro era appannato e la luce dei lampi che, come scariche elettriche, illuminavano il cielo cupo di Seafolk precedeva sempre il rombo dei tuoni.

Avevo chiamato mia madre, pregandola di rimanere da Ginny e di non infilarsi in auto per tornare a casa durante la tempesta. Sarei morta di crepacuore se l'avesse fatto.

Acher era tornato a casa verso l'ora di cena.

Gli avevo riscaldato del tacchino e delle patate e glieli avevo lasciati nel forno, poi ero sgattaiolata nella mia camera.

Non mi sarei mai abituata ad averlo da me a cena.

Tuttavia, aver aggiustato il mio acchiappasogni era stato un gesto carino e l'avevo apprezzato. Preparargli, o meglio riscaldargli la cena, mi sembrava un modo per ringraziarlo. Ero una di poche parole, io. Mi ero rintanata nello studio dopo aver sentito il cigolio della porta di casa ed erano passati quarantacinque minuti dall'ultima volta che avevo lanciato uno sguardo fuori dalla finestra.

Il tutto perché, se volevo che le mie lettere di presentazione ai college non venissero cestinate alla velocità della luce, avevo bisogno di più di una sufficienza in tutte le materie.

Motivo per cui stavo scrivendo controvoglia una relazione di storia di quattordicimila parole da consegnare l'indomani alla professoressa Lovelace.

D'un tratto, quando digitai il nome Abraham Lincoln quasi per metà, il computer si spense all'improvviso, come morto.

«Ehilà?» picchiettai sul mouse.
Non dà più segni di vita questo coso.
Che diavolo succede?
Staccai e riattaccai la spina, ma niente.
Poi, capii.
Non c'è più corrente.
Mi fiondai sull'interruttore della luce, ma a nulla servì alzarlo e abbassarlo in modo spasmodico. Con molta probabilità un fulmine aveva colpito i cavi dell'energia elettrica o qualche palo era crollato sulla strada. Il Macintosh di mio padre si era spento non appena c'era stato l'abbassamento di tensione. Tastai le mie tasche in cerca del cellulare, ma erano vuote.
Lo avevo lasciato in salotto.
Non riuscivo a vedere nulla che non fosse a un palmo dal mio naso.
Camminai carponi dall'interruttore della luce fino alla porta, agitando le braccia come elicotteri.
«Ach...!» Feci per chiamarlo, dovunque lui fosse, ma fui interrotta poco prima che il mio polso venisse stretto in una morsa a metà tra il delicato e il risoluto.
«Ssh, sono qui», mi mormorò a un soffio dall'orecchio.
Rabbrividii all'istante e sperai che non si accorgesse dell'effetto che la sua presenza così ravvicinata mi provocava.
Strinsi il labbro tra i denti e tentai di rimanere calma.
«Se n'è andata la corrente.»
«Sì, ci ero arrivata», sibilai, nervosa.
Sentivo ancora la pelle rovente sotto il suo tocco e non mi piaceva affatto.
«Tua madre tiene delle candele da qualche parte?» domandò, atono.
Riflettei.
Sì, le teneva nel primo cassetto del mobile in cucina, per ogni evenienza.
«In cucina.»
«Riusciamo ad arrivarci?»
«Ovvio, è casa mia. So dove mettere i piedi.»
«D'accordo, andiamo.»

Acher mollò la presa sul mio polso, per prendermi la mano. Sussultai non appena le sue dita si intrecciarono alle mie e mi morsi il labbro ancora più forte.

Che cosa stai facendo, Acher?

Subito dopo, un lampo squarciò prepotentemente il cielo e un tuono rombò facendo tremare persino il vetro delle finestre.

Acher mi strinse la mano più forte, colto da un sussulto, e io ricambiai la stretta.

I temporali lo spaventano.

«Va tutto bene...?» sussurrai.

«Sì», rispose dopo un attimo di esitazione.

Non gli credetti neppure un po'.

La porta si aprì con uno scricchiolio e nel buio non riuscivo a vedere neppure le sagome degli oggetti.

D'accordo, forse non so esattamente dove mettere i piedi. È più complicato di quanto pensassi.

Un altro lampo illuminò tutto attorno a noi e riuscii a scorgere la linea delle scale.

«Di là.» Indicai davanti a noi con un dito.

«Fammi strada», deglutì a fatica.

Chissà se anche lui sente questo strano fremito, all'altezza dello stomaco, quando mi tiene la mano.

Perché io mi sentivo *completamente* andare a fuoco.

Quando arrivammo sulla rampa delle scale, Acher mi precedette, tenendo l'altra mano salda sul corrimano. D'un tratto, si arrestò, e io andai a sbattere con la fronte contro la sua schiena.

«Ehi! Perché ti sei fermato?»

«Non vedo nulla!» protestò.

«Allora lascia andare me avanti.»

«Dio, usignolo, cosa devo fare per farti stare zitta?» sospirò, ma giurai di aver intravisto la linea all'insù delle sue labbra.

Oh, Acher, avrei un milione di modi...

«Non puoi», risposi.

«Vuoi scommettere?»

Lasciai cadere la provocazione. Quando scendemmo l'ultimo gradino, dinanzi a noi rimaneva solo un ultimo bivio. Non avevo idea di dove si trovasse il salotto e non riuscivo a orientarmi per trovare la cucina. Il buio non era mai stato un problema per me, ma la vicinanza di Acher sì.

Lui, che a pochi centimetri da me, non azzardava neppure per un istante a mollare la mia mano.

Lui, che ci avrei scommesso, nell'oscurità, si fosse voltato per fissare le mie labbra.

Lui, che mi provocava nel petto quello strano formicolio, simile alle vibrazioni delle ali delle farfalle quando battono all'impazzata.

Sentivo il suono scrosciante delle onde che il mare in tempesta abbatteva sulle rocce erose dalle intemperie e mi stupii di quanto sapessero essere violenti i temporali a Seafolk Bay.

Acher sussultò ancora, e rinsaldai la presa.

Gli carezzai il dorso della mano con il pollice, ringraziando il buio che celava alla perfezione l'imbarazzo dipinto sul mio volto.

Eravamo bloccati dal buio all'altezza del salotto, e l'oscurità pareva cullarci, come se riuscisse a nascondere alla perfezione le nostre debolezze e fragilità.

Eppure, eravamo spogli.

Come nudi, nonostante i vestiti addosso.

Pelle contro pelle, anche solo per qualche centimetro. E io mi sentivo avvampare, a ogni secondo che trascorrevamo l'uno accanto all'altra.

«Sai…» Mi schiarii la voce, seppur in un sussurro. Non ce n'era bisogno, ma le nostre parole erano sussurri, segreti, come le storie che nascondevamo. «Dalla mia camera si sentono perfettamente le onde che si scagliano contro gli scogli e il promontorio. Amo immaginare la schiuma che si distende sulla sabbia e l'acqua che si infrange sulle rocce. Alcune tempeste sanno essere meravigliose.»

Acher era davanti a me, i nostri nasi erano divisi da poco spazio e poco ossigeno, eppure non accennava a lasciarmi la mano.

La pioggia continuava a fare da sottofondo ai nostri respiri affannati, che non avevano motivo di esserlo, se non per l'estrema vicinanza.

«Solo tu sei in grado di vedere della bellezza in una tempesta...»

È perché mi sento così da tutta la vita.

Mi sento come le onde, che avvolgono tutto, divorano la sabbia, e si scagliano contro le rocce, e poi mi sento acqua, che scorre per rigettarsi nuovamente nel mare, e ricominciare. Tutto da capo.

«Sono abituata alle tempeste.» Tutt'a un tratto, ero certa che non ci riferissimo più al temporale.

Perché finisco sempre per raccontarti di me?

Perché non riesco a starti lontano quanto vorrei?

Acher era troppo, troppo vicino. Lo sentivo vicino al cuore, vicino all'anima.

Me lo sentivo *addosso*, anche se i nostri corpi non erano uniti, se non attraverso le nostre mani.

«Acher...» La voce mi si strozzò in gola.

«Sì?» mormorò tra i denti.

«Dobbiamo trovare le...» Deglutii.

Non ci riesco.

Non riesco a stargli accanto in questo modo.

Perché vorrei che tra di noi non ci fosse questo spazio.

«...le candele.»

«Sì. Le candele», ripeté, come se fossimo stati in uno stato di trance.

«La cucina», farfugliai impacciata, mentre un tuono anticipò il lampo che ci avrebbe mostrato la via.

Ci spostammo lentamente, per non perdere l'equilibrio o andare a sbattere contro qualche mobile.

«Ci sei?»

«Sì, di qua.» Tastai gli angoli del tavolo in cucina e proseguii lungo la linea dei fornelli.

«Ci sono», ripetei, aprendo il cassetto contenente tutte le cianfrusaglie che mia madre conservava all'occorrenza. Tastai con le mani ogni oggetto fino a che i miei polpastrelli non captarono qualcosa di tondeggiante e dalla superficie liscia.

«Le ho trovate.»

«Ottimo. Riesci a dare gas al fornello, così le accendiamo?»

Annuii, anche se dubitavo potesse vedermi.

Avvicinando una candela al fuoco, una flebile luce si propagò per la stanza in un lampo, per poi illuminare soltanto lo spazio tra i nostri visi.

Improvvisamente, mi mancò il fiato.

Rimasi lì ferma a fissare i suoi occhi, nelle cui iridi vedevo balenare una parvenza di desiderio. Le mie labbra erano immobili, ma il mio cuore stava sorridendo, come se avesse trovato un briciolo di silenzio e tranquillità.

Tenni la candela sospesa a mezz'aria, tra i nostri nasi, e nessuno fiatò. Eravamo lì, e bastava.

Io e lui, i tuoni, i lampi, l'infrangersi delle onde sugli scogli.

Per un momento mi parve che fossimo troppo vicini, che le nostre labbra si stessero chiamando, ma poi, d'improvviso, con uno scatto, lui si allontanò.

La distanza aumentò, e io rinsavii, accendendo la seconda candela, e porgendola ad Acher.

«Devo...» Deglutii, ancora scossa. «Devo finire la mia relazione.» Avrei utilizzato carta e penna, stavolta.

«Sì, dovresti...» sussurrò.

Fuggii verso le scale, con il cuore che mi rimbalzava nel petto come stesse saltando la corda.

E lo lasciai lì, da solo, in cucina.

20.
EPPURE

«Perché desiderava tanto
fuggire da quella torre,
se le sembrava così sbagliato?»
MICHAEL SANDERS, *La principessa di crepe*

Non mi piaceva.

Non mi piaceva volergli stare accanto, non mi piaceva sentirmi andare a fuoco a ogni suo sguardo, non mi piaceva ciò che provavo quando la sua mano sfiorava la mia, eppure...

Eppure lo cercavo.

Sapevo che era sbagliato, per centinaia di motivi, eppure *volevo* che lui continuasse.

Che continuasse a guardarmi in quel modo, così diverso.

Che continuasse a toccarmi, a inseguirmi.

Che continuasse a insistere, anche quando tutto di me gli gridava di starmi lontano.

Perché così doveva essere, eppure non volevo che Acher mi trattasse come tutti gli altri.

Non ero sciocca e neppure cieca: c'era qualcosa tra noi.

Lo avvertivo, lo temevo, ma non potevo fingere che non ci fosse. Sin dal primo istante in cui i nostri sguardi infuocati si erano incrociati al tramonto, avevo compreso che i fili delle nostre vite si stavano legando indissolubilmente, anche se facevamo di tutto per impedirlo.

E anche se con lui ero la persona più odiosa del mondo, sapeva che c'era dell'altro. Così come io sapevo che nascondeva un segreto, qualcosa per cui l'avrei guardato in modo diverso, qualcosa che mi avrebbe fatto perdere la luce che mi si accendeva nelle iridi ogni volta che entrava nella stanza.

Mi sentivo appiccicosa, sporca, solo per aver desiderato che, in cucina, quella distanza tra di noi, al buio, fosse azzerata.

È tuo cugino.

Ha una ragazza, Trinity.

Tu non puoi provare quelle cose. Non puoi volergli stare vicino, capito?

Non mi erano mai piaciute le regole, e a stento le rispettavo, ma con Acher era diverso. C'erano delle leggi non scritte, che dovevo osservare. Lui era il figlio di Amanda, aveva una ragazza che amava e lei lo ricambiava sicuramente. Io ero di troppo. Non dovevo permettermi di provare quelle emozioni.

Per scrollarmi di dosso quella sensazione di malessere, accompagnata da una buona dose di sensi di colpa e incomprensione, mi diressi come una furia verso la porta facendo scattare la serratura. Fuori la tempesta imperversava ancora, ma non mi importava.

Avevo bisogno che la pioggia lavasse via ogni cosa.

Ogni pensiero, ogni desiderio, ogni ricordo.

Erano stati giorni difficili.

Ciò che provavo per Acher, quel legame che a stento riuscivo a spiegarmi, aveva solo peggiorato le cose. Corsi nel bel mezzo del giardino, lasciando che la pioggia picchiettasse sui miei capelli, inzuppandoli fino alle punte. La sentivo battere sulle mie guance, e se fossi riuscita a piangere, a sfogarmi, nessuno avrebbe notato la differenza. Gli abiti erano fradici, le scarpe ricoperte da fango, ma non me ne curavo.

Non avevo più cura di me stessa da mesi. Eppure non riuscivo ad accettare per alcun motivo che qualcuno ne potesse avere di me, come Acher, che respingevo. Come Miles, come Lola, come mia madre. Allontanavo tutti come un fulmine, come una scarica elettrica.

«Trinity!» Il suono di quella voce mi pareva lontano anni luce, come in un sogno, o in una bolla sott'acqua. Mi sembrava di avere dei tappi nelle orecchie che non permettevano alla mia mente di comprendere cosa stava avvenendo attorno a me. Sentivo le vibrazioni dei tuoni rimbombarmi nel petto, mentre gli occhi mi si riempivano della luce accecante dei lampi.

«Trinity, vieni subito dentro!»

Restai lì, immobile, sotto la pioggia, con il naso gelido, e le gambe pietrificate.

Ero totalmente paralizzata.

«Trinity, dannazione!» Furono le ultime parole che quella voce pronunciò, a distanza ravvicinata. Poi delle braccia che mi trascinavano, altre parole, altri suoni che non riuscivo a comprendere.

«Lasciami! Lasciami, voglio stare qui fuori!» Mi divincolai e gridai con tutto il fiato che avevo nei polmoni.

«Smettila, Trinity! Vieni dentro!»

Tentavo in ogni modo di liberarmi dalla sua presa, ma era troppo forte, troppo determinato a portarmi in casa.

Invece io volevo solo sentire la pioggia, la tempesta. «Lasciami!» continuai, ma non bastò.

Acher mi trascinò fino all'entrata con i piedi che strusciavano sul terreno, riempiendosi d'acqua e di fango. Quando sentii la porta richiudersi alle nostre spalle e il temporale sempre più distante, mi gettai sul pavimento, coprendomi il volto con la mano. Nell'oscurità, percepivo il suo sguardo su di me e tutto ciò che provavo era vergogna. Vergogna per ogni mia azione e ogni mio pensiero dal suo arrivo, fino a quel momento. Ero crollata davanti a lui.

Trinity Sanders non può mostrarsi vulnerabile.

Trinity Sanders deve essere forte.

Trinity Sanders non ha paura.

Lui era lì, mi fissava, lo sentivo. Percepivo ogni suo respiro. Bruciavo, singhiozzavo, fremevo.

Ma non volevo.

Non volevo, non volevo, non volevo.

Non volevo che lui mi vedesse in quello stato.

Rimasi rannicchiata al buio per qualche minuto, poi si chinò accanto a me. Mi riportò i capelli dietro le orecchie e poggiò le labbra sulla mia fronte, come fosse il gesto più naturale del mondo.

E mi sentii morire.

Non farlo, Acher.

Ti prego.

Non possiamo, non puoi, non posso.

Le sue labbra rimasero sulla mia pelle per istanti interminabili, poi mi tirò su.

«Non devi più scappare se ti senti così. Devi venire da me, capito?» Quelle parole furono una pugnalata al cuore. In quel momento mi domandai se stesse soltanto ricambiando il favore, per quel pomeriggio in cui lo avevo aiutato con l'ospedale e sua madre.

Ma Acher non era così.

Lui era il mio specchio.

Ciò che provavo io, lo provava anche lui. E viceversa.

Eravamo i nostri porti sicuri.

Allora perché vergognarsi con qualcuno che guarda me e vede sé stesso? Perché vergognarsi con qualcuno che può accarezzare le mie fragilità, anche quando fingo di non averne? Perché vergognarsi, se per lui posso essere Trin?

«Non scappare mai più in quel modo, Trinity, o mi farai prendere un infarto.»

Il suo naso sfiorò il mio, e le sue parole parvero uscire dalle sue labbra per entrare nelle mie. Poi, soltanto allora, realizzai. Era uscito sotto la pioggia, nel bel mezzo del temporale, per venirmi a prendere. Nonostante avesse paura delle tempeste, nonostante il solo suono della pioggia scrosciante lo facesse sussultare. Acher era venuto a prendere *me.* Senza esitazioni, nonostante la paura, nonostante i ricordi.

Poggiai il palmo della mano sul suo petto, e percepii i battiti del suo cuore a un ritmo martellante, tanto che temetti che potesse esplodere da un momento all'altro.

«Devi rispondermi, Trinity», sussurrò tra i denti, risoluto.

Sentivo la sua paura, e la mia. Le sentivo attorcigliarsi, ricongiungersi.

«Non lo farò più...» Inghiottii le mie parole a fatica.

I miei polpastrelli aderirono alla sua maglietta bagnata, e afferrarono la stoffa, come a non volerlo più lasciar andare.

«Dobbiamo metterci dei vestiti asciutti, o ci verrà un raffreddore...»

Cinico, razionale, equilibrato.

Acher riusciva a essere tutto ciò che io non avevo mai imparato. Io ero caos, scompiglio, irruenza.

«Ce la fai ad alzarti?» mi chiese mentre la sua mano si posò sulla mia schiena.

Annuii, tirandomi su.

Eravamo totalmente fradici, non c'era un centimetro della stoffa delle nostre magliette che non fosse grondante d'acqua.

Ma ad Acher non importava.

Non prendermi la mano, o scapperò di nuovo. Non riuscirò a controllare la paura, la preoccupazione, il desiderio. Non riuscirò a tenermi dentro tutte queste emozioni, e allora esploderò e sarà la fine.

Eppure lo volevo.

Percorremmo le scale illuminate a tratti dalla luce tremolante delle candele e, senza dire una parola, senza neppure fiatare, istintivamente, entrammo nella mia stanza.

Sentii Acher irrigidirsi e io non potei che reagire allo stesso, identico modo.

Afferrò una candela e la ripose sul mio comodino.

Si voltò di spalle, per permettermi di cambiarmi, anche se il chiarore incerto della candela non mi avrebbe comunque illuminata. Eppure, quel semplicissimo segno di rispetto mi confermò ancora una volta la sua indole. Armeggiò con l'orlo della maglia e se la sfilò con grazia, strofinandosi i capelli bagnati con la stessa. Esitai, rimanendo a fissare il suo profilo e le linee sinuose del suo corpo, che sarebbero state visibili anche nella più totale oscurità.

Mi cambiai alla velocità della luce, con le mani esitanti e il volto ancora accarezzato dalle goccioline che all'esterno erano state tempesta.

Un brivido mi attraversò le ossa e tremai, in parte per il freddo, in parte per la vicinanza ad Acher.

«Stai bene?» sussurrò con voce roca.

No. Sì. Non lo so. Non ne ho la più pallida idea.

Con i capelli fradici mi sarei presa un malanno. L'elettricità era ancora fuori uso e dovevo accontentarmi di un asciugamano a mo' di turbante nella speranza di non beccarmi un raffreddore.

«Trinity.»

Sussultai. Maledetto buio, maledetto temporale, maledetto Acher.

Mi morsi il labbro inferiore.

«Sì.» Deglutii. «Sì, sto bene.»

Ma Acher non era tipo da farsi prendere in giro. Mi si accostò nuovamente, sfiorandomi la nuca con la mano e avvicinando il naso e poi le labbra alla mia fronte.

«Potresti evitare di mentirmi…?»

Mi costrinsi a rimanere immobile, reprimendo ogni desiderio di sfuggirgli e mettermi a correre verso una destinazione sconosciuta.

«Sto bene, dico davvero.»

Troppo orgogliosa per ammettere di aver bisogno di aiuto. Tipico di Trinity Sanders.

«Credevo avessi capito che siamo uguali, io e te.» Il suo tono era calmo, ma la tensione nei suoi muscoli presagiva ben altro.

Era vero, eravamo uguali. Lo avevo capito sin dal nostro primo incontro. Escludevamo il mondo per intrufolarci nel nostro dolore e cullarci al suo interno, come un bambino che si nasconde nel suo fortino di cuscini e coperte e spegne le luci, per non farsi trovare. Io e Acher avevamo costruito delle mura intorno a noi per lasciare il mondo fuori. Un mondo che ci aveva deluso ancor prima che lo conoscessimo del tutto. Lo vidi dirigersi verso il letto. Con un gesto fluido scostò le coperte e batté il palmo sul materasso due volte.

«Vieni qui, devi riposare.»

Sbattei le palpebre, tentando di mettere insieme nella mia mente le lettere che formavano le parole ruzzolate fuori dalla sua bocca.

«Ho una relazione da scrivere…»

«Non credo che riusciresti a concentrarti, al momento.»

Odiavo dargli ragione.

«Non riesco a dormire, Acher.»

«Chi ha parlato di dormire?»

Arrossii all'istante, immobile come una statua. Poi si rese conto di ciò che aveva detto e ritornò sui suoi passi.

«Non devi necessariamente dormire...» La sua voce si ricompose. «Intendevo dire che hai bisogno di riposo. Stenditi qui.»

Non puoi, Trinity.

Non puoi, perché finirà come sul tetto. Ti addormenterai con lui, con la tua schiena sul suo petto, e non capirai il perché. Non capirai come questo ragazzo sia capace di portarti via tutto il dolore e impazzirai. Impazzirai perché vorrai di più, e di più non puoi avere.

«Credo sia meglio che tu vada.»

«Se vuoi che io me ne vada, se non ti senti sicura accanto a me...»

Io non voglio che tu te ne vada.

Vorrei che potessi rimanere con me, ma non puoi, Acher.

«È questo il problema, Acher.» Vomitai quelle parole senza contegno e me ne pentii all'istante.

«Qual è?»

«Che sei l'unica persona con cui mi sento al sicuro.»

Non so come sia possibile. Non so quando l'ho realizzato. Forse quando ti ho visto sugli scogli con quel bambino o in barca a vela, ma non so dirti quando di preciso.

Ma mi sento al sicuro quando sei nei paraggi, quando il mio sguardo trova il tuo.

«È un problema per te, sentirti al sicuro con qualcuno?»

«No, non con qualcuno. Con *te*.»

Perché mi sentivo così solo con mio padre e non ho più provato la stessa sicurezza fino a che non sei arrivato a Seafolk.

Acher rimase in silenzio e io lo imitai.

«Vuoi che me ne vada? Non voglio che tu ti senta costretta a rimanere qui con me.»

Silenzio. Altro interminabile silenzio.

«Trinity... Se vuoi che me ne vada, lo farò. Basta una sola parola.»

Non voglio che tu te ne vada, ma...

Mi morsi il labbro fino a sentire il sapore ferreo del sangue e roteai gli occhi, reprimendo le lacrime.

«Mi hai vista in quel modo...»

Mi vergogno di mostrarmi così debole con te.

«Tu mi hai visto quando ero più debole.»

Era vero, lo avevo visto mentre il panico e l'ansia lo divoravano, eppure ero rimasta al suo fianco.

«Non mi hai giudicato», aggiunse.

«Sai che non lo avrei fatto», risposi a tono.

«Allora perché io dovrei giudicare te per le tue debolezze?»

Il letto divideva le nostre figure tese e la fioca candela tremolante illuminava i nostri volti accigliati.

«Perché...» Inghiottii un boccone d'ansia.

Non c'era alcun motivo per cui avrebbe potuto giudicarmi, ma avevo paura. Nessuno mi aveva vista in quel modo, tranne Miles e Lola, ma li conoscevo da una vita e loro conoscevano il mio passato meglio di me.

«D'accordo: giochiamo a carte scoperte. Tu sai di mia madre, io so di tuo padre. È inutile nasconderci. Sappiamo ciò che ci ha distrutti. Non vale la pena fingere di essere estranei», disse tutto d'un fiato. «Non lo siamo, Trinity. Non più.»

«Lo so che non lo siamo, Acher.»

Mi si avvicinò nuovamente, con passo felpato, la pioggia che picchiettava sulla botola e un velo di luce a farci compagnia.

Prese le mie guance tra le mani e mi fissò negli occhi. Non riuscivo a scorgere il solito verde, ma sapere che le sue iridi erano puntate sulle mie mi provocò un brivido.

«So che sei forte. Non saranno degli istanti di debolezza a farmi cambiare idea su di te, usignolo.»

Poi, d'un tratto, Acher si allontanò e appoggiò il braccio allo stipite della porta. Si rivolse nuovamente a me, con le labbra ridotte a un filo sottile.

Lo sguardo divenne più rilassato, ma io ero ancora roccia, lì, impalata dinanzi al letto.

«So che non dormirai, ma cerca di riposare, Trinity.»

21.
GIGANTE BLU

«Gli umani sono talmente
tanto abituati alla finzione,
da non riconoscere più la verità.»
MICHAEL SANDERS, *La maschera di vetro*

«Permesso?» Mio padre entra nella stanza, con sguardo accigliato. «Come sta la mia sognatrice?»

«Un po' meglio, ma la mamma dice che ho ancora la febbre e non potrò uscire fino a che il raffreddore sarà passato.» Tossicchio.

«È giusto così.» Sorride.

«Mi sento la gola in fiamme», borbotto.

«Un piccolo draghetto raffreddato.»

«Ci scriverai su uno dei tuoi racconti, non è vero?»

Mi strizza l'occhiolino e finge di riflettere.

«Può darsi...» Ride.

«Quanti ne hai scritti fino a ora?»

«Sessantacinque su cento.» Si siede ai piedi del mio letto.

«Sei a buon punto!» esclamo fiera. «Li terminerai in un batter d'occhio. Sei velocissimo a scrivere!» gli concedo con un pizzico di ammirazione.

«Ti ho portato della zuppa, quella che ti piace tanto», dice allungandosi per poggiare un piatto fumante sopra il mio comodino.

Mi tiro su e scosto di poco le coperte così da poterlo afferrare. Sono affamata. Il mal di gola non mi impedirà di fare una bella scorpacciata di zuppa.

«Grazie, papà.»

Attende che io termini la cena, e si assicura che la febbre non sia salita. Riprende il piatto di zuppa e mi rimbocca le coperte. Si avvicina e mi lascia un bacio sulla fronte.

«Cerca di riposare, Trinity. E sogna in grande.»

Tosse. Naso rosso. Mal di gola.

Il risveglio, il giorno seguente, fu pessimo. Mi tastai i capelli: erano asciutti. Sì, ma per quanto tempo erano rimasti umidicci?

Un altro colpo di tosse mi destò. Era mattina e della tempesta non c'era più traccia. La lampada sul comodino era accesa, il che significava che la corrente era tornata. Avevo dormicchiato un paio d'ore e, in quel lasso di tempo, avevo preso una bella influenza.

Mi tastai la gola come se potessi accarezzare le corde vocali, e uno starnuto mi impiastricciò il naso.

Oggi sarò uno zombie.

Quando vidi l'ora sul cellulare, quasi mi venne un infarto.

La scuola. La relazione della professoressa Lovelace. La lezione di biologia a Seafolk Bay.

Aspettavo quel giorno dall'inizio della scuola. Odiavo la Harris, ma organizzava periodicamente delle lezioni nel laboratorio di una biologa marina a Seafolk Bay, direttamente sulla spiaggia. Anche se avevo un'insufficienza mastodontica nella sua materia, amavo il mare e la fauna marina. Una lezione non mi avrebbe uccisa. Un altro colpo di tosse mi raschiò la gola. Odiavo il raffreddore: la testa sembrava chiusa in un sottomarino, le vertigini mi facevano sentire come su una giostra e il naso era talmente tappato da ricordare una pentola a pressione.

Abbandonai il tiepido letto e constatai che la casa era vuota. Non avevo idea di dove fosse Acher, ma non volevo di certo incrociarlo dopo la discussione della sera precedente.

Mia madre era ancora da Ginny. Tentai di chiamarla, ma la linea telefonica era fuori uso, per colpa della tempesta. Le scrissi un biglietto e lo lasciai sulla tavola, dicendole che ero a scuola e sarei tornata nel pomeriggio.

La professoressa Lovelace mi avrebbe uccisa.

Avrei dovuto inviarle per e-mail la relazione entro la mattina, ma non lo avevo fatto. Perché non avevo una relazione. Le prime cinquemila parole erano andate, ma il resto…

Be', Abraham Lincoln non aveva avuto una vita molto prospera nella mia ricerca di storia.

Andare bene a scuola era dannatamente complicato, soprattutto se si ha una specie di deficit dell'attenzione pronto a farti concentrare su una mosca piuttosto che sulla lezione.

Indossai un maglione, buttai giù un bel bicchiere d'acqua e riempii lo zaino alla bell'e meglio, inscenando, nella mia mente, delle possibili scuse.

Mi dispiace, professoressa Lovelace, è che ieri sera ho dato di matto e non ho completato la mia relazione. Come può ben vedere, mi sono persino ammalata, perché sono corsa sotto la pioggia, come una furia impazzita. Però la storia di Lincoln mi piace, credo che gliela consegnerò il prossimo semestre, quando imparerò a prendere sul serio la mia ammissione al college. Sempre che uno accetti di visionare il mio curriculum, più vuoto di una ciotola per cani.

Il sermone mi pareva convincente. Quando arrivai a scuola, facendo lo slalom tra le pozzanghere, avevo già i piedi completamente zuppi; presi un bel respiro e mi diressi nell'aula di storia. Storia e scienze erano materie non facoltative. Il che voleva dire che i corsi erano affollatissimi, ma anche gli unici in cui io, Miles e Lola eravamo insieme a lezione.

Io, Miles, Lola e... Sandie.

Che dopo le audizioni per *Grease* aveva imparato a odiarmi anche più del normale, se possibile. Inoltre, mettere piede a lezione con venticinque minuti di ritardo voleva dire avere tutti gli occhi puntati addosso, compresi i suoi. Sandie mi squadrava con sguardo assassino, Lola e Miles si domandavano se fossi appena uscita fuori da una pozzanghera e Acher... Un secondo, dov'era Acher?

«Buongiorno», balbettai. «Mi scusi per il ritardo, professoressa Lovelace.»

«Non è suonata la sveglia questa mattina, signorina Sanders?»

«Non l'ho sentita, mi scusi.»

La Lovelace mi scrutò abbassando gli occhiali a goccia neri a strisce rosse.

«Per fortuna che la sua relazione...»
«Sì, ecco, a riguardo, mi disp...» Mi fermai.
Un secondo.
Perché *per fortuna*?
«Cosa stava dicendo?» la incalzai, curiosa.
«Per fortuna che la sua relazione su Lincoln era eccellente. Davvero straordinaria, si è meritata una *A-* e ha appena risparmiato una convocazione in presidenza.»
A-?!
Non avevo mai preso un voto così alto.
Ma io non l'ho neppure consegnata. È impossibile...
Un'idea mi balenò nella mente.
Acher. Era stato Acher.
L'aveva scritta lui e l'aveva inviata alla professoressa Lovelace. Non c'era altra spiegazione.
«Grazie...» farfugliai sedendomi al mio posto, accanto a Lola.
«O hai resuscitato Abraham Lincoln per farti scrivere quella relazione o non ho la più pallida idea di come tu abbia fatto», sussurrò Lola in una risatina.
«La tua prima *A-*, in storia. Ecco il perché di quella tempesta, ieri sera», rise Miles.
La tempesta. Io nel cortile. Acher nella mia stanza.
Rabbrividii e mi guardai attorno.
Un colpo di tosse e uno starnuto interruppero la Lovelace.
«Salute...» mormorò Sandie inorridita.
«Grazie.» Affilai lo sguardo nella sua direzione.
«Che hai combinato? Sembra che tu abbia dormito sotto la pioggia, ieri», notò Lola.
«Qualcosa del genere...» Tossicchiai.
Miles mi porse un fazzoletto e lo ringraziai con un sorriso.
L'ora di storia finì venti minuti dopo e ringraziai il cielo che la Harris tenesse le lezioni di biologia all'esterno, perché avevo disperatamente bisogno di una boccata d'aria.
Vidi Lola armeggiare col suo cellulare davanti al suo armadietto.
«Non vieni con noi a Seafolk Bay per la lezione di scienze?»
«Viene anche Miles?» domandò.

«Ovvio, la scienza è il suo carburante.»

Lola si irrigidì.

«Non posso...» balbettò. «Allenamento extra per la partita con la Rosewood High. Credo che ci stenderanno, sono delle bombe in campo. Ma divertitevi e scattate tante foto alle uova di tartarughe!» esultò ironica.

Sembrava che Lola stesse evitando Miles come la peste, proprio come io facevo con Acher...

La congedai con un segno della mano e raggiunsi la fila creatasi dietro la Harris per spostarci alla baia, in vista dell'incontro con la biologa.

Mi affiancai al mio amico in silenzio, soffiando il naso nel suo fazzoletto.

«Sicura di star bene? Avresti potuto rimanere a letto, o chiamarmi. Sarei venuto da te dopo la scuola, ti avrei portato qualcosa di caldo.» Il suo sguardo apprensivo mi scaldò il cuore.

«Sto bene. È solo un...» L'ennesimo starnuto mi interruppe. «Raffreddore. Stavo per dire raffreddore.»

Una folata di vento mi investì e mi strinsi nel maglione. Vidi Miles sbottonare il suo giubbotto e sfilarselo con classe, per poi adagiarlo sulle mie spalle.

«Meglio?» Le sue labbra si curvarono all'insù.

Ricambiai il sorriso e lo indossai.

«Hai...» Colpo di tosse. «Hai visto Acher in giro, a scuola? Nei corridoi, magari?»

Il sorriso di Miles si spense e fece spazio a uno sguardo duro.

«Non credi di stargli troppo addosso?»

«Addosso? Io?» Sbarrai le palpebre.

«Sì, credo che dovresti lasciargli i suoi spazi. Insomma, è un adolescente come noi e si trova in una cittadina che non conosce. Devi dargli tempo e non stargli alle calcagna.»

«Parli come mia madre», lo apostrofai.

«Perché sono saggio come lei.»

«Non si tratta di stargli addosso. Mi preoccupo per lui.»

«Qualche settimana fa lo volevi fuori dai piedi. È cambiato qualcosa, Trin?»

«È sempre lo stesso, per me.»

O forse no.

«Non credo. Vedo come lo guardi, c'è qualcosa di strano tra voi...» Lo vidi martoriarsi le labbra.

«Sei forse geloso, Miles?» domandai a bruciapelo.

«Non sono geloso, Trin. È che... pare che tu ci stia trascurando. Me e Lola, intendo. Da quando c'è Acher sembra che tu stia canalizzando su di lui tutte le tue attenzioni. So che è una novità, che non lo conosci, e so anche quanto ti piacciano le cose impossibili, ma non puoi cercare di scavargli dentro come fai con tutti. Inoltre... ho come l'impressione che tu mi stia nascondendo qualcosa. In passato, se ci fosse stato qualche problema, me lo avresti detto. Ora non ne sono più certo... »

Quelle parole mi colpirono come un pugno nello sterno.

Da quando c'è Acher sembra che tu stia canalizzando su di lui tutte le tue attenzioni.

Come dargli torto. Acher prosciugava le mie energie come nessun altro. I suoi modi, il suo segreto... Mi stavano mandando fuori uso il cervello.

Pare che tu ci stia trascurando.

Questo era... vero? Li stavo davvero trascurando per Achernar Morris? Stavo davvero trascurando i miei migliori amici per un estraneo?

«Mi dispiace, Miles.» Soffiai. «Non era mia intenzione trascurarvi. Tu e Lola siete le persone più importanti al mondo, per me. Non volevo.»

Lo sguardo di Miles divenne più dolce e accondiscendente.

«Trinity.» Richiamò la mia attenzione. «Ti conosciamo, lo sappiamo. È che forse dovresti smettere di pensare ad Acher e preoccuparti di più delle persone che ti sono accanto e che farebbero tutto per te.»

Riflettei sulle sue dolorose parole.

Miles aveva ragione, come sempre.

«Andiamo, vedremo schiudersi le uova di tartaruga!» esultò, mentre io tentavo ancora di metabolizzare la discussione appena conclusa.

Miles mi porse un altro fazzoletto, che accettai stralunata, e soffiai il naso al suo interno.

Una vertigine mi colse alla sprovvista e per sbaglio non inciampai in un fosso. Miles mi prese al volo e io mi aggrappai al suo braccio.

«Trin, tutto bene?» domandò allarmato.

No, non andava bene. Le vertigini erano aumentate negli ultimi tempi, e non per via del raffreddore. Per un momento temetti che fosse merito della mia cattiva alimentazione, ma l'istante successivo scacciai quel pensiero dalla mia mente.

Ho tutto sotto controllo.

«Sì, non ho visto quella pozzanghera», mentii.

Quando arrivammo a Seafolk Bay, rigorosamente a piedi, non riuscivo più a sentire le mie gambe. Miles era slittato dal fondo all'inizio della fila, e stava discutendo con la Harris su qualche strano incrocio tra foche dai baffi lunghi.

L'incontro con la biologa, la signorina Arnold, sarebbe stato molto più interessante se solo non tossissi ogni minuto. Inoltre, la mia gola stava andando totalmente in fiamme, e mi sarei volentieri gettata in mare ingoiando tutta l'acqua del mondo pur di spegnerla.

Non ci fu nessun uovo di tartaruga schiuso, ma soltanto occhiatacce da parte di Sandie e della Harris nei confronti del mio raffreddore.

D'accordo, forse avrei dovuto ascoltare Miles e Lola e rimanere a casa, a riposarmi.

Quando un altro colpo di tosse interruppe il discorso della Harris, che aveva iniziato a odiarmi più di quanto non facesse già, intravidi Acher in fondo alla fila.

Ma come diavolo è arrivato qui?

Non c'era a scuola.

Mi sarei avvicinata a lui, se solo le parole di Miles non si fossero scolpite nella mia mente come se un artista le avesse impresse con uno scalpellino.

Mi morsi il labbro e filai dritto.

«La tartaruga liuto è l'unica specie della famiglia *Dermochelyidae*. Depone circa 110 uova, nel suo periodo più fertile, che si schiudono dopo circa due mesi. Non è a rischio di estinzione, ma gli scienziati hanno notato una leggera diminuzione sulle spiagge...»

La mia attenzione venne attirata da Sandie che, a pieni polmoni, correva verso il nostro gruppo urlando.

«Professoressa Harris! Signorina Arnold! C'è qualcosa, là, sulla sabbia! Credo sia un animale, è gigantesco!»

«Cosa dici, Sandie?»

Sandie recuperò fiato. «Mi stavo scattando un selfie lungo la riva, quando nello schermo ho visto qualcosa alle mie spalle!» Sembrava spaventata.

Probabilmente aveva visto una medusa.

«Venite a vedere!» urlò Mitchell, scattando delle foto. «C'è una balena!»

«Una balena?» La signorina Arnold batté le palpebre, sconvolta, per poi dirigersi verso la zona in cui Sandie aveva avvistato l'animale.

Tutti la seguimmo, incuriositi e un po' intimoriti. Non credevo che l'avrei mai detto, ma Sandie aveva ragione: era enorme! Sulla spiaggia c'era una vera e propria balenottera. Sicuramente si era arenata lì a causa della tempesta che si era scagliata su Seafolk la sera precedente ed era rimasta senz'acqua per chissà quanto tempo. Si trattava di chili e chili da spostare in mare, se non tonnellate. Le pinne erano ormai adagiate senza forza sulla battigia e lo sfiatatoio si muoveva a malapena. Non riusciva neppure a strisciare per spingersi verso l'acqua.

La biologa si fiondò immediatamente sulla balena, tentando di spingerla verso il mare, mentre la professoressa Harris rimase lì, impalata, con i tacchi piantati nella sabbia. Stessa cosa fece Sandie, in un mix tra schifo e ribrezzo.

Mitchell e i suoi amici iniziarono a scattare foto e registrare video, mentre io mi avvicinai in fretta alla signorina Arnold.

«Che diavolo fate lì impalati, idioti?!» sbraitai poco gentilmente. «Dateci una mano!»

Acher e Miles mi si affiancarono, e lo stesso fecero altri ragazzi del nostro corso.

«Giriamola e tentiamo di farle toccare l'acqua con la pinna caudale!» Le indicazioni della signorina Arnold ci guidarono nell'impresa.

Chissà da quanto tempo si trovava arenata, lì, sulla sabbia ormai asciutta.

Non avevo mai visto una balena – che per di più era un cucciolo! – così da vicino.

Impiegai tutta la mia forza per spingere al massimo le braccia contro il dorso della balena, per permetterle di rientrare in acqua.

Quando il piccolo cetaceo fu di nuovo libero e una marea di applausi si librò in aria, compresi quelli di Miles e di Sandie, Seafolk Bay iniziò a vorticare attorno a me, come fossi su un autoscontro.

I miei occhi percepivano ogni figura come sfocata, mentre le mie orecchie non riuscivano più a sentire alcun suono che non fosse percepito ovattato.

Tutto ciò che riuscii a capire fu un «Trinity, stai bene?» da parte di Acher, prima che tutto, attorno a me, diventasse nero.

«Aveva il raffreddore, ma stava bene.»

«Perché non l'hai riportata a casa?»

«Non credevo potesse svenire!»

«Sei un idiota, Portland!»

«Zitti, ragazzi!»

L'ultima voce era di mia madre. Come avrei potuto non riconoscerla?

E le altre due erano di… Miles e Acher?

Battei le palpebre un paio di volte, tastandomi la testa. C'era sabbia tra i miei capelli? Non erano bagnati, almeno. Il naso era freddo e la gola faceva ancora male.

Dannato raffreddore.

«Cosa...» Tossii. «Cos'è successo?»

«Trinity, tesoro.» Mia madre mi tastò la fronte. «Scotti.»

Forse avevo qualche linea di febbre.

«Mi hai fatta preoccupare tantissimo.»

Proprio ciò che volevo evitare.

Dopo la morte di mio padre, tutto quello che temeva mia madre era perdere me. Chi mi aveva riportata a casa svenuta le aveva fatto prendere un infarto.

Io le avevo fatto prendere un colpo.

«Mi dispiace...» sussurrai.

Dovevo stare più attenta. Dovevo rimanere a casa. Dovevo prendermi cura di me.

Ma non lo avevo fatto, e per questo mia madre si era spaventata a morte.

«No, Trinity. Dispiace a me. Davvero, avrei dovuto riportarti a casa dopo l'ora di storia, avrei dovuto evitare che prendessi freddo...»

Acher roteò gli occhi al cielo.

«Maledizione, Portland, vuoi chiudere un po' la bocca? Le farai venire un'emicrania.»

«Ce l'ho già, tranquilli», ironizzai.

Miles guardò Acher in cagnesco. L'occhiata fu condivisa e ricambiata.

«Puoi andare, Portland. Non abbiamo più bisogno di te. Se non si fosse capito, siamo una famiglia, *noi.*»

«Ascolta, Achernar, io conosco Trinity da molto più tempo di te, quindi ho il diritto di rimanere. Tu sei arrivato qui, quanto? Qualche settimana fa?»

«Potete smetterla di bisticciare?! Le starà scoppiando la testa!» gridò mia madre, riportando ordine e facendomi bere uno strano intruglio.

«Sa di vomito di coniglio», farfugliai.

Non che avessi mai mangiato il vomito di coniglio, ma il colore pallidino e biancastro mi sapeva di coniglio.

«Cos'è?»

«Bevi», mi apostrofò mia madre.

«Sei uscita con la febbre», constatò Acher.

«Wow, Sherlock.» Tossii. «Sei perspicace, eh?»

«Da quanto tempo non mangi?» domandò Miles.
Gli sguardi accusatori di Acher e mia madre mi tamponavano.
«Ho mangiato dei cracker...» Tossicchiai di nuovo. «Ieri pomeriggio.»
Mia madre sgranò gli occhi, Miles fu sul punto di svenire e Acher...
Acher mi fissava duramente. Senza compassione, senza pietà. Con tanta rabbia nello sguardo, con tanta determinazione. Quegli occhi mi sapevano di "dopo io e te faremo una bella chiacchierata indimenticabile".
Deglutii, scostando le coperte dalle gambe.
«Sto bene, posso...»
«Oh, no, signorina. Tu rimarrai qui, a letto, per almeno due giorni.» Mia madre era categorica. «Io devo andare al lavoro, ma voi...» Indicò Acher e Miles. «Voi tenetela d'occhio e non lasciatela uscire. Acher, controllale la febbre ogni quattro ore e, Miles, ti ringrazio per averla portata qui.»
Miles...
Miles mi aveva portata a casa quando avevo perso i sensi.
Non Acher.
Finsi di non essere delusa. Ma lo ero.
Perché non mi aveva portata a casa lui? Perché non mi aveva presa tra le sue braccia, quando ero svenuta? Era mio cugino, in fondo. Tutte quelle cavolate sulla famiglia... e poi? E poi non si era preso cura di me quando ne avevo bisogno.
Assottigliai lo sguardo, sprizzante di nervosismo.
«D'accordo, signora Sanders.» Miles annuì.
Mia madre mi strinse la mano.
«Mamma, sto bene. Per favore, sono solo melodrammatici, quei due.»
«Ne riparliamo quando starai meglio.»
Severità e amore misti nello stesso gelido e al contempo amorevole sguardo. Era arrabbiata, preoccupata e anche un po' amareggiata.
Mi dispiace, mamma. Avrei dovuto mangiare di più e riposare, ma non l'ho fatto.

«Buon lavoro...» sussurrai.

«Chiamami, stasera.»

Annuii, e rimasi sola con i due cavalieri. O meglio, Miles lo era, mentre Acher si era comportato come un codardo. Per rompere il ghiaccio, ed evitare che quell'assordante silenzio ci uccidesse lentamente, domandai: «La balena sta bene?».

Miles scoppiò a ridere, ma notai i suoi occhi lucidi.

«Sei tu quella che è svenuta e mi chiedi della balena?»

Annuii di nuovo.

«Sta bene quella cavolo di balena, sei *tu* a non stare bene», mi apostrofò Acher, rude.

Fu in quel momento che Miles arrivò al limite.

Strinse i pugni fino a che le sue nocche divennero bianche, e si scagliò contro Acher, a un passo dal suo naso. Temetti persino che gli sferrasse un colpo dritto in faccia, ma ero certa fosse contro ogni forma di violenza. «Adesso basta, Acher! Va' fuori! Trinity sta male e non è il momento adatto per farle la ramanzina. Mi hai sentito? Fuori.»

Non avevo mai visto Miles così furioso con qualcuno. Era il ragazzo più equilibrato e calmo che conoscessi, lui non alzava mai la voce.

«Me ne vado solo se lo dice lei», ringhiò Acher, fissando gli occhi nei miei.

È stato Miles a portarmi a casa. Il mio migliore amico, non un estraneo. Tu sei un estraneo, Acher.

La mia rabbia crebbe in modo esponenziale.

«Lasciaci soli», sussurrai glaciale.

Acher non ribatté. Si limitò a uscire dalla camera in silenzio. Quando rimasi sola con il volto confortevole di Miles, mi lasciai crollare addosso allo schienale del letto, e lui mi si affiancò.

«La balena sta bene», mi informò lui, infilandosi sotto le coperte accanto a me.

«Ti prenderai la febbre, così.» Ridacchiai per la balena.

«Correrò il rischio.» Mi strizzò l'occhiolino. «Sai che per te lo farei.» Sorrise.

Mi mancava quell'intimità con Miles. Con lui, che mi

aveva accompagnata al funerale di mio padre, che era venuto a farmi visita ogni mattina alle otto per sei mesi soltanto per controllare che stessi bene.

Miles era il mio angelo custode, solo che lo avevo dimenticato.

«Grazie.»

«Per cosa?»

Scrollai le spalle.

«Per avermi riportata a casa.»

Miles mi passò una mano dietro le spalle.

«Era il minimo.» Sospirò. «Mi dispiace per come ho trattato tuo cugino, prima.»

«Hai fatto bene. L'hai trattato come meritava.»

Parole dure, ma giuste. Avevo idealizzato Acher; avevo creduto che non fosse più un estraneo. Ma mi sbagliavo.

«Ora devo andare, mia madre si starà preoccupando...» mi disse, dandomi un bacio sulla guancia. «Chiama, per qualunque cosa, e sarò qui in dieci minuti.»

Annuii.

«D'accordo. A domani, Miles.»

«A domani, Trin.»

«Ho preparato la cena.» Acher entrò nella mia stanza portando con sé un piatto di zuppa. «Devi mangiare.» Il suo tono era categorico.

Zuppa...

Come me la cucinava lui...

La nausea crebbe incredibilmente e serrai le labbra. I ricordi diventarono più dolorosi della gola.

«Non ho fame.»

«Non me ne importa niente. Sei svenuta oggi, e *devi* mangiare», replicò rude.

«E a me non importa niente della cena!» Alzai la voce.

Mi tirai su e Acher si avvicinò al letto, adagiando momentaneamente il piatto sul mio comodino.

«Ascoltami, usignolo. Non fare la bimba viziata con me, devi mangiare. Non lo ripeterò ancora.»

Acher era arrabbiato, ma non per la cena.

Per Miles, per prima.
«Ascoltami tu, Morris. Mangio quando lo dico io. E poi cosa te ne importa? Non sei stato tu a portarmi qui a casa.»
Notai il suo sguardo confuso.
«Cosa?»
«Vuoi anche prenderti il merito per ciò che ha fatto Miles? Sei così codardo?»
Acher esitò un istante, incerto su cosa rispondermi. «Non voglio nulla che non sia la tua salute. Quindi mangia. Ora.» Batté un pugno sul comodino, e la zuppa ondeggiò nel piatto come una gelatina.
Acher si sedette ai piedi del letto, scrutandomi con preoccupazione e un pizzico di rabbia.
«Non mangerò perché me lo ordini tu.»
«Sei testarda…» constatò.
Testarda anche con la febbre e dopo aver perso i sensi.
«D'accordo, allora. Un boccone per una domanda. Potrai chiedermi tutto ciò che vorrai.»
«Se mangio un cucchiaio di zuppa, risponderai a una delle mie domande?» chiesi, alzando un sopracciglio.
«Più bocconi, più domande.» Annuì.
Sul mio volto si formò un sorriso compiaciuto. «Chi mi assicura che risponderai onestamente?»
«Dovrai fidarti di me.»
Afferrai la zuppa e rigirai il cucchiaio più e più volte al suo interno, finché non mi costrinsi ad avvicinarlo alle labbra. Aveva un sapore terribile.
«Sei un cuoco schifoso. Vediamo se sei anche un bugiardo altrettanto schifoso.»
«Parla meno e mangia di più.»
«Un boccone, una domanda. Lo hai promesso.»
Alzò gli occhi al cielo, addossandosi alla parete e incrociando una gamba dietro l'altra. Indossava una maglia a maniche lunghe, nera e aderente sul petto. I ricci erano scompigliati e gli occhi stanchi. Le labbra, rosse e screpolate, rimasero serrate, segno della sua impassibilità.
«Cosa ci facevi da Penny's al tuo arrivo a Seafolk?»
La domanda non lo stupì affatto.

«Compravo articoli per bambini.»
«Questo lo sapevo. Ma perché?»
Indicò nuovamente la zuppa e fui costretta a mangiarne ancora, controvoglia. Storsi il naso, contrariata.
«Perché una persona ne aveva bisogno.»
Schiusi le labbra e buttai giù un altro boccone.
«È un bambino? La persona che ne aveva bisogno, intendo.»
Acher annuì.
Un'altra cucchiaiata.
«Chi è Malcom?»
Quella domanda lo stupì, invece.
«Un amico.»
«Hai amici particolari, ha almeno quarant'anni.»
Altra zuppa.
«Perché eri con lui, di notte?» Tossii.
«Mi stava riaccompagnando a casa.»
Molto scarno nelle risposte.
«Hai un'ottima capacità di sintesi.»
«Sei una ficcanaso», mormorò con un velo di ironia.
Ma io ero determinata a scoprire di più.
«Posso fare qualunque domanda? A prescindere dal nostro patto?»
L'ennesima cucchiaiata.
«Dipende.»
Un'ultima domanda.
Un'ultima chance.
Un'ultima curiosità.
«Qual è il nome della tua ragazza?»
Per un secondo credetti di aver scatenato la sua furia. Ma nei suoi occhi comparve solo tristezza. Acher rimase in silenzio, indicando il mio piatto. Qualche istante dopo era già fuori dalla porta. Fu allora che capii il perché del suo silenzio.
La zuppa era finita.

22.
MASCHERE DI VETRO

> «Le maschere che indossiamo
> sono fatte di vetro,
> così che chi ci ama possa
> scheggiarle con la sua anima.»
> MICHAEL SANDERS, *La maschera di vetro*

Quando mio padre morì, compresi che non ci rendiamo esattamente conto degli eventi importanti della vita. Li viviamo, certo, ma non ci accorgiamo dell'eccezionalità di quegli istanti fino a che gli anni ci sfrecciano accanto e ci sembra che siano passati secoli.

Sei mesi dopo la sua morte, mi parevano passati sei anni. La mente è abile a giocare con il dolore delle persone. Sfrutta il silenzio dell'anima e la rabbia del cuore per distorcere il mondo che ci circonda e ci riesce senza fare rumore, come un sicario ben addestrato per la sua missione. La mia mente era appannata come un vetro quando fuori piove e dentro il calore del fuoco abbraccia le pareti come per proteggerle dalla tempesta.

Il cuore mi scalciava nel petto come se volesse uscire per non tornare mai più.

Non accettavo la morte, non sapevo darle un volto né una forma. C'erano solo confusione e vuoto.

La psicologa della scuola mi aveva spiegato che esistono più fasi che interessano un soggetto quando viene a contatto con la morte, direttamente o indirettamente, ma io avevo già smesso di ascoltare alle prime parole.

Non mi interessavano le scoperte della psicologia in merito, mi interessava solo di mia madre, dei problemi che ci sommergevano fino al collo, dell'impossibilità di arrivare a fine mese senza prima aver fatto gli straordinari nei weekend, anche fino a notte inoltrata.

Avevo imparato a provvedere a tutto: alle bollette da pagare, alle spese mediche, ai disastri in casa.

Tegole rotte, perdite dalle tubature, infiltrazioni d'acqua erano all'ordine del giorno. E toccava a me pensarci, per quanto in mio potere.

Miles e Lola, d'altro canto, si prendevano cura di me, laddove io non mi accorgevo neppure di averne bisogno. Ma quando loro non c'erano, ero troppo testarda per chiedere aiuto. Fino a che non vidi *Acher* prendersi cura di me…

La mattina seguente, quando aprii gli occhi impastati dal sonno e schiusi le labbra secche e screpolate, la prima figura, per metà offuscata, che notai fu Acher, seduto accanto a me, intento nel passarmi uno strofinaccio bagnato sulla fronte.

«Buongiorno, usignolo.» Il suo tono non era il solito: ironico misto a gocce di arroganza; si trattava di semplice gentilezza.

Impiegai tutto il mio impegno per tirarmi su, facendo leva sui gomiti, ma senza riuscire nel mio intento. Sembrava che il corpo non mi rispondesse.

«Ho ancora le vertigini…» Tossii dopo un capogiro.

«È normale, hai la pressione molto bassa e la febbre non è ancora passata del tutto», mormorò passandomi per l'ennesima volta quel panno sulla testa.

«Che fai…?»

«Tento di rinfrescarti, ma è complicato se gesticoli in questo modo.»

I soliti polsini della camicia arrotolati sino ai gomiti, i capelli scompigliati come se si fosse appena svegliato e i polpastrelli raggrinziti per via del contatto prolungato con l'acqua. Avrei giurato che si trattasse di un'allucinazione causata dalla febbre, ma Acher era davvero il ragazzo più affascinante che io avessi mai visto. Con quella sua espressione enigmatica e lo sguardo accigliato, tutto concentrato sulle sue azioni, catturava la mia attenzione come una nave con il suo faro.

«Non ce n'è bisogno.»

«Non ho potuto misurarti la febbre, ma sono certo che scotti ancora.»

«Non hai potuto…»

Oh, il termometro…
Non poteva infilarmelo sotto la maglietta.
Perciò non è riuscito a misurarmi la febbre.
«Sono abbastanza certo che togliere i vestiti a una ragazza senza il suo consenso sia punibile per legge», spiegò.
«Posso misurarmela da sola.»
«Non mi fido. Mentiresti persino sulla febbre.»
Giusta osservazione.
Mi guardai attorno, le vertigini ancora lì, nella mia testa, a farmi compagnia.
«Dov'è mia madre?»
«È andata al lavoro. Ha detto che avrebbe coperto un doppio turno, oggi.»
La febbre non mi avrebbe permesso di lavorare al locale e non avrei potuto aiutarla con le spese del mese. Mi maledissi almeno una ventina di volte per essere uscita di casa la sera della tempesta, senza pensare alle conseguenze.
Ecco cosa accade quando segui l'istinto. Combini guai, che poi vanno aggiustati. Segui la testa, la prossima volta.
«Portland è passato un paio di ore fa.»
Un paio d'ore fa?
«Che ore sono?»
«Le dieci.»
«Cosa?!» sbraitai. «E perché tu non sei a scuola?»
«Perché stai male. Hai la febbre, ieri sei svenuta. Se ti fosse accaduto qualcosa, nessuno sarebbe stato con te.»
«Sei rimasto qui tutta la notte?»
Acher annuì e io non potei far altro che schiudere le labbra, in segno di stupore.
«Portland ti ha portato la colazione. È rimasto un po' qui mentre dormivi.»
«Gli hai permesso di rimanere in questa stanza senza prima farci a pugni. Wow, mi meraviglio di te, Morris.» Ridacchiai tra un colpo di tosse e un altro.
«È il tuo migliore amico, no? Pensavo che ti avrebbe fatto piacere se fosse rimasto accanto a te mentre stavi male.»
Miles e Acher non erano proprio quelli che si definirebbero amici. Si sopportavano, perlopiù. Convivevano pacifi-

camente, senza interferire tra loro. Dall'arrivo di Acher a Seafolk, l'uno aveva iniziato a provare insofferenza alla vista dell'altro. E il sentimento era reciproco. I loro caratteri si scontravano con una facilità disarmante, senza che vi fosse bisogno di una parola di troppo o di un'azione sgarbata.

«Inoltre, non potevo vietarti di vedere un tuo amico, per quanto snervante lui sia.»

Scoppiai a ridere.

«Miles non è snervante. Sei tu che lo porti al limite.»

«Lui porta *me* al limite.» Alzò gli occhi al cielo.

Scrollai il capo e liquidai Acher con un cenno della mano.

«Potevi andare a scuola, comunque. So badare a me stessa.»

«Ne sono certo», ribatté. «Ma credo che tu ti stia trascurando, ultimamente.»

Come dargli torto...

In mia difesa potevo dire che avevo avuto altri generi di impegni. Mi tastai il collo e la pancia, avvertendo una strana sensazione sulla pelle. Era una mia impressione, o stavo sudando? Mi fissai i polpastrelli e li pigiai tra loro, sentendoli bagnati. Persino la maglia era umidiccia, e avevo caldo dappertutto. Forse la febbre stava iniziando a scendere.

«Posso?» domandò Acher, avvicinando il panno fresco alla mia clavicola.

In risposta, tirai i lembi del maglione verso il basso, lasciando scoperta una striscia di pelle umida.

Acher vi passò con delicatezza la stoffa, ma solo dopo averla intinta in una bacinella d'acqua gelida.

Rabbrividii non appena sentii la pressione di quel gesto sulla mia pelle. Sussultai, tanto che si arrestò all'istante.

«Lo so, è freddo.» Si morse il labbro, tenendo gli occhi fissi sulla zona ricoperta da goccioline trasparenti. Ma non era il freddo la causa dei miei brividi. Mentre Acher era concentrato nell'intingere la stoffa nell'acqua più e più volte, io non riuscivo a far altro che tenere gli occhi puntati nei suoi. Se avesse alzato lo sguardo anche solo di qualche centimetro, mi avrebbe scoperta ad ammirarlo in silenzio. Erano quei gesti, così puri, così spontanei e generosi, a permettermi di guardare Acher sotto una luce diversa. Che, puntualmente, durava poco più di qualche giorno. Sino al litigio successivo.

Il suo tocco era come la quiete dopo una tempesta. Un sollievo che poche volte avevo provato nella mia vita.

«Acher…?»

«Mmh?» domandò, scostandomi delicatamente i capelli incollati e impregnati di sudore dalla fronte.

«Grazie.»

Acher alzò lo sguardo, inarcando un sopracciglio.

«È la febbre che parla al posto tuo», scherzò, continuando a rinfrescarmi il petto e il volto con lo strofinaccio.

«Grazie per esserti preso cura di me», ripetei.

«Questo *estraneo* si prende cura delle persone a cui tiene.» Sorrise citando le mie parole e canzonandomi per il pomeriggio precedente.

«Allora perché non mi hai portata tu a casa? Perché hai lasciato che lo facesse Miles?»

Acher schiuse le labbra, la stessa espressione confusa ed enigmatica. Pareva che non avesse la più pallida idea di ciò che gli stavo dicendo. Prima che potesse rispondere, il mio cellulare cominciò a vibrare incessantemente. Lo afferrai al volo, pensando che fosse mia madre. Ma il nome sullo schermo recitava *Lola*.

«Pronto?» Tossii.

«Trin, che diavolo hai combinato ieri?! Manco per un'ora e ti ritrovano svenuta! Hai bevuto? Ti sei drogata?» La voce era preoccupata.

«Non ho soldi per drogarmi. E non ho l'età per bere.» Risi nonostante il mal di gola.

«Miles mi ha raccontato cos'è successo. Devi riguardarti, Trinity. Siamo parecchio preoccupati.»

«Lo so, mi dispiace.»

«Ci serve una serata all'Havana's, quando sarai guarita. Musica e *tamales*, come i vecchi tempi.»

Aveva la voce strozzata e accarezzata da un velo di malinconia. Stavamo cambiando…

Stavamo crescendo.

Ecco cosa stava accadendo.

E tutto ciò che ci faceva sorridere pareva appartenuto ai vecchi tempi. Le serate all'Havana's, i falò sulla spiaggia, i tramonti a Seafolk Bay… ci sarebbero stati ancora, una volta iscritti al college?

Avremmo mantenuto i rapporti? Saremmo rimasti migliori amici?

Non lo sapevo.

I dubbi mi mettevano a disagio, mi inquietavano. Odiavo non avere certezze, ma la vita sa essere imprevedibile.

«Ora devo andare… Ti sto chiamando dal solito sgabuzzino: tutto pur di scampare l'ora di matematica. Ci vediamo a scuola, Trin. Ti voglio bene.»

«Anch'io, Lola.»

Solo quando la cornetta sullo schermo del mio cellulare divenne rossa, mi resi conto che Acher aveva ascoltato la nostra conversazione per intero, e mi fissava con quel solito sguardo, che mi portava a domandargli…

«Cosa c'è? Dai, dillo», lo incalzai.

«Non devo dire nulla.»

«Oh, andiamo. Non è vero. Dillo.» Sbuffai.

«Nulla.»

Mi morsi il labbro per la frustrazione.

«Lasciamo perdere…» Tentai di alzarmi.

«Non vai da nessuna parte.» Mi fulminò con lo sguardo.

«Non voglio espatriare, devo solo mettere un po' di musica.» Alzai gli occhi al cielo.

«Il tuo cellulare è lì vicino.»

Scoppiai a ridere.

«Scherzi, vero? Uso il giradischi.»

No, un secondo.

Non posso usare il giradischi.

La puntina è rotta.

Evidentemente il mio sguardo parlò per me, perché Acher infilò la spina nella presa di corrente e lo accese. «L'ho aggiustato un paio di giorni fa.»

«Ho sbraitato troppo forte quando si è rotto, vero?»

«Solo un pochino.» Rise, scegliendo uno dei miei vinili.

Lo vidi appoggiare il disco sul piatto con destrezza, tenendolo per i bordi per evitare che si sporcasse, poi adagiò la puntina.

«Da quando i bassisti sanno anche aggiustare i giradischi?» domandai.

«Non suono solo il basso.» Sospirò. «Suono anche la batteria e strimpello qualche nota con la chitarra».

«Wow…» Dalle mie labbra fluì un verso di stupore, che riempì il suo ego.

«Non svenire di nuovo, usignolo.»

«Non sapevo che avessi frequentato il conservatorio.»

«Non ho studiato al conservatorio, infatti.»

Eppure ci avrei scommesso.

«Quando mia madre è stata ricoverata, ho trascorso molto tempo da solo. Non ero in vena di uscire con gli amici, e non sono mai stato un tipo socievole. Ammazzavo il tempo guardando tutorial di altri musicisti su YouTube. Sono un autodidatta. Studiavo le canzoni che poi suonavo a mia madre in ospedale, nell'orario di visite. Ho recuperato degli strumenti da amici di amici.»

«Li hai rubati?»

Acher scoppiò a ridere.

«Devo essere per forza un ladro per te?»

Alzai le mani in segno di resa.

«D'accordo, Paul McCartney. Sei un genio della musica, quindi.»

«Non sono un genio, ma sono abbastanza bravo da riconoscere che canti bene. Sei intonata, hai talento. Potresti arrivare in alto, se solo lo volessi.»

«E se non volessi?»

«Allora cosa vorresti?» mi domandò, con gli occhi puntati nei miei, così intensamente da lasciarmi senza fiato.

Riconobbi il vinile di Elton John che mio padre mi aveva regalato per il mio tredicesimo compleanno. Era ancora nuovo di zecca e il sound era eccezionale.

Oh, little Jeannie. You got so much love, little Jeannie… So I see you when I can, you make me all a man can be. And I want you to be my acrobat. I want you to be my lover. Oh, there were others who would treat you cruel…

La melodia mi carezzò le orecchie e mi riportò con la mente ai momenti in cui ascoltavo quella stessa canzone con mio padre.

«Non la ricordavo così...» Gli occhi presero a pizzicarmi.

Alcune canzoni mi scavavano dentro come nessuno era mai riuscito a fare. Sembrava che parlassero di me, che mi riguardassero personalmente. E quando Acher aveva premuto play, *Little Jeannie* era diventata ancora più bella.

«È stupenda. Una delle mie preferite di Elton John», sussurrò per non inquinare le note.

«*You stepped into my life from a bad dream. Making the life that I had, seem suddenly shiny and new. Oh, Jeannie. I'm so in love with you...*»

Non mi ero accorta di aver iniziato a canticchiarla e Acher mi fissava, o meglio, fissava le mie labbra, con quel luccichio negli occhi verdi che brillavano come smeraldi.

Mi domandai se mi avesse sorpresa più volte ad ammirarli, ma non me ne vergognai.

«È incredibile quanto tu sia bella quando canti...» disse catturando la mia attenzione. «È come se tutti i giorni tu indossassi una maschera, ma la musica... be', la musica la fa crollare, la fa andare in mille pezzi come vetro.»

Lo vidi avvicinarsi alla porta e schiuderla con la sua solita grazia. Ma prima di uscire, si voltò con un sorriso smagliante e sincero.

«Sei molto più bella senza la tua maschera, usignolo.»

23.
CREPE

«Nessuno aveva mai provato
a guarire le sue crepe,
ma lui credeva nella magia dell'amore.»
MICHAEL SANDERS, *La principessa di crepe*

Ci vollero poco più di tre giorni perché la febbre passasse del tutto. Sentivo ancora le gambe molli e la testa gonfia come un pallone, ma dovevo andare al lavoro. Avevo visto di nascosto mia madre rovistare nella cassetta delle lettere ed estrarre quella che pareva l'ennesima bolletta da pagare. Inoltre, in seguito al temporale, un paio di lampadine si erano fulminate, e dovevamo sostituirle.

Ma tutto aveva un costo. E quel costo era alto, almeno per noi.

L'unica cosa che potevo – e dovevo – fare era rimboccarmi le maniche e cercare di guadagnare il più possibile, per aiutare mia madre laddove il suo lavoro non era sufficiente.

Il weekend seguente mi recai al Sand&Sea per coprire il turno pomeridiano. La paga ci permetteva a malapena di comprare le lampadine e di pagare le bollette meno care.

Il che era assurdo visto che il Sand&Sea era un locale frequentato dalle persone più eleganti di Seafolk. Possedeva dei tavolini di paglia e di bambù proprio sulla spiaggia, e gli avventori, al tramonto, sorseggiavano cocktail con ombrellini di carta dai colori sgargianti.

Il locale non era niente male, i colleghi erano simpatici, ma c'era soltanto una nota stonata.

Sandie.

Il padre di Sandie era uno dei proprietari del locale, e sua figlia lo frequentava a occhio e croce… *sempre.*

Avrei scommesso uno dei miei vinili dei Bee Gees che non mi avesse fatto licenziare soltanto perché adorava umiliarmi, chiedendomi più volte di preparare uno stesso cocktail, ma soprattutto perché provava un immenso piacere nel vedermi sgobbare. A lei non importava di vedermi camminare su e giù per la sala con indosso una gonna che doveva assomigliare vagamente a un gonnellino hawaiano. Non le importava neppure dei soldi, perché chiaramente non era costretta a pagare un cocktail dieci volte: suo padre possedeva il cinquanta per cento del locale e lei era straordinariamente brava a ricordarmelo ogni singolo istante. Parcheggiai il mio fulmine alla brillantina al posto riservato ai dipendenti, assicurandomi che l'entourage di Sandie non fosse presente (non volevo ridipingere la fiancata della mia automobile per l'ennesima volta) e mi recai dritta allo spogliatoio, dove il mio gonnellino hawaiano aspettava di essere indossato. Odiavo sentire ondeggiare quelle terribili frange mentre servivo alcolici a persone molto più influenti di me, ma era tutto ciò che potevo permettermi: un lavoro onesto, anche se in condizioni poco gradevoli.

Nella vita bisogna sottostare a dei compromessi, vero? Anche i più esasperanti...

Il mio compromesso con Sandie era il seguente: lei mi avrebbe presa in giro, io non sarei stata licenziata. Trovare lavoro nelle vicinanze di Seafolk era molto complicato, e non potevo permettermi di cercarlo altrove. Salutai Cassidy alla cassa e Randy al bancone.

«Ciao, ragazzi.» Frugai nella mia borsa per recuperare un fazzoletto. Il raffreddore proprio non voleva abbandonarmi.

«Brutta cera, tesoro?» mi apostrofò Randy. «Ti preparo una tisana prima dell'inizio del turno?»

Scossi la testa.

«No, grazie, Ran. Devo iniziare subito.»

«Vuoi che copra io il tavolo otto, stasera?» mi domandò Cassidy, premurosa come suo solito.

Tavolo otto...

«Fammi indovinare. La figlia del capo.»

Cassidy si portò la treccia di capelli rossi di lato, sospirando.

«Proprio lei.»

Randy si versò un bicchiere di vino, roteando gli occhi al cielo e lanciando un'occhiataccia verso il tavolo di Sandie.

«Se non avessi una cotta spudorata per il suo amico, probabilmente le avrei già scaraventato addosso un bicchiere di gin.» Sbuffò. «Bevo per non sentire la sua voce stridula fino alla fine del turno.»

Scoppiai fragorosamente a ridere.

«Magari si strozza con l'ombrellino!» scherzò Cassidy.

Io e Randy ci voltammo contemporaneamente nella direzione di Cass, sconvolti. Cassidy Owen non era capace di uccidere neppure una mosca, il che voleva dire che Sandie era riuscita a irritare persino una tipa tranquilla come lei.

«Cosa c'è?» Alzò le mani in segno di resa. «Non la sopporto neppure io! Ma suo padre paga il mio stipendio, quindi spero che quell'ombrellino rimanga al suo posto nel bicchiere almeno finché non avrò i soldi per il college.»

Afferrai al volo un grembiule e me lo legai in vita, facendo appello a tutto il mio autocontrollo.

«Vediamo cosa ordinerà la principessina, questa volta. Preparati a rifare lo stesso cocktail per almeno dieci volte, Randy. Sarà una *lunghissima* serata.»

Pazienza, Trinity.

La pazienza è la virtù dei forti, dicevano.

Avrei fatto appello a tutto il mio autocontrollo, pur di non rovesciare un boccale di birra sul vestitino costoso della figlia del capo.

Ma quando vidi *lui*, proprio lui, al suo tavolo, precisamente alla sua destra, la rabbia mi salì fin sopra ai capelli. Sandie, Mitchell, Isobel, Meredith e… Acher, seduti al solito tavolo della principessina.

Acher e Sandie.

Acher, che aveva giurato di non provare nulla se non ribrezzo per quella ragazza viziata e ossigenata.

Quel grandissimo bugiardo!

Non appena Acher mi vide, si irrigidì sulla sedia, come una statua, mentre Sandie schioccò le dita nell'istante esatto in cui il mio gonnellino sfiorò il tavolo.

«Finalmente!» sbuffò teatralmente, scuotendo un ciuffo

di capelli laccato. «La paga è troppo alta per arrivare in ritardo», mi ammonì.

«Ehi, Sanders!» Mitchell si passò la lingua sulle labbra, ammiccando. «Bella gonna. Fatela più corta la prossima volta», disse rivolto a Sandie, alludendo a suo padre.

Notai con la coda dell'occhio Acher stringere i pugni, e voltare lo sguardo altrove, mentre Mitchell continuava a fare allusioni al mio completino hawaiano.

Finsi di non aver sentito una parola, costrinsi le labbra a stare su in un sorriso e tirai fuori dalla tasca del grembiule il mio bloc notes.

«Allora, cosa vi porto, ragazzi?»

«Noi tre prendiamo delle spremute, mi raccomando: assicurati di togliere i semi dalle arance. Ah, e di' al tuo amico al bancone di essere generoso con gli ombrellini.»

«Per te?» Mi rivolsi a Mitchell.

«Posso ordinare anche te, splendore?»

«Alcolico o analcolico?» replicai impassibile, tenendo lo sguardo fisso sul bloc notes per evitare di incrociare lo sguardo di Acher e di cedere alla rabbia provocata da Mitchell.

«Un Jack Daniel's.»

«Per te?» Fu in quel momento che dovetti rivolgermi ad Acher. Lo fulminai con lo sguardo e fui certa che avesse sentito tutta la rabbia fluirmi nelle vene.

«Per me nulla, grazie», mormorò impassibile, senza neppure una nota di colore nella voce.

«D'accordo, le vostre ordinazioni arrivano subito.»

Mi voltai verso il bancone, da dove Randy e Cassidy avevano osservato tutta la scena.

Non potevo crederci: Acher era con Sandie e il suo gruppo.

Era uscito con loro e non mi aveva detto nulla, e di certo non pensava che mi avrebbe incontrata in uno dei locali più alla moda di Seafolk. In un luogo a cui non appartenevo.

«Ma è quello tuo cugino?!» domandò in un sussurro Cassidy, allarmata.

«Come fai a sapere che è mio cugino?»

«Andiamo, tesoro! Seafolk è una cittadina piccola e chiacchierona ed erano secoli che non si vedeva un bellimbusto così!»

«Sì, be', quel *bellimbusto* non è eccezionale nel scegliersi gli amici», borbottai con un velo di disprezzo nella voce.

Ero furiosa.

Quella sera, sul tetto, quando ero preoccupata per l'inizio della scuola, Acher era stato chiaro. Mai e poi mai avrebbe parlato a una come Sandie. L'aveva praticamente definita una sciocca ossigenata!

Ma allora perché venire in un locale con lei e le sue amiche, perché stare con lei e Mitchell, che lo aveva addirittura minacciato al campeggio?

«Cosa hanno ordinato?» domandò Randy.

«Tre spremute. Senza semi, per favore. Ne va del mio lavoro. E un Jack Daniel's.»

«Posso sputarci dentro?»

«No!» rispondemmo all'unisono io e Cass.

«D'accordo, d'accordo. Come volete.»

Lanciare occhiate al tavolo di Sandie mi faceva stare male: vedevo lei e i suoi capelli biondi avvinghiati ad Acher e lui che stava lì, immobile, tra le sue braccia, senza neppure protestare. Quanto a Mitchell, era troppo stupido e pallone gonfiato per ribellarsi a Sandie e alle altre galline del trio M.I.S.

Credevo fossi diverso.

Credevo che la pensassi come me su di lei.

Credevo che non volessi avere nulla a che fare con una come Sandie. Ma mi sbagliavo.

Mi ero fatta abbindolare dalle sue parole adulatorie, pronunciate soltanto per risollevarmi il morale in un momento di crisi, come quella notte, sul tetto.

Acher aveva mentito.

Ma il dettaglio più doloroso era la sua ragazza. Ah, se avesse scoperto come Sandie pendeva dalle sue labbra, sfiorava la sua camicia e la pelle del suo collo! Avrei voluto afferrare tutti i ridicoli bicchieri del locale e scaraventarli al suolo, anche a costo di giocarmi il lavoro. Ma dovevo farlo per mia madre.

Motivo per cui rimasi immobile, con la mia delusione sulle spalle e la solita pesantezza nel petto.

Quando Randy adagiò con poca delicatezza le spremute sul vassoio, mi rivolse uno sguardo apprensivo.

«Posso sempre sputarci dentro, se vuoi.»

«No, ma grazie, Randy. Il tuo sputo vale molto più dei suoi capelli ossigenati.» Cassidy si lasciò sfuggire una risatina divertita e Randy mi arruffò i capelli con fierezza.

«*That's my girl!*»

Mi diressi con passo spedito al tavolo otto, servendo Mitchell e poi le amiche di Sandie. E infine lei.

Tuo padre sarà anche il mio capo, ma tu non sei nessuno.

Tuttavia Sandie si accorse del gesto di sfida e fissò la sua spremuta.

«Credo di aver appena visto un seme. Non ti avevo detto di stare attenta, Sanders? O forse dovrei chiamarti "cameriera"? Perché mio padre sceglie persone così incapaci?!»

«Forse perché non è l'unico proprietario del locale?» mi lasciai sfuggire.

Acher alzò lo sguardo che fino a quel momento era rimasto fisso su dei tovaglioli adagiati sulla superficie lucida del tavolo, e mi ammonì silenziosamente, come se avessi appena firmato la mia condanna a morte. Avrei giurato di sentire sulla schiena gli sguardi terrorizzati di Randy e Cassidy, da dietro il bancone.

«Allora mi preoccuperò personalmente che sia mio padre a pagare il tuo stipendio, *cameriera.* E questa roba fa schifo.» Imitò un verso nauseante con la bocca, prima di rovesciare l'intero contenuto del bicchiere sulla mia camicetta, che da bianca divenne all'istante arancione. Il grembiule era ormai fradicio.

Non mi importava delle risatine di Mitchell e delle amiche di Sandie, né della rabbia negli occhi di Cass e Randy, ma soltanto dell'indifferenza di Acher.

C'erano poche cose al mondo di cui ero sicura, e una di quelle era che Acher mi avrebbe difesa, come aveva tentato di fare al campeggio, quando Mitchell mi aveva dato della poco di buono.

Ma mi sbagliavo. Ancora.

Acher rimase impassibile, con la fronte corrugata rivolta verso il basso, e con le braccia di Sandie avvinghiate alla sua vita. Non mosse un dito, non pronunciò nulla in mia difesa.

Scossi la testa, con le labbra premute tra di loro con forza, e gli occhi carichi di rancore.

Tutti quei complimenti che parevano sinceri, tutte quegli incoraggiamenti a non mollare, tutte le volte in cui mi aveva intimato di reagire erano solo… finzione?

Dannazione, Morris, sapevo che eri un attore nato.

Mi ero lasciata rigirare dalle sue parole dolci, dai suoi modi educati, dal suo carattere apparentemente forte.

Alzai il mento in segno di orgoglio e rivolsi un sorriso a Sandie.

«Dirò al mio capo che dovrà procurarmi una divisa nuova, magari migliore di questo straccio.» Sorrisi beffarda prima di recarmi da Cassidy e Randy e sbattere il mio grembiule sul bancone.

«Puoi terminare il turno al posto mio, per favore?» domandai a Cass, tentando di reprimere la voglia di ridurre il locale a brandelli.

«Sì, certo. Va' a casa, Trin.»

«Qui ci pensiamo noi», le fece eco Randy.

«Grazie, ragazzi. A domani.»

Non sarebbero bastate montagne di aggettivi per descrivere in quanti modi avrei preso a pugni Sandie, e in quanti altri avrei insultato Acher, ma l'avevo promesso. Avevo promesso a mio padre che la violenza non sarebbe stata più un'opzione e avevo promesso a mia madre di mantenere il mio curriculum – e la fedina penale, anche – pulito almeno finché un college non avrebbe accettato una mia domanda d'ammissione.

Dovevo tenere duro, come avevo sempre fatto.

Quanto ad Acher…

Credevi di poterti fidare di un estraneo? Miles aveva ragione: lui è arrivato a Seafolk da poco tempo, non ti ha vista soffrire per le tue perdite, né per le prese in giro di Sandie. Non ti ha conosciuta quando eri al limite, perciò non può provare per te altro che compassione.

Le sue parole di conforto erano mosse esclusivamente dalla pietà, quella che provava per una ragazza che aveva perso suo padre e che doveva provvedere alla sua famiglia.

Quanto al resto, Achernar Morris era come gli altri. Cedevole agli occhi dolci di Sandie, alla sua popolarità. E aveva persino una ragazza! Aveva qualcuno che lo amava, che probabilmente stava aspettando solo di tornare tra le sue braccia.

Che il suo segreto fosse quello? Usciva con Sandie? Avevano degli appuntamenti?

Acher era davvero così superficiale come aveva mostrato di essere al Sand&Sea?

Quando il mio piede affondò sul freno e il mio fulmine alla brillantina stridette, capii di essere arrivata a casa. Mia madre mi diceva che dovevo evitare di guidare quando ero nervosa o arrabbiata, ma non le davo mai ascolto. Mi piaceva guidare sola, con il ronzio delle canzoni alla radio a farmi compagnia. C'erano alcuni momenti in cui avevo bisogno di stare da sola, come se ogni essere vivente riuscisse soltanto a irritarmi di più. E la top three era occupata dalla Harris, da Sandie e da Acher. Non credevo che qualcuno sarebbe riuscito mai a spodestarli.

Tirai fuori le chiavi dalla borsa e le rigirai nella serratura, facendo attenzione a non fare rumore.

Ero quasi certa che mia madre stesse riposando, eppure la trovai in cucina, intenta a mescolare della farina in una ciotola.

«Ciao, mamma.» Mi avvicinai, sospirando.

«Ciao, tesoro. Tornata prima dal lavoro, oggi?» domandò lasciandomi un bacio sulla fronte.

«Sì, non c'erano molti clienti», mentii. «Che stai preparando di buono?»

«Torta di mele e cannella.» Sorrise.

Quella che piaceva a papà.

La mangiavamo sempre in autunno, accompagnata da

tazze di tè e caffè fumanti. Nei pomeriggi più uggiosi di ottobre, quando mio padre si serrava nel suo studio per scrivere, io e la mamma cucinavamo la sua torta preferita. La lasciavamo raffreddare, mentre il profumo di mele e cannella invadeva la casa, e poi gliene portavamo una fetta.

Erano dei gesti così semplici, così naturali... Eppure così speciali. Avevo dovuto perdere un frammento del mio cuore per accorgermi dell'eccezionalità di quei ricordi. E, ora, persino una torta di mele sapeva di distanza, di perdita. Di autunni che non sarebbero mai stati come il precedente, di giorni che sarebbero trascorsi con l'amaro in bocca, nonostante la dolcezza della cannella.

Nessun tè sarebbe stato lo stesso, nessuna torta avrebbe avuto lo stesso sapore.

Mai più.

«Ho pensato che potesse aiutarti a riacquistare la fame. Ti piacciono le mele», rifletté.

«Sì, mi piacciono le mele.» Sorrisi, forzando gli occhi a rimanere asciutti.

«Vuoi darmi una mano a infornarla?» domandò, studiando la mia reazione con cura.

Vivere con me voleva dire dosare gesti e parole. In alcuni giorni, una parola di troppo poteva spingermi al limite, perché il mio equilibrio era fin troppo instabile. Mia madre aveva imparato a convivere con le mie crisi e a studiare le mie espressioni, le mie reazioni alle sue parole.

Sapeva che ero forte, ma anche vulnerabile. Io ero un vaso ricolmo di crepe, a cui sarebbe bastata una manciata di terra in più per esplodere. Mi sentivo una bomba a orologeria che nessuno era in grado di disinnescare. Avevo assorbito così tanta tristezza e inglobato così tanto dolore da aver dimenticato cosa volesse dire non preoccuparsi di una domanda posta male, di un commento poco sensibile.

Ero diventata come la principessa di crepe a cui mio padre aveva dato vita in uno dei suoi racconti.

Ero scheggiata, rotta, proprio come lei.

Come la figlia del re che nacque col cuore di crepe, e che avevano tenuto in una torre per diciassette lunghi anni, senza permetterle di scorgere la pungente luce del sole o il buio avvolgente della notte.

Ma la torre che avrebbe dovuto proteggermi l'avevo costruita da sola, col mio dolore, e non avrei mai lasciato che qualcuno mi si avvicinasse. Nessuno osava avvicinarsi alla fanciulla, perché tutti temevano che, sfiorando le crepe del suo cuore, prima o poi sarebbe andato in mille pezzi.

Eppure c'era una persona in grado di guarire come per magia tutte le mie crepe…

Pensavo a *lui*.

Di continuo.

Perché sembrava inciso nelle storie di mio padre, perché sembrava proveniente da un altro universo.

Perché, nonostante le continue delusioni, ero ancora convinta che potesse aggiustare il mio cuore di porcellana.

Mia madre mi porse un guanto, sorridente.

«Trin? Ci sei, tesoro? La torta è pronta.»

24.
COPIONE

«La finzione non è che la più
splendida delle verità.»
MICHAEL SANDERS, *L'acchiappasogni incantato*

«Non so proprio come tu faccia a scrivere così bene!» dico a mio padre, guardandolo sottecchi mentre la sua penna scorre fluida e veloce sul foglio, inondandolo di ghirigori d'inchiostro.

Insomma, lui è bravo in tutto ciò che fa, ma scrivere gli riesce facile come bere un bicchier d'acqua.

«Quando fai ciò che ami, piccola mia, tutto è più semplice.» Sorride, tranquillo come suo solito. Riporta lo sguardo sulla carta e si mordicchia il labbro, rileggendo sottovoce le ultime parole appena scritte.

Incrocio le braccia al petto e metto il muso.

«Non c'è niente che amo fare», brontolo.

«Impossibile.» Ridacchia, come a prendermi in giro, e abbassa sulla punta del naso i suoi occhiali. «Nessun essere umano vive senza amare qualcosa o qualcuno. La tua passione è nascosta dentro di te, dietro una porticina, pronta per essere schiusa.»

«Uffa, parli sempre per metafore.» Sbuffo. «Non ho una passione, non ho nulla. La porta è rotta.»

«Apri gli occhi, Trin. Ma non guardare fuori, guarda dentro di te. È lì che devi cercare. Lì e in nessun altro luogo.»

Era trascorso poco meno di un mese dall'ultima volta in cui avevo davvero parlato con Acher.

Da quando lo avevo visto con Sandie al Sand&Sea, le uniche parole che ci eravamo rivolti erano state: "buongiorno", "puoi abbassare il volume del giradischi?", "la cena è pronta", ma nulla di più.

Convivevamo nella stessa casa, ma la collaborazione che

avevamo pattuito era andata completamente a farsi benedire.

In quel mese, avevo tentato di concentrarmi sullo studio. La mia media era salita, il che voleva dire avere qualche chance in più di rientrare in qualche college, se solo avessi saputo quale. Mi ero concentrata così tanto sul prendere dei buoni voti, da non aver neppure riflettuto su quale percorso avrei scelto di lì a qualche mese. Max mi ripeteva che era normale, che "non tutti i ragazzi della mia età sanno già cosa faranno da adulti", ma ero certa che tutti avessero almeno un sogno nel cassetto.

Io non l'avevo.

O meglio, il mio unico sogno era stato per mesi rivedere mio padre, ma era irrealizzabile.

Quando parlavo con Miles, vedevo i suoi occhi illuminarsi ogni volta che citava la NASA, che esprimeva il suo desiderio di diventare uno dei ricercatori più affermati d'America. Poi chiacchieravo con Lola, che non faceva altro che parlare dei campionati di pallavolo; diceva che si sentiva la capitana adatta per portare la sua squadra in finale.

E poi c'ero io.

Io, che annuivo spesso, che ascoltavo sorridente, ma che non parlavo mai, perché non avevo un sogno da raccontare, un'aspirazione di cui rendere fiera mia madre, uno scopo da perseguire nella vita.

Miles mi diceva che la scuola era il luogo perfetto per scovare la mia passione. Lui aveva scoperto la sua proprio al club di robotica. Anche Lola aveva iniziato per gioco, perché sua madre voleva che praticasse uno sport, e lei aveva scelto la pallavolo.

Ma io riuscivo soltanto a seguire le lezioni del professor Donovan, e in parte era per via della filosofia, certo, ma dall'altra conoscevo il vero motivo: Max era un filo che mi collegava a mio padre, un sentiero che conduceva ai miei ricordi e al passato di un Michael Sanders ancora al college, nel pieno della sua gioventù, quando faceva dei suoi sogni il suo pane quotidiano.

Un Michael Sanders così diverso da me...

Chissà cosa avrebbe pensato mio padre di me, se mi avesse vista in quello stato.

Così confusa, così in balia del vento, senza una rotta.

Ritornando alla filosofia, non credevo che ne avrei mai fatto un lavoro. Mi piaceva, ma non era la mia passione. Ero convinta che le passioni fossero come un fuoco che divampa nel petto, che infiamma l'anima nel momento esatto in cui ci lasciamo attraversare da ciò che stiamo facendo. Che si tratti di una partita di pallavolo o di un esperimento aerodinamico, immaginavo la passione proprio come una lampadina che si accende e sprigiona una luce immensa, che persino gli altri riescono a vedere.

Quando mio padre scriveva, era così.

Lui sprigionava una luce immensa, che avvolgeva attorno a sé, e tutti rimanevano ammaliati, incantati a guardarlo. Aveva un carisma, un talento così evidente che era impossibile non riconoscerlo. Quello era il motivo per cui la mamma lo amava, per cui Max lo ammirava e per cui tutti lo rispettavano profondamente.

Mentre io, di mio padre, portavo solo il cognome.

E infatti…

«Sanders, vuoi spostarti?!» La voce stridula di Sandie riecheggiò sul palcoscenico.

Senza replicare mi scostai di lato, in direzione della McCaffry.

«D'accordo, ragazzi. Oggi daremo sfogo a tutte le nostre emozioni!» Batté le mani, entusiasta. «Alcuni sostengono che il teatro, così come la recitazione, sia solo finzione. Sbagliato, sbagliatissimo! Più metterete qualcosa di voi nella vostra parte, più il pubblico andrà in visibilio. Formate delle coppie, scegliete un copione e scatenate le vostre emozioni!»

Al "formate delle coppie" sapevo già quale sarebbe stato il mio destino.

Sin da piccola, ero sempre stata la ragazzina che nessuno voleva al suo fianco. Durante le ore di ginnastica, nessuno mi sceglieva come compagna per i palleggi. Durante le ore di scienze, nessuno voleva fare esperimenti con me. Durante il pranzo, nessuno voleva sedersi e mangiare accanto a me.

C'era un motivo se mi chiamavo Trinity La Solitaria Sanders.

Trenta secondi dopo, tutti avevano scelto un compagno o una compagna, a eccezione di me.

«Oh...» osservò la professoressa McCaffry, «siete dispari.»

Si passò le dita sotto al mento in segno di riflessione e poi i suoi occhi brillarono, come se avesse avuto l'illuminazione del secolo.

Oddio, chissà cos'ha in mente questa volta...

«Achernar!» gridò in direzione della cabina di regia. «Acher, vieni qui un secondo!»

Acher non recitava. Aveva scelto di frequentare il corso esclusivamente per i crediti, ma si dedicava alla cabina di regia, dove gestiva musica e luci.

Gli piaceva stare tranquillo, in disparte, ma pronto a controllare tutto. Come un regista fa con il suo film.

«Al momento non occorrono luci. Ti dispiace venire qui e fare coppia con Trinity? Si tratta di un semplice esercizio di teatro.» Sorrise smagliante, aggiustandosi il fiocco rosa confetto che pendeva dalla sua coda di cavallo.

La McCaffry era... eccentrica.

«Mi dispiace, professoressa, ma non so recitare.»

Bel modo di tirarsi indietro, Morris.

Un codardo, ecco cosa sei.

«Oh, non importa! Devi limitarti a leggere le battute del tuo personaggio, anche senza intonazione. Sarà Trinity a guidare il dialogo.» Fece un cenno con la mano per spingermi ad afferrare l'ultimo copione rimasto sulla scrivania.

La prima didascalia recitava: *New York, interno. Tiffany e il suo ex ragazzo Andrew stanno litigando perché lui l'ha tradita con la collega che Tiffany odia di più. Andrew tenta di giustificarsi, ma Tiffany lo attacca e lo butta fuori di casa.*

Un sorriso sardonico apparve sul mio volto.

Perfetto, giusto quello che mi serviva.

Porsi poco delicatamente la copia della sceneggiatura ad Acher e, senza neppure leggere la prima battuta, esordii: «Sei un bugiardo». Gelida, inespressiva.

Vidi Acher vacillare e sfogliare il copione in cerca della battuta che avevo appena pronunciato, ma non ce n'era traccia perché me l'ero inventata di sana pianta.

Se l'emozione da esternare era la rabbia, non avevo bisogno di un copione come guida.

«Mi hai sentito?» lo incalzai, come a intimargli di lasciar perdere il copione, perché si trattava di una questione tra me e lui. «Sei un bugiardo.»

«Potresti smetterla di giudicarmi per ogni mia azione?» Alzò gli occhi al cielo.

«Ti giudico in base a ciò che vedo. E ti ho visto con lei. Direi che mi basta.» Il mio petto si gonfiò di rancore.

«Hai frainteso.»

Non ho frainteso un bel niente, Achernar!

Rincarai la dose.

«Proprio con lei! Insomma, non potevi sceglierne un'altra?» D'accordo, forse avevo alzato fin troppo la voce, ma le mie emozioni erano veritiere.

«Sceglierne un'altra? Ma cosa stai blaterando?» Acher mi lanciò uno sguardo confuso, e al contempo arrabbiato, che sembrava urlarmi: "Attieniti a questo maledettissimo copione".

«Smettila di far finta che non sia successo niente! Tutte quelle belle parole, tutti quei "non starei mai con una come lei", e poi?» sbraitai.

Maledetta recitazione.

«Ho dovuto, va bene?» Alzò ancora di più il tono della sua voce, tanto da eguagliare il mio.

«Ah, certo! Uscire con lei per bere un drink è un dovere? Da quando? Sentiamo, sono tutta orecchie!»

«Mi credi davvero capace di fare una cosa simile, *Tiffany*?» Mi apostrofò con il nome del personaggio, per depistare le decine di orecchie rivolte verso di noi, soprattutto quelle di Sandie.

Finsi di leggere una battuta sul copione.

«Sì, *Andrew*, ti credo capace di questo e anche peggio.» Sbuffai. «Allora perché eri con lei? L'ennesimo dei tuoi segreti?»

Acher mi fulminò con lo sguardo. «Segreti che non ti riguardano! Ti basti sapere che ho dovuto.»
«No, non mi basta! E, per la cronaca, sono furiosa!»
«Per cosa, *Tiffany*? Per avermi visto con lei? Allora ammettilo! Ammetti che sei gelosa!»
Quelle parole mi mandarono su tutte le furie. «No, sono furiosa perché sei un bugiardo! Perché tutte le parole che mi hai detto erano fasulle e sei caduto anche tu nella sua trappola! Ed è per questo che ti odio!»
Un battito di mani ci interruppe.
Io e Acher ci arrestammo all'istante, notando con stupore che gli altri studenti erano scesi dal palcoscenico per osservare la nostra scenetta, e la McCaffry stava venendo proprio verso di noi, continuando a battere le mani con soddisfazione.
«Eccellenti! Eccezionali!» Batté le mani un'ultima volta, e io spostai lo sguardo da lei a Sandie, la cui invidia era tangibile anche a metri di distanza.
Invidia per le parole di McCaffry, perché delle mie non aveva capito neppure un riferimento.
Sì, l'ossigeno nei capelli inibisce i neuroni, ne sono sicura.
«Ho percepito la tua rabbia, Trinity! Sembrava *reale*! Hai un vero talento!» Agitò le mani in aria, come se stesse scacciando delle mosche. «E quanto a te, Acher, sei un attore eccezionale!»
«Eccome se lo è...» Tossicchiai con disprezzo.
Acher mi incenerì con lo sguardo più tagliente che avessi mai visto.
«Siete una coppia fantastica! E quelle battute... avete improvvisato, vero? L'improvvisazione è un dono, a teatro!»
Acher si strofinò la mano sulla nuca, visibilmente a disagio.
«Grazie, professoressa McCaffry, ma...»
«Ma abbiamo solo seguito le direttive del *copione*», terminai al posto suo.
La McCaffry ci liquidò con un gesto della mano. «Sciocchezze! Siete i miei studenti migliori.»
La campanella la interruppe, mentre io e Acher ci scambiavamo degli sguardi complici e assassini.

La McCaffry ci riferì gli appuntamenti della settimana successiva, poi ci lasciò andare.

«Che diavolo ti salta in mente?» mi sussurrò all'orecchio, stringendo la mano attorno al mio braccio.

«Cosa è saltato in mente a te?» replicai nervosa, alludendo al pomeriggio al Sand&Sea.

Il nostro discorso venne interrotto da Sandie.

«Acher, caro, andiamo!» squillò la sua vocina.

Strinsi i pugni e gli rivolsi un: «Hai dovuto, giusto?».

Un sorriso amaro si formò sulle mie labbra, e senza attendere una risposta da parte di Acher, filai fuori dall'aula. Lola mi aspettava accanto a un distributore automatico, tutta sudata per via dell'allenamento.

Indossava la divisa della squadra di pallavolo e i capelli erano raccolti in una coda disordinata. Stringeva in mano una lattina di limonata e accanto a lei giaceva una bottiglietta d'acqua già completamente svuotata.

«Wow, sembra che tu abbia appena ammazzato qualcuno», mi salutò.

«Nei miei sogni, ma non ancora.» Sospirai, alludendo ad Acher.

«Come va col tuo cuginetto?» ammiccò Lola, facendo gli occhi a cuoricino.

«La verità?» Sbuffai. «È che è uno stronzo. Ho pensato a lungo a come definirlo, e il termine più appropriato è proprio stronzo! Ci ho riflettuto durante tutta l'ora di letteratura inglese.»

«Cavolo, hai pensato a lui per tutta l'ora?» Alzò un sopracciglio, divertita.

Sbarrai gli occhi, realizzando le parole che avevo appena pronunciato.

«No, sì. Aspetta, cosa?» domandai in imbarazzo. «Il punto è questo: Sandie ha accalappiato anche mio cugino. Un altro trofeo da mettere in bella mostra sulla sua mensola delle vittorie amorose.»

Le labbra di Lola si schiusero in un misto di delusione.

«Impossibile.»

«Te lo giuro! Li ho visti insieme al Sand&Sea, e lui era al tavolo di Sandie e delle sue amichette.»

Odiavo spettegolare, ma Acher era fin troppo spesso il mio argomento preferito di discussione.

«E se l'avesse costretto?» mormorò Lola.

«Non c'è nessun regime totalitario che l'abbia costretto a passare del tempo con lei», ribattei.

Lola finse una risata.

«Ah-ah, molto divertente. Ma sai com'è fatta Sandie... manipola le persone, alle volte le ricatta. È psicopatica, l'ho sempre detto.» Si avvicinò al distributore per recuperare un'altra bottiglietta d'acqua, al modico prezzo di un quarto di dollaro.

Riflettei.

E se fosse andata davvero così?

Se Sandie avesse minacciato Acher?

Per quale ragione, poi?

«Io credo soltanto che ci sia cascato. In fondo Sandie è la reginetta della scuola, Acher è il nuovo arrivato... Tutto secondo i piani.» Scrollai le spalle, liquidando il pensiero che Acher mi stesse dicendo la verità.

«*Hai frainteso*», aveva detto.

«Dimmi una cosa», chiesi a Lola mentre trangugiava l'acqua. «Erano a pranzo insieme, oggi?»

Lola annuì.

«Sì, ma Acher non sembrava al settimo cielo.»

«Che intendi dire?»

«Che sembrava costretto. Insomma, l'ho visto insieme a te. È sempre un po' restio a parlare, e sta sempre sulle sue, ma con te sorride. Con Sandie, invece, è spento.»

Era vero?

Nonostante i nostri continui litigi, Acher era davvero felice con me?

«Magari era nervoso per sua madre...» ipotizzai.

«Può darsi. Acher sembra molto riservato.»

«Lo è», confermai, notando con la coda dell'occhio Sandie che lo trascinava per il corridoio, come fosse il suo cagnolino.

«Perché lui?» mormorai tra me e me, ma a voce forse un po' troppo alta.

«Per fare un torto a te», disse, come se fosse la risposta più scontata del mondo.

«Ma è mio cugino! Come può credere di farmi un torto, se ci sta provando con un mio parente?»

«Perché lui è il ragazzo bello e impossibile che ti ha difesa, senza preoccuparsi del fatto che lei ti odi. Non glien'è fregato nulla dell'opinione di quella bionda ossigenata, e lei se n'è accorta.»

«Lola?»

«Sì?»

«Hai mai provato a studiare psicologia?»

Lola scoppiò in una fragorosa risata.

«Se non dovessi vincere il campionato, ci penserò.»

Mi mancava confidarmi con lei, esporle i miei dubbi.

Era la mia migliore amica, e per giorni avevo temuto che ci fossimo allontanate.

Parlare in modo così disinvolto di Acher e Sandie con lei mi aveva ricordato che Lola ci sarebbe sempre stata per me.

Lanciai un'occhiata al laboratorio del club di robotica, e la domanda sorse spontanea.

«Dov'è Miles?»

Lola si irrigidì.

«Cosa? Uhm... non ne ho idea. Non lo sento da un po'.» Fece spallucce.

C'era qualcosa di strano tra lei e Miles. Una tensione che percepivo nell'aria, sin dalla sera del falò.

«Qualcosa non va? A me puoi dirlo, lo sai.»

«Lo so, Trin. È solo che non c'è nulla che non vada.» Sospirò. «È proprio questo, non c'è *niente.*»

Riflettei sulle sue parole deluse, ma Lola mi riscosse, prendendomi sottobraccio.

«Che ne dici di vederci domani, dopo le lezioni, a casa mia? Solo io e te, pomeriggio tra ragazze!»

Sorrisi. «D'accordo. Ma niente film sdolcinati...» Ridacchiai. «Ho una domanda di vitale importanza: hai tolto i poster degli One Direction dalla parete della tua camera?»

Lola mi guardò come se avessi offeso sua madre.

«Mai.» Rise a pieni polmoni.

Mi sei mancata, Lola.

25.
ASSURDO

«L'amore non è mai sbagliato,
neanche quando è tempestato di crepe.»
MICHAEL SANDERS, *La principessa di crepe*

La faccia in due dimensioni di Harry Styles mi diede il benvenuto nella camera di Lola, rimasta più o meno identica a come l'avevo lasciata l'ultima volta, un paio di mesi prima. Gli altri One Direction stavano stampati sul muro con i loro sorrisi smaglianti e mi fissavano in un modo un po' inquietante.

«Ehi, smettila di mettere in soggezione i miei amati 1D», protestò Lola.

«Ma sono loro che mettono in soggezione me!» Risi incrociando le braccia al petto.

«Stanno solo *emanando* la loro bellezza celestiale!» Ammiccò sognante in direzione di Harry.

«Oddio...» Finsi di digitare un numero sullo schermo del cellulare. «Pronto, parlo con un ospedale psichiatrico?»

Lola mi lanciò un cuscino dritto in faccia.

«Ah-ah. Molto divertente.» Poi si rivolse ai poster. «Perdonatela, non sa quello che dice. Sei bellissimo, Harry.»

Scossi la testa.

«Sei un caso perso.»

«Secondo te lui sa della mia esistenza?» Sbavò, inginocchiata davanti alla figura intera di Styles.

«Risposta sincera?»

«Illudimi.»

«Ti ama, Lola. Con tutto il cuore. Siete anime gemelle.»

Lola sorrise.

«Perfetto, sono soddisfatta.»

Scoppiai fragorosamente a ridere, soffermandomi sulle pareti giallo canarino e sul lampadario a forma di margherita attaccato al soffitto.

Lanciai un'occhiata al letto a baldacchino sulla sinistra, proprio davanti alla finestra che affacciava sul suo giardino con il prato all'inglese curato e tagliato a dovere. Accanto ai poster degli 1D, stava una mensola su cui Lola aveva sistemato tutti i trofei dei tornei di pallavolo vinti dalla sua squadra e, ancora più in là, una scrivania su cui regnava il disordine più totale. Calzini, pantaloncini e ginocchiere sparsi ovunque sovrastavano libri di storia e di geometria, ancora avvolti dalla plastica.

Tutto mi era familiare, nonostante l'assenza di mesi.

Lola estrasse dalla custodia il suo computer, tutto ricoperto da adesivi, e mi guardò interrogativa.

«Serie tv?»

«E se prima facessimo i compiti di storia?» domandai flebilmente. Neppure io riuscivo a credere alle mie stesse parole.

«Cosa?» Lola sbarrò gli occhi. «Chi sei e cosa ne hai fatto di Trinity Sanders?» Rise.

«È che tra qualche mese dovrò inviare il mio curriculum ai college, e non scherzo quando dico che ho scritto soltanto il mio nome e cognome per ora.»

«Trin, è normale essere preoccupati. Anche la mia borsa di studio dipende dal campionato di pallavolo. Se riesco a portare la mia squadra in finale, l'Old Dominion University mi offrirà un posto. E ho tanta paura.»

«Ma è ovvio che vincerete, Lola. Sei la migliore pallavolista che conosco!»

Lola sorrise, crucciata.

«Lo dici solo perché sei la mia migliore amica.»

«Sai che non è vero. Sono sincera.» La guardai, apprensiva. «Ho la certezza che vincerai il campionato. Ma non ho la certezza che sarò ammessa a un college. Perciò dovrò impegnarmi il triplo, quest'anno.»

«Sei la ragazza più intelligente e caparbia del mondo, Trin. Sei testarda e determinata in tutto ciò che fai. Non ti rendi conto di quanto tu sia incredibile. Potresti realizzare tutti i tuoi sogni, se lo volessi.»

Sì, ma quali sogni?

Non ho un sogno.

Non l'ho mai avuto.

«Tutto bene?»

Non mi ero accorta di essere rimasta in silenzio per un paio di minuti, senza proferire parola.

«Oh...» mi riscossi. «Sì, certo, perché?»

«È che... io e Miles ci siamo spaventati, sai? Quando sei svenuta sulla spiaggia, durante l'ora della Harris.»

«Per fortuna che mi hanno vista in pochi...» Alludevo ai compagni di corso presenti sulla spiaggia al momento del mio malore.

«In pochi?» Batté le palpebre, confusa. «Non hai visto il video di Sandie?»

«Come?» Il mio cuore si fermò per un attimo.

Lola schiuse le labbra, sconvolta.

«Non l'hai visto. Credevo lo sapessi, altrimenti te lo avrei detto.» Afferrò il cellulare alla velocità della luce.

«Sandie stava girando un video della balena, ma involontariamente ha ripreso anche il momento in cui sei svenuta.»

Come?!

«Posso vederlo?» domandai preoccupata.

«L'hanno visto tutti, tranne l'interessata, quindi ovvio che sì.» Fece scorrere il dito sullo schermo talmente veloce che non riuscii a vedere nulla.

«Eccolo.» Voltò il cellulare nella mia direzione.

I primi secondi riprendevano ciò che avevo visto anch'io: un cucciolo di balena arenato sulla spiaggia, e tutti noi attorno a lui per riportarlo in acqua. Ma non appena l'impresa era riuscita, ecco che il focus di Sandie si spostava su un altro soggetto, che era proprio... *io.*

Sì, proprio io.

Io che piano mi accasciavo sulla sabbia.

E Acher.

Acher Morris che si fiondava su di me, che mi reggeva il capo, che mi tastava la fronte, che prendeva tra le sue mani il mio polso.

Acher. Non Miles.

Lanciai uno sguardo a Lola, senza fiato.
«È stato Acher a portarmi a casa?» domandai. Per tutta risposta Lola indicò il video, scrollando le spalle.
Le scene proseguivano.
Acher che mi stringeva, che continuava a mimare il mio nome con le labbra, la Harris preoccupata accanto a lui, Miles immobile e nel panico più totale.
Acher che mimava a Miles di muoversi e di mettere in moto una macchina.
Il simbolo di pausa comparve sullo schermo e il video si interruppe all'improvviso.
Miles mi ha mentito.
Non è stato lui a portarmi a casa.
Il mio migliore amico mi ha mentito.
Ma perché Acher non mi aveva detto la verità? Perché non l'aveva smascherato?
Lola mi vide vacillare.
«Potresti denunciare Sandie se...»
«No, no.» Scossi la testa, tentando di razionalizzare. «Chi se ne importa di questo stupido video!» Mi alzai dal letto con uno scatto.
«Che succede, Trin?»
«Miles mi ha mentito. Miles mi ha mentito!» ripetei, come per imprimere quelle parole nella mia mente.
«Cosa vuoi dire?» domandò con sguardo spaventato.
«Te lo spiego dopo, devo andare!» Afferrai le chiavi dell'auto e spalancai la porta. «Mi dispiace, Lola. Devo proprio!» Uscii di corsa.
«Guida piano!» mi gridò dalla cima delle scale.
Che diavolo sta succedendo?!
Misi in moto il mio fulmine alla brillantina e spinsi il piede sull'acceleratore. Dovevo andare da Miles, chiedergli delle spiegazioni.
Non può avermi detto una bugia.
Miles abitava a un solo isolato da Lola. Lo avrei raggiunto in un batter d'occhio. Dovevo assolutamente chiarire la situazione. Lasciai l'auto sul ciglio della strada, attraversando senza neppure guardare. Avevo un brutto presentimento,

uno di quelli che mi divoravano lo stomaco e mi facevano sentire le gambe come gelatina. Qualcosa non andava.

Perché mi aveva mentito? Avrebbe potuto dirmi la verità, non mi sarei arrabbiata con lui. Forse temeva che lo considerassi un codardo? Che lo giudicassi per non avermi prontamente aiutata? Non lo avrei mai fatto.

Seduto in veranda, Miles alzò lo sguardo dal suo libro, assumendo un'espressione di stupore misto a preoccupazione. Appoggiò il libro alla sua destra, continuando a fissarmi. Poi si alzò in piedi mentre mi avvicinavo a lui a grandi falcate, spedita come una furia. Una lacrima mi rigò il volto.

«Mi hai mentito.»

«Trin, cosa stai...?»

«Mi hai mentito, Miles!» ripetei, col cuore in gola.

«Trinity, per favore, andiamo dentro...»

«No, no!» Rimasi immobile, a qualche metro da lui.

Odiavo le bugie. A maggior ragione se raccontate da quello che consideravo il mio migliore amico, una delle persone più importanti della mia vita.

Miles fece per avvicinarsi, ma mi allontanai nuovamente.

«Non sei stato tu a portarmi a casa, quando sono svenuta. È stato Acher, non è vero?»

Miles rimase in silenzio, fissandomi negli occhi. Quell'assenza di spiegazioni non faceva altro che darmi sui nervi.

«Rispondi, Miles!»

«Trinity, per favore...»

«Perché lo hai fatto?»

La rabbia si mischiava al terrore nel mio sguardo.

Miles prese un respiro profondo, alzando gli occhi al cielo per qualche secondo. Poi sospirò e li riportò su di me. «Proprio non riesci a capirlo...» sussurrò. «È così difficile per te?» Il suo tono divenne più duro.

«Cosa?»

«Sono innamorato di te da anni, Trin. Non te ne sei mai accorta, davvero? Persino Lola lo ha capito!»

Sono innamorato di te da anni, Trin.

Rimasi pietrificata, davanti a lui.

«Dimmi che stai scherzando.»
«Ti sembro uno che scherza su queste cose?»
Non riesco ad accettarlo.
«Non lo hai mai capito. Ho provato a dirtelo, innumerevoli volte, ma tu...» Fissò la punta delle sue scarpe. «Tu non ci facevi caso. Eri così presa dalla morte di tuo padre e poi dall'arrivo di Acher da non accorgerti di quanto ti volessi.»
«Credevo che fosse affetto, Miles. Siamo migliori amici, ti ho sempre considerato come un fratello.»
«È questo il problema, Trin. Hai frainteso. Reputi me tuo fratello, ma consideri tuo cugino...»
«Stiamo parlando di te, *lui* non c'entra.»
«Eccome se c'entra!» replicò, furioso. «Si vede lontano un miglio che provi qualcosa per Acher! Ma se non fosse venuto qui a Seafolk, se non si fosse trasferito a casa tua, forse ti saresti innamorata di me.»
«Cosa stai blaterando, Miles?!»
«Se lui non fosse qui, avremmo avuto una chance!»
Sbarrai gli occhi, incredula.
«Acher non c'entra! Ti ho sempre considerato un amico, il mio *migliore* amico. E avrei continuato a considerarti tale anche senza Acher.»
«Non puoi saperlo! Se non avessi perso la testa per lui...» continuò, senza prestarmi ascolto.
«Non ho perso la testa per Acher!» urlai.
«Ora sei tu a mentire, Trinity. Ammettilo, sii sincera almeno con te stessa! Provi qualcosa per lui.»
«È questo che non accetti, vero? Che possa piacermi qualcuno che non sia tu.»
Che possa piacermi Acher.
«Me lo meritavo, Trin.» Scosse la testa. «Ti sono stato accanto quando tuo padre è morto, quando Sandie ti prendeva in giro, nei tuoi giorni più bui. E non hai mai provato nulla per me, se non affetto. Ma in me c'era dell'altro. Ho sempre provato ad accendere quella scintilla tra noi, ma non ci sono mai riuscito. *Lui*, invece...» Mi guardò negli occhi, e quello sguardo sapeva di rabbia e delusione. «Lui ti accende. E non capisco come sia possibile. Non so cosa ti

abbia conquistata, ma vedo come lo guardi. Lo guardi come io guardo te. Con ammirazione, con *amore.*»

Lui ti accende. Vedo come lo guardi.

Lo guardi come io guardo te.

Con amore.

«*Dovevo* essere io, Trin. Ti conosco meglio di chiunque altro, saprei come renderti felice. Ti tratterei come meriti.»

«Non sono io a decidere per chi provare qualcosa, Miles. L'amore non è regolato da formule matematiche né da leggi fisiche. Non posso costringermi a guardarti in modo diverso, non posso fingere di amarti.»

«Ma possiamo provarci. Possiamo provare a stare insieme e...» Vidi Miles cedere davanti ai miei occhi.

«Non voglio. Non voglio illuderti. Non voglio fingere.» Scossi la testa, ancora sconvolta dalle sue parole.

Le sue labbra si strinsero in una smorfia e i suoi occhi si ridussero in due fessure. L'espressione delusa si trasformò in poche briciole di secondo in un manifesto di rabbia e gelosia.

«Non potrai stare con lui, Trin. Questo lo sai, vero?»

Perché lui è mio cugino.

Perché lui ha una ragazza.

Perché Acher Morris è tutto ciò che non posso avere.

Fissai Miles, tremante, e sentii sulla mia pelle il peso delle sue parole dure e colme di veleno. Le sentivo bruciare ovunque.

«Non puoi», ripeté, convinto. «Ti sei innamorata dell'unica persona che non potrai mai avere. Ma puoi avere me, Trinity. Per una volta smettila di complicarti la vita, e scegli la strada più semplice.»

Miles mi fissò compiaciuto.

Sai che io e Acher non potremmo mai stare insieme.

Sei compiaciuto perché se non puoi avermi tu, non potrà neppure lui.

«È inutile, Trinity. Non avete scelta. Sarai costretta a reprimere i tuoi sentimenti, a soffrire per un amore che non potrai vivere alla luce del sole.»

Le sue parole smossero in me una forza che avevo dimenticato di avere. Una determinazione che avevo nascosto per mesi. Sul volto mi si dipinse un sorriso.

Su una cosa hai ragione, Miles.

Non ho mai scelto la strada più semplice.

E mai lo farò.

«Dici di conoscermi, Miles.» Le mie parole lo colsero alla sprovvista. «Perciò dovresti sapere che alla luce del sole ho sempre preferito il buio della notte.»

Guidavo verso casa con le parole di Miles che mi vorticavano nella testa e che si stampavano sulle mie palpebre a ogni battito di ciglia. Sentivo il peso di ogni singola lettera pronunciata dalle labbra di una delle poche persone su cui avevo contato per anni. Della persona che mi aveva amata in silenzio, ma che non avevo compreso, perché troppo occupata a riflettere su me stessa.

Era accaduto tutto troppo in fretta.

La morte di mio padre, l'incrinarsi del rapporto con mia madre, l'arrivo di Acher. La mia mente era troppo occupata per lasciare spazio a sentimenti come l'amore. Non mi ero accorta dell'amore di Miles perché avevo sempre creduto che *l'amore* non fosse necessario. Che non fosse indispensabile, e che prima venissero i doveri, la famiglia, o almeno quello che ne rimaneva.

Almeno finché Acher non mi aveva stravolto la vita.

Era iniziato piano, quel fremito all'altezza dello stomaco.

Quello che all'inizio pensavo fosse odio era in realtà qualcosa di più forte, di più travolgente.

Qualcosa che avevo tentato di mascherare, di nascondere, di negare, perché non riuscivo a capacitarmene. Avevo sentito dentro di me così tanto odio e così tanta rabbia, da non aver riconosciuto l'amore. L'avevo trattato come gli altri sentimenti perché non avevo saputo riconoscerne i sintomi e perché non mi ero mai innamorata prima.

Non avevo mai provato per nessuno ciò che provavo per Acher ogni volta che mi guardava, che sfiorava le mie mani, che era nelle vicinanze.

Non sopportavo l'idea di dovergli aprire le porte di casa

mia, quando invece, senza volerlo, gli avevo spalancato le porte del mio cuore.

E faceva male.

Perché in fondo Miles aveva ragione: c'erano dei vincoli che ci legavano, c'erano delle regole.

E persino io, che non le avevo mai rispettate, dovevo prenderne atto.

Quando entrai nel salotto, il silenzio mi avvolse. Mia madre non c'era e non avevo neppure la certezza che Acher fosse in casa. Ma dovevo vederlo, dovevo dirgli che sapevo la verità. Dovevo scusarmi con lui per aver creduto che mi avesse lasciata lì, sulla spiaggia, svenuta. Percorsi le scale a due a due, guardandomi attorno. Avrei chiamato Acher, se solo avessi avuto un filo di voce in gola.

Ma nulla usciva dalle mie labbra se non respiri affannosi.

Lo studio di mio padre era vuoto, di lui non c'era traccia. Al piano di sotto tutto taceva. Corsi nella mia stanza, dove la botola che andava sul tetto era spalancata.

Ti prego, dimmi che ci sei.

Salii sul tetto, tastando le tegole con la mano e guardandomi attorno.

«Trinity?» Una voce mi chiamò, mentre l'aria fresca mi sferzava il volto, facendomi rabbrividire.

La *sua* voce. Mi voltai nell'istante esatto in cui sentii il mio nome pronunciato dalle sue labbra.

«Tutto bene?» domandò, vedendomi pietrificata dinanzi a lui. «D'accordo, mi stai spaventando, usignolo.»

«So cos'è successo sulla spiaggia.» Fu una fatica immane pronunciare quella misera frase.

Acher si irrigidì.

Non avevo mai temuto di dire la mia, anche quando le mie parole erano scomode. Non avevo mai avuto paura di rispondere a tono o di porre domande. Ma parlare con Acher, in quel momento, fu quasi impossibile.

«Non è stato Miles. Sei stato *tu*.»

Quella serie intricata di lettere gli bastò per immobilizzarsi e stringere i pugni lungo le braccia. Stava seduto lì, sul tetto, fissando davanti a sé le onde del mare in lontananza, come se i suoi pensieri fossero un fardello insopportabile.

Non ero arrabbiata con lui.

Ma volevo capire *perché*.

«Perché non mi hai detto la verità?»

La sua risposta arrivò tardiva, dopo un istante di esitazione.

«Tecnicamente Miles ti ha portata qui in camera, ed è per questo che tua madre lo ha ringraziato. Quando sei svenuta sulla spiaggia, sono stato io a starti accanto. Avrei dovuto portarti in ospedale, lo so, ma...» La sua voce si incrinò, raggiungendo un tono ancora più roco e basso. «Ma non avrei sopportato di vederti lì.»

Attesi che riprendesse fiato. Notavo, anche a distanza di metri, il suo petto alzarsi e abbassarsi a fatica.

«Ho urlato a Miles di accompagnarmi alla macchina di Emmett, ma era troppo spaventato per guidare, allora ho afferrato le chiavi e il volante e mi sono diretto a casa.»

Stava dicendo la verità. Lo avevo visto nel video.

Nel video avevo visto Miles nel panico e Acher prendere in mano la situazione.

«Appena arrivati, ho detto a Miles di accompagnarti dentro alla svelta, mentre parcheggiavo l'automobile. Non potevo lasciare in mezzo alla strada una macchina che non era neppure mia. Non appena ho accostato, sono corso da te e Miles.» Scrollò le spalle, come a dire: "Questo è tutto".

«Perché non mi hai detto che *sei sempre stato tu*?»

«Perché non volevo che pensassi che il tuo migliore amico ti avesse abbandonata sulla spiaggia, senza prendersi cura di te.»

Aveva protetto Miles.

«E perché...» Alzai lo sguardo in una frazione di secondo, e lo vidi passarsi la lingua sulle labbra, esitante. «Perché è *assurdo* ciò che sento quando ti vedo, e non potevo permettere che tu te ne accorgessi. Ho preferito mentirti e sopportare la tua rabbia, piuttosto che raccontarti la verità. Non mi importava che mi considerassi tuo salvatore. Volevo solo che tu stessi bene.»

«Ho creduto per tutto questo tempo che non ti importasse di me, che mi avessi abbandonata lì senza farti scrupoli», sussurrai.

«Credevi che non mi importasse di te?» La sua risata arrivò alle mie orecchie come un boccone amaro. Un attimo di silenzio riempì la mia gola secca. Poi, le ultime parole. «Io muoio per te, Trinity.»

Io muoio per te, Trinity.

Il mio cuore si fermò in un limbo tra timore e felicità.

E un briciolo di eccitazione.

Sentivo bruciare le sue parole sulle guance e percepivo il suo sguardo gelido su di me, in attesa che fiatassi, che dicessi qualcosa. Ma non avevo parole, non avevo forza di rispondere. Ero come bloccata.

Eravamo lì, sul tetto, il vento a inondare i nostri vestiti, ad accarezzare i miei capelli, a un metro l'uno dall'altra. Un metro che avrei volentieri azzerato, se solo non mi fossi immobilizzata al suono delle sue parole.

Io muoio per te, Trinity.

Le ripetevo, nella mia mente, come ad avere la conferma che quello non fosse solo un sogno. Che non stessi immaginando il volto di Acher farsi sempre più vicino al mio, in pochi secondi.

«Non potevo lasciare che tu lo scoprissi...» sussurrò con un filo di voce. «Ma ora lo sai, quindi non ha più senso mentirti.»

«Credevo che non mi sopportassi, che mi credessi una ragazzina...» replicai, tentando di fare ordine nei miei pensieri.

Anch'io non lo sopportavo.

O forse sì? Forse non era odio ciò che provavo.

Non lo capivo, proprio non riuscivo.

Ero confusa.

Battei le palpebre, quasi in apnea.

«Era vero, all'inizio non ti sopportavo. Odiavo i tuoi atteggiamenti e il tuo carattere. Odiavo la tua apparente strafottenza e la tua testardaggine. Per non parlare dei tuoi snervanti capricci. Ma era prima di conoscerti. Era prima di conoscere la vera Trinity Sanders.» Si inumidì nuovamente le labbra, distogliendo lo sguardo per concentrarsi sull'orizzonte. «Che mi piaccia o no, ho iniziato ad amare tutto ciò che odiavo. E senza rendermene conto, per me esistevi solo tu.»

Esistevi solo tu.

«In campeggio, in barca, qui sul tetto... c'eri solo tu. Non capisco come sia potuto accadere, ma avverto questa sensazione, all'altezza dello...»

«Stomaco.» Terminai la frase al posto suo, e lui riportò immediatamente lo sguardo nel mio. «Sì, lo sento anch'io.» Lo stavo finalmente ammettendo. A me stessa. Ad Acher. «Provo anch'io ciò che provi tu, esattamente le stesse cose.»

Stavamo giocando a carte scoperte.

Niente bugie, niente segreti.

Io e lui, e i nostri sentimenti.

Eravamo faccia a faccia, il suo respiro a un soffio dalle mie labbra, i suoi occhi nei miei. Mi pareva di annegare in quel verde smeraldo, ma non mi ero mai sentita più viva di così.

«Voglio farti sentire una cosa...» sussurrò a voce bassissima. «Sono sicuro che tu la conosca già...»

Lo vidi estrarre dalla tasca dei jeans il suo cellulare e scorrere col dito sullo schermo per alcuni secondi. Poi, delle timide note nuotarono nell'aria con tutta la loro forza per emergere e arrivare alle mie orecchie.

Conoscevo quella musica lenta ma ritmata, conoscevo quegli strumenti che armoniosamente si accordavano tra loro per creare la canzone d'amore più eccezionale di tutti i tempi.

E poi la voce di Barry Gibb si propagò nello spazio che ci divideva, col suo falsetto marcato, tanto che bastarono due note per farmi venire la pelle d'oca. Avevo ascoltato così tante volte quella canzone, l'avevo cantata, l'avevo costretta a stare nelle mie cuffiette per mesi, ma non avevo mai capito il suo significato fino a che Acher non me l'aveva dedicata. «*I know your eyes in the morning sun, I feel you touch me in the pouring rain. And the moment that you wander far from me, I wanna feel you in my arms again...*»

Boccheggiavo a stento, mentre Acher teneva il mio cuore fra le dita, senza rendersene conto. Le mie labbra si schiusero non appena iniziò a canticchiare le stesse parole dei fratelli Gibb.

La più bella canzone d'amore cantata da lui...

«*And you come to me on a summer breeze, keep me warm in your love, then you softly leave. And it's me you need to show...*»

La mia voce si unì alla sua, incapace di pronunciare altro che non fosse quei versi, che dicevano tutto.

Tutto quello che avrei voluto rivelargli, tutto ciò che per me era importante.

«*How deep is your love? I really mean to learn. 'Cause we're living in a world of fools, breaking us down, when they all should let us be... We belong to you and me.*»

Ci appartenevamo l'un l'altra per davvero? Io e Acher eravamo davvero destinati a stare insieme, nonostante il resto del mondo ci intimasse di starci alla larga?

«*I believe in you. You know the door to my very soul. You're the light in my deepest, darkest hour, you're my savior when I fall. And you may not think I care for you, when you know down inside that I really do. And it's me you need to show...*»

Acher era tutto questo; la porta attraverso cui accedevo alla mia anima, la luce nei miei momenti più bui, la persona che mi porgeva la mano quando cadevo in ginocchio dinanzi alle difficoltà della vita.

Ma soprattutto, per tutto quel tempo avevo creduto che non gli importasse di me, mentre, in fondo, mi aveva voluto bene sin dall'inizio.

«*How deep is your love?*»

Quando anche l'ultima nota si esaurì, e il silenzio calò tra noi, fu il momento di riaprire gli occhi e tornare alla realtà.

La musica era terminata, ma la magia era appena iniziata, e la sentivo scorrermi nelle vene, come una marea o una tempesta.

«È tutto ciò che non sono riuscito a dirti», mi confessò,

carezzandomi la guancia con la mano. Mi sfiorò le labbra con il pollice, e mi sentii avvampare. Sentivo caldo e freddo allo stesso tempo, e se non ci fossimo trovati sul tetto, con il vento a sferzarci i capelli, probabilmente sarei andata a fuoco. Non mi era mai successo.

D'un tratto, provai paura. Una paura viscerale di compiere il più grave dei miei errori o di non godere pienamente dell'istante più bello della mia vita.

Tutti ci avrebbero remato contro, nessuno avrebbe capito, ma a me non importava. Perché la più dolorosa delle sofferenze l'avevo affrontata da sola, e non mi spaventava l'idea di dover vivere allo stesso modo anche l'amore.

Non occorrevano giustificazioni o menzogne, non c'era bisogno di fingere. Perché quando ero con lui, il mio cuore parlava al posto mio.

E diceva di amare quel ragazzo dai polsini della camicia sempre arrotolati, dai riccioli mossi e sempre scompigliati, dal talento per la musica.

«Non sono bravo con le dichiarazioni», proseguì, fissandomi tremante sotto il suo docile tocco. «So che tu sei tempesta, ma se lo vuoi, io posso essere il tuo faro.»

Tu sei tempesta, ma io posso essere il tuo faro.

Il tuo punto di riferimento.

La tua bussola.

«È sbagliato...» mormorò sottovoce.

Come se non lo sapessi.

Come se non fossi consapevole di ciò che stiamo facendo.

Come se non avessi capito che per tutti gli altri tutto questo è sbagliato, ma per me non c'è niente di più giusto.

Tutto di me mi gridava che stavo sbagliando. Perché Acher era mio cugino, perché aveva una ragazza, e per altri mille motivi... che però mi sembrarono tutti insufficienti per riuscire a tenere a freno i miei sentimenti.

Non ero mai stata brava a controllare le emozioni.

«Lo so...» Annuii, consapevole delle sue parole. «Ma sbagliare è ciò che mi riesce meglio», dissi, prima di compiere l'irreversibile.

Un gesto.

Un *solo* gesto per risanare tutte le mie crepe.

Le mie labbra sulle sue, in un bacio che sapeva di porcellana, come il cuore della principessa che aveva abitato le storie di mio padre.

Le *sue* labbra, che sfioravano con leggerezza le mie, quasi temendo di ferirmi. Le labbra di Acher, tutto ciò che avevo sempre desiderato. La loro morbidezza, la loro gentilezza.

Sentii le sue mani sfiorarmi le guance, poi i capelli, poi il collo, in una tempesta d'emozioni.

La tempesta più bella della mia vita.

Sentivo il calore scorrermi nelle vene. Percepivo ogni centimetro delle sue mani sfiorare la mia pelle, come se mi volesse, come se mi amasse per *davvero.*

«Trin...» Gemette per un secondo, che tentai di accorciare riavvicinando il mio volto al suo.

Non volevo che si allontanasse, non volevo che andasse via da me.

Non lasciarmi anche tu, Acher.

Ti prego, non abbandonarmi.

Anche se sono sbagliata, anche se sono rotta e il mio cuore è tempestato di crepe.

«Non ti lascio...» sussurrò, carezzandomi la guancia con il palmo. Si allontanò soltanto per osservarmi, per fissare i suoi occhi nei miei, e per ripetere, ancora più chiaramente: «Non ti lascio, capito, usignolo?». Soffiò delicato nel mio orecchio.

Attese che annuissi, che i miei occhi confermassero le sue parole, prima di avvicinarsi nuovamente alle mie labbra.

E per un secondo, per un solo secondo, mi sentii come se la tempesta della mia vita avesse smesso di infuriare.

Perché lui era la mia calma, il mio faro.

Il mio punto di riferimento, il mio sostegno.

Era la mia isola, il mio porto sicuro.

Mi ero innamorata di Acher Morris come i marinai si innamoravano delle stelle che fissavano nel cielo nelle notti più buie. Come i naviganti cadevano ammaliati dinanzi al canto delle sirene.

Ma soprattutto, mi ero innamorata dell'unica persona a

cui non avrei mai dovuto mostrare la tempesta che imperversava nel mio cuore.

Avrei giurato che stesse per sussurrarmi altro, che lo stesse ammettendo a me e a sé stesso.

Ma poi ...

«Trin? Sei sul tetto?»

26.
RACCONTI RUBATI

«La mente impone al cuore di fingere,
ma l'anima si ribella e la verità affiora.»
MICHAEL SANDERS, *L'acchiappasogni incantato*

«Oh, siete sul tetto.» Se non ci fossimo staccati prima che mia mamma sbucasse dalla botola della mia stanza, ci avrebbe sorpresi a...

Baciarci.

Io e Acher ci siamo baciati.

Sul tetto, neppure un minuto fa.

Mi tastai le labbra, come a confermare l'accaduto, e mi parve di sentire ancora il sapore di quelle di Acher sulle mie. Gli lanciai uno sguardo fugace, ma lui aveva gli occhi fissi sul volto di mia madre.

«Ce ne stavamo andando, Ellen.»

Scossi la testa, riflettendo sul tono di voce di Acher. Era arrabbiato? No, non sembrava. E neppure deluso o amareggiato. Ma sorpreso sì, perché lo ero anch'io.

Cosa mi era saltato in mente? Avevo appena baciato Achernar Morris senza riflettere neppure per un secondo sulle conseguenze.

«Sto per andare al lavoro, vi ho lasciato la cena in frigo.»

«Grazie, Ellen», ripeté impassibile Acher.

«Sì, grazie mamma...» mormorai confusa.

Vidi Acher superarmi a tentoni per poi rinfilarsi nella botola, senza degnarmi di uno sguardo. Lo seguii in silenzio, ritrovandomi con un balzo sulla scaletta a pioli che conduceva in camera mia.

«Acher, aspetta...» biascicai. Tentai di trattenerlo afferrandolo per la manica della camicia, ma quando si voltò col suo sguardo gelido, realizzai di aver commesso l'errore più grande di tutti.

«Non ora, Trinity. Ne parliamo più tardi.»

La sua reazione era plausibile. Avevamo ammesso ciò che provavamo, ma non significava nulla. Era più un "provo qualcosa, ma non possiamo", mentre io avevo tenuto conto solo della prima parte della frase, compiendo quel gesto avventato.

Lo avevo baciato e non avrei dovuto. Provavamo qualcosa l'uno per l'altra, ma c'erano degli ostacoli di cui non potevamo negare l'esistenza. Acher era addirittura fidanzato, e...

Oh Dio.

Che razza di persona sono?

Ho baciato un ragazzo fidanzato!

Cosa avrebbe pensato la ragazza di Acher se ci avesse visti? Come si era sentito *lui*, a tradire la sua fidanzata? Cosa diavolo avevo appena combinato *io*, piuttosto?!

Quelle parole, quella canzone non volevano dire nulla. Non erano un via libera, non erano un "baciami". Ma io non avevo riflettuto, e avevo premuto le mie labbra sulle sue.

Che cosa hai fatto, Trinity?

Acher rimase barricato nello studio di mio padre per due interminabili ore, che trascorsi fissando l'orario sullo schermo del cellulare. Fremevo dalla voglia di chiarire con lui, di parlargli, perché temevo di aver rovinato le cose tra noi.

Sì, ma quali "cose"?

Non siete amici, non siete fidanzati, cosa siete?

Non eravate nulla prima, e non siete nulla ora, né lo sarete.

Mi decisi a scendere in salotto per bere un bicchiere d'acqua. Sentivo la gola secca, ma tutto di me bruciava al solo pensiero di aver baciato Acher.

Di aver dato il mio primo bacio ad Acher.

Dopo aver ascoltato la canzone d'amore più bella di tutti i tempi, sul tetto di casa mia.

E mi era piaciuto.

Eccome se mi era piaciuto. Era stato il primo bacio più bello nella storia dei primi baci. Se fossimo stati in un film, quella sarebbe stata la scena da oscar.

Ma non sei in un film, Trinity.

E hai appena combinato un disastro.

Uscii dalla mia camera con gli occhi bassi e la testa altrove, ma una figura immobile, in piedi proprio nel mezzo del pianerottolo, mi fece sussultare.

Era Acher.

Si era deciso a uscire, quindi.

«Dobbiamo parlare», disse. Intuire cosa stesse pensando o provando in quel momento era impossibile.

«Sì», risposi. «Decisamente.»

Acher si morse un labbro. Percepivo la sua tensione, e la mia. A stento riuscivo a smettere di tremare.

«Andiamo in camera mia o...?» domandai.

«No, è meglio se restiamo qui», rispose a bruciapelo.

«D'accordo.» Ammutolii.

Presi un bel respiro. Non mi ero mai sentita tanto a disagio in vita mia. Temevo che baciarmi non gli fosse piaciuto. Ma temevo anche che gli fosse piaciuto, perché sarebbe stato un gran bel problema per entrambi.

L'agitazione mi spinse a parlare per prima.

«Non avrei dovuto, mi dispiace», sussurrai, prendendo coraggio. Dovevo solo dare voce ai miei pensieri ed essere sincera.

«Non è stata colpa tua, sei stata spinta dalle mie parole.» Scosse il capo, evitando di incrociare il mio sguardo. «Provo *davvero* qualcosa per te, Trinity, ma...»

«Ma non possiamo, lo so», lo anticipai. «Tu hai una ragazza, noi siamo...»

Cugini.

Siamo dei maledettissimi cugini di secondo grado.

E non potrà mai funzionare tra di noi, renderebbero la nostra vita un inferno. Odio ammetterlo, ma Miles aveva ragione.

«Mi dispiace di averti baciato nonostante sapessi che avevi una ragazza. So anche che non dovrei parlarne, per via del nostro patto, ma davvero, mi dispiace tanto. Lei non se lo merita, io...»

«Trinity», sussurrò afferrandomi per il polso. «Sta' tranquilla, non è per questo. Non sono arrabbiato con te per questo.»

«E allora per cosa?»

«Per...» Si morse l'interno della guancia, posando lo sguardo su di me. «È complicato. Ma non sono arrabbiato con te perché ci siamo baciati. Sono arrabbiato con me stesso.»

«Ti ho baciato io, è stata colpa mia», ripetei.

«*Trinity.*» Ogni volta che pronunciava il mio nome in *quel modo,* lo stomaco si contorceva e il desiderio mi fremeva nel petto. «Smettila di fingere che non sia piaciuto a entrambi. Se non avessi voluto baciarti, ti avrei respinta. Ma non è accaduto, perché anch'io lo volevo. Volevo baciarti.»

Anch'io lo volevo.

Desiderava baciarmi.

Gli era piaciuto baciarmi.

«Provo davvero ciò che ti ho detto prima, sul tetto, ma è più complicato di così.»

Lo so.

È tutto complicato ciò che riguarda noi.

E ciò che riguarda te, soprattutto, e i tuoi segreti.

«Lo so. Non si può. Non si potrebbe comunque.»

Non potremmo neppure se non avessi una ragazza.

Perché, anche se volessimo, siamo cugini.

E tutti ci giudicherebbero.

Non mi era mai importato dei giudizi altrui, ma stare con Acher andava ben oltre le prese in giro o gli scherzi di cattivo gusto. Andava oltre l'ambito scolastico, sarebbe diventato un vero problema.

Per un momento pensai davvero di dover ascoltare il lato razionale di me.

«Voglio che la nostra convivenza funzioni», dissi con la mano di Acher ancora salda attorno al mio polso, come se non volesse lasciarmi andare. Come se volesse continuare a sfiorarmi, come se il suo respiro dipendesse dal contatto col mio corpo. «Rimarrai a Seafolk finché tua madre non migliorerà, e non voglio che ciò che è accaduto oggi rovini le cose.»

Quel discorso mi stava distruggendo. Sentivo le guance andarmi a fuoco e lo stomaco in subbuglio.

«Anch'io voglio che funzioni, ma...» Si interruppe poco prima di pronunciare le ultime parole. Il suo volto era troppo vicino al mio, come sul tetto. Non riuscivo a staccare gli occhi dalle sue labbra e mi maledissi per essermi lasciata andare poco prima, perché era come se non riuscissi più a stargli lontano.

«Ho riflettuto molto, prima. E non ci riesco, Trinity. Non riuscirò a vivere con te qui, come se nulla fosse accaduto. Non riuscirò a parlarti normalmente, da amico, parente o qualunque altra cosa io sia per te.»

Non capisco, Acher.

Dove vuoi andare a parare?

«Quindi...?»

«Quindi dobbiamo stare lontani almeno fino a quando *questo...*» Esitò per un istante, i suoi occhi ancora puntati nei miei. «Fino a che questo non sparirà del tutto.» Acher prese un respiro profondo, allontanandosi da me. «Se non lo facciamo, ci saranno delle conseguenze. Delle *gravi* conseguenze per entrambi.»

Immagina se qualcuno vi avesse visti, Trin.

O peggio, immagina se la ragazza di Acher avesse assistito al vostro bacio.

«Hai ragione», risposi flebilmente. «Dobbiamo stare lontani...» ripetei più a me stessa che a lui.

Convincermi che quella era la scelta migliore era un'impresa ardua.

È la cosa giusta da fare, Trin.

«Come al mio arrivo a Seafolk», disse risoluto.

Ci saremmo odiati. Ci saremmo evitati per tutto il tempo necessario, fino a quando i nostri sentimenti non sarebbero svaniti.

«Come al tuo arrivo a Seafolk», confermai.

Ci sarei riuscita. Sarei riuscita a odiare Acher come prima.

Era stato un errore. Come tutti i sentimenti che provavamo.

È una cosa passeggera. Passerà.

Acher aveva ragione. Stare vicini non avrebbe che causato problemi. Anzi, guai, e io ne avevo già abbastanza. Avevo impiegato mesi per accettare cosa provavo per Acher, e ora ero costretta a nascondere i miei sentimenti. Avrei tentato di reprimerli, certo, ma non ero mai stata brava a spegnere le emozioni. Di solito, lasciavo che prevalessero su di me.

Ma questa volta...

Nessuno doveva sapere cos'era accaduto sul tetto.

Nessuno doveva sapere cosa ci eravamo detti.

«Siamo d'accordo, allora.» Le sue parole mi riscossero.

«Sì.»

Non abbiamo altra scelta.

«Come se ci odiassimo», sussurrai.

Anche se nulla sarà come prima.

Non riuscirò più a guardarti allo stesso modo.

Non riuscirò mai più a starti accanto, perché proverò un dolore indicibile.

Come sarei riuscita a cancellare quel bacio?

Sapevo di dover allontanarmi da Acher, sapevo che quella era la scelta giusta... ma come riuscirci? Vivevamo nella stessa casa, frequentavamo la stessa scuola.

«Per una volta, siamo d'accordo, allora.»

Non avrei saputo dire che genere di espressione fosse disegnata sul volto di Acher, perché i miei occhi erano fissi nel vuoto.

«Sì», affermai. «Siamo d'accordo. Quello che è successo sul tetto non deve mai più accadere.»

Acher annuì.

«Allora, ci vediamo a scuola?» domandò, dando inizio a quello che sarebbe stata la farsa più lunga della nostra vita.

«Certo.» Finsi un sorriso. «Ci vediamo a scuola.»

Detto ciò, si allontanò dirigendosi al piano inferiore e la distanza che ci separava mi fece venire il voltastomaco. La verità era che volevo che le mani di Acher mi sfiorassero le guance di nuovo, che le sue labbra si posassero sulle mie con quel desiderio che sapeva di proibito.

È questo il punto, Trinity.

Sai che vuol dire "proibito"? Che non si può.

E voi non potete.

La mia coscienza non era mai stata così presente. O forse ero io a non averla mai ascoltata.

Rimasi imbambolata sul pianerottolo fino a che la voce di Acher non mi parve altro che un ricordo, e sorse in me persino il dubbio di essermi immaginata tutto. Ci eravamo baciati davvero o la mia mente mi aveva tratto in inganno? Non lo sapevo, tutto sembrava così irreale. Decisi di smetterla di pensare ad Acher. Sarebbe stato proprio quello lo scopo delle settimane successive: dimenticarmi di quel bacio.

Fingere che non fosse mai accaduto.

Mi diressi nello studio di mio padre, per adempiere l'unico compito che mi ero imposta da mesi: terminare l'ultimo racconto della sua raccolta. Ci lavoravo da mesi, ma non ero mai riuscita a scrivere nulla che fosse degno del nome di mio padre: Michael Sanders. Feci un respiro profondo e mi convinsi che distrarmi avrebbe fatto al caso mio. Ma quando il mio sguardo si posò sulla scrivania e la trovò vuota, il panico mi assalì. Le mani iniziarono a sudare e, se qualcuno fosse stato presente in quell'istante, avrebbe giurato che avessi visto uno spettro camminarmi accanto.

Oh, no, no, no!

Dove sono i fogli?

Dove sono finiti i racconti?! Li avevo lasciati lì. Vero?

Il panico mi mangiò viva e pensai di essere sul punto di svenire. O di farmi venire un attacco di cuore. O entrambi. Dove li avevo lasciati l'ultima volta?

Rifletti, Trin.

Dove li hai lasciati?

Li portavo sempre con me ovunque!

Concentrati, Trinity.

L'ultima volta che li hai portati a scuola, che lezione hai seguito?

L'ultima volta ero... al corso di recitazione! Io e Acher eravamo saliti sul palco per l'esercitazione, e avevamo messo su quella scenetta della fidanzata gelosa e del ragazzo traditore. Ma, a un certo punto, eravamo rimasti gli unici sul palcoscenico, perché tutti gli altri erano scesi. Tutti, compresa una bionda che nutriva un particolare odio nei miei confronti e che sapeva della morte di mio padre.

Sandie.

Dannazione!

Li aveva presi lei, ne ero certa. Nessuno, a lezione, avrebbe frugato tra le mie cose tranne lei. Voleva farmi un dispetto, e ci era riuscita. Inoltre, tutti stavano assistendo alla nostra patetica prova di recitazione e Acher era proprio di fronte a me. Non poteva essere stato nessun altro.

Io l'ammazzo.

Giuro che l'ammazzo.

Eccome se la ammazzo!

Ero su tutte le furie.

Aveva preso i racconti di mio padre, soltanto per farmi un dispetto. Avevo promesso a mia madre che avrei tentato di rimanere lontana dai guai per essere ammessa a un college decente, ma per quello...

Oh, per Sandie sarei finita volentieri dal preside.

Anzi, avevo la certezza che ci sarei finita.

Prendi di mira me? Non mi importa.

Ma rubami i racconti e sei finita, piccola bionda ossigenata del cavolo!

Ero *abbastanza* contro la violenza.

Ma non abbastanza da frenarmi quando avrei rivisto Sandie a scuola, perché glielʼavrei fatta pagare.

Mi dispiace, papà. Questa volta dovrò rompere la nostra promessa.

27.
QUESTIONE DA RISOLVERE

«Se segui l'istinto, potrai sbagliarti.
Ma se segui il tuo cuore, non sbaglierai mai.»
MICHAEL SANDERS, *Il soldatino di cristallo*

«Ti hanno mai preso in giro perché scrivevi, papà?» domando addentando una fetta di torta di mele, la nostra solita "merenda al sacco", quando trascorriamo i pomeriggi al porto.

«Un sacco di volte», mi risponde lui dando un'ultima lucidata alla prua della nostra barca a vela. Gli piace così tanto stare all'aria aperta.

«E perché mai? Sei uno scrittore eccezionale!» esclamo passandogli un secchiello di vernice. Stiamo rimodernando la barca: manca solo una riverniciata alla poppa e sarà come nuova! Papà ha persino comprato delle vele nuove. Non vedo l'ora di salpare con lui.

«Perché ad alcune persone non importa se svolgi bene il tuo lavoro, ti prendono in giro e basta», sospira, ma il suo volto è sereno.

«Prenderanno in giro anche me, quando svolgerò il mio lavoro?»

Mi preoccupo, in effetti. Hanno preso in giro mio padre, che è magnifico in quello che fa. Figuriamoci in quanti mi scherniranno, in futuro.

«Trin, ascolta», richiama la mia attenzione.

«Mmh?» Alzo lo sguardo, ritornando sulla terra. Alle volte sono soprappensiero e dimentico persino dove mi trovo.

«Non devi mai giustificarti né scusarti per qualcosa che ti rende felice. Mai.» D'un tratto è diventato estremamente serio. Ascolto le sue parole con attenzione.

«E se ciò che mi rende felice è sbagliato?» domando mentre una folata di maestrale mi sferza il viso e delle goccioline d'acqua si infrangono sulle mie guance.

Può capitare, giusto?

Che qualcosa di sbagliato per tutti sia corretto per me.

Sono solo supposizioni, non mi è mai capitato, ma ci penso spesso.

«Se ti rende felice, non è mai sbagliato.» Per un secondo smette di verniciare e mi rivolge uno dei suoi soliti sorrisi. «Se segui l'istinto potrai sbagliarti. Ma se segui il tuo cuore, non sbaglierai mai.»

Cinquanta secondi.

Il tempo necessario per trascinare una ragazza per i capelli fino a sbatterla contro un armadietto.

Solo che la ragazza addossata a quel catorcio di metallo è Sandie, e chi ce l'ha sbattuta contro ero io.

Avevo qualche problema a controllare l'istinto e la rabbia, soprattutto. Me n'ero accorta in molte occasioni, ma quella… quella era stata il culmine.

«Che diavolo fai?! Levami le mani di dosso!»

Odiavo le urla di Sandie. Erano simili a squittii, che avrei volentieri zittito con uno schiaffo.

«Lo ripeterò una sola volta: dove hai messo i racconti di mio padre? So che li hai presi tu.» Digrignai i denti.

«Sei una pazza, lasciami andare!» gridò tentando di liberare i suoi capelli ossigenati, sfilandoli dal mio pugno, chiuso attorno alle sue ciocche.

«Dove?!» ripetei.

In cinque minuti, tutta la Seafolk High si era riversata in corridoio, assumendo la forma di una spirale, il cui centro eravamo io e Sandie.

Ci puntavano addosso i flash dei cellulari, continuando a filmare video e scattare foto. Alcuni ridevano, altri ci incitavano a fare a botte, altri ancora tentavano di fuggire dalla folla.

«Ridammi i miei racconti. Non lo ripeterò ancora!» gridai nuovamente, strattonandola con poca delicatezza.

«Aiutatemi, è una pazza! Lasciami stare, psicopatica!»

«Perché li hai rubati?!»

«Io non ho rubato un bel niente! Figuriamoci quei racconti pietosi!»

Racconti pietosi?!

Bastarono una parola e un aggettivo per far scattare in

me un'incontrollabile furia e fu in quel preciso istante che decisi di dire addio alle mie lettere di presentazione per il college. Non avevo mai tirato un pugno in vita mia. Non sapevo neppure di esserne capace, a dire il vero. Ma era come se una forza misteriosa si fosse impossessata di me e del mio corpo.

Un pugno.

Uno soltanto.

I capelli biondi di Sandie si tinsero di rosso, così come le mie nocche. E attorno a noi si creò un inquietante silenzio, carico di tensione. Tutto ciò che i miei occhi videro fu lo sgomento sul volto di Sandie e le espressioni intimorite degli altri studenti.

Avevano paura... di *me.*

Tutti mi temevano, tranne una persona.

Una soltanto, che avrei riconosciuto tra mille.

I miei occhi, spaventati per ciò che avevo compiuto, incrociarono i suoi, e per un secondo non mi riconobbi.

Cosa ho appena fatto?

Le mie dita erano impregnate del sangue di Sandie, che si tastava il naso dolorante, a dir poco sconvolta. Il terrore generale fu interrotto da una voce.

«Cosa sta succedendo qui?!»

Mi capitava spesso di eclissarmi. Durante le lezioni o quando Miles e Lola chiacchieravano con me. Ascoltavo, all'inizio, ma poi la mia mente finiva chissà dove e perdevo la cognizione dello spazio e del tempo. Mia madre diceva che mi perdevo nel mio "regno dei sogni". Era come se non fossi più sulla terra, anche se fisicamente lo ero. Ma i miei pensieri erano altrove, e io con loro.

«...Ed è per questo che la tua punizione consisterà in due settimane di sospensione.»

La voce del preside Johnson mi riportò alla realtà con uno scossone. Battei le palpebre, sconvolta.

«Cosa?!» esclamai.

Due settimane di sospensione...

Erano parecchie. Nessun college avrebbe accettato una ragazza sospesa all'ultimo anno per aver tirato un pugno a un'altra studentessa.

«La prego, pulirò i bagni della scuola per un mese, ma non mi sospenda», lo implorai. «O la mensa, o i campi da football. Farò qualunque cosa, ma la prego, un'altra sospensione brucerà il mio curriculum.»

Il preside Johnson mi fissò duramente, senza ombra di compassione sul viso.

«Hai tirato un pugno a un'altra ragazza, Trinity. Non c'è nulla che io possa fare per ridurre la tua punizione. Cosa direbbero gli altri studenti, se ti lasciassi andare senza sospensione? Che si può commettere violenza senza essere puniti?» mi interrogò intransigente.

Ho tirato un pugno a una ragazza.

Annuii, inespressiva.

«Al rientro dalla sospensione dovrai scusarti con la signorina Deed.»

Annuii di nuovo, incapace di proferire parola.

Ero spaventata da me stessa. Perché avevo agito senza pensare, lasciando che la rabbia prendesse il sopravvento.

Ma una domanda mi tormentava più di tutte...

Ero davvero *pericolosa*?

«Contatterò personalmente il signor Deed per comunicargli l'accaduto. Puoi andare.»

E io sarò licenziata dal locale che gestisce.

Sarò rifiutata da tutti i college.

Sarò la delusione di mia madre.

Abbassai la maniglia della porta che separava la presidenza dal corridoio e le uniche persone che vidi sedute su una poltroncina malandata furono Max e Lola. Non c'era traccia di paura o delusione, solo preoccupazione. Per me, per la punizione che avevo ricevuto. Perché, quella volta, ci ero andata pesante. L'avevo combinata grossa, *veramente* grossa.

«Trin...» disse Lola, lanciandosi verso di me e stritolandomi in un abbraccio. «Ero agli allenamenti, ho saputo poco fa.»

Max mi fissava, angosciato.

Ricambiai lo sguardo mesto, sussurrando un sincero: «Mi dispiace...».

«Quale...» Lola si schiarì la voce: «Quale punizione ti ha dato, questa volta?».

«Sospensione.» Mi passai una mano sul volto, razionalizzando. «Due settimane.»

Lola dovette nascondere un'espressione di stupore e spavento, tutto pur di tranquillizzarmi.

«Due settimane passano in fretta.» Finse un sorriso. «Vedrai, non te ne accorgerai neppure. Sarà come una vacanza», iniziò, ma il suo sorriso si spense poco dopo.

Scossi la testa, come a mimare un: "Stavolta è andata male".

«Andiamo a fare due passi, ti va?» propose Max, rivolto a me.

Annuii in silenzio, fissandomi la punta delle scarpe.

«Vi lascio soli», sussurrò Lola, stringendomi la mano. «Ti chiamo dopo, va bene?»

«D'accordo», dissi e seguii Max in cortile.

L'aria d'ottobre mi investì in pieno, e dovetti stringermi nella giacca per non iniziare a tremare. Il professor Donovan indicò uno dei tavoli su cui gli studenti erano soliti pranzare nelle giornate primaverili, ma che venivano consegnati al degrado durante l'inverno. Eppure a me piaceva tutto ciò che veniva abbandonato, forse perché anch'io mi sentivo un po' così.

Si mise seduto su una panca e io feci lo stesso, proprio di fronte a lui. Poi, sospirai.

Ero sempre stata una ragazza silenziosa, in classe. Miles e Lola erano le uniche persone con cui intrattenevo volontariamente una conversazione. Per tutti gli altri ero un fantasma.

Almeno, fino a quel giorno.

«Ti va di raccontarmi cos'è successo?» Invidiavo il suo tono calmo e non riuscivo a capacitarmi di come riuscisse a parlarmi senza rimproverarmi con modi duri.

«Non c'è nulla da raccontare, ho tirato un pugno a una ragazza.»

E non dovevo, motivo per cui sono arrabbiata e delusa di me stessa. Perché papà non avrebbe voluto e perché ora dovrò spiegare alla mamma la ragione per cui l'ho fatto.

«Ti sei sentita sollevata?»

Presi a torturarmi le mani, riflettendo.

Come mi ero sentita, nel momento in cui le mie nocche avevano sferzato quel colpo al naso di Sandie?

«All'inizio sì. Era solo una *questione da risolvere.* Per un momento mi sono sentita libera, come se avessi scaricato tutta la rabbia e la tensione accumulate da mesi. Ma un secondo dopo, me n'ero già pentita.» Non ebbi neppure il coraggio di guardarlo negli occhi. «Sono un mostro, Max? Sono pericolosa, ho qualche problema? Ho picchiato una ragazza e l'ho fatto senza pensarci due volte, senza esitare.»

Forse ho davvero qualche problema. E non lo dico solo per il pugno sferrato contro Sandie, ma anche per Acher. Bacio mio cugino, colpisco una ragazza. Forse ho davvero bisogno d'aiuto...

«Non sei un mostro, Trinity. Perché continui a tormentarti, qual è il motivo per cui ti senti così sbagliata?»

Mi morsi il labbro, mentre le lacrime riaffioravano a pizzicarmi gli occhi.

«Ho fatto una cosa...» D'un tratto non mi riferivo più a Sandie. «Non credevo che fosse sbagliata finché non ho riflettuto su cosa avrebbero pensato gli altri di me.»

«Per te "questa cosa" è sbagliata?»

Per te è sbagliata, Trinity?

«Non si tratta di qualcosa di oggettivamente sbagliato, come il pugno che ho tirato a Sandie.»

«Trin, non devi giustificarti per qualcosa che ti rende felice, se è questo che intendi.» Per un momento mi parve che Max avesse capito.

Lui era come mio padre, capiva *sempre.*

«Tu sei Trinity Sanders, e non hai mai permesso che i

giudizi delle persone ti condizionassero. Non devi agire in base a cosa pensano gli altri, ma in base a ciò che è giusto per te, perché hai la maturità per farlo. Hai capito perfettamente di esserti comportata male, prima. Non c'è bisogno che qualcuno te lo ricordi con una punizione. Perciò perché non riconoscere qualcosa o *qualcuno* per cui vale la pena concedersi di essere felice?»

«Ho capito di meritare questa sospensione, Max. Merito questa punizione. Ho capito perfettamente di aver sbagliato, e per questo mi scuserò con Sandie, ma...» Presi una lunga boccata d'aria. «Come faccio a capire se sto sbagliando ancora, se sto commettendo un errore?»

Max si sporse verso il centro del tavolo e prese le mie mani tra le sue.

«Sai di essere come una figlia, per me. Perciò ti risponderò come farebbe Michael.» Mi impegnai a trattenere le lacrime, ma fu impossibile. «Devi seguire il suo cuore, Trinity. Devi seguire lui, perché ti condurrà per la strada giusta e non sbaglierai. Lui ti indicherà la rotta. Non lasciare che la rabbia e la tristezza ti affondino. Lascia che la tua nave spieghi le vele e inizi a salpare verso i tuoi sogni.»

Quando misi piede nel salotto di casa, l'espressione desolata di mia madre era lì ad accogliermi. Percepivo la sua delusione ad anni luce di distanza e mi piangeva il cuore a vederla così amareggiata e insoddisfatta di me.

Sono una pessima figlia, mamma.

Ne ho combinata un'altra, forse la peggiore.

Rimasi immobile sull'uscio, attendendo che dicesse qualcosa, ma la tensione mi stava lentamente uccidendo, quindi fui la prima a proferire parola. «Hai saputo, vero?» domandai tremante.

«Il preside Johnson mi ha chiamata poco fa. Hai davvero

picchiato quella ragazza?» Non riuscivo a percepire nessuna emozione dal suo tono.

Chissà come deve sentirsi una madre a dover crescere una figlia come me…

«Le ho tirato un pugno», ammisi.

Non posso dire che non volevo, perché lo volevo, eccome se lo volevo. Ma ho capito di aver sbagliato e merito la punizione ricevuta.

«Trin», mi chiamò, avvicinandosi. Mi posò le mani sulle spalle, fissandomi negli occhi. Mi ripetevo di non piangere, di essere forte, ma non mi sentivo tale.

Mi sentivo un problema.

«Se conosco mia figlia almeno un po', so già quanto tu ti stia torturando per quello che è successo. Non voglio neppure chiederti la ragione che ti ha spinto a tirare un pugno a quella ragazza, ma voglio dirti questo. Se hai bisogno di aiuto, di qualsiasi tipo d'aiuto, non devi vergognarti. E non devi neppure preoccuparti dei soldi.»

Riuscivo a leggere la preoccupazione e l'agitazione nei suoi occhi.

«Sai che puoi parlare *sempre* con me, ma io non so come aiutarti, Trinity. Non ne ho le capacità e forse non riesco a capirti fino in fondo. Credo che dovresti parlarne con qualcuno che sappia gestire le tue emozioni, che sappia insegnarti come controllarle. Non voglio obbligarti a tornare in terapia, ma… Ti prego, pensaci. Promettimi che ci penserai.»

Gli occhi presero a pizzicarmi.

«Voglio solo il meglio per te, lo sai. Ma mi manca mia figlia, mi manca la vecchia Trinity.»

La vecchia Trinity non esiste più. E non so se riuscirà mai a tornare.

«Mi dispiace…» sibilai in un singhiozzo.

«Lo so, tesoro», mi disse abbracciandomi. «Sono al tuo fianco, sempre. Lo sai, vero?»

Si allontanò tanto da potermi guardare negli occhi e attese che annuissi, poi continuò.

«Ti voglio bene, Trin. Non dimenticarlo mai.»

Anch'io, mamma.

28.
FESTA IN MASCHERA

«Perché indossare una maschera,
se chi ti ama può scorgere la tua anima?»
MICHAEL SANDERS, *La maschera di vetro*

«Fammi capire bene, per andare a una festa del liceo dovevi aspettare una sospensione?» Lola mi guardò come se le avessi appena rivelato di aver ucciso una persona.

Roteò sulla mia sedia girevole, poi poggiò i gomiti sulla scrivania, scrutandomi con gli occhi socchiusi. Mi studiava per capire se avessi battuto la testa o se fossi seria. Per lei, si trattava decisamente della prima opzione.

«Non *voglio* andare a una festa, devo soltanto scusarmi con Sandie per averle tirato un pugno», sostenni risoluta.

«Perciò andrai a una festa organizzata dalla ragazza a cui hai tirato un pugno per scusarti di averle tirato un pugno?! Mi sembra una *pessima* idea!» Scosse la testa in segno di rimprovero, per poi sedersi accanto a me, sul letto.

«Praticamente ti stai autoinvitando a una festa in cui tutti ti odiano! Non so cosa ne pensi tu, ma a *me* sembra il momento peggiore per iniziare ad andare alle feste!»

Alzai gli occhi al cielo, frustrata.

«So che tutti mi odiano. Mi odiavano anche prima, ora solo di più. Ma non voglio aspettare per scusarmi con Sandie. Non so neppure se ci tornerò, a scuola», sospirai, rassegnata.

«Smettila di dire sciocchezze, certo che tornerai. E comunque Sandie ti butterà fuori non appena saprà che ti sei imbucata.»

«Allora le urlerò da lontano che mi dispiace.» Scrollai le spalle, rivolgendo la testa al soffitto.

Non ero mai andata a una festa organizzata da uno studente della Seafolk High. Tantomeno una festa organizzata da Sandie. Avrei preferito strozzarmi con una fune piuttosto che prendervi parte, ma dovevo scusarmi con lei a ogni costo.

«Cosa sai di questa festa?»

Lola serrò le labbra e ridusse nuovamente gli occhi a due fessure. «Allora sei seria...» mormorò. «Tutti ne parlano a scuola... Si terrà la sera di Halloween, a casa sua. Sarà una festa in maschera, quindi dovrai inventarti un costume.»

«Dovremmo», la corressi. Lola agitò spasmodicamente le braccia, con in volto un'espressione terrorizzata.

«Cosa?! Non se ne parla, Trin! Tanti ragazzi ubriachi e di conseguenza tanti guai! Ne abbiamo già abbastanza», mi ammonì terrorizzata. «Sai che adoro divertirmi, che mi piace stare con te, Miles e le mie compagne di squadra... Ma Sandie ci odia e stiamo progettando di entrare nella tana del lupo. Ci sbranerà vive e io ci tengo a portare la mia squadra in finale! Viva, capito? Sono troppo giovane, *troppo*!»

Sbuffai per il tono melodrammatico di Lola.

«Andiamo, hai partecipato a tantissime feste, tu sì che hai dimestichezza con queste cose!»

«Trin, non credo tu abbia compreso questo dettaglio», sussurrò con occhi sbarrati. «Vuoi andare alla festa di Sandie Deed, la ragazza a cui hai tirato un pugno e che per grazia divina non ti ha denunciata perché, testuali parole, le fai "pena". E vuoi scusarti con questo soggetto ossigenato!»

«Esatto, hai un'ottima capacità riassuntiva. Hai una *A* in letteratura, giusto?»

Lola mi lanciò un cuscino dritto in faccia.

Non sapevo il motivo per cui volevo scusarmi con Sandie. Da una parte, la mia mente sosteneva che si fosse meritata quel pugno, dall'altra mi ero vergognata di me stessa.

Per quanto Sandie fosse odiosa e mi avesse presa in giro per anni, nessuno meritava la violenza, neppure lei. E quel pugno non mi aveva ridato i racconti di mio padre, perciò delle scuse non avrebbero peggiorato la situazione.

Sei già nei guai fino al collo, Trin, almeno la tua coscienza ringrazierà.

«Non riuscirò a farti cambiare idea, vero?» sbuffò Lola,

incrociando le braccia al petto. «Avrai mezz'ora di tempo per scusarti con lei, Cenerentola. E verrò con te solo a patto che non lasci la scuola. Sai che io e il professor Donovan ti costringeremo.»

«Mezz'ora andrà bene.»

Sarei andata alla festa, avrei cercato Sandie, le avrei porto le mie scuse e avrei atteso il termine della sospensione. Non mi aspettavo di certo che le avrebbe accettate, ma almeno la mia coscienza sarebbe tornata limpida.

«Dobbiamo trovare un costume. Per mimetizzarci, capisci cosa intendo?» Mi fece l'occhiolino.

«Oh, no. Non se ne parla.»

«Invece sì, signorina. Stabilisco io le condizioni, qui.»

«Facile per te, indosserai la divisa di pallavolo.»

Lola ammutolì, per poi scoppiare a ridere. «Mi conosci troppo bene!» si lamentò. «Vedi di recuperare un costume, Cenerentola, o dovrò arrangiarmi.»

Non indossavo un vestito dai miei dodici anni. O meglio, non indossavo un *costume di Halloween* da quando avevo dodici anni. Ma Lola non avrebbe accettato di vedermi con indosso la mia solita felpa, per cui avevo scavato nell'armadio di mia madre e avevo trovato un abito.

Lo avevo già visto in una foto che lei aveva conservato nel suo album.

Mio padre stringeva mia madre in un abbraccio, le mani sui suoi fianchi e un sorriso a trentadue denti a incorniciargli il volto. Quasi riuscivo a sentire le loro risate tramite quello scatto ingiallito. Lo sfondo era uno di quei locali sulla spiaggia che frequentavano durante il campeggio estivo, e un vecchio jukebox era ritratto in un angolo, proprio accanto a un bancone inondato di birre. Mio padre indossava uno di quei giubbotti di pelle nera, tempestati di borchie, abbinato ai capelli acconciati con la brillantina e a un paio di Levi's, mentre mia madre proprio quell'abito rosa confetto e una fascia tra i capelli ricci e voluminosi.

Erano bellissimi…

Sembrava che fossero usciti da *Grease*.

Mi manchi, papà. Vorrei che la mamma ridesse ancora così di gusto.

Mi piaceva pensare di essere vestita come Baby di *Dirty Dancing*. La versione un po' più rozza e segnata dalle occhiaie, ma pur sempre lei.

Quando mia madre mi vide scendere le scale con indosso il suo vestito, le si riempì lo sguardo di stupore.

«Tesoro…» Le luccicarono gli occhi. «Ma sei bellissima.»

«Grazie mamma, ma è solo un costume di Halloween», le dissi.

«Halloween? Vai a una festa?» Lo sconcerto si impadronì del suo volto.

Annuii timidamente. «Va tutto bene?» domandai nervosa.

«Sì, certo. Sono solo… sorpresa. Non è da te, non ti piacciono le feste.»

«Infatti, è così. Devo chiarire con una persona», la informai.

«Sono contenta che non ti sia chiusa in camera tua, lasciando il mondo fuori. Spero che riuscirai a risolvere con questa persona ma, ti prego, fa' attenzione, Trinity. Non voglio che si ripeta ciò che è successo a scuola, o peggio.»

Schiusi le labbra, incapace di rispondere.

«Questo vestito sta meglio a te che a me», terminò sincera, per poi aguzzare lo sguardo. «Ma il coprifuoco rimane a mezzanotte, signorina. Non un minuto di più.»

«Capito, Cenerentola?» la canzonò Lola, sbucando dalla cucina con ancora le guance piene di biscotti. Inghiottì un boccone, poi ammiccò in direzione del mio vestito. «Che bambola! Sei perfetta per questa missione suicida.» Fischiò.

«Sono pronta», comunicai a Lola.

«Speriamo di sopravvivere», rise lei.

La casa di Sandie, anzi la *villa* di Sandie, era tre volte casa mia. I suoi genitori abitavano lungo la costa e avevano persino accesso a una porzione di spiaggia privata. Non era molto lontano da Seafolk Bay e arrivarci a piedi era un gioco da ragazzi, tacchi permettendo. La villa era perfettamente addobbata a tema Halloween. Zucche dai denti aguzzi costellavano il vialetto di ghiaia che conduceva all'entrata, e altre erano disseminate sul prato all'inglese che sembrava fosse stato appena tagliato da un giardiniere. Degli scheletri pendevano dagli infissi delle finestre e gruppi di ragazzi dai costumi stravaganti erano sparsi qua e là sotto il porticato davanti all'ingresso. Una ragnatela stava appesa sulla cassetta della posta e tetre candele nere erano disposte sui davanzali in legno. A bocca aperta, mi domandai quanto avesse speso Sandie per decorare tutto.

Non riconobbi nessuno dei volti che poco prima del mio arrivo ridevano e scherzavano bevendo cocktail e birre, ma evidentemente loro riconobbero me. D'un tratto calò il silenzio, e tutti si voltarono nella mia direzione. Poi, presero a bisbigliare e parlottare, come se avessero appena visto un assassino a piede libero.

«Pessima idea, lo sapevo», sussurrò Lola, affiancandosi a me. «Mezz'ora, Cenerentola. E non si discute.»

«Vado a cercare Sandie», dissi determinata a percorrere il vialetto a testa alta. Le loro occhiate taglienti non mi avrebbero intimorito.

Non appena salii le scale che conducevano all'ingresso della villa, il mare di studenti si divise in due sponde, lasciandomi passare. Avevo i loro occhi confusi e inviperiti addosso, ma non mi importava. Ero andata a quella festa solo per scusarmi con Sandie, e non appena avrei raggiunto il mio scopo, me ne sarei andata.

L'interno della casa sembrava uscito da un film americano. Anche perché la famiglia di Sandie era *decisamente* la tipica famiglia da film americano: un padre perfetto, una moglie perfetta, una figlia perfetta. Almeno all'apparenza. C'erano persino dei camerieri che servivano punch e tartine, maledizione! Mi venne la nausea al solo pensiero di avvicinarmi al buffet e di bere tutto quell'alcol.

La musica era assordante, e non riuscivo a distinguere nessuno tra i presenti. Alcuni di loro indossavano delle maschere, altri erano fin troppo sfatti per essere lucidi.

Ma dov'è la principessina?

Lanciai uno sguardo alle mie spalle, per cercare Sandie tra la folla, ma fu lei a trovare me per prima.

«Cosa diavolo ci fai tu qui?»

Sandie era vestita da crocerossina. Anche se il termine "vestita" era un'iperbole. Indossava una camicetta striminzita e sbottonata sul décolleté, e una gonna che le copriva a malapena il sedere. Almeno il costume si intonava all'enorme cerotto che le avevano applicato sul naso in infermeria, poco dopo il mio pugno.

Era a dir poco furiosa di vedermi.

«Sono venuta per scusarmi con te», risposi calma.

Non avrei lasciato che la rabbia prendesse il sopravvento, quella volta. Avrei controllato le mie emozioni e non avrei rovinato la sua festa.

«Bene, non accetto le tue scuse», squittì infastidita, liquidandomi con uno "sciò" della mano.

«Non importa, volevo che sapessi che mi dispiace», replicai scrollando le spalle.

«Smettila, sappiamo tutti che non ti dispiace veramente.»

Inspirai a fatica, riempiendo i miei polmoni con puro autocontrollo.

«Non sono venuta qui per litigare.» Il mio orgoglio premeva per venire fuori e mettersi a urlarle contro. Ma io lo tenevo diligentemente a bada. «Me ne vado.»

«Aspetta», mi chiamò a voce più alta, guardandomi sottecchi. Si avvicinò a me, e il suo tono calò inaspettatamente. «Se sapessi cosa ti nasconde, non lo guarderesti più allo stesso modo.»

Cosa va blaterando Sandie?

Chi non guarderei più allo stesso modo?

«Non credo di aver capito», sussurrai confusa. Feci per andarmene, ma lei mi trattenne, afferrandomi per la stoffa del vestito.

«Sai *perfettamente* di chi parlo.» Si morse un labbro, regalandomi uno sguardo impassibile. «È bello quanto dannato, e non riuscirai mai a cambiare il suo passato.»

Quelle parole mi terrorizzarono.

La serietà con cui le pronunciò lo fece ancora di più.

Sandie non sembrava volermi prendere in giro, anzi, era *estremamente* seria. Non mi aveva rivolto quell'avvertimento per scherzo, lo aveva fatto perché mi ero scusata con lei, e aveva accettato le mie scuse. Mi stava mettendo in guardia, da qualcuno che credevo di conoscere, ma di cui evidentemente non sapevo abbastanza.

E avevo intuito a chi si riferisse...

Ma allora perché gli stava alle calcagna, se aveva scoperto tutti i suoi segreti? E di che passato parlava? Quali avvenimenti lo avevano stravolto?

Mi allontanai dal salone con il cuore in gola, trascinando le mie gambe pesanti senza dire altro. Le mie supposizioni erano corrette, quindi. Acher nascondeva un segreto. O forse più di uno.

La musica assordante attutì i miei pensieri, e la testa cominciò a girare come sulla spiaggia, a lezione con la professoressa Harris.

Ho bisogno di andare in bagno.

Il salone di Sandie stava diventando un labirinto sfuocato ai miei occhi, per cui mi addossai al corrimano della scalinata di mogano e mi costrinsi a salire le scale, facendo attenzione a non urtare nessuno dei corpi che ondeggiavano e bevevano senza sosta.

Al piano di sopra avrei sicuramente trovato un bagno. Quando raggiunsi il pianerottolo gremito di invitati, mi girai su me stessa più volte per individuare una stanza libera. Superai porte da cui provenivano gemiti e altre in cui non avrei messo piede neanche per sogno, pena la mia incolumità, poi mi fermai davanti a quella che dava l'idea di essere un'enorme cabina armadio. Sbirciai dalla porta socchiusa, e notai che era vuota. Non si trattava del bagno, ma almeno avrei avuto un attimo per rifiatare.

Mi infilai all'interno della stanza, richiusi la porta e sospirai, almeno finché qualcuno non posò le sue mani sui miei fianchi.

Sussultai all'istante, lanciando un grido che nessuno sentì per via della musica.

«Ssh, sono io», sussurrò una voce pacata.

«Acher...» Ripresi fiato, sentendomi il cuore esplodermi nel petto a suon di martellate. «Mi hai fatto prendere un colpo.» Nella penombra non riuscivo a distinguere nulla che non fosse la morbidezza dei cappotti e degli abiti che ci circondavano, e che per sbaglio avevo sfiorato divincolandomi dalla presa di Acher che mi aveva spaventata poco prima.

«Che ci fai qui?»

«Che ci fai *tu* qui?» replicò, curioso.

«Te l'ho chiesto prima io», mi intestardii.

«Sono stato *obbligato*, se così si può dire. Ora tocca a te.»

«Non mi sembravi un tipo da festa in maschera, in effetti», sussurrai. «Sono venuta per scusarmi con Sandie. Ma tu non puoi saperne il motivo, perché te ne sei andato via.» Alludevo al momento in cui avevo tirato il pugno a Sandie, e con la coda dell'occhio avevo visto Acher allontanarsi.

«Avevo già visto abbastanza.»

Continuavamo a sussurrare, e sentivo il fiato di Acher soffiarmi sulle labbra, mandandomi completamente in palla. Storsi il naso.

«Perché non mi hai fermata?»

D'un tratto non sapevo più se alludessi al pugno o al nostro bacio.

«Credevo anch'io che meritasse una lezione, anche se non pensavo saresti arrivata a tanto. Ero lì, tra la folla, quando le hai sferrato quel pugno. Sapevo che ti avrebbe spinta al limite, ma quando ti ho vista, spaventata da te stessa, non ho resistito. Sono andato via. Non sopportavo di vedere la paura nei tuoi occhi. Eri spaventata dal tuo gesto, da come hai reagito, anche se avevi tutte le ragioni del mondo per farlo.»

Per un secondo mi mancò il respiro.

Maledizione, quello era il motivo per cui avevo iniziato a provare dei sentimenti per lui. Acher riusciva a capirmi. A intuire i miei atteggiamenti, a prevedere le mie mosse, a comprendere i miei pensieri. Come nessun altro.

«Ne parli come se sapessi cosa vuol dire essere spaventati da sé stessi...»

«Perché è così.» Mi addossai alla parete, e la mia schiena aderì a un cappotto di pelliccia. Acher posò una mano proprio accanto al mio volto e respirò affannosamente. «Hai ascoltato te stessa e le hai dato una lezione che non dimenticherà facilmente. Ma non dovresti arrivare al punto in cui sono le tue emozioni a controllare te e non viceversa.»

«Cosa puoi saperne tu? Non hai mai picchiato nessuno.»

«Ho fatto di peggio, Trinity. E non ne vado fiero, così come tu non vai fiera di aver tirato un pugno a Sandie.»

Non vado neppure fiera di aver baciato te.

Tentare di allontanare Acher era impossibile: ero incastrata tra il suo corpo e il muro, e combattevo con il mio istinto di scappare via e il mio desiderio di stargli sempre più vicino.

«Non conosci neppure le ragioni per cui l'ho fatto, non sai nulla e credi di poter comprendere chiunque con le tue frasi grondanti di finta saggezza. Non funziona così, Acher.»

Feci per divincolarmi, ma non appena sentii la sua pelle sfiorare la mia fui perduta.

Acher carezzò la mia guancia con la mano, e mi sciolsi al suo tocco.

«So perché lo hai fatto. Io osservo, usignolo.» Mi passò il pollice sulle labbra e chiusi gli occhi, chiedendomi se tutto non fosse solo un sogno. «Soprattutto *te*.» D'un tratto, si allontanò, come se la coscienza gli avesse intimato di lasciarmi andare. «Se ne avessi parlato con me, se ti fossi confidata, lo avremmo risolto insieme.»

«Parlare con te? Avevi appena finito di dirmi che dovevamo stare lontani, evitarci, persino *odiarci.*»

Dovevamo respingerci, eppure siamo qui, in questa stanza, e pare che le nostre emozioni stiano di nuovo prendendo il sopravvento.

Mi martoriai le labbra, mordendole fino a sentire il sapore del sangue, proprio dove Acher le aveva sfiorate.

«Ma puoi venire da me ogni volta che ne hai bisogno, Trinity. Sai che smuoverei mari e monti, per te.»

Le sue parole mi colpivano dritte al petto, lo attraversavano e giungevano al cuore, che si mostrava debole e docile a ogni suo sussurro, a ogni suo respiro.

«Non puoi dire così, Acher...» mugolai, e la mia risposta giunse alle sue orecchie come un lamento soffocato. «Non dopo quello che è successo.»

Eravamo d'accordo, Acher. Che ti succede?

Il desiderio e la curiosità di chiedergli dei suoi segreti crescevano a ogni istante che passavo con lui, ma sapevo che non avrebbe colmato i miei dubbi con delle risposte.

«Ho porto le mie scuse a Sandie, ora devo andare...»

Feci per uscire dallo stanzino, in cui iniziava a mancarmi l'aria, ma Acher afferrò la mia mano, e prese ad accarezzarla con movimenti circolari, come per tranquillizzarmi.

«Puoi parlare con me, *Trinity.*» Il modo in cui marcò il mio nome mi fece sussultare. «Se covi dentro di te le tue emozioni, le riverserai amplificate all'esterno. E... esploderanno. Le nostre emozioni hanno il potere di distruggerci.»

«Le emozioni sono pericolose.»

«Non immagini quanto...» confermò lui, sistemandomi una ciocca di capelli dietro l'orecchio. «Un vestito.» Sorrise, sfiorandone la stoffa con delicatezza, e toccò di sfuggita anche un lembo della mia pelle. «Non ti ho mai vista con un vestito indosso.»

«È una festa in maschera, no?» Deglutii a fatica.

«Quando imparerai che le maschere non funzionano con me?» mi bisbigliò all'orecchio.

«E tu? Quando imparerai che prima o poi farò crollare la tua?»

Allontanati, Acher.

Non posso permettermi un altro sbaglio.

Le mie mani aderirono al suo petto, e mi parve che non ci fosse nessun altro posto a cui appartenessero.

Eravamo la spiaggia e il suo mare, una nave e il suo faro, eppure *dovevamo* stare lontani.

Perché deve essere sbagliato? Perché non posso assaporare le sue labbra, senza sentirmi in colpa?

«Non ci riusciremo mai, usignolo...» Prese ad accarezzarmi i capelli, lasciandomi un bacio sulla fronte. «Non riusciremo mai a stare lontani.» Le sue erano parole a metà tra una domanda e un'affermazione, ma io avrei voluto confermare. Avrei voluto dirgli che non sarei riuscita a stargli lontano, perché era tutto ciò che avevo sempre desiderato e che non avevo mai avuto il coraggio di ammettere. Sentii le sue labbra morbide premere sulla mia fronte, e mi abbandonai a quella calda sensazione di familiarità e sicurezza, che non riuscivo a provare con nessun altro al mondo.

«Cosa succederebbe?» domandai tremante. «Se non stessimo lontani, cosa succederebbe?»

Acher mi passò una mano tra i capelli, inspirandone il profumo. Non dava l'idea di uno che ha pieno controllo di sé, anche se ogni suo movimento era calibrato e studiato nei minimi dettagli. Mi sfiorava come se avesse desiderato farlo di nuovo dalla volta sul tetto e pregai che non si trattasse solo di un sogno. Ma non poteva esserlo, perché a stento riuscivo a prendere sonno, e il pensiero delle labbra di Acher sulle mie mi impediva di dormire ogni notte.

«Questo», sussurrò chinando il capo sul mio volto. «Succederebbe questo...»

D'un tratto mi mancò il respiro. Le emozioni che provavo quando Acher mi stava vicino venivano amplificate, e non riuscivo più a controllarle. Sentivo i suoi riccioli sfiorarmi la fronte e le mie gambe sempre più molli, a un passo dall'abbandonarmi completamente a lui. Le sue labbra erano così morbide che anche solo pensare di staccarsi da loro era impossibile; le sue mani percorsero determinate la linea dei miei fianchi, fino alla nuca, e chinai il capo all'indietro, lasciando che mi lasciasse dei delicati baci sul collo e addossandomi completamente alla parete, tra quella montagna di cappotti costosi e vestiti vellutati. Volevo che ogni centimetro del mio corpo gli appartenesse, e al diavolo tutto il resto. Desideravo solo che il mondo restasse fuori, e mi cullavo nel buio di quella stanza, senza curarmi del fatto che ciò che provavamo ci avrebbe costretti a rimanere nell'ombra, proprio come mi aveva preannunciato Miles.

Ma vale la pena indossare una maschera per te, Acher. Vale la pena vivere l'amore nell'ombra, vale la pena assaporare le tue labbra nascosti, perché non posso vivere senza di te.

Sin dalla morte di mio padre, non avevo fatto altro che sopravvivere. Ma Acher... lui era l'unico a riaccendere in me quella scintilla di vita che mi aveva abbandonata. E non mi sarei lasciata scappare l'opportunità di risplendere, anche se nell'oscurità.

Voglio te, voglio questo stanzino, voglio noi.

Non avevo mai desiderato tanto qualcuno in vita mia, non avevo mai voluto che qualcuno mi sfiorasse come Acher stava facendo in quella stanza.

Ma lui...

Lui era così impetuoso e delicato al tempo stesso, determinato ed esitante, quasi temesse di compiere il gesto sbagliato.

Ed era *il* gesto sbagliato; non c'era nulla di più sbagliato al mondo, ma noi eravamo i campioni di una battaglia persa in partenza.

«Guardami», disse incitandomi ad aprire gli occhi. «Questo *non* può essere sbagliato. Noi *non* siamo sbagliati.»

E per un momento ci credetti anch'io. Almeno finché una voce non ci interruppe. Una voce sconvolta che riconobbi all'istante, appena prima di realizzare che qualcuno ci aveva visti. Che aveva visto Acher baciarmi.

«Trinity, cosa diavolo stai facendo?»

Era la voce di Lola.

29.
COLLASSO

> «Quando il mondo cade a pezzi,
> le storie che scriviamo erigono castelli.»
> MICHAEL SANDERS, *Il narratore di storie*

È una sensazione strana quando il tuo mondo collassa in mille pezzi, ma fuori tutto sembra procedere come nella norma. È come se nessuno si accorgesse che la tua vita si sta sgretolando, mentre il tempo continua a scorrere ininterrottamente.

Fu a quello che pensai nell'istante esatto in cui capii che Lola ci aveva colti sul fatto, e non aveva più senso mentire o nasconderci. Ma ciò che mi strinse lo stomaco in una morsa dolorosa furono le silenziose lacrime che le scorrevano sulle guance e le rifulgevano sul viso alla fioca luce delle candele e delle lanterne poste qua e là per tutto il giardino di Sandie.

«Lola!» gridai a pieni polmoni, seguendola a passo svelto lungo il vialetto. «Lola, aspetta!»

Avevamo ormai superato il cancello di ferro che sanciva l'entrata alla villa di Sandie, quando Lola si voltò nella mia direzione e il suo sguardo mi trafisse il cuore.

«Dimmi che quello che hai baciato non è Achernar Morris, tuo cugino!» Si arrestò di colpo.

Non potevo negare l'evidenza. Lola ci aveva visti, che senso aveva continuare a raccontare fiumi di bugie?

«Stavi baciando Acher! Tuo cugino, cavolo! Ma poi non aveva una ragazza? E ti sembra un dettaglio trascurabile? Potevi dirmelo!»

«Potevo dirtelo? E chi mi avrebbe assicurato che non avresti reagito così?!»

«Come dovrei reagire, Trin? Non so neppure se è legale, in questo stato!»

«A chi importa?» Scrollai le spalle, in preda al panico.

«A me! A me importa. Perché non sono Trinity La Menefreghista Sanders!» Soffiò tra le lacrime.

«È questo ciò che pensi di me?» sussurrai, come se una lancia mi avesse appena attraversato il petto.

È questo quello che pensi della tua migliore amica, Lola?

«Dio, no! Ma sono arrabbiata con te, Trin! Come hai potuto tenermi nascosta una cosa così importante?»

«E tu come hai potuto tenermi nascosto il fatto che provi qualcosa per Miles?» Socchiusi gli occhi, furiosa.

Le mie emozioni distruggono.

Me, i miei amici, la mia famiglia.

Le mie emozioni distruggono ogni cosa.

Lola rimase interdetta, e si portò la mano alle labbra, sconvolta. Non immaginava neppure che sapessi...

«Cosa?» balbettò tremante.

«Credevi che fossi così stupida? Che non mi accorgessi di come lo guardi? Andiamo, è dalla sera del falò che è chiaro ciò che provi per lui. *Fingo* di non vedere, *fingo* di non sapere.»

Lola mi fissò come se avesse covato quella rabbia per mesi. Come se per un lasso di tempo estremamente lungo avesse tenuto dentro di sé un miliardo di pensieri ed emozioni diverse.

«E sei bravissima a *fingere,* Trinity. Dici di non essere brava in nulla, eppure fingere ti riesce splendidamente! Fingi che Acher sia solo tuo cugino, fingi di non essere la preferita del professor Donovan, fingi di essere la mia migliore amica. E sì, sono innamorata di Miles da mesi, ma lui ha occhi solo per te. Ed è orribile stare con voi due, se per lui esisti solo tu!» Sbottò talmente forte che per un secondo riuscì a sovrastare il frastuono della musica proveniente dalla villa.

Indietreggiai come se mi avessero tirato uno schiaffo. Come se *Lola* mi avesse tirato uno schiaffo. Proprio lei, la mia migliore amica.

Ero davvero così brava a fingere, come diceva lei? Forse aveva ragione... avevo finto per tutta la vita. E ora fingevo che Acher fosse solo mio cugino, nulla di più. Ma non era così. In fondo, nella profondità del mio cuore, sapevo di provare qualcosa di forte per lui. Anche se lo avevo tenuto nascosto a tutti, persino a me stessa. *Soprattutto* a me stessa.

«Se è così *orribile* stare con me, allora forse è meglio che vada...» sibilai, superandola e procedendo a passi svelti lungo il vialetto. Lola non fiatò, né mi trattenne.

Tutto ciò che riuscii a pensare fu di aver perso entrambi i miei migliori amici, in così poco tempo da non riuscire neppure a razionalizzarlo. Eppure, non una lacrima mi rigò il viso, non una smorfia di dolore. D'un tratto, provavo il niente. Quel solito nulla che si era intrufolato in me dalla morte di mio padre, che aveva messo radici e che era cresciuto tra il mio cuore e la mia anima, come un rampicante.

Camminai come un fantasma verso casa, con le sole luci opache e giallognole dei lampioni a tenermi compagnia.

L'indomani, non potevo andare a scuola. Non avrei potuto neppure la settimana dopo, ma in seguito al litigio con Lola non ne avrei comunque avuto il coraggio.

Mi tirai su e mi dondolai sul ciglio del materasso, fissandomi le punte dei piedi che oscillavano come onde. C'era ancora una cosa che dovevo fare: andare al Sand&Sea per dare le dimissioni.

Non che non mi servissero un lavoro e dei soldi, ma non potevo continuare a essere una dipendente del signor Deed dopo aver tirato un pugno a sua figlia. Be', tecnicamente non ero stata assunta da lui, ma la mia coscienza e la mia coerenza mi imponevano di fare la cosa giusta. Avrei trovato un altro lavoro, o almeno lo speravo.

Mi vestii svogliatamente ed evitai di guardarmi allo specchio: sapevo che la mia immagine mi avrebbe fatto ribrezzo, perciò decisi di concentrarmi su altro. Mia madre era già al lavoro: doppio turno, mattina e pomeriggio. Mi domandai se fosse colpa mia, se stesse facendo gli straordinari per pagarmi un'ipotetica psicologa o perché sapeva che avrei dato le dimissioni e avremmo avuto bisogno di soldi per le bollette e per la benzina.

Sì, era colpa mia.

È sempre colpa tua, Trinity.

Tua e delle tue azioni sconsiderate, che hanno sempre delle conseguenze. A ogni azione corrisponde una reazione, ormai dovresti saperlo.

Afferrai le chiavi dell'auto e mi diressi al locale, in un misto di tristezza e rabbia. Ma l'apatia ebbe la meglio, e mi ritrovai a guidare con la mente sgombra da ogni pensiero lungo la costa di Seafolk.

Avevo odiato Seafolk per così tanto tempo da dimenticare che, in fondo, quel posto apparteneva a me tanto quanto io appartenevo a lui. Mi godetti la sensazione di star guidando tra le nuvole, la strada deserta e il mio cuore che batteva lentamente, finalmente libero da tutti i pesi che lo avevano asfissiato.

Vorrei vivere così: spensierata, libera.

Libera da ogni rimorso, da ogni ricordo, da ogni sbaglio che ho commesso in tutto questo tempo.

Fissai per un secondo lo sguardo nello specchietto e mi maledissi per averlo fatto, perché quasi non mi riconoscevo. Non riconoscevo la Trinity che gioiva delle piccole cose, di una canzone alla radio, di un vinile anche graffiato, di una serata in riva al mare o di un tramonto sulla spiaggia.

Avevo smesso di provare gioia stando al mondo, e non riuscivo a recuperarla in nessun modo.

Ero rotta, smarrita e piena di crepe.

Ero la principessa di crepe a cui mio padre aveva dato vita nei suoi racconti, senza sapere che un giorno, sua figlia si sarebbe rinchiusa nella torre da sola.

E avevo sbarrato la porta, impedendo a chiunque di venire a salvarmi. Ma consapevole di essere l'unica in grado di salvare sé stessa.

Devi riprenderti Trin. Devi ritrovarti. Devi farlo per tua madre, per Lola, per Miles, per Max. Devi trovare il tuo scopo, un motivo per vivere senza sopravvivere. Ma devi farlo in fretta, perché il mondo sta collassando, la terra sta svanendo sotto i tuoi piedi e tu sei qui, immobile, a rimpiangere il passato.

Mi accorsi di essere arrivata solo quando il Sand&Sea mi sbarrò la strada. Il locale era ancora chiuso al pubblico, ma Cassidy e Randy erano già dietro al bancone per preparare il servizio.

«Ciao, ragazzi.» Li salutai facendo risuonare nella sala il campanello posto sulla porta.

«Trin!» urlò Cassidy, correndo ad abbracciarmi.

«Tesoro, hai una cera orribile!» Randy lanciò un urletto, prima di essere fulminato da uno dei più temibili sguardi di Cass.

«È vero, quindi? Hai davvero…?»

Tirato un pugno alla figlia del capo?

«Sì.» La interruppi, mordendomi l'interno della guancia.

«Fingiamo che non lo meritasse», disse Randy, sventolando la mano in aria in un gesto svogliato.

«Se lo meritava, ma ho sbagliato», sospirai. «Sono qui per dare le dimissioni.»

«Cosa?!» Per un soffio Cassidy non lasciò cadere un bicchiere. «Non devi! Il signor Deed non è il tuo capo!»

«È il proprietario del locale, non posso più lavorare qui. Ho chiesto scusa a sua figlia, ma non posso. È giusto così.»

«Sei testarda, piccola», sbuffò Randy. «Vorrei avere la tua forza d'animo e la tua determinazione.»

«Sei molto matura, Trin. Ma sappiamo quanto ti servano questi soldi. Sei sicura?»

Annuii.

«Troverò qualcos'altro. In fondo non ero poi così brava come cameriera.» Risi, scrollando il capo.

«Non dire sciocchezze, hai sempre le mance migliori», sdrammatizzò Randy, ma notai l'amarezza nella sua espressione.

«Mi dispiace, ragazzi.»

«Dispiace più a noi», singhiozzò Cassidy.

«Dai, non sta mica andando al patibolo!» la sbeffeggiò Randy.

«Lo sai che sono sensibile, Ran!»

Adoravo quei due.

«Non vi libererete tanto facilmente di me.» Lanciai un'occhiataccia divertita a Randy e asciugai una lacrima sulla guancia di Cassidy.

«Non sparire, Trin.» Ran divenne incredibilmente serio. «Dico davvero. Non sparire... in tutti e due i sensi.»

Cassidy parve non capire, ma io sì.

Non lasciarti andare, non svanire nel nulla.

Stai diventando uno scricciolo, Trin.

Perché vorresti sparire nel corpo quanto nell'anima.

Annuii, abbracciandoli.

Non sparirò Randy, ve lo prometto.

Dopo aver consegnato le mie dimissioni al capo, salutai Cass e Ran e tornai a casa, ma questa volta con la testa e il cuore più pesanti. Non appena rientrai in casa, il mio sguardo cadde sul biglietto lasciato da mia madre appeso al frigo, penzolante da una calamita a forma di gelato.

> Sono da Ginny in ospedale, ha iniziato a sentire le contrazioni un'ora fa.
> Resterò con lei fino al parto.
> Ti ho lasciato la cena nel frigo.
> Baci,
> mamma

Lessi il biglietto più volte, concentrandomi sulla parola "ospedale". L'avevo sempre considerata traboccante di morte e di dolore, ma in casi come quello era anche il luogo in cui veniva data alla luce la vita. Sorrisi timidamente al pensiero della felicità di Ginny non appena avrebbe abbracciato la figlia o il figlio ancora in fasce. Eppure, subito dopo, l'immagine di mio padre immobile in un letto d'ospedale mi colpì in pieno volto e indietreggiai barcollante, presa da un conato. Mi portai le mani alla bocca, conscia che se avessi mangiato probabilmente avrei rimesso tutto sul pavimento, per poi scoppiare in lacrime.

Retrocessi ancora, col fiatone, fino a che le mie spalle non colpirono qualcosa di morbido e mi arrestai. Poi, delle braccia mi cinsero da dietro, e il mio respiro si fece ancora più affannoso.

«Trinity...» sussurrò al mio orecchio. «Trin, va tutto bene?» Acher continuò a tenermi stretta, col suo mento a qualche centimetro dalla mia testa.

Non ebbi neppure la forza di voltarmi per guardarlo in volto e incrociare il suo sguardo.

«Va tutto bene...» ripeté ancora, questa volta non con tono di domanda. «Davvero, va tutto bene.» Tentò di tranquillizzarmi, ma invano.

«No...» risposi con voce rotta, tutta tremante.

Mio padre.

Immobile e pallido sulle lenzuola biancastre che sanno di sangue e di lacrime che verserò. Che sanno di assenza e di ricordi che diventeranno a poco a poco più sbiaditi, sino a sembrare incubi e sogni di una bambina.

«Sono qui, ssh.» La sua voce fu come attutita dal suono sordo del dolore che mi riempiva le ore e mi trafiggeva il cuore con una velocità impressionante.

Mi accarezzò i capelli lentamente, intrecciandoli dolcemente alle dita. Attese che il mio respiro rallentasse, per poi voltarmi, così che potessi concentrarmi su di lui.

«Ce ne andiamo», ripeté risoluto.

Battei le palpebre più e più volte, imprimendo le sue parole nella mente.

«C-cosa?» balbettai riempiendo i polmoni d'aria.

«Ce ne andiamo da qui per un po'. Solo io e te, lontano da tutto ciò che ci fa soffrire.»

Lontano dal dolore e dai ricordi.

Lontano da Seafolk.

Lontano da tutti.

«D'accordo?» domandò carezzandomi la guancia.

«D'accordo.»

Inspirai ed espirai più volte, concentrandomi su Acher. Sulle sue guance arrossate e un po' scavate, sullo sguardo stanco e preoccupato e sulla fronte leggermente aggrottata.

Dopo un momento di silenzio, lasciò che il mio capo poggiasse sul suo petto per un interminabile momento di calma e tranquillità, in cui mi sentii serena come non accadeva da molto tempo. Poi si allontanò leggermente, tanto da osservarmi dall'alto e assicurarsi che non stessi piangendo.

«Te la senti di guidare?»

Annuii. Guidare mi rilassava come nient'altro al mondo. Mi aiutava a scardinare la mente dai pensieri che più la distruggevano.

«Dove andiamo?»

Acher rimase in silenzio per qualche manciata di secondi, poi le sue labbra si incurvarono in un sorriso.

«A casa mia. A Blue Ridge.»

30.
NOTE INTONATE

«Non ricordava nulla della sua vita
prima di diventare un soldato
del Reame di Diamante.
Ma, quando la guardò negli occhi,
un solo sentimento riaffiorò
nella sua mente: l'amore.»
MICHAEL SANDERS, *Il soldatino di cristallo*

«Trinity… puoi uscire fuori un secondo?»

È la prima volta che il preside Johnson viene di persona in classe per richiamarmi. Di solito sono io a finire in presidenza, nessuno si scomoda per me. Questa volta, però, non mi sembra di aver fatto qualcosa di sbagliato. Insomma, non ho copiato nessun compito in classe con la Harris, non ho litigato con Sandie né ho organizzato una partita clandestina di poker nello sgabuzzino dell'inserviente.

Ma allora perché Johnson è qui?

Seguo il preside Johnson fuori dalla classe, in corridoio.

«Trinity, sto per dirti una cosa importante, ma è essenziale che tu rimanga calma, d'accordo?»

Va bene, ora mi sta spaventando.

«Non capisco… è successo qualcosa?»

Il cuore mi batte troppo forte: ho un brutto presentimento…

«Si tratta di tuo padre.»

Cosa?

Che è successo a mio padre?

Gli è capitato qualcosa di brutto?

«Ha avuto un… malore e lo hanno portato al Seafolk Hospital. Tua madre ci ha appena avvisati. Sei autorizzata a lasciare le lezioni. Il professor Donovan ti accompagnerà personalmente in ospedale.»

Un malore?

Non ci capisco niente. Ho salutato mio padre due ore fa, stava bevendo un tè in cucina. Com'è possibile? Stava bene, mi ha sorriso, mi ha augurato buona giornata.

Max mi posa una mano sulla spalla. Non l'ho neppure sentito arrivare. Mi sento come in una bolla: le persone mi parlano, ma io non le capisco. Il preside Johnson sembra troppo angustiato, Max ha le guance sporche di lacrime appena versate.

«Non è solo un malore, vero?» chiedo con voce rotta, che graffia la mia gola secca.

No, no, no.

No, non può essere.

Non a me...

Max mi abbraccia, e io non sento più le gambe. Spero sia solo un incubo, come quelli che faccio ogni notte.

Ma le lacrime di Max sono vere, e anche le mie.

No, no, no, ripeto quella sillaba così tante volte da non capirne più il significato. Il rimorso più grande di tutti viene su assieme a un conato.

«Non gli ho detto che gli volevo bene...»

«Perché vuoi che guidi io?» domandai titubante.

«Odio guidare. Lo faccio solo in caso di necessità.» Storse il naso, mordendosi il labbro inferiore.

Come quando sono svenuta nell'ora della Harris a Seafolk Bay, vero?

Annuii senza porre troppe domande. Non ne avevo né la forza né la voglia, e farci la guerra non era più il mio scopo.

Mi sentivo prosciugata. Non avrei saputo descrivermi meglio. E Acher lo aveva intuito nel momento esatto in cui mi lasciai cadere sul sedile del mio fulmine alla brillantina, senza protestare.

«Non ho idea di come si arrivi a Blue Ridge. Mi indicherai tu la strada?»

Acher mi scrutò dal sedile del passeggero, con un sorriso sincero sulle labbra.

«Sempre, usignolo.» Poi il suo sorriso divenne più malizioso. «Sbizzarrisciti», mormorò indicando il volante.

Non me lo feci ripetere due volte; schiacciai il piede sull'acceleratore e feci retromarcia nel vialetto, lanciando un'occhiata divertita ad Acher. Ormai non prendeva più in giro la mia automobile né il mio modo di guidare, perciò capii che il nostro "viaggio" sarebbe stato una tregua.

Avevamo bisogno di staccare la spina per ricaricarci il cuore, perciò Acher mi aveva chiesto, letteralmente, di mollare tutto e andare via almeno per qualche ora. O forse qualche giorno. In realtà non glielo avevo ancora chiesto. Mi piaceva l'idea di spingermi verso l'ignoto, di lasciare Seafolk alla ricerca di una meta che non conoscevo. Avevo vissuto lì tutta la mia vita, non prendendo neppure in considerazione l'ipotesi di esplorare il mondo.

Prima ero troppo piccola per pensare che esistesse una realtà più grande della mia, e dopo erano arrivati i problemi. Anzi, ne ero stata sommersa. Tutto era passato in secondo piano. Il mondo, i miei desideri, i miei sogni. Nulla aveva più senso da quando *lui* era scomparso.

Eppure mi trovavo con Acher, a bordo della mia automobile, con le mani rilassate che avvolgevano il volante di pelle e il mio sorriso stampato sul volto, che di tanto in tanto incontravo nel mio riflesso nello specchietto.

Una parte di me mi ripeteva che stavo fuggendo dai problemi, che li stavo evitando come una debole, che non avevo mai avuto il coraggio di affrontarli. Ma un'altra parte di me, la più istintiva, era così felice di quegli attimi di serenità che nulla aveva più importanza. Esistevamo io, Acher, e la meta che ci eravamo prefissati.

Un luogo in cui, anche se per poche ore, nessuno ci avrebbe giudicati per il nostro doloroso passato, per il nostro confusionario presente, e per la nostra mancanza di futuro.

«Allora...» interruppi il silenzio, «quanto dista Blue Ridge da Seafolk?»

«Trecento chilometri, o poco più.»

«Solo trecento?» Insomma, le distanze tra gli States erano di gran lunga più elevate. «Hai detto tu stesso che non eri abituato all'afa di Seafolk.»

«Ed è vero, non mentivo. La catena delle Blue Ridge Mountains si estende per chilometri e chilometri ed è situata nell'entroterra. La zona occidentale è di gran lunga più fredda di Seafolk. Ma non ho sempre vissuto lì», proseguì.

«Credo di avere l'odio per l'afa nel sangue. Stando ai racconti di mia madre, abbiamo vissuto nel Kentucky per un po', ma non ricordo nulla prima del trasferimento a Blue Ridge. Lei voleva tornare in Virginia, perché è lì che abitano tutti i suoi parenti, tua madre compresa», mi informò. «Suppongo, quindi, che mio padre fosse del Kentucky, ma mia madre non me ne parla mai. I miei ricordi sono sbiaditi, ma è normale. O almeno crede la psicologa.»

Quindi Acher si era trasferito dal Kentucky... questo spiegava la sua indole avversa al clima umido della costa e al perenne sole di Seafolk anche a settembre.

Ma come mai Acher non ricordava nulla di suo padre? Avevo osservato il suo sguardo spento, durante la nostra gita in barca, quando parlava dell'uomo che avrebbe dovuto conoscere, ma di cui non ricordava neppure il volto.

«Quanti anni avevi quando vi siete trasferiti?» domandai.

«Sei anni al massimo.»

«E non ricordi nulla di tuo padre?»

Scosse la testa in segno di diniego.

«Proprio nulla?»

Un'altra negazione.

Improbabile non ricordarsi nulla quando si ha sei anni. Certo, non ricorderà alla perfezione i lineamenti del suo volto, ma almeno i tratti principali...

«Alcuni bambini subiscono dei traumi che interferiscono con la memoria a lungo termine. Immagini rimosse, ricordi totalmente annullati. Pare che sia normale. È l'abbandono, o qualcosa del genere... Magari l'odio che ho provato nei suoi confronti ha rimosso del tutto i ricordi che avevo di lui.» Scrollò le spalle, disinteressato. Non lo mettevo in dubbio, chi ero io per contestare il giudizio di un'esperta in psicologia? Ma c'era un tassello del puzzle che non combaciava con gli altri...

«È un problema, per te, guidare fin lì?» domandò.

«No, sono abituata. Mi piace guidare.»

Quindi la madre di Acher si era trasferita dal Kentucky a Blue Ridge per avvicinarsi alla sua famiglia, dal momento che suo marito l'aveva lasciata sola con un bimbo.

Aveva senso, in effetti.

Magari voleva ricucire i rapporti con mia madre o con gli amici del college, chi lo sa. Ma il padre di Acher... lui era un gran bel punto interrogativo.

«Perché vuoi portarmi lì?»

«Perché entrambi abbiamo un passato doloroso, e non voglio che tu ti senta sola nel tuo dolore. Tu mi hai mostrato Seafolk, io ti mostrerò Blue Ridge. Saremo pari.» Poi indicò un cartello. «Imbocca la Route 58.»

Obbedii, lanciando un'occhiata alla strada. Ci stavamo spostando verso l'entroterra, e una brezza più fresca iniziava a solleticarmi la nuca, segno che l'autunno, lontano da Seafolk, era più rigido. Avremmo raggiunto la Virginia occidentale in poche ore.

«Ti piaceva vivere a Blue Ridge?»

Acher annuì. «È una bella cittadina, sì. Ma mi ricorda ogni giorno la malattia di mia madre. I luoghi in cui viviamo sono come delle monete. Su una faccia ci sono i ricordi felici, e sull'altra quelli più tristi. Una sorta di... *biplanarità*.»

Acher aveva maledettamente ragione.

Anche per me era così. Seafolk era la cittadina in cui si erano conosciuti i miei genitori e si erano innamorati, ma allo stesso tempo il luogo in cui mio padre era morto.

«Hai degli amici, lì?»

«È un interrogatorio?» Alzò un sopracciglio, ridacchiando.

«Cerco solo di fare conversazione. Ma se vuoi possiamo rimanere in silenzio per trecento chilometri, non mi dispiacerebbe.»

«Sei assurda...» mormorò divertito. Attese qualche istante prima di ricominciare. «Sì, ho degli amici. Ma non li vedo da quando mia madre è stata ricoverata. Ci sentiamo di rado e io non amo cercare le persone.»

«Me ne sono accorta», commentai.

«Il problema non sono io. È che...» Si morse il labbro, stringendo i pugni, nervoso. «Non ho una bella reputazione, a Blue Ridge. Quasi tutti erano contenti che me ne fossi andato...»

Eppure Acher era un bravo ragazzo. Sembrava che tutti lo stimassero o lo invidiassero. Achernar Morris con le sue camicie di lino ben stirate e, da qualche giorno a quella parte, i maglioni a quadri che gli conferivano persino un'aria da intellettuale. Insomma, Acher era il fidanzato che tutte le madri avrebbero voluto per le proprie figlie. Educato e responsabile. Avrei potuto chiedergli perché a Blue Ridge pensassero il contrario, ma non lo feci. Tutto di lui, in quel momento, stava gridando "ti prego, non voglio parlarne" e per quanto fossi incuriosita, decisi di rimanere in silenzio. Sapevo poco di Acher, ma in quel momento volevo che fosse lui ad aprirsi con me. Forzare la mano non avrebbe portato a nulla.

«Credevo che ti mancasse casa», mi sfuggì soltanto.

«Mi manca mia madre, ovviamente. Ma "casa" non è necessariamente il luogo in cui vivi. "Casa" è accanto alle persone che ti amano, è dove ti senti felice. E Blue Ridge non è più casa per me, forse non lo è mai stata.»

«Penso lo stesso di Seafolk...» sussurrai a fior di labbra.

«A Seafolk ci sono moltissime persone che ti vogliono bene», disse lui, abbassando il finestrino, così che la sua mano potesse sfiorare l'aria fredda. Inspirò come se ne fosse rinvigorito.

Acher aveva ragione. Avevo mia madre, Max, Lola, Miles. Ma il problema era un altro. E tentare di spiegarlo era molto più complicato del previsto.

«Hai presente quando le vite degli altri formano uno spartito e la tua è soltanto una nota stonata che rovina la loro sinfonia? Ecco, io sono quella nota stonata nel loro spartito.»

«O forse sei solo nello spartito sbagliato. Forse devi soltanto comporre la tua sinfonia... Ma non sei tu la nota stonata, usignolo. Smettila di pensarlo.»

Vorrei crederci, Acher.

Davvero...

«Non è così facile. Soprattutto se sei una ragazza impulsiva la cui vita è stata stravolta in un attimo.»

«La tua vita è sempre stata come il mare quando è piatto.

C'è stato il sole fino a che tuo padre non è morto, e poi è arrivata la tempesta. Tutta insieme, la burrasca ti ha travolta. Sei ancora in balia delle onde, ma devi imparare a nuotare, Trin. Anche così, anche quando il mare non è calmo.»

«Non ci riesco, va bene? Non ci riesco. Così come non riesco a esprimere questo dolore che mi porto dentro, questa tristezza che mi accompagna da mesi, ormai. E la rabbia... la rabbia che mi fa essere impulsiva, per cui mando tutto a rotoli.»

«Dici di non riuscire a terminare le storie di tuo padre. Ma è proprio quella rabbia che devi impiegare nei suoi racconti. Da' sfogo a quel dolore, a quella tristezza. Puoi comunicarla, Trin. Hai le capacità per poterla gridare al mondo. Grida, Trinity. Gridalo al mondo, quel dolore.»

Gridare al mondo il mio dolore...

Non sarei mai riuscita a gridare.

Mi sentivo senza un filo di voce, sempre.

«La Trinity ribelle, quella che tutti rimproverano. Lascia che sia lei a parlare. Non riesci a uniformarti agli altri, al resto del mondo? Va bene così, non devi essere uguale a loro, tu devi essere Trinity Sanders. Tu sei tu e troverai qualcuno che ti *guarderà* per quella che sei, che capirà come sei fatta e capirà quel dolore che ti porti dentro. È così che andrà, ne sono certo.»

Forse Acher aveva ragione. Forse qualcuno avrebbe amato anche il dolore che non riuscivo a mandare via dalle mie giornate.

Le poche volte in cui distoglievo lo sguardo dalla strada era per cercare i suoi occhi. Sembrava esausto, lo percepivo dalla mascella rilassata, non per la tranquillità, ma per la stanchezza. Le occhiaie violacee che contornavano i suoi occhi gonfi ne erano la dimostrazione più concreta. Per un secondo lo sorpresi a fissarmi, e un sorriso si dipinse sulle sue labbra piene e rosse.

«Che c'è?» Scossi le spalle, mantenendo le mani salde sul volante. Non potevo distrarmi alla guida, e Acher era la mia distrazione più grande.

«Mi piace quando mi guardi», rispose con naturalezza.

«Ti sbagli, non stavo guardando proprio nessuno.» Risi, ormai consapevole di essere stata scoperta.

«Fingiamo entrambi che non sia così...»

Strinsi le dita attorno al volante fino a far diventare le nocche bianche. D'un tratto pensai a Lola e alle parole che ci eravamo rivolte alla festa di Halloween. Forse aveva ragione... tutta la mia vita girava attorno alla finzione. Il rumore del cruscotto che si richiudeva mi riscosse dai miei pensieri, e vidi Acher estrarre un cd rovinato.

La scritta col pennarello indelebile che aveva realizzato mio padre recitava *Disco Music '70/'80*. Sorrisi istintivamente e Acher se ne accorse. Ammiccò con lo sguardo, inserendo il cd nell'apposito vano, per poi alzare il volume al massimo.

«Preferenze?» domandò premendo il dito su play.

Scossi la testa, lasciando che la sorte scegliesse al posto mio. *YMCA* dei Village People riempì l'abitacolo di note calorose e divertenti. Il mio sorriso si allargò ancora di più e mi venne quasi voglia di ballare. E lo avrei fatto, se solo non stessi guidando sulla Route 58 a una velocità di ottanta chilometri orari.

Mi limitai a canticchiare il testo della canzone, facendo scoppiare Acher in una fragorosa risata.

«Scommetto che conosci a memoria i testi di tutte le canzoni di questo disco», si lasciò sfuggire.

«È ovvio, anni e anni di vacanze accompagnate dalle note degli ABBA o di Prince, per non parlare dei Boney M. e di Gazebo. Oh, ho dimenticato Gloria Gaynor!» Battevo le dita sul volante a ritmo di musica.

Il viaggio si prospettava meno teso del previsto, e per qualche chilometro il peso che mi gravava sul petto diminuì. Non sapevo se fosse merito di Acher o della musica, o forse di entrambi. Ma di una cosa ero certa: entrambi mi rendevano felice come non mai. Rimanemmo in silenzio godendoci la musica per un tempo indefinitamente lungo; tutto ciò che riuscivo a scorgere erano alberi e case scorrere veloci fuori dal finestrino, fino a che Acher non mi indicò di rallentare.

D'un tratto, la strada divenne in salita e i nostri respiri appannarono il parabrezza, segno che l'altitudine stava aumentando. *Karma Chameleon* ci tenne compagnia fino al cartello BENVENUTI A BLUE RIDGE, CITTADINA DELLE BLUE RIDGE MOUNTAINS. Eravamo arrivati.

Ingranai la prima e lanciai uno sguardo all'orologio.

Sono già trascorse tre ore?

Fortunatamente il mio cd ne avrebbe coperte ben cinque, ma eravamo arrivati persino prima che iniziassi ad accusare la stanchezza.

«Gira a destra e imbocca quel vialetto», disse Acher indicando un mucchio di villette a schiera costellate da pini. Non eravamo ancora nel centro della cittadina, ma ero certa che casa sua fosse in quel quartiere. Acher mi fece accostare sulla sinistra, proprio accanto a una villa verniciata di bianco, dagli infissi serrati e il prato incolto, chiari segnali d'assenza. Tuttavia, nonostante lo stato d'abbandono in cui versava la casa, mi pareva di scorgere ancora i segni di vite vissute in armonia: un'altalena appesa al ramo di una quercia, dei vasi in cui un tempo erano sbocciate violette o forse narcisi, e persino un nano da giardino, dal cappello scheggiato e il naso sbiadito.

Lasciai la macchina in sosta sul retro, proprio accanto al giardino. Acher scese per primo, per poi aprire la mia portiera e porgermi una mano.

«Benvenuta a casa mia, usignolo.»

«Abbiamo staccato la corrente elettrica; mi dispiace, ma dovremo cavarcela al buio almeno per questa notte», rise Acher indicando il sole che pian piano svaniva tra le montagne.

Era plausibile: Acher si era trasferito a Seafolk e sua madre era in ospedale. Non aveva senso continuare a pagare per un servizio di cui non avrebbero usufruito. Gli ultimi raggi del pallido sole di novembre illuminarono un salone ampio e ben curato, a cui Acher ridiede freschezza e lucentezza spalancando le ampie finestre che davano sul cortile.

«Perdona la polvere, domani darò una ripulita.»

Scoppiai in una fragorosa risata, guardandomi attorno.

«Ti stai davvero preoccupando della polvere? Hai visto camera mia, è un disastro tutti i giorni.»

La madre di Acher aveva buongusto: le tende a fiori lilla e azzurro si abbinavano perfettamente alle pareti dai toni indaco; anche il tavolo era adornato da un centrino ricamato con boccioli e altri generi di piante. Una libreria colma sino all'ultimo scaffale e una cassettiera di castagno creavano un contrasto perfetto con le tonalità chiare della sala. Immaginai Amanda riempire con fiori di ogni genere i vasi di cristallo che giacevano vuoti sulla tavola, ma che ero certa fossero sempre freschi e vividi prima che lei finisse in ospedale. Mi sforzai di ricordare quanti più dettagli possibile, prima che il buio avvolgesse la stanza. Sfiorai il dorso dei libri minuziosamente organizzati per ordine cromatico.

«Sono parecchi...» mi lasciai sfuggire.

«Te l'ho detto che mi piace leggere», rispose genuinamente.

«Lo so, hai *A* in letteratura», commentai con un velo di invidia, passando in rassegna i volumi dello scaffale superiore.

«Non sapevo che tenessi traccia delle mie valutazioni, piccola stalker», scherzò lanciandomi uno sguardo divertito.

«Non sapevo che ti ritenessi degno del mio stalking.»

«Touché.»

Mio padre adorerebbe questa libreria. E adorerebbe Acher, per quanto sia dura ammetterlo.

Per un momento, immaginai cosa sarebbe accaduto se mio padre fosse stato ancora vivo all'arrivo di Acher. Nella più probabile delle ipotesi, sarebbero diventati degli ottimi amici.

«Sei stanca?» mi domandò con un sorriso sardonico in volto.

«No, perché?» Alzai un sopracciglio, incuriosita. Gli occhi di Acher si illuminarono e le sue labbra si curvarono all'insù.

«Ne sei sicura? Perché vorrei portarti in un posto...»

31.
DRIVE-IN

«Il buio può essere casa
quando chi ti ama ti sfiora nell'ombra.»
MICHAEL SANDERS, *Il ladro di sogni*

«Per quale motivo stai impilando delle coperte nel *mio* portabagagli?»

Avevo sempre pensato che al mondo ci fossero persone destinate a stare sole, e io mi sentivo proprio una di quelle. Ma Acher… lui mi faceva sentire come se non fossi costretta a restare sola per non ferire gli altri o per sentirmi completamente libera.

«Lo scoprirai tra poco.» Sorrise chiudendo il cofano con uno scatto. «Metti in moto, sei tu il pilota.»

«Non farci l'abitudine», lo ammonii divertita.

Stavamo per salire a bordo, quando fummo interrotti da una voce tremante.

«Acher?»

Ci voltammo all'istante, in direzione di quel tono così mesto. Una ragazza dai riccioli color rame che le ricadevano sulle spalle e un paio d'occhi tristi si palesò davanti alla mia Mercury.

«Emory», la chiamò di rimando Acher, con lo stesso flebile tono.

«Sei tornato. Non ti vedevo da mesi.»

«Non vivo più a Blue Ridge, da quando…» Si passò una mano sul volto. «Sì, be', lo sai. Vivo a Seafolk, ora.»

«Oh.» La ragazza parve delusa. «Sì, Scott me lo aveva accennato. Ti trovi bene lì?»

Come la spettatrice di un evento a cui non si è stati invitati, mi ritrovai ad ascoltare i loro discorsi poco distante, senza fiatare, limitandomi a osservarli e a tentare di capire chi fosse quella ragazza dai capelli color fiamma.

Emory.

Che fosse la sua ragazza?

Sembrava preoccupata, ma anche felice di vederlo.

«Sì, sto bene. Tu come stai? Scott è ancora nei guai?» domandò tranquillo Acher.

Volevo che mi presentasse alla ragazza? Che mi prendesse in considerazione? Non lo sapevo, ma sentivo crescere dentro di me un solo sentimento: la gelosia.

Avevo visto spesso Acher con Sandie, ma questa Emory... Lei sembrava conoscerlo. Sembrava che conoscesse il suo passato, la sua vita a Blue Ridge.

Mentre a me mancava un pezzo, forse quello più importante del puzzle. Del passato di Acher sapevo pochissimo, della sua ragazza ancora meno. Era come se volesse tenermi all'oscuro della sua vita prima dell'arrivo a Seafolk.

«Noi ce la caviamo. Cerco di tenere Scott lontano dai guai, ma è complicato, senza di te. Si sente solo e... anch'io. È da quando Liz è andata via, che...» Emory trattenne un singhiozzo e Acher le sfiorò la guancia con la mano.

Quanto avrei voluto che quella mano sfiorasse il mio volto, le mie labbra.

Per interminabili istanti, invidiai profondamente quella ragazza di cui a malapena conoscevo il nome.

Rimasi immobile accanto allo sportello della mia auto, tentando di cogliere sguardi o parole furtivi.

«Mi dispiace, Em. Non sarebbe dovuta andare così, ma non posso tornare a Blue Ridge. Non ora, almeno. Di' a Scott che mi manca e che passerò presto a trovarlo.»

La strinse in un abbraccio, che lei ricambiò.

«D'accordo», sussurrò, prima di lanciarmi un rapido sguardo e allontanarsi da Acher. «Ci vediamo, allora. Mi ha fatto piacere rivederti.»

«Anche a me, Em. Anche a me...» la salutò silenziosamente, prima di ritornare alla realtà.

Non spiegò nulla della conversazione a cui avevo assistito, né mi riferì alcuna informazione sulla ragazza dai capelli rossi.

Tornò a comportarsi come se nulla fosse successo, come se non le avesse mai parlato.

Indispettita, gli lanciai uno sguardo interrogativo.

«Sei pronta?»

Annuii, evitando di porgli domande di cui, forse, avrei temuto la risposta.

Non aveva senso rimuginare sull'incontro di poco prima: ero da sola con Acher, lontana da Seafolk e da tutto il dolore che mi aveva provocato. Per un giorno, uno soltanto, avevo la possibilità di staccare la spina. Quanto ad Acher, prese a comportarsi come se quella Emory non fosse mai apparsa davanti alla mia macchina, come se fosse stata solo un incubo.

Il sole era ormai scomparso e i fari del mio fulmine alla brillantina erano le uniche luci a indicarci la via. Conoscevo un film horror che iniziava proprio in quel modo...

«Se vuoi uccidermi e seppellirmi in una buca scavata in un bosco, mi troveranno in un battibaleno. Ti consiglio un dirupo, piuttosto», sdrammatizzai per rompere il ghiaccio, lanciando uno sguardo di sfida ad Acher.

«Come hai fatto a indovinare? In effetti le coperte mi serviranno a schiacciare un pisolino dopo il tuo omicidio. È estenuante organizzare un assassinio tutto da solo.» Rise di rimando, sfiorandomi con delicatezza una ciocca di capelli.

Non è leale.

Acher sapeva che non potevo muovermi troppo o agitarmi alla guida, e quel gesto era una tacita tortura. Vedermi immobile al suo tocco era una dolce vittoria da gustare lentamente.

«Non si distrae l'autista, te l'hanno mai detto?»

«No, ma in mia discolpa non ho mai visto un autista bello come quello che mi sta accanto ora...» si lasciò sfuggire, continuando a carezzarmi ora i capelli, ora la guancia.

«Sai che posso imboccare la prima strada sterrata, imbavagliarti, legarti a un albero e lasciarti lì per tutta la notte?»

Acher fece una smorfia divertita. «Non sapevo che ti piacessero queste... pratiche estreme», disse malizioso, tornando a fissare la strada dinanzi a noi. Alzai gli occhi al cielo, scoppiando a ridere.

Spensieratezza.

Ecco cosa percepivo nell'abitacolo della mia auto in quel momento. Nonostante quella ragazza, nonostante la mia sospensione. E mi mancava… Mi mancava sentirmi spensierata come una qualunque adolescente che la vita non aveva preso a pugni fin troppo giovane. Forse, se io e Acher non fossimo stati *noi*, sarebbe andata diversamente. Forse avremmo avuto una possibilità.

Acher mi indicò una strada sterrata da imboccare appena superato l'incrocio, e per un secondo, nel buio generato dall'assenza di lampioni o abitazioni, mi parve di essere finita in uno di quegli horror anni Ottanta in cui gli assassini sbucavano dai boschi con una motosega in mano e un sorriso sadico sul volto.

Il nostro piccolo e silenzioso viaggio terminò qualche chilometro più tardi, quando intravidi, proprio dinanzi alla mia Mercury, una collinetta, e superata questa di poco… un parcheggio.

Un parcheggio enorme, traboccante di auto, e tutt'attorno al perimetro lucine sfavillanti a intermittenza, simili a impercettibili lucciole. Acher mi incoraggiò a non rimanere sulla collina e a parcheggiare all'interno.

Solo in quel momento, con la bocca spalancata e gli occhi brillanti di euforia, mi accorsi che tutte le automobili erano rivolte verso un telone, sul quale era proiettato, a caratteri cubitali, il titolo di un film.

No, non un film qualunque.

Flashdance.

Jennifer Beals, nei panni di Alex Owens nella pellicola, danzava sulle note di *Maniac*, con una grinta e una determinazione tali da accendermi il cuore.

«Non posso crederci…» sussurrai, portandomi una mano alle labbra dallo stupore. «Mi hai portato in un drive-in.»

Intanto, la musica continuava a battere nelle mie orecchie, col suo ritmo incalzante, e mi accorsi solo dopo di star tenendo anche il tempo.

Just a steel town girl on a Saturday night. Lookin' for the fight of her life. In the real-time world no one sees her at all. They all say she's crazy.

Acher annuì, e un pizzico di fierezza gli balenò negli occhi ricolmi di gioia. Anche lui si lasciò andare alla musica.

Locking rhythms to the beat of her heart. Changing movement into light. She has danced into the danger zone. When the dancer becomes the dance.

«Potrei seriamente cadere ai tuoi piedi, stanotte», dissi rivolgendo uno sguardo alle immagini che, proiettate su quel candido telo, iniziavano a muoversi sempre più velocemente.

Un drive-in…

Ecco perché abbiamo delle coperte…

D'un tratto, Acher scese dalla macchina e con un gesto risoluto spalancò il portabagagli, tirando fuori le coperte e un paio di cuscini che aveva aggiunto all'ultimo momento. Io lo seguii a ruota, con ancora il sorriso stampato sul volto.

«Non ho una decappottabile né un pick-up…» mormorai, notando decine di coppie guardare il film dalle loro auto sofisticate.

She's a maniac, maniac on the floor. And she's dancing like she's never danced before!

Rimasi incantata dinanzi a quelle scene, fissando ogni passo di danza della protagonista, che sprigionava energia e decisione da tutti i pori.

«E chi ha detto che abbiamo bisogno di un'auto del genere?» Rise, lanciando le coperte sul tettuccio del mio fulmine alla brillantina.

«Non posso crederci…» ripetei ancora, scrollando il capo e fissando Acher con occhi lucidi.

Non mi sentivo così felice da… mesi.

«Sono riuscito a lasciarti a bocca aperta, usignolo?» rise, aiutandomi a salire sul tettuccio.

Acher mi aveva davvero lasciata senza parole. Non avrei mai immaginato che potesse organizzarmi una sorpresa così. A dire il vero, non avevo neppure idea che ci fossero ancora luoghi del genere al mondo.

«Vado a prendere dei pop corn, aspetta qui», spiegò sorridente.

Il parcheggio nel quale era allestito il drive-in profumava di noccioline caramellate e pop corn, e per un momento pensai davvero di essere tornata indietro nel tempo, nei mitici anni Ottanta. Lanciai uno sguardo alle coppie che si abbracciavano, che si tenevano per mano o che si baciavano cullate dall'oscurità, e per un secondo non potei fare a meno di invidiarle. Acher tornò qualche istante dopo; tra le mani teneva una ciotola enorme di pop corn. Non ricordavo l'ultima volta che li avevo mangiati, ma erano trascorsi mesi. Me li porse con titubanza.

«Non sei costretta a mangiarli, se ti senti a disagio.»

Per tutta risposta, feci un respiro profondo e afferrai un pop corn. Profumava di burro e di sogni. Non ero a disagio, tutt'altro. Con lui tutte le paure svanivano e il coraggio si faceva strada in me. Quando assaggiai quel minuscolo pop corn, un'esplosione di felicità mi pervase e Acher mi lasciò un bacio sulla guancia, soddisfatto. Era una serata tranquilla, nonostante il clima, a Blue Ridge, fosse nettamente più rigido di Seafolk. Acher mi adagiò una coperta sulle spalle, sorridendo.

«Ora capisco cosa hai provato a settembre, non appena ti sei trasferito a Seafolk», dissi mentre un brivido mi attraversava la schiena.

Il mare, di notte, rilasciava sempre un lieve tepore che accarezzava l'aria, e la rendeva mite anche nelle notti più gelide d'inverno. Ma a Blue Ridge il freddo regnava sovrano, a novembre.

«Come facevi a sapere che...?»

«Una volta stavi canticchiando *What a Feeling*, e ho subito riconosciuto la melodia. Immaginavo che ti piacesse *Flashdance.*»

«Mi conosci meglio di quanto pensassi», ammisi.

Ed era vero.

Acher mi conosceva.

Sapeva quale musica ascoltassi, sapeva della mia passione per gli anni Ottanta, sapeva dei racconti di mio padre e persino del nostro acchiappasogni. Mi incantai a fissare i passi a ritmo di Alex Owens, con i suoi riccioli scuri e il body nero, durante la sua audizione. Quanto avrei voluto avere la sua determinazione...

Quanto avrei voluto essere lei.

«*Take your passion and make it happen*», ripeté Acher. «Devi far avverare i tuoi sogni, Trin. So che hai la capacità di renderli reali. Hai talento, devi solo credere di più in te stessa.»

Fissai Acher, illuminato dalla sola luce riflessa dal telone sul quale era proiettato il film. Lo guardai negli occhi per un tempo infinitamente lungo.

Per quanto tentassi di reprimere i miei sentimenti, la sentivo nel petto quella sensazione... lo percepivo nel cuore quel sentimento che mi rendeva vulnerabile e malleabile a ogni suo sguardo, a ogni suo tocco.

Acher riusciva a sfiorare corde di me che non credevo avrebbero mai suonato, perché mi sentivo come uno strumento rotto e stonato, per cui non erano mai stati creati spartiti né musicisti in grado di comprenderne il valore.

Ma lui... lui era diverso. Lui guardava la vera Trinity, e non con disprezzo o compassione, ma con quella luce negli occhi che mi faceva *davvero* credere che ci fosse del bello in me. Acher Morris era maledettamente bravo a guardare oltre la mia corazza, a riconoscere ciò che amavo.

Fissai Alex dal tettuccio della Mercury, con una coperta attorno alle spalle e la schiena contro il petto di Acher. La vidi sostenere la sua audizione come qualcuno che sta combattendo per il più grande dei suoi sogni.

E anch'io avrei dovuto combattere per i miei.

Mio padre aveva costruito per me quell'acchiappasogni per ricordarmi che, nonostante gli incubi, non avrei mai dovuto smettere di inseguire i miei sogni. Il male ci sarebbe sempre stato, il dolore e la tristezza avrebbero sempre fatto parte della mia vita, ma solo una cosa sarebbe stata in grado di tenermi *viva*: i miei sogni.

E quell'acchiappasogni, che aveva costruito con le sue mani appositamente per me, era un promemoria, il cui scopo era quello di ricordarmi ogni giorno un motivo per andare avanti, per sentirmi viva.

«Amo la musica con tutta me stessa», ammisi. «Adoro ballare e cantare, quando i vinili iniziano a ruotare e la puntina del giradischi percorre quei solchi, mi sento viva. Ma da quando mio padre è morto ho smesso di dare importanza alla felicità che provo in quegli istanti.» Le parole si strozzarono nella mia gola secca, e pronunciarle fu un'impresa.

Alzai lo sguardo. Il mento di Acher stava adagiato sulla mia testa; mi voltai, sufficientemente da poterlo guardare negli occhi.

Lui sorrise e indicò il film.

«Guarda la protagonista.» La indicò con il capo. «È caduta, Trin. E cos'ha fatto dopo?» Attese una mia risposta.

«Ha fatto ripartire la musica e ha ricominciato a ballare», risposi flebilmente.

«Esatto.» Avvolse le braccia attorno alle mie spalle, dolcemente. «Si cade, Trinity. La vita è fatta di cadute. Ma la musica riparte, e noi dobbiamo seguire il ritmo. Tu devi ritrovare i tuoi sogni, seguendo proprio quel ritmo. Se la musica ti rende felice, aggrappati a quel barlume di felicità e rendilo il motivo per cui andare avanti. Ma questo deve partire da qui.» Indicò il mio cuore con un dito. «Deve partire da te. *Sei tu a scrivere la tua storia.*»

Mio padre avrebbe detto la stessa cosa.

Non lasciare che il ladro di sogni rubi tutti i tuoi sogni, piccola Trin. Difendili a denti stretti, rischia per loro.

Poi avrebbe preso il nostro acchiappasogni, l'avrebbe fatto penzolare sul mio naso, e mi avrebbe detto di sognare in grande.

«Acher?» sussurrai.

«Mmh?»

«Grazie», dissi soltanto, e lui mi strinse ancora più forte, scaldandomi in un abbraccio.

Grazie per aver visto la mia anima, e non solo la mia corazza. Grazie per aver capito di cosa avevo bisogno, quando ne avevo più bisogno. Grazie per avermi ricordato chi sono e chi voglio essere.

Sarei tornata a sognare in grande.

Lo avrei fatto per mio padre, per mia madre, per Max, Lola, Miles e tutte le persone che mi volevano bene.

Ma, soprattutto, lo avrei fatto per me stessa.

«Trin...?»

«Sì?» Mi voltai, e lui ci strinse entrambi nella coperta, fronte contro fronte, le sue labbra a un soffio dalle mie.

«So che non possiamo stare insieme. Ma se fossi stato un altro, *chiunque altro*, se le cose fossero state diverse tra noi... nulla mi avrebbe impedito di dirti che sono irrimediabilmente innamorato di te.»

Sono innamorato di te.

Mai avevo sentito parole più vere e più sofferte di quelle.

Acher posò le labbra sulla mia fronte, lasciandovi un dolce bacio, per poi respirare assieme a me, nel buio. Quasi riuscivo a sentire i battiti dei nostri cuori andare a tempo con la musica del film.

«Se io fossi un'altra, *chiunque altra*, nulla mi avrebbe impedito di risponderti che anch'io sono irrimediabilmente innamorata di te.» Le parole vennero fuori dalle mie labbra in un sospiro sommesso.

«La vita è ingiusta, Acher», aggiunsi amareggiata.

Trovare la persona giusta, ma non poter stare con lei. È una tortura, come la maggior parte di ciò che ci accade.

«La vita è complessa, usignolo. Non ingiusta.»

«Con noi due? Non ti sembra ingiusta con noi?» mormorai con rammarico.

«Ci siamo incontrati, Trinity. Alcune persone non hanno neppure la fortuna di incontrarsi, ma io e te sì. Le nostre strade si sono avvicinate, e anche se non sono destinate a incrociarsi, sono felice di aver percorso parte del cammino accanto a te.»

Annuii, respirando a fatica.

Non sarei mai riuscita a cancellare ciò che provavo per Acher, *mai*. Non sarei riuscita a sopprimere il fremito nel petto o il desiderio di stare tra le sue braccia. Lo avrei custodito. Lo avrei conservato nel cuore, seppur con la consapevolezza di non poterlo gridare al mondo. E in quel momento, nel buio di un drive-in, mi vennero in mente le parole di Miles. Io e Acher potevamo amarci soltanto nelle tenebre, nell'oscurità. Ma a me non importava. Se Acher non fosse entrato nella mia vita quella mattina di settembre, non avrei mai più provato quelle emozioni, che per troppo tempo avevo dimenticato di possedere.

Avevo riscoperto la capacità di provare amore e felicità, dopo un lungo periodo di dolore e tristezza. Ed era tutto merito suo.

Acher aveva ragione: non avremmo potuto stare insieme, ma il tempo che avevamo passato l'uno assieme all'altra ci era servito per crescere.

E io mi sentivo una Trinity diversa, prima persa e poi ritrovata. Una Trin che aveva riscoperto la bellezza di sentirsi amata e di amare. Ma, soprattutto, mi sentivo di nuovo in cerca dei sogni che avevo smarrito.

«Sono grata di averti incontrato...» sussurrai a fior di labbra. «Anche se non possiamo essere niente di più, sono felice di averti nella mia vita.»

«Anch'io, usignolo.» Carezzò il mio viso con i polpastrelli, asciugandomi una lacrima. «Anch'io.»

Rimanemmo immobili, in quella posizione, per minuti, o forse ore, fino a che la musica non divenne sempre più ovattata e le luci pian piano più opache.

E dopo... il buio.

32.
PICCOLA ETERNITÀ

«Possono strapparci via tutto,
tranne i nostri sogni.»
MICHAEL SANDERS, *Il ladro di sogni*

Buio pesto.

Attorno a me non riuscivo a vedere altro se non buio.

Era notte, lo percepivo, e io mi trovavo adagiata su qualcosa di morbido. Sbattei le palpebre più e più volte, lasciando che l'oscurità acquisisse una forma ben precisa. La forma di un armadio sulla sinistra, di una scrivania sulla destra e di una finestra proprio davanti a me. Mi trovavo su un letto, probabilmente in camera di Acher, ma lui non c'era. Tastai il materasso più e più volte, ma l'unico corpo esausto della stanza era il mio. Mi massaggiai le tempie, tentando di ricordare.

Dopo la serata al drive-in mi ero addormentata tra le braccia di Acher e, una volta terminato il film, lui ci aveva riportati a casa, guidando.

«Odio guidare. Lo faccio solo in caso di necessità», aveva detto. Avrebbe potuto svegliarmi, o forse non si fidava di una Trinity mezza addormentata alla guida.

Mi tirai su, sentendo il cellulare premermi sulla pelle tramite la stoffa dei jeans. Lanciai un'occhiata al display, che segnava le 2:22. Ormai abbandonata dal sonno, accesi la torcia del cellulare per esplorare silenziosamente la stanza. Era parecchio anonima, a dire il vero. Un armadio color avorio, una comunissima scrivania, un comodino con una sveglia arrugginita e una finestra senza neppure delle tendine.

Non immaginavo di certo la camera di Acher tappezzata di poster dei Nirvana o di locandine di film appese alle pareti, ma non mi aspettavo neppure tutta quella desolazione.

O Acher Morris era un maniaco dell'ordine oppure aveva detto addio alla sua casa a Blue Ridge non appena era partito per Seafolk.

Anzi, non le aveva detto addio…

Avrebbe voluto farlo.

Acher aveva lasciato la sua camera in perfetto stato come si lasciano in ordine le stanze d'hotel, quando i turisti stanno per lasciare un luogo che sanno non rivedranno più in vita loro.

E lui aveva lasciato camera sua proprio in quello stato, avvolta da un alone di rammarico… Era come se ogni centimetro fosse tappezzato di "credo o spero di non mettere più piede qui dentro".

Sapevo che Blue Ridge gli ricordava la malattia di sua madre, ma c'era dell'altro. Sentivo odore di segreti, lì dentro.

Avevo visto centinaia di thriller, in cui i detective cercavano indizi in cassetti nascosti sotto le scrivanie o stanze segrete a cui si accedeva tramite librerie polverose. Ma Acher non era così prevedibile.

Cerca un dettaglio…

Un dettaglio a cui nessuno farebbe caso.

Un dettaglio che solo tu puoi notare nella sua unicità.

Cominciai a camminare avanti e indietro per la stanza, su e giù, attenta a non far scricchiolare le assi di legno del parquet. Acher non doveva svegliarsi, dovevo avere via libera. Non mi avrebbe mai rivelato i suoi segreti, e io ero troppo testarda per rinunciare all'idea di conoscere il suo passato.

Ero pronta a tutto pur di scoprirlo. Quella era la mia unica occasione.

Non c'era nulla fuori posto, nessun oggetto posizionato male, nessun indizio che potesse far presagire un dettaglio nascosto. Fino a che il raggio di luce proveniente dalla torcia del mio cellulare non intercettò qualcosa.

La custodia di un basso.

Non che fosse strano, Acher suonava. Lo avevo sentito quella volta, a scuola. Ma non era la custodia del basso a incuriosirmi, bensì la posizione. Stava addossata, in bella vista, alla parete bianchissima. La stoffa nera risaltava subito all'occhio su quel candore, e se ne stava lì, immobile, come a voler essere guardata.

Alle volte, il miglior modo per nascondere qualcosa è porlo in bella vista...

Camminai verso la custodia, ma quando la presi tra le mani, notai con stupore che era incredibilmente leggera. Non poteva custodire un basso, al suo interno. Sbalordita, la adagiai sulla scrivania, tentando di aprirla con una mano. Dovetti forzare la cerniera e aiutarmi col gomito per poterla finalmente spalancare. E per poter notare che, proprio come avevo previsto, non conteneva uno strumento musicale, ma... ritagli di giornale. Ritagli, fotografie, un braccialetto e persino una lettera.

Dovetti impegnarmi per non tremare e far sì che il cellulare non mi scivolasse dalle mani per lo sconcerto.

Oh mio Dio...

I ritagli di giornale ritraevano un'automobile totalmente distrutta, di cui rimaneva solo una carcassa, un paio di lamiere accartocciate come cartapesta. Dalle foto in bianco e nero si riuscivano a cogliere la superficie bagnata della strada, forse in seguito a un temporale particolarmente violento, e il segno degli pneumatici sull'asfalto. Un'altra immagine, invece, inquadrava dei soccorritori all'opera. Un'altra ancora, un ragazzo stordito e traumatizzato con una coperta sulle spalle. Un'altra, un corpo completamente disteso a terra, coperto da capo a piedi.

Quel ragazzo...

Quel ragazzo è Acher.

Impiegai qualche frazione di secondo per rimettere insieme i pezzi.

La paura dei temporali, il timore di guidare... Tutto, pian piano, stava iniziando ad acquisire un senso. Un senso che avrei preferito non scoprire.

Mai avrei pensato che quello fosse il segreto di Acher.

Mi portai le mani alle labbra, presa da un conato. Mi feci coraggio e iniziai a leggere il primo articolo, che datava all'ottobre di un anno prima.

La scorsa notte, al chilometro ottantasette della Route 58, si è consumata una tragedia. Due adolescenti, di 17 e 18 anni, originari di Blue Ridge, si sono schiantati contro il pilastro di un ponte. Illeso il giovane alla guida, nulla da fare per la passeggera.

La vista mi si annebbiò talmente tanto che dovetti sbattere le palpebre almeno una decina di volte prima di leggere il secondo articolo, questa volta del «Ridge's Mail».

Sabato 27 ottobre si svolgerà il funerale della vittima dell'incidente della Route 58, Elizabeth Tatcher. La comunità di Blue Ridge si stringe attorno al dolore della famiglia Tatcher, indicendo lutto cittadino.

E ancora, l'ultimo ritaglio, l'immagine di una ragazza dai lunghi boccoli dorati, e un paio di occhi verdi come le Blue Ridge Mountains, con sotto una didascalia:

Elizabeth Tatcher, scomparsa prematuramente. Figlia amorevole e amica fedele. Che la terra ti sia lieve.

Infine, decine di foto. Di lei e Acher. Stretti in abbracci, ritratti con sorrisi sgargianti e smorfie buffe. In una, lei gli lasciava un dolce bacio sulla guancia, mentre Acher la portava in braccio, come una principessa. Perché Elizabeth, l'unico nome che quel giorno al computer di mio padre avevo trovato correlato ad Acher, era la sua ragazza.

La ragazza che era morta in un incidente, in cui era coinvolto anche lui.

«*Ho una ragazza*», aveva detto. Ed era vero. Solo che gli era stata strappata via dalla morte. E lui, in qualche modo, si sentiva responsabile.

Un ultimo, stropicciato e malandato foglio giaceva sul fondo della custodia. Lo afferrai vacillando, lasciando che la luce inondasse le parole.

Cara Liz,
avrei dovuto pronunciare queste parole al tuo funerale, ma

non ce l'ho fatta. E non perché tutti mi guardavano come fossi il responsabile della tua morte – so di esserlo –, ma perché non sono riuscito ad aprire bocca né per mangiare né per proferire parola da quando te ne sei andata.
Ho raccontato alla polizia cos'è successo quella notte e poi ho lasciato che il silenzio mi avvolgesse. Non dovevo chiederti di uscire, quella sera. Mi avevi detto che pioveva troppo, che era meglio evitare perché le strade di Blue Ridge sono pericolose quando piove, ma io volevo vederti. Ho peccato di egoismo, e questo è costato la tua vita.
Non la mia, la tua.
E questo dovrebbe essere il mio funerale, non il tuo. Non mi capacito di come sia potuto accadere. Perché sono uscito illeso da quella dannata auto? Perché il tuo respiro si è spezzato, invece? Perché Dio, il destino, o chiunque altro ha voluto così? Ci penso da quella notte, Liz, e non mi do pace. Perché non sono morto io? Perché?
Non merito di vivere più di te.
Non meritavo di essere soccorso, di ritornare a casa, di riabbracciare mia madre. Perché è tutta colpa mia. Se quella sera non ti avessi chiesto di uscire con me, se non avessi insistito... ora saresti ancora tra le mie braccia. E tra le braccia della tua famiglia e dei tuoi amici. Che fanno bene a guardarmi come se meritassi di morire anch'io. Me lo merito davvero, Liz. Perché anche se respiro o se cammino, io sono morto con te quella sera.
Non sono più vivo, non mi sento vivo. La mia vita è stata spezzata come la tua, solo che sono ancora qui, ad annegare tra rimorsi e rimpianti. Avresti dovuto vedere quanta gente c'era lì per te, Liz. Quanta gente che ti vuole bene, che ti ama. C'era tutta Blue Ridge, a salutarti.
La vita è ingiusta. La vita è maledettamente ingiusta.
Non me lo perdonerò mai, lo so. Ma quanto vorrei che tu fossi qui. Quanto vorrei che quella notte fosse stata solo un brutto sogno. Quanto vorrei svegliarmi e avere accanto a me un acchiappasogni, che possa catturare quell'incubo e rispedirmi tra le tue braccia.
Mi manchi, Lizzie. Mi manchi incredibilmente.

Non credo che riuscirò a sopravvivere senza di te. Non credo che tornerò mai ad amare qualcuno come amo te. Perché ti amo, e non sarà di certo la morte a impedirmelo. Odierò me stesso, per sempre. Ma amerò te, per sempre.

Acher

Una lacrima mi scivolò sulla guancia e bagnò la lettera, sulla quale si formò un minuscolo cerchietto scuro. Singhiozzai il più silenziosamente possibile, accasciandomi accanto alla scrivania e spegnendo la torcia.

Per un secondo, ripercorsi gli istanti che avevano segnato la morte di mio padre e sentii il mio cuore quasi smettere di battere. Neppure io gli avevo detto addio, neppure io gli ero stata accanto durante il suo ultimo respiro. Ma soprattutto, non avevo neppure avuto il coraggio di scrivergli una lettera, né da pronunciare al funerale né da tenere per me.

Mio padre era uno scrittore, e io non gli avevo mai scritto. Molte volte mi ero interrogata sul perché, nascondendomi dietro l'inutile scusa di non essere all'altezza, di essere un totale fallimento.

Cosa avrei dovuto raccontargli? Che sono una fallita, che sono stata sospesa, che mia madre ha paura che io combini qualche guaio? Non era il massimo da raccontare a un padre che ha sempre desiderato il meglio per sua figlia.

Ma la verità era un'altra: non ne avevo il coraggio. Non avevo il coraggio di accettare la sua assenza, e scrivergli una lettera, proprio come Acher aveva fatto con Elizabeth, avrebbe significato accettazione. Nonostante il dolore, Acher si era scusato con Liz, anche se lei ormai non era più lì con lui.

Io, invece, non mi ero mai scusata con mio padre per non essere stata la figlia che meritava. E forse non ne avrei mai trovato il coraggio.

Anch'io navigavo in un mare di rimorsi e rimpianti. Acher lo aveva capito sin da subito, sin da quando aveva messo piede a Seafolk.

Mi ero sempre chiesta per quale motivo riuscisse a leggere tra gli spazi bianchi che separavano le righe della mia vita, disegnate con inchiostro di dolore, e ora avevo finalmente la risposta. Acher aveva provato un dolore simile. Un dolore che solo chi guarda la morte può capire. Io l'avevo guardata negli occhi di mio padre, lui l'aveva sfiorata quella notte, assieme a Elizabeth. Noi eravamo i sopravvissuti. Continuavamo a respirare, ma senza vivere veramente. Annaspavamo in cerca del vero ossigeno, senza trovarlo mai.

Colta da un impeto di adrenalina, mi tirai su all'istante, cliccando nuovamente sull'icona della torcia e fiondandomi fuori dalla stanza, in cerca di Acher.

Provai con le altre due porte del piano, ma una era chiusa a chiave mentre l'altra era il bagno. Affannata, sentivo il bisogno di stringere Acher. Il mio primo pensiero corse al salotto con l'enorme libreria che avevo notato all'arrivo a Blue Ridge, e di corsa lo raggiunsi, illuminando il divanetto sul quale Acher riposava tranquillo. Lasciai che il telefono mi scivolasse dalle mani, per cadere con un tonfo rovinoso a terra.

Senza esitare o temere di svegliarlo, mi inginocchiai proprio davanti al suo volto e lo abbracciai, continuando a singhiozzare.

Acher sussultò, svegliandosi di soprassalto. Esitò qualche istante, sussurrò flebilmente il mio nome, e continuò a stringermi a sua volta in silenzio.

Prese ad accarezzarmi i capelli con movimenti lenti, senza smettere mai, e io affondai il viso nell'incavo del suo collo, bagnandolo di lacrime.

Non disse niente e io rimasi ai piedi del divano, forse per tutta la notte. Non volevo altro che il suo dolore e il mio si fondessero insieme, così da poter condividere il peso che portavamo sulle nostre spalle da mesi.

E fu quello che accadde.

Condividemmo un istante.

Una piccola eternità.

Che durò una notte o poco meno, ma che ci liberò dai rimpianti con cui avevamo convissuto dal momento in cui le nostre vite erano cambiate per sempre.

33.
IL NARRATORE DI STORIE

«Siamo il dolore che abbiamo vissuto
e la speranza che abbiamo custodito.
Siamo i sogni che rincorriamo
e l'amore che esprimiamo.
Siamo le storie che raccontiamo a bassa voce,
ma che desideriamo gridare a squarciagola.»
MICHAEL SANDERS, *Il narratore di storie*

Non credo di essere mai stata in un ospedale prima d'ora. O almeno credo, non capisco più nulla. I volti che vedo sono offuscati e le voci che ascolto sono lontane chilometri. A malapena capisco ciò che mi viene detto. Mi viene detto o me lo sto immaginando? Tutto ciò che so è che la mia mente sta correndo come un treno. Sta viaggiando più veloce di quanto io riesca a sopportare.

«Dov'è mia madre?» domando agitata.

«È con Ginny, si sta tranquillizzando un istante.»

Che tradotto vuol dire: avrà avuto un crollo, o qualcosa del genere. Sarà andata in panico, in iperventilazione, rischiando di avere un malore a sua volta. Perché sono ancora lucida? Perché nonostante tutto sembri girare, continuo a ragionare razionalmente? Perché penso, ripenso, e la mia testa non mi dà tregua?

Mi guardo attorno, tentando di individuare qualche volto a cui chiedere informazioni, ma non ce n'è bisogno, perché un'infermiera ci si avvicina a passo svelto. Anche lei, come tutti qui dentro, ha fretta.

«È un parente di Michael Sanders?» domanda a Max.

Lui scuote la testa, ma prima ancora di poter rispondere, lo precedo.

«No, ma io lo sono. Sono sua figlia.»

«È maggiorenne?» Mi guarda torva.

«Sì… perché?»

«Questa è la cartella clinica, se desidera consultarla.» Mi porge una cartellina blu scuro, che contiene almeno una decina di fogli, pieni di valori e indici, che però non capisco.

«Come sta?» È tutto ciò che riesco a pronunciare, mentre le gambe mi tremano e gli occhi iniziano a pizzicare.

L'infermiera mi rivolge uno sguardo compassionevole, ma al contempo distaccato, poi sospira.

Le sue parole mi si conficcano nel petto.

Quasi credo di non avere più un cuore, perché tutto ciò che avevo si è schiantato al suolo, infrangendosi in mille pezzi.

«Non credo che supererà la notte, signorina Sanders. Le chiedo di prepararsi al peggio e le consiglio di stare accanto a sua madre.»

Per tutto il viaggio di ritorno a Seafolk io e Acher non proferimmo parola. Rimanemmo in silenzio per l'intero tragitto, non perché non avessimo niente da dire, ma perché ci sembrava di aver già detto tutto la notte precedente.

Non avevamo bisogno di parole, ma *sapevamo.*

Sapevamo che era scattato qualcosa in noi, una scintilla che avrebbe continuato ad ardere, ma che necessitava di tempo.

Inoltre, c'era un altro motivo che mi impediva di parlare. Avevo scoperto una parte del passato di Acher che dubitavo lui mi avrebbe mai raccontato volontariamente. E non avevo idea di quale sarebbe stata la sua reazione se ne fosse venuto a conoscenza. Persino io *sentivo* di aver scoperto troppo, più di quanto volessi. Avevo trovato più dolore di quanto immaginassi e più forza di quanto credessi. Achernar Morris aveva vissuto il dolore, quello straziante, ed era proprio quello il motivo per cui riusciva a leggermi dentro come se fossi un libro aperto.

Noi parlavamo la stessa lingua in un mondo che non aveva i mezzi e gli strumenti per comprenderci.

Come avevo potuto non intuirlo prima di quella notte?

Sulla mia strada era apparsa un'infinità di segnali che avevo totalmente ignorato, tramite cui sarei risalita al passato di Acher.

Un passato doloroso forse anche più del mio.

So che è da insensibili ed egoisti paragonare il dolore, so che ognuno soffre in maniera diversa, ma Dio... lui crede di essere responsabile della morte della sua ragazza.

Anch'io sopravvivevo con dei rimorsi. Non aver detto a mio padre che gli volevo bene prima della sua scomparsa era al primo posto, ma in fondo, in cuor mio, ero certa dell'amore che provasse per me.

Mentre guidavo, non riuscivo a smettere di pensare. La mia mente non mi aveva dato tregua sin da quando avevo messo in moto, e il silenzio non aiutava affatto.

Eppure nessuno dei due si azzardava a romperlo, come se fosse sacro.

Quando parcheggiai nel vialetto di casa, a Seafolk, la solita brezza mattutina ci accolse a braccia aperte, e mi rilassai al contatto con il tepore rilasciato dal mare. Non avrei mai pensato di dirlo, ma... Seafolk mi era quasi mancata. Trascorrere quel giorno a Blue Ridge mi aveva scossa. E non in negativo. Quella sera, al drive-in, Acher aveva riacceso in me quella scintilla che credevo persa per sempre.

Ma stava a me fare in modo che quel fuoco continuasse ad ardere, senza spegnersi mai più.

Perché, anche se a stento, ero sopravvissuta.

E leggere la lettera che Acher aveva scritto a Elizabeth mi aveva permesso di capire che la mia stessa vita era un dono. Che non aveva senso svegliarmi al mattino e odiare Seafolk per la morte di mio padre. Che, nonostante il dolore, ero ancora viva.

Dovevo solo ricominciare a *sentirmi* viva.

Non appena misi piede in casa, capii che mia madre non era ancora tornata ed era ancora con Ginny. Io e Acher rimanemmo immobili sul pianerottolo al primo piano, fermi a guardarci.

«Grazie per ieri... ne avevo bisogno», mormorai con lo sguardo basso. Temevo quasi di scorgere nei suoi occhi l'immagine di quella notte, di lui ed Elizabeth a bordo di un'auto che sarebbe andata distrutta di lì a poco.

«Figurati, spero che ti senta un po' meglio, ora.» Si passò una mano fra i capelli, a disagio quanto me.

Lo percepiva. Percepiva la mia tensione, ma non riusciva a comprenderne pienamente il motivo. Non avrebbe mai potuto immaginarlo…

«Tornerai a scuola, la prossima settimana?» Il suo tono di voce si incrinò, titubante.

«Non lo so…» Mi fissai la punta delle scarpe. «Mi sento confusa e, a dire il vero, ho tanta paura di tornare in quei corridoi. Troppi ricordi, troppa paura di deludere Max e mia madre.»

L'ennesima delusione li avrebbe distrutti.

«Trin, so che ci hai già provato e non è andata come speravi, ma…» Sapevo cosa intendeva. «C'è una nuova psicologa a scuola. Sembra molto preparata e credo che valga la pena provare. Che ne dici?»

Una psicologa?

Provare, ancora una volta?

Provare ad aprirmi con un'estranea?

«Credi che…» Mi schiarii la voce. «Credi che, se ne avessi di nuovo la possibilità, ti aiuterebbe parlare con una specialista?»

Acher ci rifletté un istante.

«Sì, credo di sì. Ci riproverei.»

Annuii.

«Hai un problema col cibo, Trinity. Credo che tu lo sappia. Ma non hai idea di quanto possa aiutarti parlare con qualcuno. Possiamo superare i nostri traumi. Possiamo farcela, ne sono certo.»

Avevo un problema, era vero.

E forse parlarne…

Forse era il primo passo per affrontarlo.

«Tornerò a scuola, ma non ti prometto che andrò dalla psicologa.»

I muscoli del suo volto si rilassarono.

«Sono contento», sussurrò con un timido sorriso a increspargli il volto.

«Anch'io…»

Rimanemmo qualche istante in silenzio, poi io mi diressi verso la mia camera, lui verso lo studio di mio padre. Mi lanciò un ultimo sguardo interrogativo, poi sparì dietro la porta di legno.

Mi gettai a peso morto sul letto, fissando l'acchiappasogni di mio padre.

Non facevo altro che pensare a Blue Ridge, a Elizabeth. A Emory, che forse era amica di quella povera ragazza, la cui vita era andata in frantumi.

Rimasi immobile in quella posizione per minuti che non riuscii a quantificare, sino a che il sole non scomparve dietro i tetti delle case, e il rosso dei suoi raggi si fuse a quello ruggine delle tegole.

Riaccesi il cellulare, rispondendo ai messaggi di mia madre, poi ritornai a fissare il soffitto, pensando al nulla e poi al tutto.

Finché non sentii uno scricchiolio.

Si trattava della porta dello studio di mio padre, ne ero certa. Il cigolio si interruppe, per poi proseguire dopo un istante di pausa.

Acher stava uscendo.

Eppure non sentivo i suoi passi…

Era come se stesse cercando di sgattaiolare via senza farsi udire da me. Non da mia madre, perché non c'era, ma da *me.* Perché nascondersi? In fondo erano quasi le sei del pomeriggio, avrebbe potuto usare una qualsiasi scusa per uscire. *A meno che…*

Il mio primo istinto fu di scattare giù dal letto e lanciare uno sguardo fuori dalla finestra.

Non posso crederci…

La macchina da cui avevo visto scendere Acher tempo prima, quella targata *WS* e guidata da un certo Malcom era parcheggiata a qualche metro dal cortile di casa.

È la mia occasione di scoprire l'ultimo segreto di Acher Morris. Il tassello mancante del puzzle, l'intreccio della storia, la soluzione dell'enigma.

E lo avrei scoperto, quella sera stessa.

D'istinto, afferrai la giacca e attesi il suono della porta di casa chiudersi alle spalle di Acher, poi mi fiondai giù per le scale.

Sarei uscita dal retro, sarei salita a bordo della mia Mercury e li avrei seguiti, ovunque fossero andati.

E così feci: misi in moto non appena vidi l'auto di quel Malcom sparire dalla mia visuale, attesi che un paio di macchina mi superassero e continuai a tenerli d'occhio per tutto il tragitto.

Credevo che avrebbero abbandonato Seafolk, seguendo una di quelle strade sterrate che conducevano alla periferia o addirittura fuori città, ma non fu così.

Dovetti rallentare più di una volta, temendo di essere vista dai due. Ma riuscii a mantenere le distanze senza mai perderli di vista.

Fino a che non intravidi un edificio grigio che sormontava tutti gli altri intorno a lui, preceduto dall'insegna EMERGENCY.

Sterzai bruscamente e l'auto si arrestò di colpo, tanto che impiegai un istante per riprendere a respirare regolarmente e rimettere in moto per proseguire.

Mi passai una mano sul volto, per constatare se non stessi sognando, ma era proprio lui...

L'ospedale di Seafolk.

Ci ero stata solo una volta, una soltanto. Ed era stato il giorno più doloroso di tutta la mia vita. Ebbi la prontezza di lasciare l'auto in sosta a qualche metro da quella di Malcom e di nascondermi dietro il volante, lanciando qualche occhiata di tanto in tanto fuori dal finestrino.

Perché sono venuti in ospedale?

Cosa diavolo ci fa Acher qui?

Nessuno di sua conoscenza è ricoverato qui. Sua madre è a Blue Ridge, Elizabeth non c'è più. Allora perché è qui? Lui odia gli ospedali.

Intravidi Acher e Malcom spalancare il portabagagli e tirare fuori almeno cinque o sei buste ricolme di oggetti: giocattoli, vestiti, cibo e articoli per l'igiene.

Le buste avevano stampata sul davanti la grafica di Penny's, in cui Acher era stato più e più volte.

Li vidi avvicinarsi all'entrata del primo soccorso, e li seguii a ruota, alternando lunghi balzi a passi felpati, e acquattandomi di tanto in tanto dietro altre automobili.

Entrai a mia volta, ripercorrendo tutti i loro passi; tentavo in ogni modo di non soffermarmi su alcun dettaglio dell'ospedale, perché osservare avrebbe voluto dire ricordare, e io non volevo.

Non potevo permettermi di crollare, non in quel momento. Mi limitai esclusivamente a seguirli.

Presero le scale, per evitare di occupare troppo spazio nell'ascensore, che sarebbe servito agli altri pazienti, e li vidi continuare per ben due rampe, fino a che non intravidi il reparto di… pediatria.

Malcom e Acher consegnarono le buste ricolme di oggetti a un'infermiera, che spalancò loro la porta di quella che aveva l'aria di essere una sala ricreativa.

Sono le 18… l'orario delle visite.

Un gruppo di dieci o undici bambini prese a correre e a lanciare urletti nella loro direzione, abbracciando le gambe del ragazzo che era appena apparso sulla soglia.

«Sono tutti tuoi, amico», rise Malcom in direzione di Acher, prima di allontanarsi con un camice tra le mani. Quel Malcom era un medico? Un infermiere? Permetteva ad Acher di entrare lì anche fuori dall'orario delle visite?

«Acher! Acher!» lo chiamò una bimba dai riccioli color oro, tenuti insieme da un luccicante fiocco rosa. «Mi sei mancato!»

Acher la sollevò in aria, sorridente, e lei gli strinse le braccia al collo, nascondendosi in quell'abbraccio.

«Anche tu, Lily.»

«Acher!» lo richiamò un altro bimbo, più grande degli altri. «Lo hai portato?»

«Sì, lo hai portato, vero?» lo incalzò una bimba, aggiustandosi goffamente il tubicino che le spuntava dal naso.

Acher adagiò Lily a terra, e tutti i bimbi lo accerchiarono, mettendosi a sedere.

Portato cosa?

Che sta succedendo?

«Certo che l'ho portato», svelò loro, soddisfatto.

«Leggici qualcosa!» esclamò un bimbo, con un braccio fasciato.

«Sì, per favore!» gli fece eco un'altra bimba. «Ti prego! Ti prego!» Tutti erano incantati dalla sua presenza.

«D'accordo, va bene.» Li tranquillizzò, sedendosi a gambe incrociate nel bel mezzo del cerchio. Fu in quel momento che Acher estrasse dalla sua tracolla una colonna di fogli impilati, alcuni stropicciati, altri dagli angoli ripiegati su sé stessi. Li distese sulle ginocchia, con tutti gli occhi dei bimbi puntati su di lui, poi alzò lo sguardo e sorrise. Un sorriso sincero e divertito.

Quei bambini seguivano ogni suo movimento con occhi sognanti, pendendo dalle sue labbra.

Cosa sta facendo?

«Quale favola volete ascoltare stasera?» domandò sereno, e quelli iniziarono a parlottare tra loro, come in una vera assemblea.

«Quella dell'omino sui tetti!» propose uno di loro.

«Uffa, l'abbiamo già ascoltata l'altra volta», bocciò la sua idea una bambina.

«È bellissima, rileggiamola!» controbatté un altro.

«Che ne pensate della storia di una principessa?» La voce di Acher attirò la loro attenzione e il silenzio calò nella sala.

I bimbi rimasero muti per qualche istante, lanciandosi sguardi complici e annuendo vagamente. Poi, un ragazzino, il più grande di tutti, parlò.

«Per noi va bene.»

Acher annuì e prese a cercare tra i fogli la pagina desiderata, che trovò qualche istante dopo.

Infine, si rivolse ai bimbi in attesa.

«Siete pronti?»

Dal cerchio si levò un unanime "sì!".

Tutti fremevano dalla voglia di ascoltare ciò che Acher avrebbe pronunciato di lì a poco.

Lui sorrise… e iniziò.

«C'era una volta una principessa di crepe…»

Al suono di quelle parole, una in fila all'altra, sentii le

gambe cedere e per un momento mi parve di essere tornata nella mia cameretta, con accanto mio padre che mi rimboccava le coperte e che mi leggeva i suoi racconti.

C'era una volta, piccola Trin, una principessa di crepe...

Io quella favola la conoscevo... l'avevo impressa nella memoria, come tante, come tutte le altre novantotto che mio padre aveva scritto prima di morire.

E quella... quella, in particolare, l'aveva scritta per me.

Perché la *principessa di crepe* ero io, e lo ero sempre stata. Con tutto il dolore, con tutta la tristezza che portavo nell'anima, con cui avevo imparato a convivere.

«Signorina, cosa sta facendo? Non può stare lì!» La voce squillante di un'infermiera mi richiamò, ma io ero pietrificata.

Acher si voltò nella mia direzione, scattando in piedi all'istante.

«Trin!»

Fui come risvegliata dalla sua voce, e feci immediatamente per scappare dal reparto con un misto di rabbia e delusione, incappando persino in un carrello portamedicinali.

Maledizione!

«Trinity! Fermati, aspetta!» mi implorò.

Continuai a correre, fingendo di non aver sentito neppure una parola.

Cosa hai fatto, Acher?

Perché i racconti di mio padre?

Perché lo hai fatto senza dirmelo?

«Trinity, lasciami spiegare!»

Mi arrestai di colpo, con gli occhi traboccanti di lacrime. Mi voltai, impassibile, fredda come il ghiaccio.

«Li aveva Sandie», sussurrai impercettibilmente.

Acher non capì.

«I racconti. *Credevo* che li avesse rubati Sandie», ripetei, ancora più risoluta e ad alta voce, mordendomi il labbro inferiore.

«Li aveva lei, infatti...» annuì lui.

«E perché sono finiti nelle tue mani?» Tentai di non lasciar trasparire nessuna emozione, ma era alquanto difficile fingere di non volergli stringere le mani attorno al collo e soffocarlo per ciò che aveva fatto.

«Quando ho scoperto che li aveva lei, li ho presi.»

«Non hai pensato a restituirmeli? Non sono tuoi, neppure di Sandie. Sono di mio padre, e tu non avevi nessun diritto di ficcare il naso nelle sue storie.»

«Trin, io...»

«Dovevi restituirmeli, Acher! Come hai potuto leggerli senza il mio permesso?! Senza preoccuparti di quale sarebbe stata la mia reazione?»

«Trinity, per favore, calmati.» Mi posò una mano sulla spalla, che strattonai con violenza.

«Non toccarmi!» Respiravo con affanno, mentre tutto prendeva a girare attorno a me.

«Non sapevo che li avesse rubati a scuola. Poi, quando sono uscito con lei, ho visto dei fogli spuntare dalla sua borsa e le ho chiesto cosa fossero. Mi ha detto che erano tuoi, che non gliene importava nulla e che probabilmente li avrebbe bruciati solo per farti un dispetto. Allora li ho presi io. Non se n'è neppure accorta.»

«Non ti credo, Acher», sbraitai. «Come faccio ad avere la certezza che tu non li abbia rubati assieme a lei?»

«Perché avrei dovuto, Trinity? Se avessi voluto, li avrei presi a casa tua, non credi? Li lasciavi sempre incustoditi sulla scrivania di tuo padre, avrei potuto prenderli lì», si giustificò, alterato.

«Non erano incustoditi! Non credevo di avere un ladro in casa, ecco perché mi sono permessa di lasciarli sulla scrivania dello studio di mio padre, che da qualche mese è diventato, per mia sfortuna, la tua camera da letto!» urlai.

«Se non mi credi, è inutile continuare questa conversazione.» Alzò le mani in segno di resa.

«Cosa ci facevi con Sandie, allora?»

«Trascorrevo del tempo con lei.»

Battei le mani, fingendo una risata sarcastica.

«Non me n'ero accorta!» Alzai gli occhi al cielo. «Alla festa di Halloween hai detto che eri "costretto"... cosa vuol dire? Voglio la verità, Acher.»

«Sandie sa qualcosa che non la riguarda.»

Qualcosa che neppure io avrei dovuto scoprire.

Si trattava di Elizabeth, ne ero certa.

Acher non voleva che a Seafolk sapessero dell'incidente. Non voleva che pensassero che era colpa sua se la sua ragazza era morta, che era lui alla guida quella sera. Sandie l'aveva scoperto e lo aveva ricattato… avrebbe rivelato a tutti il passato di Acher se lui non avesse fatto tutto ciò che desiderava. Tutta la scuola lo avrebbe accusato di aver causato l'incidente in cui una povera ragazza era morta.

Sandie lo sapeva… mi aveva messa in guardia alla sua festa di Halloween.

Gli occhi mi si riempirono di lacrime.

Ero sul punto di scoppiare. Sul punto di lasciarmi andare lì, in quell'ospedale, dove non avevo potuto farlo quasi un anno prima.

«Perché altri segreti, Acher? Perché non mi hai detto dei racconti di mio padre? Perché non mi hai detto che venivi qui, quasi ogni giorno, dal tuo arrivo a Seafolk? Perché non mi hai detto di Elizabeth?»

Acher vacillò. Lo vidi trattenere il respiro, come in apnea, ma un istante dopo dai suoi occhi trasparì solo rabbia.

«Non erano fatti tuoi, Trinity. Perché devi sempre immischiarti in ciò che non ti riguarda, eh? Perché non riesci a stare ferma?»

Non mi aveva mai rivolto parole così dure, ma la sua reazione era plausibile.

«L'ho scoperto per caso a Blue Ridge…» sussurrai in un singhiozzo. «Prima o poi sarebbe venuto fuori, Acher. Non avresti potuto nascondere il tuo passato per sempre, a maggior ragione perché pensi di essere il responsabile.»

«Tu non sai niente. Non sai com'è andata.»

«No, hai ragione. Ma conosco *te*», replicai decisa. «Non è colpa tua, Acher, poteva esserci chiunque alla guida.»

«Sì, ma c'ero io. E ora lei non c'è più. Non dovevate saperlo, soprattutto *tu*…» Sospirò. «Venire a Seafolk era un'occasione per lasciare il passato alle spalle… ma tu hai scoperto tutto, come previsto. Hai scoperto anche *questo*…»

e fece un cenno verso i bambini che lo aspettavano poco distanti.

«Perché qui, al Seafolk Hospital?» domandai a bruciapelo, indicando i racconti di mio padre. «Perché leggerli a qualcuno?»

«Questi racconti hanno il potere di salvare delle vite, Trin. Non te ne rendi conto... Questo è il mio modo per rimediare, per aiutare qualcuno, anche se non sono riuscito a salvare chi amavo», sussurrò, quasi stesse rivelando il più importante dei segreti al mondo. «Tuo padre ha scritto queste storie per salvare chiunque le leggesse, per salvare *te.*» La sua mano si posò sulla mia guancia umida di lacrime. «Tu le hai sempre lette con gli occhi del dovere, con gli occhi di chi ci vedeva dentro perdita e ricordi, ma non è così. Sono storie che valgono la pena di essere lette e raccontate. Stanno salvando me, Trin, e salveranno anche quei bimbi. Sarebbe un peccato lasciare che non adempiano il loro compito. *Meritano* di essere raccontate.»

Meritano di essere raccontate.

Meritano che un narratore di storie le legga...

Un narratore di storie proprie come Acher...

«Quando li leggi... mi sembra di vederlo qui, accanto a me. Mio padre sembra ancora vivo. E fa male, Acher... Io non posso. Non posso ultimare questi racconti, non posso neppure *pensare* di leggerli ad alta voce», mormorai con voce rotta.

Sarebbe stato troppo doloroso. Avrei sentito quelle parole trafiggermi il cuore. E un pezzo sarebbe rimasto lì, perso per sempre tra quelle pagine incantate...

«Non ce la faccio...»

«Puoi farcela, Trinity. Sono state create per te. Tuo padre le ha create perché tu potessi imparare da quelle storie, perché tu potessi condividere quei racconti anche qualora non ne avesse più avuto la possibilità. Ma tu puoi, tu sei ancora qui. Sei viva, usignolo. E lo sono anche quei racconti. Rendili vivi, falli risplendere.»

Acher indicò la stanza da cui era corso via non appena

mi aveva vista; i bambini erano ancora immobili, in cerchio, e ci osservavano, in parte spaventati, in parte incuriositi.

Acher vuole che vada lì.

Che legga i racconti di mio padre a quei bambini.

Che li renda miei, che li renda i racconti di Trinity Sanders, e non solo di Michael Sanders.

«Puoi farcela, Trin. So che puoi farcela.» Asciugò una lacrima appena spuntata sul mio viso, poi sorrise. Afferrai con mano tremante i racconti, che fino a quel momento erano rimasti sulla polverosa scrivania di mio padre o nel mio zainetto, in un'attesa che dimostrava paura. Perché non avevo mai avuto il coraggio di gridare al mondo quelle storie che erano state sussurrate all'orecchio di una bimba che faticava a dormire.

Mi incamminai verso i bimbi, che mi fissavano dubbiosi.

Acher mi accompagnò, mano nella mano, facendomi strada. Poi, lasciò che mi sedessi al centro di quel caloroso cerchio, e parlò.

«Piccoli, lei è Trinity. Sarà la nostra narratrice per questa sera», annunciò sorridente, come a infondermi coraggio.

«Ciao Trinity!» mi salutarono all'unisono.

Acher mi depose un bacio sulla fronte, poi si sedette anche lui tra i bimbi, più in fondo. Così che sapessi che sarebbe rimasto lì ad ascoltarmi, ma non come chi giudica, ma come chi ama.

Li fissai per un istante, con il fiato in gola e le mani ridotte a foglie tremolanti. Chiusi gli occhi e feci due respiri profondi, prima di scegliere la storia che avrei letto.

«*C'era una volta un narratore di storie…*»

34.
SOTTO GLI OCCHI

«Si chiedeva se, una volta fuggita dalla sua torre,
qualcuno sarebbe mai tornato ad amare
le sue crepe e il suo dolore.»
MICHAEL SANDERS, *La principessa di crepe*

L'Havana's era sempre stato il *nostro* posto.

Profumava di *noi.*

Io, Miles e Lola.

Noi tre soltanto, davanti a lattine di cola e milkshake alla fragola, accanto al jukebox e attorno al bancone di Mama.

Sarebbe tornato tutto come prima?

Non lo sapevo.

Non ci speravo.

Avevo sempre immaginato i legami tra le persone come dei fragilissimi vasi di porcellana: una volta caduti e infranti in mille pezzi era impossibile riattaccarli. Credevo che il legame che c'era tra me, Miles e Lola fosse molto più resistente della porcellana, ma mi sbagliavo. Quello che ritenevo ferro era in realtà vetro.

Quando lo era diventato?

Quando i sentimenti di Miles erano cambiati?

Me lo domandavo lungo la strada e già in lontananza intravedevo il locale in cui tanto avevamo condiviso. Risate, lacrime, giornate tristi e felici.

La gola mi si strinse in una morsa al solo pensiero di quei ricordi così vividi.

Non avrei potuto evitare per sempre l'Havana's.

Lì c'era *troppo.*

Troppo di me, troppo della mia vita.

E se avessi iniziato a odiare anche uno dei pochi luoghi di Seafolk a cui ero legata?

Temevo con tutto il cuore di incontrare Miles e Lola, di guardarli con imbarazzo o con rabbia.

Mio padre mi avrebbe invitata a farmi coraggio e ad affrontare le mie paure.

Ma era davvero paura, la mia?

O forse si trattava di angoscia?

Magari, di delusione…

Sì, le parole di Miles mi avevano delusa. Mai mi sarei aspettata così tanta rabbia covata da un amico, il mio *migliore* amico. Non avevo finto di non notare i suoi atteggiamenti, anzi. Li avevo sempre apprezzati con riconoscenza e intesi come profondo affetto nei miei confronti. Come si fa con una persona a cui si vuole bene. E io volevo un bene immenso a Miles, così come ero certa lui ne volesse a me.

Avrei rischiato la mia vita per lui, e lui avrebbe fatto lo stesso.

Ma perché era innamorato di me.

Dalla morte di mio padre ero diventata intrattabile; non immaginavo neppure lontanamente che qualcuno, soprattutto una persona così buona come Miles, potesse provare sentimenti tanto forti per me. Chi mai mi avrebbe amata, così furiosa col mondo, con un dolore così grande incastonato nel petto? Nel mio cuore non c'era più stato spazio per l'affetto o per l'amore.

Provavo un bene incredibile nei confronti di Lola e Miles. Ma per lui, c'era di più. Si era innamorato di me sotto ai miei occhi, che erano rimasti annebbiati troppo a lungo. E quando la nebbia aveva iniziato a diradarsi, Acher era piombato nella mia vita. La stessa vita incasinata che a stento riuscivo a non mandare a rotoli. Acher aveva aggiustato le mie crepe con una facilità disarmante, e Miles lo aveva notato.

Lui ti accende.

Anche Miles e Lola mi accendevano, con loro mi sentivo bene, riuscivo a dimenticare, anche se per poco, i miei problemi.

Ma con Acher…

Con Acher era il resto del mondo a sparire.

Esisteva solo lui.

E non avrei dovuto mentire così a lungo ai miei migliori amici.

Quando misi piede all'Havana's, un silenzio tombale mi avvolse, causandomi una serie di brividi. Il locale era quasi deserto e il jukebox spento.

«Ciao, Mama», biascicai, guardandomi attorno.

«Ciao, bambina», mi fece eco, intenta a pulire il bancone con lo sguardo basso.

«Ma che succede?» domandai titubante.

Con un cenno del capo, Mama indicò il fondo del locale; l'unico tavolino defilato della sala era occupato da una figura china su dei fogli, con una matita tra le dita.

Miles.

Sedeva tutto solo nell'angolo, concentrato nel risolvere i calcoli dei soliti problemi di algebra per il club di robotica.

Mi avvicinai silenziosamente al tavolino, esitando qualche istante prima di farmi coraggio e tirare a me lo sgabello.

Miles alzò di poco lo sguardo, timidamente, per poi abbassarlo di nuovo sui fogli. Nessuno dei due osava proferire parola.

Cosa dire?

Come iniziare una conversazione con quello che era sempre stato il mio migliore amico e che ora assomigliava più a un estraneo? Mi sembrava di essere tornata ad anni prima, quando non avevo la più pallida idea di come stringere amicizia con quel ragazzo che tanto mi pareva affidabile e intelligente.

Trascorsero minuti interminabili di silenzio, nessuno si azzardava ad alzare lo sguardo negli occhi dell'altro. Mi misi a fissare il jukebox, respirando piano.

Poco dopo, il campanello alla porta del locale di Mama suonò, mostrando un'altra figura stanca e provata. Ma questa volta indossava delle ginocchiere e dei pantaloncini da allenamento. Anche Lola si sedette al nostro tavolo, senza fiatare. Odiavo quella tensione tra noi. Per mesi loro erano state le uniche persone con cui mi ero sentita libera di parlare, di esprimere i miei sentimenti. E ora…

Ora non mi sentivo neppure adatta, lì, al loro stesso tavolo.

È incredibile come tutto possa mutare in poco tempo, come i le-

gami si spezzino, come ciò che sembrava normalità in realtà non lo è più.

Dovevo fare qualcosa, spezzare quel silenzio che ci divideva. E non potevo riuscirci con la musica, questa volta, ma con le parole.

Mi schiarii la voce, attirando la loro attenzione.

«Siamo molto eloquenti, stamattina...»

Riempii i polmoni di ossigeno e coraggio.

«Va bene...» sussurrai. «Questa situazione fa schifo.»

Non avevo mai avuto molto tatto, né potevo definirmi una maga delle parole, ma almeno avevo descritto alla perfezione la condizione in cui ci trovavamo. Dovevo solo essere sincera ed esprimere i miei pensieri. Ma ero nervosa, un po' arrabbiata e tanto delusa.

«Odio stare qui, a questo tavolo, senza potervi raccontare le mie giornate o senza poter ridere come un tempo.» Presi un lungo respiro. «Vorrei che tutto tornasse com'era prima, ma mi rendo conto che non è possibile, o almeno non ora.» Vedere la tristezza negli occhi di Miles e Lola fu come una fitta al cuore. «Però mi sento di aver lasciato qualcosa in sospeso.» Mi ero sentita per giorni tradita e incompresa, ma dovevo superare quelle emozioni per poter chiarire definitivamente con Miles e Lola. «È vero, sono stata *Trinity La Menefreghista Sanders* per mesi», iniziai citando le parole di Lola alla festa di Halloween di Sandie. «E non mi sono accorta di quanto mi fossi focalizzata solo su me stessa. Mi sono comportata come una bambina in molte occasioni con voi, con Acher e con mia madre, ne prendo atto. Ma se non vi ho parlato dei miei sentimenti per Acher non è stato per un capriccio, ma per paura.»

«Trin...» esordì Miles.

«No, ti prego, lasciami finire.» Ricacciai indietro le lacrime che bussavano contro le mie palpebre. «Ho sbagliato perché ho pensato di non potermi fidare dei miei migliori amici. Sono diventata così brava a nascondere i miei sentimenti, da non rendermi conto che, più tenevo i miei segreti per me, più mi allontanavo da voi.»

Mi sentivo il cuore in frantumi.

Tentai di non soffermarmi sugli occhi lucidi di Lola o sul volto affranto di Miles. Non sarei riuscita più a continuare.

«Miles, io ti voglio bene. Te ne voglio anche ora, te ne vorrò sempre. Non sarà un litigio o una bugia come quella della spiaggia a farmi cambiare idea. Certo, ero furiosa quando l'ho saputo, ma ho capito. Ho capito le tue motivazioni, anche se sbagliate. E mi dispiace di aver catalizzato tutta la mia attenzione su Acher, tanto da non accorgermi che il tuo volermi bene si era trasformato in qualcosa di più.»

«Ti voglio bene anch'io, Trinity...» sussurrò.

Poi calò nuovamente il silenzio.

«Lola, mi dispiace di non essermi accorta di quanto stessi male. Di quanto ti facesse soffrire questa situazione. Non avevo idea dei tuoi sentimenti, cioè l'avevo intuito, ma non volevo razionalizzare, non volevo approfondire e scoprire la verità. Perché avevo paura di perderti. Di perdere entrambi.» Mi morsi la lingua, inspirando. «La situazione è sfuggita di mano, sotto ai miei occhi. Forse è troppo tardi per provare a chiedervi scusa, ma lo faccio lo stesso. Mi dispiace, sono stata un'egoista, fin dall'inizio.»

Acher aveva tentato di farmelo capire sin da subito.

Dal primo istante in cui aveva messo piede a Seafolk.

Mi aveva detto che mi stavo comportando come una bambina, ma non gli avevo mai dato ascolto.

Ora ho capito.

Ho capito per davvero.

Forse crescere vuol dire questo: capire. Capire che a ogni parola corrisponde una reazione, capire che non si è soli ma che tutto è in relazione con gli altri. Capire che il mondo non gira soltanto attorno a sé stesso, ma anche attorno al sole.

«Siete il motivo per cui non sono ancora scappata da questa cittadina», sussurrai. «Se non abbandono la scuola o se non combino qualche guaio. E ora mi sento vuota.»

Feci per alzarmi.

«Trin, io...» mi richiamò Lola. «Non volevo chiamarti in quel modo...»

«Non importa, avevi bisogno di sfogarti, va bene così. Forse abbiamo tutti bisogno di riflettere.»

Io, soprattutto.

Gli avvenimenti delle ultime settimane mi avevano sconvolta, e non riuscivo più a trovare un filo per districarmi nel labirinto in cui mi ero intrappolata.

Occorreva tempo.

Per tutto occorre tempo, soprattutto per le persone. Soprattutto se quella persona sono io.

Lanciai uno sguardo a Lola e Miles.

«Mi mancano i vecchi tempi, mi mancate *voi.* Spero che quei giorni felici ritorneranno, ma fino a quel momento… be', mi dispiace, ragazzi. Mi dispiace e vi voglio bene.»

Furono le ultime parole che sussurrai prima di rivolgermi verso l'uscita. Non riuscii neppure a guardare negli occhi Miles o Lola, non dopo essermi messa a nudo.

Mi dispiaceva davvero.

Di non essere stata l'amica che meritavano.

Di non essere stata sincera.

Di aver commesso errori su errori.

Ero un miscuglio di sensi di colpa e delusione, ma almeno il peso che mi gravava sul petto dalla festa di Halloween si era affievolito.

L'indomani avrei tentato di essere un'amica migliore, una figlia migliore, una Trinity migliore.

Ci riproverai domani, Trin.

E ci riuscirai, vedrai…

35.
REALIZZARE L'IMPOSSIBILE

«Talvolta abbiamo bisogno che qualcuno
ci strappi via dai nostri incubi,
per continuare a sognare.»
MICHAEL SANDERS, *L'acchiappasogni incantato*

Tornare a scuola fu meno traumatico del previsto. Ero sempre stata una ragazza parecchio pessimista, ma andò meglio di quanto pensassi. O tutti si erano già dimenticati di Trinity Sanders, oppure erano venuti a sapere delle mie scuse alla festa di Halloween. A ogni modo, nessuno mi guardava come se avessi la peste, ed era già un buon segno.

Avevo riflettuto a lungo se lasciare la scuola o no, ma ero giunta alla conclusione di voler almeno terminare l'anno, per poi prendermi il tempo necessario alla scelta del college, se mai qualcuno mi avesse accettata.

Quando mia madre mi vide preparare lo zaino, quella mattina, ne fu piacevolmente sorpresa. Ma lo fu ancora di più quando mi vide terminare un'intera ciotola di latte e cereali davanti ai suoi occhi.

«Chi sei tu e cosa ne hai fatto di Trinity Sanders?» domandò sedendosi accanto a me per fare colazione.

Chi ero ancora non lo sapevo.

Ma mi sarei impegnata a scoprirlo.

Una cosa era certa: non volevo più nascondermi da me stessa.

Una volta entrata in aula, Max mi rivolse un sorriso a trentadue denti, e nel momento in cui pronunciò il mio nome durante l'appello e risposi «presente», si fermò un istante per osservarmi e rivolgermi un'espressione soddisfatta e fiera.

Anch'io ero fiera di me, di non aver mollato.

Ed ero sicura che non ci sarebbero stati più dei "Trinity Sanders in presidenza", quell'anno.

C'erano soltanto due persone che non mi avevano ancora salutata. Le uniche persone di cui mi fidassi, ma anche quelle con cui avevo discusso duramente, mio malgrado.

Sistemai i miei libri nell'armadietto e feci per dirigermi in mensa, quando due braccia mi afferrarono, trascinandomi nello stanzino del bidello.

Ma, quella volta, non si trattava di Acher.

«Ehi!» esclamai, strattonando il mio braccio dalle grinfie di chi mi aveva afferrata.

Battei le palpebre, mettendo a fuoco i volti delle persone che stavano condividendo il buio dello stanzino con me. Poi, qualcuno accese la vecchia lampadina appesa al soffitto.

«Miles, Lola?»

Erano proprio loro.

Non sembravano arrabbiati…

«Perdona i modi bruschi, non sapevamo come parlarti», mormorò Miles, aggiustandosi gli occhiali sul naso.

«Come le persone normali, forse? A pranzo, magari, o durante la pausa?» domandai ironica.

«Sì, ma questo fa più scena», mormorò Lola, strappandomi un sorriso.

Incrociai le braccia al petto, tornando seria. O almeno finsi di esserlo. Non riuscivo a essere arrabbiata con quei due per più di una settimana.

«Dobbiamo parlarti», proseguì Miles.

«Dovevate per forza prendermi in ostaggio?»

«Ssh! Facci finire.»

Spostai lo sguardo da Miles a Lola, inclinando leggermente la testa, come a dire: "Quindi?".

«Ci dispiace, Trin», sussurrò Miles.

Lola gli tirò una gomitata nello stomaco, spingendolo a essere più loquace.

«E ci sei mancata», terminò.

«Quello che *mister timidezza* vuole dire è che… Non ti abbiamo capita, Trinity. Ci siamo comportati come degli insensibili senza cuore e non ci siamo sforzati neppure un po' di metterci nei tuoi panni. Se ti sei sentita giudicata da noi anche solo per un secondo, è colpa nostra.»

Miles la interruppe.
«Lola ha ragione… anche noi siamo stati egoisti e volevamo soltanto dirti che per noi va bene.» Alludeva ad Acher. «Non che serva la nostra approvazione, ma qualunque cosa tu faccia… noi ci siamo, e ci saremo sempre.»
«Perché ti vogliamo bene e perché sappiamo quanto tu sia testarda», proseguì Lola, alzando gli occhi al cielo e ridendo. «Non ti giudicheremo mai più, Trin. Lo promettiamo. Ma non essere più arrabbiata con noi, ti prego.»
Calò il silenzio. Lola e Miles mi fissavano, in attesa di una risposta. Rimasi seria per qualche secondo, osservando le loro facce tese e preoccupate. Poi scoppiai a ridere, e sui loro volti si dipinse un'espressione confusa.
«Vi voglio bene anch'io, sciocchi.» Mi gettai tra le loro braccia, stringendoli. «E non sono arrabbiata con voi.» Continuai a ridacchiare.
Poi tornai seria.
«Ho sbagliato, ragazzi. Vi ho nascosto i miei sentimenti perché non mi sono fidata di voi, perché temevo di essere giudicata. Ma voi siete i miei migliori amici, e so di potervi dire tutto.»
Li abbracciai nuovamente.
«Mi dispiace di avervi mentito su Acher.»
Lola mi tirò uno schiaffetto sul braccio.
«Passiamo alle cose serie…» Aguzzò lo sguardo. «Bacia bene?»
Scoppiai a ridere, per poi lanciare uno sguardo a Miles. Dopo la sua dichiarazione temevo di non potergli parlare apertamente di Acher. Ma lui ricambiò con un sincero e timido sorriso sul volto, e mi intimò di continuare. Poi, passò un braccio attorno alle spalle di Lola, tirandola a sé. Lei sorrise.
In quel momento capii.
E mi sentii finalmente libera di dire loro la verità.
«Credo di essere totalmente innamorata di lui», sussurrai, abbassando lo sguardo.
«Ma guardati, sei tutta rossa!» rise Lola, appoggiando la testa sul petto di Miles.
Erano una bella coppia, in fondo…

«Non possiamo stare insieme.» Il mio sorriso si spense. «È complicato, ma… ci sono almeno cento ragioni per cui non potrebbe mai funzionare.»

«Trin.» Miles mi sfiorò la spalla. «Tu sei la ragazza più straordinaria del mondo. Tu rendi possibile persino l'impossibile.»

«Questa volta è diverso. Si tratta della vita vera, non di una delle storie di mio padre. I miracoli non avvengono, i sogni non si realizzano.»

«Ricordi cosa diceva tuo padre?» domandò Lola, prendendomi la mano.

«Sogna in grande», risposi con voce rotta.

«Esatto, e tu continua a farlo. Continua a sognare in grande, perché "se puoi sognarlo puoi farlo".» Sorrise, poi ci abbracciò di nuovo.

«Andiamo, ragazzi. La mensa scolastica non si conquista da sola.»

«Diamo il bentornata alla nostra Sandy!» La professoressa McCaffry lanciò un urletto di felicità, rivolgendomi un caloroso benvenuto.

Battei le palpebre, confusa.

«Credevo che mi avesse sostituita…» balbettai.

Insomma, mancavo da più di due settimane, e la professoressa McCaffry doveva organizzare il musical, il che voleva dire prove, tante prove.

Il gruppo di teatro avrebbe dovuto esercitarsi.

«Oh, non se ne parla!» Si portò le mani alla bocca, sconvolta. «Sei la cantante migliore che abbiamo, come avremmo potuto sostituirti?»

Le mie labbra si incurvarono leggermente.

Per una volta mi sento… insostituibile.

È una sensazione stranissima, perché vogliono me.

Vogliono Trinity Sanders, e non vogliono sostituirla.

«Però abbiamo lavorato alla musica, all'ambientazione e alle battute. Timmy ha allestito la Rydell High School e il Frosty Palace. Acher ha lavorato alle colonne sonore.» La McCaffry indicò tutti gli oggetti di scena sul palco.

Si erano portati parecchio avanti con il lavoro...

Sembrava di essere davvero sul set di *Grease.* Il Frosty Palace era come nel film, con il jukebox in un angolo e i tavoli con le tovaglie a quadri, su cui erano adagiati i famosissimi milkshake rosa shocking del cult.

«Un mio vecchio amico di Broadway ha "preso in prestito" qualcosa dal vero set...» Ridacchiò. «Questo sarà il più bel musical scolastico di tutti i tempi!» Batté le mani.

Non riuscivo a smettere di sorridere.

Ma, soprattutto, non vedevo l'ora di far partire la musica e cantare. Era arrivato il momento di riscattarsi, e quale modo migliore se non sulle note di *Grease*?

Timmy mi consegnò il copione, e tutti salirono sul palcoscenico, pronti per le prove.

«Abbiamo solo due settimane, speriamo di mettere in scena l'impossibile.»

«Bene», esordii. «Allora mettiamoci al lavoro.»

Dopo ben due ore di prove, esausti e madidi di sudore, era arrivato il momento di tornare a casa. Per tutti, ma non per me.

C'era qualcosa che dovevo fare, prima.

Non lo avevo promesso ad Acher, ma a me sì. Lo avevo promesso alla Trinity che si era arresa la prima volta, ma che non aveva mai smesso di combattere.

Dovevo affrontarlo. Una volta per tutte.

La McCaffry mi vide impalata davanti all'aula due.

«Trinity? Va tutto bene?» mi domandò titubante.

«Oh», risposi alla svelta. «Sì, sì, certo. Grazie.»

«Sicura? Non torni a casa? Sono quasi le cinque.»

Per un secondo mi parve di tremare.

D'accordo, Trin. Puoi farcela, dai.

«Ho un appuntamento, tra qualche minuto. Tornerò a casa non appena avrò finito», la tranquillizzai.

La McCaffry lanciò uno sguardo alla placchetta di metallo incastonata accanto alla porta dell'aula due.

Psicologa E. Pickens

I suoi occhi si posarono nuovamente su di me, per qualche istante, poi sorrise.

Un sorriso che sapeva d'orgoglio.

A testa alta, feci per bussare alla porta.

«Allora a domani, Trinity.»

«A domani, professoressa.»

«Va tutto bene?» domandai flebilmente ad Acher.

Se ne stava lì, immobile, alla scrivania di mio padre, con il capo fra le mani e un'espressione afflitta. Era successo qualcosa.

Acher stava tutto il giorno al telefono coi medici del Blue Ridge Hospital. Sua madre stava peggiorando e non aveva abbastanza soldi per le cure sperimentali. L'assicurazione non bastava, si trattava di terapie particolari e all'avanguardia che non tutti gli ospedali potevano fornire.

«Sì, non preoccuparti.» Si passò una mano sugli occhi, sospirando. Non dormiva da giorni e iniziavo a preoccuparmi.

«Come sta?» chiesi, alludendo ad Amanda.

«Sempre peggio, almeno finché non troverò i fondi necessari per delle nuove cure, e non ho neppure la certezza che funzioneranno.»

Come biasimare la sua frustrazione.

«Dobbiamo fare qualcosa...» proposi, sedendomi sul divanetto, proprio di fronte a lui. «Qualunque cosa. Qual è la cifra da raggiungere?»

Acher mi mostrò un foglio su cui era stato stampato un numero. Un numero con più zeri di quanti immaginassi. Non avevo mai visto tutti quei soldi in vita mia.

«Possiamo farcela», mormorai ugualmente, stringendo i denti. *Dovevamo* farcela. Per Amanda.

«È impossibile, Trinity.» Scosse il capo. «Trovare un lavoro? Impiegheremmo troppo tempo a guadagnare tutti quei soldi. Rubare? Non lo farei mai. Allora cosa?»

«Vorrei essere una rockstar per guadagnare milioni di dollari...» Fissai il vuoto per un istante. «Un momento... Concerti! Ecco cosa rende ricche le rockstar. I concerti!»

«Non ti seguo.»

«Tu suoni il basso, e io me la cavo a cantare. Con l'aiuto di altri musicisti potremmo allestire un concerto di beneficenza.»

«Ma dove?»

«Al Seafolk Hospital! Un paio di anni fa hanno organizzato un evento simile, e fu un gran successo. Perché non provarci? Basterà chiedere l'autorizzazione al sindaco e contattare dei musicisti.»

«Tu credi che funzionerà?» Il suo viso si illuminò di speranza.

«Perché non provare? Rimanere qui impalati non ci aiuterà di certo.» Alzai le spalle, infondendogli coraggio. «Che ne dici?»

«Dico che va bene.» Accennò un sorriso, sincero ma contenuto, come se temesse che sperare troppo potesse rappresentare una delusione futura. «Proviamoci», ripeté prima di alzarsi dalla scrivania e venire verso di me.

Ti prego, non avvicinarti troppo.

Non sono ancora scesa a patti con l'idea che non potremmo mai stare insieme.

Mi fece cenno di alzarmi, e io obbedii alla tacita richiesta. Dopodiché, finii esattamente tra le sue braccia. Mi strinse, talmente forte che sprofondai nel suo petto e inspirai il suo profumo, dolce e fresco.

«So che non abbiamo ancora parlato di Elizabeth...» sussurrò a un centimetro dal mio orecchio, e percepii la sua voce come una dolce carezza. «Meriti delle spiegazioni.»

«No, se non vuoi. Lo hai detto tu stesso, non sono affari

miei, e non voglio costringerti a ricordare. Non devi parlarmi di lei se non vuoi.»

«Devo, invece. E voglio, perché so di potermi fidare di te e so che comprenderai il mio dolore.»

Non credevo che Acher si sarebbe mai fidato così tanto di me, ma apprezzavo il coraggio che dimostrava continuamente nei confronti del suo passato.

«È per questo che dicevi di avere una ragazza...»

Acher annuì.

«La amavo, Trin. La amo ancora, e probabilmente la amerò fino alla fine dei miei giorni. Non ho mai pensato di poter provare sentimenti del genere per qualcun'altra.»

Prese un respiro profondo.

«Mi sembrava di tradire Elizabeth ogni volta che incontravo i tuoi occhi o che sentivo il suono della tua voce. Le prime volte non mi davo pace. Poi ho capito che non potevo fingere di non amarti. Non aveva senso mentire a me stesso. Continuerò ad amare lei, per sempre. Ma amerò anche te, per sempre.»

Una lacrima mi scivolò sulla guancia, e Acher la prese al volo, poggiando la fronte sulla mia, proprio come aveva fatto al drive-in.

«Ma...?»

Sapevo che c'era un "ma".

L'ennesimo ostacolo.

La fedeltà a Elizabeth aveva impedito ad Acher di provare dei sentimenti per me, ma nel momento in cui li aveva accettati, era subentrato un altro problema.

«Ma sai cosa siamo, usignolo.»

C'era un legame che non avevamo mai vissuto, ma che continuava a tenerci in catene. Acher non era mai stato parte della mia famiglia, eppure quel titolo ci impediva di amarci come due normali adolescenti.

«Mi dispiace per Elizabeth e... per noi.»

Mi sentivo abbastanza egoista a paragonare la sua perdita con l'impossibilità di stare insieme, ma non volevo mentirgli.

«Anche a me dispiace. Vorrei che fosse più semplice...»

«Ma non lo è», terminai distogliendo lo sguardo.

Non mi piaceva piangere, e Acher mi metteva a dura prova, ogni volta. Avevo versato più lacrime dal suo arrivo a Seafolk che in tutta la mia vita. E questo era dovuto al fatto che lui riusciva a evocare in me un groviglio di emozioni. Positive e negative al tempo stesso.

«Guardami, usignolo...» Con un rapido gesto del polso mi costrinse a guardarlo negli occhi. Tenne il mio mento tra le dita, avvicinandosi lentamente alle mie labbra.

Era una tortura...

«Sto per fare una cosa sbagliatissima, di cui mi pentirò, ma è da quando sei entrata in questa stanza che non riesco a smettere di fissare le tue labbra. Quindi, per favore, rimani immobile...»

Immobile?

Impossibile, tremavo come una foglia. Mi sentivo sconquassata come una barca alla deriva. E Acher lo percepiva, ne ero certa, perché mi prese la mano tutta tremante e intrecciò le sue dita alle mie, disegnando col pollice dei piccoli cerchietti sul dorso.

Sfiorò il mio naso con il suo, passando l'altra mano tra i miei capelli e rigirandosi una ciocca al dito. «Sto per baciarti, anche se non dovrei. Sei libera di respingermi, se non vuoi...» sussurrò a fior di labbra. «Conterò tre... due...»

Non avevo intenzione di allontanarmi. Per nulla al mondo.

Non sarei riuscita a combattere contro l'istinto di rimanere lì, tra le sue braccia. Perché mi sentivo di appartenere a quel luogo, e a nessun altro.

Desideravo Acher.

Desideravo quel bacio.

Erano stati dei giorni difficili ed ero esausta. Avevo perso e ripreso in mano la mia vita nel giro di tre settimane, e avevo bisogno di sentirmi soltanto protetta e amata.

E Acher sembrava nato per questo.

Per rendermi felice.

Non importava quanto fosse sbagliato, avrei continuato ad amare quei singoli istanti in cui mi era concesso stare con lui. Istanti rubati, era vero, ma momenti indimenticabili. Inoltre, non ero mai stata brava a contenere i miei sentimenti, a reprimere l'istinto e a far prevalere la ragione. Ero il mare in tempesta, e lo ero sempre stata.

«Uno...» pronunciò prima che le sue labbra aderissero alle mie, così morbide e dolci.

Mi sentii finalmente a casa. Tra le braccia della persona a cui appartenevo veramente, nonostante gli ostacoli, nonostante il giudizio di tutti gli altri.

In quel momento avrei voluto esprimere il desiderio di trascorrere tutto il resto della mia vita con Acher, ma non era possibile. Ma potevo accontentarmi di quell'attimo che sapeva di eterno, anche se eterno non era.

Mugolai non appena la sua mano carezzò la mia nuca e sentii le ginocchia cedere. In un secondo ci ritrovammo catapultati sul divanetto, e Acher ebbe la prontezza di reggersi sui gomiti per non rilasciare il suo peso sul mio corpo minuto.

Ridacchiai per la caduta, scuotendo il capo divertita.

«Ti faccio questo effetto, *usignolo*?» domandò ironico, evitando di sfiorarmi in quella posizione.

Un lampo di brividi mi attraversò la nuca e sussultai, realizzando solo in quel momento la posizione in cui ci trovavamo.

«Stai mettendo a dura prova il mio autocontrollo, lo sai?» rise anche lui, fissandomi complice.

Con le braccia intente a tenere il suo corpo in equilibrio a qualche centimetro da me, colsi l'occasione per dargli un bacio sul collo. Acher batté le palpebre un paio di volte, sconvolto per il mio gesto. Poi i suoi occhi si strinsero in due fessure e scoppiò in una fragorosa risata.

«Sei finita, usignolo.»

Un ultimatum, perfetto.

Mi liberai immediatamente dalla sua presa, sgattaiolando via da lui, che crollò sul divanetto a peso morto.

«Vieni a prendermi!» gridai, correndo verso il corridoio.

Stavamo davvero giocando ad acchiapparella? In fondo, eravamo due adolescenti. Nonostante i nostri passati dolorosi, nonostante le porte che la vita ci aveva sbattuto in faccia. Eravamo dei semplicissimi ragazzi, che erano cresciuti troppo in fretta.

Continuai a correre, con Acher alle calcagna.

Scesi le scale, sul punto di ruzzolare giù per la rampa almeno un paio di volte, ma reggendomi al corrimano. Vidi Acher proprio dietro di me.

«Non puoi sfuggirmi!»

Non potevo affatto. Sfuggire ad Acher, al suo fascino, era *impossibile*.

Quando mi trovai in salotto, spalle al muro, capii di essere in trappola in un vicolo cieco.

Ero sua, letteralmente. Non avrei potuto definirmi in altra maniera.

Con il fiato corto e un sorriso a trentadue denti stampato sul volto, mi arresi.

«D'accordo, mi arrendo!» Alzai le mani in segno di resa, prima che Acher mi caricasse sulle spalle e mi trascinasse al piano di sopra.

«Lasciami andare!» gridai battendo i pugni sulla sua schiena, ma invano.

Acher rise, non accennando neppure per un secondo a mettermi giù. Si stava divertendo un mondo a vedermi sottosopra.

«Mi hai sentito?» protestai, fissando le sue gambe.

«Vuoi scendere, usignolo? Ti accontento subito», bisbigliò, prima di lasciarmi cadere sul letto di camera mia. In poco tempo ricreò la situazione da cui ero sfuggita nello studio di mio padre, posizionandosi sopra di me, con i gomiti piegati ai lati della mia testa. Torreggiava sulla mia gracile figura, ma con la delicatezza di chi teme persino di scheggiare il cristallo. I nostri corpi non si sfioravano neppure, eppure il mio era attraversato da milioni di elettrizzanti fremiti che non avevo idea di come controllare. Acher era molto più abile di me a tenere a freno le sue emozioni. Non sapevo se fosse per via di Elizabeth o per il legame che ci impediva di stare assieme, ma avevo paura.

Temevo con tutta me stessa che Acher si frenasse.

Che non mi considerasse più il suo piccolo usignolo.

Che rinunciasse a noi, una volta per tutte.

Non avevo mai provato per nessun ragazzo quelle emozioni così disarmanti. Acher era il primo e l'unico.

«Ehi…»

Acher si accorse del cambiamento appena avvenuto e la sua espressione divenne incredibilmente seria. Mi ravviò una sciocca di capelli dietro l'orecchio e sorrise.

Di quei sorrisi rassicuranti, che sanno di protezione.

«Niente e nessuno potrà cambiare ciò che provo per te, Trinity. Voglio che tu lo capisca.»

Era sincero.

Lo percepivo dai suoi occhi.

Ma la paura di perdere anche Acher si fece prepotentemente strada in me. Avevo perso mio padre, non potevo perdere anche lui.

«Non te ne andrai, vero?»

«No, usignolo. Non me ne andrò.»

36.
CONCERTO

«I sogni sono come scintille.
Da sole possono essere spente,
ma insieme sono indomabili.»
MICHAEL SANDERS, *Il ladro di sogni*

Non avevo mai organizzato un concerto di beneficenza. A dire il vero, non avevo mai organizzato un concerto in vita mia. Max ci aveva aiutati ad allestire l'evento e a spargere la voce, e la professoressa McCaffry aveva messo a nostra disposizione gli strumenti della banda musicale della scuola. Era persino più entusiasta di noi. Avevamo reclutato Roger, un batterista amico di Acher che aveva frequentato con lui i primi anni del liceo a Blue Ridge, e Matias, un chitarrista di Portorico con la musica nel sangue, che il caso voleva fosse un ex fidanzato di Lola, con cui era rimasta in ottimi rapporti.

Entrambi avevano creduto nella nostra iniziativa e avevano accettato di partecipare al concerto di beneficenza che si sarebbe tenuto al Seafolk Hospital.

Avevamo formato, in una settimana, una vera e propria band. Avevamo provato nel seminterrato della scuola ritrovandoci a cantare e ballare a ritmo di *Born To Be Alive.*

Non avrei mai pensato di poter *vivere* così immensamente la musica.

In verità, mi ero accorta di provare un amore viscerale per tutto ciò che si potesse organizzare in spartiti musicali. Forse avevo davvero trovato qualcosa in cui ero brava, qualcosa per cui valeva la pena andare avanti. Mi piaceva cantare e ballare sulle note delle canzoni che avevano segnato la mia vita, e non mi capacitavo del fatto che non me ne fossi accorta prima. Ero così concentrata sulla scelta del college e sull'assenza di mio padre, da non aver mai lavorato su me stessa, sulle mie passioni.

Le credevo insignificanti.
Invece, era tutto il contrario.
Max, la McCaffry e persino Acher se ne erano accorti prima di me. Perché loro mi conoscevano più di quanto pensassi.
Dopo una settimana di prove, avevamo messo su una bella scaletta, composta dai brani dei The Clash, dei Depeche Mode e dei Culture Club.
Avevamo, poi, aggiunto la ciliegina sulla torta: il brano iniziale, che eravamo certi avrebbe conquistato tutti.
Eravamo soddisfatti e non vedevamo l'ora di condividere la nostra musica, ma non ci aspettavamo di certo un numero così elevato di spettatori.
Il gran giorno era arrivato.
Nel parcheggio dell'ospedale c'erano tutti i cittadini di Seafolk, informati delle condizioni di salute di Amanda da mia madre e Max. Intravidi persino il redattore del giornale locale, e ciò significava che, l'indomani, persino il «Seafolk's Message», il quotidiano della città, avrebbe parlato di noi e del concerto che avevamo organizzato con tanta cura.
Fui felicemente sorpresa di notare che la solidarietà cittadina esisteva ancora. L'ospedale aveva persino permesso ai bimbi del reparto di pediatria di presenziare all'evento, dal backstage.
Wow, ci sono veramente tante persone…
Ero persino intimorita da quella folla; in prima fila c'erano, ovviamente, Miles, Lola, Randy e Cassidy, pronti a fare il tifo per noi. Li salutai con un cenno della mano, poi Acher mi passò un microfono. Lo afferrai titubante, poi vi picchiettai sopra il dito un paio di volte per verificare che fosse acceso e parlai.
«Buongiorno a tutti e grazie di essere qui. Noi siamo… ehm Trinity, Acher, Roger e Matias e non abbiamo ancora trovato il nome della nostra band, ma ci stiamo lavorando.» Ridacchiai, rompendo il ghiaccio. «Desideriamo ringraziare anche il Seafolk Hospital per l'accoglienza e la professoressa di musica e recitazione della Seafolk High

School per aver messo a nostra disposizione questi splendidi strumenti.»

Tentai di non tremare per l'emozione, mentre Lola e Randy continuavano a urlare e applaudire facendo baccano.

«Abbiamo organizzato questo concerto di beneficenza perché una persona molto speciale ha bisogno del nostro aiuto. Tutti noi possiamo fare la differenza. Grazie.» Sorrisi. «E ora... scateniamoci.»

Lanciai uno sguardo carico di adrenalina ai ragazzi.

Roger ci diede il tempo con le bacchette e Matias fece roteare il plettro tra le dita. Acher ci accompagnò con il basso.

«*Hey, hey, hey!*» Quanto amavo stare sul palco e tenere il microfono fra le mani. Quanto amavo sentire il ritmo sotto i piedi e le vibrazioni della musica nel petto. «*If you want a chance, just join your hands with us! If you want to get up, get up and sing, yeah!*»

Vedevo i volti rilassati del nostro pubblico, con le mani che battevano a tempo e le braccia oscillanti, simbolo di divertimento.

Ora la parte che preferisco.

«*We are family! Get up everybody and sing!*»

«*We are family!*» mi accompagnarono i ragazzi.

Lola gridò un "wooo" e Randy le fece eco, mentre mia madre e Max continuarono a scattare foto e registrare video del nostro gruppo.

Per un momento pensai davvero di averla resa fiera di me. Con gli occhi lucidi sollevò il pollice all'insù, come a mimare un: "stai andando alla grande", che valeva più di altre parole.

«*'Cause here's what we call our golden rule. Have faith in you and the things you do. You won't go wrong, oh no!*»

Continuammo il concerto per sette canzoni, ricevendo applausi e persino lanci di fiori. Al termine, i bambini dell'ospedale salirono sul palco, ballando e cantando.

Alla fine, io e Acher ringraziammo Roger e Matias, con la promessa di rivederci per suonare ancora insieme. In seguito, la prima persona a raggiungerci nel backstage e a complimentarsi con noi fu Max. «Siete stati eccezionali, ragazzi.

Avete talento, dico davvero.» Il professor Donovan strinse me e Acher in un abbraccio. Poi, gli consegnò la busta con il ricavato del concerto.

Acher rimase sbalordito dal contenuto.

«Sono sedicimila dollari», disse Max. «Le donazioni di tutti i cittadini di Seafolk, sindaco e preside compresi.»

Wow, sono davvero tanti soldi.

«Ma... sono troppi. Per le cure di mia madre ne bastano poco più della metà», balbettò a disagio.

«Sono vostri, a voi la scelta.»

Io e Acher ci fissammo, poi annuii.

Avevo già intuito la sua idea.

«Il resto sarà devoluto al Seafolk Hospital. Al reparto di pediatria e rianimazione.»

Un momento...

Rianimazione?

Battei le palpebre un paio di volte, mentre le lacrime iniziarono a offuscarmi la vista. Fissai Acher, sorpresa dalla sua scelta. Non l'aveva fatto solo per il ricordo di Elizabeth, ma anche per mio padre...

"Grazie", mimai con le labbra e lui ricambiò con un sorriso.

«Scelta saggia, ragazzo.» Max gli scompigliò i capelli.

«Ci vediamo a scuola, professore», lo salutò Acher, raggiungendo gli altri ragazzi.

Rimasi sola con Max. Ero certa che volesse dirmi qualcosa, lo intuivo dal solito sguardo.

Quello che mi rivolgeva ogni volta che qualcosa gli saltellava sulla punta della lingua e proprio non riusciva a tenere per sé.

«Non chiamarmi sentimentale, ma...» esordì.

«Arriva al sodo», ridacchiai, mostrandomi sicura di me.

«Ma Michael sarebbe fiero di te e di chi sei diventata, Trinity. E non lo dico solo perché sono il tuo zio acquisito preferito, ma perché, quando eri sul palco, mi sembrava quasi di sentirlo applaudire accanto a me.»

Gli tirai un pugnetto innocente sul braccio, provando con tutta me stessa a non commuovermi.

«Dai, Max, non farmi piangere con la tua retorica!»

«Retorica? Io? *Pff!*» Rise con me, rimanendo per un istante a fissare il palco al mio fianco.

Poi, dopo qualche istante in silenzio, parlò.

«Sei sulla strada giusta, Trin.»

Era la prima volta dopo mesi che vedevo mia madre così sorridente per merito mio. Non ero propriamente una figlia modello, era sempre stato evidente.

Ma quel concerto...

Sentirmi cantare a quel concerto l'aveva resa felice. E non c'era imbarazzo tra di noi, quella sera. Non c'era alcun motivo per cui meritassi un ammonimento. Non avevo causato danni né guai, e il suo sorriso era così bello...

Da quanto tempo non ti vedevo così, mamma...

Di riflesso, sorrisi anch'io.

«È stato fantastico!» Mi abbracciò. «C'era tutta Seafolk al concerto, hai visto? Ginny mi ha detto che anche la radio e la tv ne parleranno.»

Della radio e della televisione poco importa, mamma. L'importante è che tu sia orgogliosa di me.

«Sembri davvero felice...» sussurrai, quasi incredula.

Sì, Trin, sorride per merito tuo.

Tuo soltanto.

«Ma certo, tesoro!» Mi sfregò le spalle, come a infondermi coraggio. «Sono fiera di te, lo sai. Lo sono sempre, ma oggi persino di più.»

Non lo era sempre, in realtà.

Ma è questo ciò che dice una madre al proprio figlio, giusto? Dice di essere orgogliosa anche se lui prende un brutto voto o se combina qualche marachella.

E io l'avevo fatta grossa tante, troppe volte.

«Credo che l'arrivo di Acher ti abbia fatto bene...» mormorò con un sorriso beffardo sul volto.

«Cosa intendi?»

Non se ne sarà mica accorta.

Del bacio sul tetto o...

«Dico che sei maturata tanto, Trinity. E credo che confrontarti con qualcuno come Acher ti abbia permesso di lavorare su te stessa. Sono certa che ti abbia aiutata persino più di quanto potessi io.»

Mia madre aveva ragione.

Per giorni mi ero comportata come una ragazzina lagnosa, rifiutandomi di accogliere Acher a casa mia, nella mia cittadina. Ma quel trasferimento era stato la cosa migliore che potesse capitarmi.

«Siete simili, in fondo. Dico bene?»

Guardare Acher negli occhi significava guardarmi allo specchio e stanare dubbi e sofferenze. Ma voleva dire anche capire la vera Trinity. Comprendere Acher equivaleva a comprendere anche me stessa.

«Anche lui ha perso una figura di riferimento...» sussurrai, alludendo a mio padre. «O meglio, non che l'abbia persa per sempre. Suo padre ha scelto di andarsene.»

Alzai lo sguardo in direzione di mia madre, ma lei mi stava fissando dubbiosa. Dubbiosa e persino un pizzico preoccupata.

«Ha scelto di andarsene?» ripeté in un filo di voce. «Te l'ha detto Acher?»

«Sì, me lo ha detto lui. Che suo padre ha abbandonato lui e la madre quando era piccolo. Credevo lo sapessi, sei la cugina di Amanda.»

«Sì, sì, certo», si affrettò a rispondere, ma non mi pareva molto convinta.

«Mamma? Lo sapevi?» Alzai un sopracciglio, tentando di capire da dove provenissero le sue espressioni dubbiose.

«Sì, tesoro. È che... non pensavo Acher te ne avesse parlato in questo modo.»

«Perché? Come avrebbe dovuto dirmelo?»

Non c'era un modo, o no?

Perché mia madre era così nervosa?

«Non c'è nessun altro modo.» Forzò un altro sorriso, ma

la mia mente stava già iniziando a vagare altrove. «State andando d'accordo.» Cambiò discorso, ammiccando. «Sono contenta che vi piacciate. Cioè, che non discutiate come prima e che vi facciate forza a vicenda.»

Mia madre conosceva Amanda dai tempi del college, sicuramente sapeva del padre di Acher. Allora perché sembrava così sorpresa? Perché sembrava che le avessi raccontato lo scoop dell'anno?

«Sì. Andiamo d'accordo.»

«Rimane spesso a fissarti, sai?» ridacchiò maliziosa.

«Mamma!»

«È un bellissimo ragazzo. È gentile, educato, affascinante...»

«È il figlio di Amanda!»

Mia madre alzò le mani, ridendo alla vista delle mie guance arrossate. Mi guardai attorno, sperando che Acher non fosse nei paraggi e avesse ascoltato anche solo una parola della conversazione tra me e mia madre. «A chi importa?»

«A me, importa a me.»

E mi importa anche di Elizabeth, anche se tu non conosci la sua storia. Ma io sì, e mi importa. Il passato di Acher è complicato e burrascoso.

Ma soprattutto...

Perché mia madre non si straniva? Perché non si preoccupava all'idea che Acher potesse piacermi? Perché non aveva reagito come Miles e Lola?

Fece per alzarsi, lasciandomi un bacio sulla fronte.

«Ora va' a dormire, tesoro. Si sta facendo tardi e domani è il grande giorno.»

«Buonanotte...» risposi di rimando.

Rimasi lì, confusa e pensierosa.

C'era qualcosa che non andava.

37.
IN SCENA

«Non aveva mai creduto in sé stessa,
fino a quando non aveva scorto
il mondo al di là della sua torre.»
MICHAEL SANDERS, *La principessa di crepe*

Ho sempre pensato che i funerali siano per i vivi, e non per i morti. A dire il vero, non ne vedo il senso. Siamo sempre stati io, la mamma, il papà e Max, mentre ora, al funerale di mio padre, ci sono fiumi di persone che non ho mai visto in vita mia. Dicono di essere amici, parenti alla lontana, mi fanno le loro condoglianze e mi invitano a essere forte, come se già non avessi dimostrato di esserlo.

Tutta questa gente mi fa rabbia.

Sì, rabbia, non tristezza.

Perché mi sento come se mio padre fosse partito per un lungo viaggio e non avesse comprato ancora il biglietto di ritorno. Per me la sua assenza è momentanea, e mi spaventa il momento in cui realizzerò cos'è successo tre giorni fa.

Se mai lo realizzerò…

Non riesco a immaginare la mia vita tra più di un mese. So solo che dovrò badare alla mamma, quando lei non avrà neppure la forza di respirare.

Penso che lei abbia già realizzato, e non vorrei essere nei suoi panni, al momento.

Mi sento in dovere di prendere le redini della situazione, anche se non so bene cosa fare. Mi limito a salutare questa massa informe di persone, dai volti tutti uguali, dalle movenze tutte uguali.

Ho ricevuto più pacche sulle spalle oggi che in tutta la mia vita. Mi allontano un secondo dalla folla che invade il soggiorno e mi rifugio nello studio di mio padre.

È ancora tutto in disordine, come lo ha lasciato lui tre giorni fa. Com'è possibile che io lo abbia salutato prima di andare a scuola e ora non sia più qui?

Per quanto non sarà qui?

Per sempre?

Per sempre è troppo grande, non è quantificabile, e non sono abituata alle cose non quantificabili. Forse sta ancora cercando il suo biglietto di ritorno. E anch'io mi metto a cercarlo, frugando tra i fogli sparsi sulla sua scrivania. Magari l'ha perso qui, tra un racconto e l'altro. Continuo a rovistare, fino a che non scorgo qualcosa...

È il nostro acchiappasogni.

Quello che aveva costruito per me, per i miei incubi.

Sotto di esso, un biglietto scritto con la sua grafia:

Sogna in grande

Sogna in grande, Trinity. Sogna in grande.

L'avevo ripetuto a me stessa almeno una decina di volte, nel letto, la sera prima del musical.

Sapevo che era soltanto uno stupidissimo musical scolastico e non una prima a Broadway, ma si trattava di *Grease.*

E io amavo *Grease.*

Anche se tendevo a minimizzare, in cuor mio sapevo che stava per accadere qualcosa di grande, di importante. Stava per avvenire, e io avvertivo uno strano presentimento che mi formicolava nel petto.

Avevamo provato a lungo e conoscevo perfettamente a memoria tutte le battute del mio personaggio. Non vedevo l'ora di andare in scena.

Sentivo aria di cambiamento.

Nel buio della mia stanza non riuscivo a prendere sonno, mentre ripassavo le battute e pensavo ai possibili scenari che avrebbero potuto verificarsi se qualcosa fosse andato storto.

Ma, per una volta, volevo smettere di preoccuparmi e godermi il momento. Ancora non riuscivo a crederci: avrei interpretato Sandy Olsson, la protagonista. Certo, era solo una recita scolastica alla Seafolk High, ma era la prima volta in cui qualcuno riconosceva ufficialmente il mio talento. La professoressa McCaffry mi aveva dato fiducia e io non intendevo deluderla.

La mattina seguente, alle prime luci dell'alba, ero già vispa e in piedi. Non che avessi chiuso occhio per tutta la notte: l'adrenalina mi scorreva a fiumi nelle vene.

Scesi in cucina per fare colazione con mia madre, che mi osservava sorridente. Non ero abituata a vederla così fiera di me. Mi sentivo troppo spesso una delusione. Ma quel giorno tutto era diverso. Mi sentivo carica e piena di energia, nonostante le ore di sonno mancato.

«Agitata?» mi domandò mia madre sorseggiando una tazza di caffè.

«Un po'. Ma non troppo.»

«Ci credo! Sei cresciuta guardando quel musical!»

Grease era uno dei film preferiti miei e di mio padre. Lo guardavamo insieme ogni volta, e avevamo persino un vinile con la colonna sonora. Avrei tanto voluto che potesse vedermi interpretare Sandy.

«A che ora è lo spettacolo? Credo che verrà anche Ginny.»

«Mi fa piacere. È alle sei, ma mi avvio ora per provare con Acher e gli altri.»

«D'accordo, tesoro.»

Addentai una fetta di torta di mele al volo, mettendomi in spalla lo zainetto con il copione e un paio di cosmetici mai usati prima che mi avrebbero aiutata a calarmi nel personaggio.

«Ah, Trin, hai dimenticato qualcosa!» Mi richiamò.

«Impossibile, ho preso tut...»

Oh...

Lì, sul suo palmo, teso nella mia direzione, c'era lui.

L'acchiappasogni che mio padre aveva costruito per me.

«È la tua prima vera esibizione, senza contare il concerto di beneficenza. Questo sarà il tuo portafortuna, tienilo sempre con te.»

Lo afferrai per la cordicina, riponendolo nella tasca anteriore dello zainetto.

«Grazie, mamma. Ti voglio bene.»

«Io di più.»

Il palcoscenico della Seafolk High non era mai stato così bello e accuratamente allestito. La McCaffry era stata eccezionale.

Eravamo davvero in *Grease*.

L'allestimento era pazzesco: l'Havana's aveva persino prestato alla scuola il jukebox per il Frosty Palace.

La McCaffry, in preda all'agitazione, con una cartellina sotto il braccio e la matita fra i denti, correva da una parte all'altra, dando indicazioni e controllando che ogni singolo dettaglio fosse al suo posto.

«Andy! Sposta quel jukebox più a destra! Non deve coprire la scritta *Frosty Palace*! Acher, come vanno le luci? Mallory! I costumi sono tutti pronti? Hai trovato il chiodo di pelle di Danny Zuko?»

Si aggiustò gli occhiali sul naso, fingendo teatralmente il gesto dello svenimento. Almeno finché non mi notò tra la folla.

«Trinity! Grazie al cielo, sei qui. Abbiamo la nostra Sandy! Vi voglio tutti sul palco tra cinque minuti per la prova generale!»

Tra una prova e l'altra, la professoressa McCaffry ci raccontava della sua vita a Broadway, di quanto fosse dura ed estenuante, ma anche molto soddisfacente. Ore e ore in fila ai provini, giornate intere a provare... Più proseguiva con i suoi racconti, più trovavo entusiasmante quel tipo di vita. Quasi desideravo che diventasse la mia. Perché tutti quegli artisti, in fila alle audizioni, avevano un sogno da rincorrere e raggiungere.

Un'ora prima dello spettacolo, eravamo tutti dietro le quinte, chi a provare costumi, chi a dare un'ultima occhiata ai copioni. Quanto al mio costume, era pronto: gonna a ruota gialla anni Sessanta e camicetta bianca. Ma il pezzo forte erano assolutamente i pantaloni e la giacca di pelle che avrei indossato nell'ultima scena. Intanto, Lola aveva nascosto i miei capelli neri sotto la parrucca bionda che aveva acconciato appositamente per imitare Sandy.

Non vedevo l'ora di cominciare!

«Ehi...» Sentii qualcuno afferrarmi dolcemente per il braccio.

Acher indossava una delle sue solite camicie bianche, candide e profumate. La fronte gli brillava per via del sudore. La McCaffry gli aveva affidato i compiti più disparati, dalle luci alla musica, dalla locandina ai copioni.

«Ehi.» Sorrisi.

«Volevo farti il mio in bocca al lupo. Sono sicuro che andrai alla grande.»

«Grazie», sorrisi di rimando.

Adoravo il fatto che Acher mi sostenesse. Lui aveva capito, persino prima di me, quanto la musica mi stesse a cuore e fosse importante. Avrei quasi potuto azzardare e dire che, dopo mio padre, lui era stato il primo a credere fermamente nelle mie passioni e nei miei sogni, anche prima che mi accorgessi di averne.

«Credi davvero che io possa farcela?» domandai mordicchiandomi il labbro inferiore.

«Ma certo. Tu sei Trinity Sanders, una vera e propria tempesta.»

So che tu sei tempesta, ma io posso essere il tuo faro.

Come dimenticare quelle parole.

«Sarai la Sandy migliore del mondo.»

Ho trovato il modo di gridare al mondo il mio dolore, Acher, come dicevi tu...

La Trinity ribelle ha trovato sé stessa.

Acher mi lasciò un lieve bacio sulla fronte, avendo cura che nessuno ci stesse osservando. Ma tutti erano presi dalle loro mansioni, e nessuno era concentrato su di noi.

La McCaffry ci interruppe, battendo le mani. «Ragazzi! Si va in scena tra tre... due... uno...!»

Ci posizionammo tutti sul palco. La musica partì, il sipario si alzò e le luci si puntarono su di noi.

Che lo spettacolo abbia inizio...

«*I saw my problems and I'll see the light. We got a lovin' thing, we gotta feed it right. There ain't no danger we can go too far. We start believin' now that we can be who we are!*» La base di Frankie Valli partì a tutto volume.

E per la prima volta, mi sentii parte di qualcosa.

Era una sensazione stranissima.

Che fosse... *felicità?*

«*Grease is the word, is the word that you heard. It's got a groove, it's got a meaning. Grease is the time, is the place, is the motion. Grease is the way we are feeling!*»

Lì, sul quel palco, capii.

Capii che potevo avere anch'io dei sogni.

Delle aspirazioni, delle ambizioni.

Che non ero soltanto una ragazzina problematica, che riempiva di delusioni le vite delle persone che le stavano attorno. Perché avevo anch'io uno scopo, una passione.

Ed era meraviglioso non solo cantare e ballare, ma vedere i volti delle persone coinvolte, divertite e persino allietate dal nostro lavoro. Mi sembrava di renderle felici, e mi sentii una persona totalmente diversa.

Al termine dello spettacolo, tutti si complimentarono non solo con la professoressa McCaffry per aver diretto un musical così bello, ma anche con noi studenti, per l'impegno e il talento.

Talento.

Non credevo neppure di averne.

Il palco, in poco tempo, si riempì di fiori dai lunghi steli, e mi parve di vedere anche un ragazzo dalla regia lanciarmene uno. Acher mi sorrise attraverso lo specchio della cabina di regia da cui gestiva le luci e la musica e batté le mani assieme agli altri spettatori. Anche Lola, Miles, Randy, Cassidy, la mamma e Max erano in prima fila a supportarci.

In quel momento realizzai di avere una famiglia e degli amici fantastici.

Dopo esserci goduti l'applauso e in seguito a un lungo inchino, filammo dietro le quinte, dove la professoressa McCaffry ci stava aspettando per complimentarsi con noi.

«Ragazzi! Venite qui per un abbraccio.» Lanciò un urletto di felicità. «Sono assolutamente orgogliosa di voi! Siete stati eccezionali!»

Dopo aver scattato alcune foto sul palcoscenico, fummo liberi di cambiare gli abiti di scena per tornare a casa. Feci per raccogliere lo zaino, quando la professoressa McCaffry mi richiamò con un cenno della mano.

«Trinity, posso rubarti un secondo?» domandò sorridente.

«Certo, mi dica pure.» In fondo era merito suo e della sua insistenza se mi ero decisa a prendere parte al musical. Se avessi seguito la mia testardaggine, probabilmente non sarei mai stata così felice.

«Vorrei che parlassi con una persona, si tratta di un mio amico. Stavi andando via?»

«Oh...» riflettei. Un suo amico? «No, si figuri. Non ho fretta, mi lasci soltanto avvisare la mia famiglia che ritarderò un po'.»

Avvertii mia madre e Max che sarei tornata più tardi a casa, il tempo di scambiare due chiacchiere con l'amico della professoressa McCaffry e di sistemare gli ultimi oggetti in disordine dietro le quinte.

Acher si propose più di una volta di attendermi a scuola, ma lo costrinsi a tornare a casa con gli altri. Aveva lavorato sodo per il musical e aveva bisogno di riposare.

Quando tornai dietro le quinte, un uomo molto curato, in giacca e cravatta, mi porse la mano. Teneva una ventiquattrore sottobraccio e persino una penna nel taschino.

Oh, no! Ho di nuovo combinato qualcosa? fu il mio primo pensiero.

«Tu devi essere Trinity Sanders!» mi salutò, stringendola con determinazione. «La professoressa McCaffry mi ha parlato molto di te.»

«Oh, non metterla in soggezione, Stanley», ridacchiò lei. «Siamo stati colleghi a Broadway per ben dieci anni. Io e Stanley siamo l'uno la spalla dell'altro.» Non mentiva. Sembrava fossero davvero amici di vecchia data, a giudicare dalla confidenza con cui si parlavano.

Un secondo... Stanley?

Questo nome mi è familiare.
L'ho già sentito da qualche parte.
«Piacere», riuscii soltanto a dire, confusa.
«Non la metto a disagio! Insomma, è diventata persino famosa sul web.»
Famosa sul web?
La mia espressione fu più eloquente delle mie parole, e la professoressa McCaffry mi rivolse un'occhiata sbalordita.
«Sì, Trinity. Il video della vostra esibizione al concerto di beneficenza ha raggiunto centinaia di migliaia di views! Sei diventata virale!»
Video? Virale?
Era la seconda volta che finivo sul web per caso, e la prima non era stata molto gradevole, a causa del simpaticissimo scherzetto di Sandie.
Un momento... centinaia di migliaia di views?
«Sarebbe stato impossibile non notarti», disse tornando serio. «A ogni modo, non mi sono ancora presentato. Io sono Stanley e il piacere è tutto mio.»
E cosa vuole da me, signor Stanley?
Quella domanda mi ronzava nella testa dal momento in cui avevo stretto la sua mano.
«Hai un timbro pazzesco, mia cara Trinity. Non credo tu ne sia consapevole.»
Io? Un timbro pazzesco?
Mi aveva ascoltata davvero?
«Lei mi lusinga, ma...» abbozzai, ma lui mi interruppe.
«Motivo per cui volevo proporti di entrare nel nostro team alla Stanley Records.»
Oh. Mio. Dio.
Ecco dove avevo già sentito quel nome!
Lui non era uno "Stanley", qualsiasi. Era il direttore e il produttore della Stanley Records, una delle più grandi etichette discografiche in America!
No, non sta succedendo davvero a me.
È impossibile, sarà qualche scherzo di cattivo gusto.
C'è qualche telecamera nascosta, per caso?
«La mia proposta non è solo un contratto discografico.

Stiamo organizzando un campo estivo in Michigan per giovani artisti; si tratterà di tre settimane in cui avrete la possibilità di studiare musica, canto e recitazione. Lo spettacolo finale sarà ispirato a *Grease*, e mi è parso di vedere che conoscessi tutte le battute a memoria. Hai davvero talento per i musical, Trinity. Ci farebbe piacere se facessi qualche prova con il nostro gruppo.»

«In Michigan?» Battei le palpebre.

Ho bisogno di un po' d'acqua.

Credo di non sentirmi bene.

Se è un sogno, non svegliatemi.

«È un po' lontano, lo capisco. Melanie...» Si corresse. «Volevo dire, la professoressa McCaffry mi ha spiegato che vivi con tua madre, per cui la Stanley Records finanzierà tutte le vostre spese, incluso il trasporto e l'alloggio.»

Finanziarmi.

No non può essere.

Dov'è il trabocchetto?

«Lei...» balbettai col cuore in gola. «Lei dice davvero?»

«Sei un giovane talento, Trinity. Siamo certi che con noi avrai l'opportunità di crescere e di diventare una grande artista.»

Un'artista...

Io, una grande artista.

Un contratto alla Stanley Records!

«Ti lasciamo qualche giorno per pensarci, intanto ecco il mio biglietto da visita.» Mi porse un bigliettino con su scritte, in bianco, le lettere *SR*, e sullo sfondo un elegante disco nero.

Rimasi a fissarlo, incredula.

«Io non so cosa dire.» Tentai di rimanere calma e di non mettermi a urlare proprio lì, dietro le quinte. «Solo... Wow... Grazie. Grazie per aver pensato a me per quel ruolo e per il contratto.»

Un contratto discografico.

A mio nome.

Un disco, delle canzoni.

«Figurati, Trinity, nessun ringraziamento. Allora aspetto

una tua chiamata. Ora devo scappare, ho un volo diretto a Los Angeles tra mezz'ora. Spero di incontrarti presto a New York. Ancora tanti complimenti per lo spettacolo!»

Lo ringraziai nuovamente e lo salutai con una stretta di mano, e quando fui certa che avesse abbandonato il teatro, lanciai un urletto.

La McCaffry mi seguì a ruota, dandomi il cinque.

«Oddio, non posso crederci. No, non ci credo.» Continuai a fare lunghi respiri. «È stata lei, vero? Ha chiamato lei il signor Stanley per presentarmi.»

«A dire il vero, ti ha notato lui, tramite quel video.» *Oh.* Alludeva al video diventato virale. «Mi ha chiamato tutto euforico, dicendo di aver finalmente trovato una cantante all'altezza della sua etichetta. Non appena mi ha rivelato il tuo nome, non potevo crederci! Eri tu, una mia alunna.» Ridacchiò. «Ho invitato Stanley qui a Seafolk per il nostro spettacolo, così che poteste parlare a quattr'occhi. Direi che è andata bene.»

Mi aveva notata lui.

Aveva notato il *mio* talento.

Fino a qualche tempo prima non sapevo neppure di averne! Ero al settimo cielo.

«D'accordo, si è fatto parecchio tardi. Chiamami non appena avrai deciso se accettare o no!»

Non vedevo l'ora di dirlo a mia madre e ad Acher una volta tornata a casa!

«Grazie di tutto, professoressa.»

«Non ringraziare me, ringrazia il tuo talento.»

Non riuscivo a crederci.

D'un tratto, nulla più importava.

Le prese in giro di Sandie, il sentirmi sempre sbagliata, persino il diluvio che stava investendo Seafolk in quel momento. Non mi importava di essere completamente fradicia, mentre tentavo di aprire lo sportello della mia automobile, perché ero troppo felice.

Stava accadendo davvero.

La prima cosa che feci, una volta entrata nell'abitacolo, zuppa come se fossi finita in una pozzanghera, fu appendere l'acchiappasogni di mio padre al cruscotto, accarezzandolo con il pollice.

«Mi hai portato fortuna, papà. So che mi proteggi sempre, anche se non posso vederti», sussurrai.

Misi in moto e infilai il solito cd nel lettore, mentre le spazzole continuavano a muoversi su e giù per lavare via i goccioloni di pioggia che offuscavano il parabrezza.

La Stanley Records voleva *me.* Trinity Sanders, una comunissima ragazza di Seafolk, cresciuta con i cult, con le macchine d'epoca e con le canzoni anni Ottanta.

Non credevo che sarebbe mai potuto accadere.

Insomma, certe cose succedono solo nei film, questa è la vita vera. E nella vita vera alcuni sogni sono destinati a rimanere nei cassetti.

Per un secondo, dovetti smettere di pensare e concentrarmi sulla strada. Non riuscivo a vedere nulla davanti a me. Sembrava che una nuova tempesta stesse imperversando su Seafolk, una delle peggiori. Poco dopo fui costretta a fermarmi. Non riuscivo neppure a vedere le linee bianche che delimitavano la strada e di uscire dal veicolo non se ne parlava. Mancava meno di un chilometro, e sarei arrivata a casa. Si trattava di pochi minuti d'attesa, poi avrei raccontato la notizia alla mamma. Chissà cosa avrebbero pensato lei e Acher…

Fu quello che mi domandai, poco prima di intravedere due accecanti luci bianche venire verso di me, troppo velocemente.

Due fari.

Due fari troppo veloci per potervi sfuggire.

Due fari che non avevano visto i miei.

E poi l'impatto.

38.
L'ULTIMO RACCONTO

> «Uno scrittore qualunque narra una storia.
> Un narratore di storie narra la tua.»
> MICHAEL SANDERS, *Il narratore di storie*

Provavo dolore in ogni parte del corpo. Fu uno sforzo immane persino trovare la forza di aprire gli occhi e guardarmi attorno.

La luce era troppo forte. C'erano chiazze bianche che stentavano ad assumere delle forme comprensibili.

La testa girava.

O forse ero io a girare. O magari la stanza.

Una fitta alle costole, un dolore lancinante nel petto.

Cosa mi era successo?

«Trinity?» Una voce. «Oh mio Dio! Dottoressa! Dottoressa Ramírez, si è svegliata!»

Era… era mia madre?

Mi portai una mano sulla fronte. Sul sopracciglio riuscivo a sentire la presenza di un cerotto, e sotto di esso una sutura. Poi le mie dita percorsero la linea delle mie labbra; sembravano screpolate e percepivo il sapore ferreo del sangue sulla lingua ogni volta che la posavo su di esse. Qualcosa, dal braccio, stava tirando. O almeno, da un braccio soltanto, perché l'altro era ingessato.

Avevano l'idea di essere delle flebo. Commisi l'errore di guardare in alto, alla mia destra. C'era un monitor, e su di esso delle linee che riportavano i miei battiti cardiaci.

Sono in ospedale.

Ma come ci ero finita?

Qualcuno mi puntò una luce negli occhi. Non uno dei risvegli migliori della mia vita.

La scacciai via con la mano.

«Cosa fa?!» protestai, ritraendomi.

«È sveglia.»

Certo che lo sono.

Perché non dovrei?

«Trinity, sono la dottoressa Ramírez. Capisci quello che dico?» domandò non appena misi a fuoco la sua immagine.

Una donna dalla pelle olivastra e dai riccioli scuri mi agitò nuovamente una luce davanti agli occhi. Poi prese ad ascoltare i battiti del mio cuore con uno stetoscopio e a verificare alcuni parametri sul display proprio accanto al mio letto.

«Sì. Sì, la capisco. Che sta succedendo?»

Perché mi trattano come se da un momento all'altro potessi perdere la vista o la facoltà di parola?

«Risponde agli stimoli ed è vigile. Apparentemente non ci sono danni dovuti al trauma cranico. Ma nelle prossime ore ripeteremo i controlli.»

«Trauma cranico?»

Di cosa sta parlando?

«Trinity, adesso ti lascerò con tua mamma, che ti spiegherà l'accaduto, d'accordo? Passerò tra mezz'ora per vedere come stai.»

Annuii, ancora più confusa.

«Mamma?» farfugliai, vedendo la sua immagine pallida come un fantasma palesarsi davanti al mio letto. «Cos'è successo?»

Ero a scuola. Avevo incontrato l'amico della professoressa McCaffry, il signor Stanley. Mi aveva offerto un contratto discografico e un posto nel suo campo estivo. Poi ero salita in macchina per tornare a casa. Ma pioveva.

Oh...

La pioggia, i fari puntati contro la mia auto...

Avevo avuto un incidente stradale.

No, no, no.

«Non stavo correndo, mamma. Te lo giuro, ero ferma, un'altra automobile mi è venuta addosso, stava piovendo, e ho accostato. Ho visto dei fari venirmi incontro e non ho avuto la prontezza di uscire dall'auto, mi dispiace. Mi dispiace, mi dispiace», ripetei con affanno.

Mi dispiace, perché sarai morta di paura. Perché avrai pensato che dopo papà ti avrei lasciata anch'io, che saresti rimasta sola. Mi dispiace, mamma, per averti spaventata.

«Tesoro, va tutto bene, sta' tranquilla. L'importante è che tu sia qui...» sussurrò accarezzandomi il capo.

Che sia viva, avrebbe voluto dire.

«La Mercury? L'auto di papà?»

Mia madre scosse la testa.

«Era totalmente distrutta, tesoro. Non abbiamo potuto recuperarla. Ma non importa, è solo una macchina.»

Sono ricordi, avrei voluto controbattere.

«Oh, no... E l'acchiappasogni? L'acchiappasogni era attaccato lì, in auto. Dov'è finito?»

«La polizia non sa ancora come sia possibile, ma è intatto. Lo hanno ritrovato accanto a te, sull'asfalto.» Tentò di placare la mia agitazione. «Eccolo qui», disse estraendolo dalla tasca del cappotto.

Ero volata via dall'auto.

Ero stata sbalzata via, ma l'acchiappasogni non si era scalfito nemmeno un po'.

Papà...

Mi asciugai una lacrima dalla guancia, prendendo l'acchiappasogni tra le mani.

«I tuoi amici sono passati poco prima che ti svegliassi, non appena sei uscita dal reparto di rianimazione. Ti hanno lasciato dei pupazzi e dei fiori.» Indicò il comodino invaso da peluche e fiori di ogni tipo. Riconobbi all'istante un biglietto con la grafia di Lola, ma la vista era ancora troppo sfocata per riuscire a leggervi il contenuto.

Poi, mi venne in mente lui.

«E Acher?» La voce mi si strozzò in gola e un conato mi prese alla sprovvista. «Lui... lui dov'è?»

Oh, no.

No, ti prego.

L'incidente.

Elizabeth, la pioggia, io. Il mio incidente lo aveva sicuramente distrutto.

«Non appena i medici hanno detto che eri fuori pericolo, è andato via. Ha detto che sarebbe stato per un po' a casa di un amico, per togliere il disturbo. Non voleva causare altri problemi, o almeno è quello che ha detto.»

Maledizione!

Bugie.

Erano bugie. Era andato via per paura.

«Voleva che sapessi, al tuo risveglio, che non ti ha abbandonata. Non ha detto altro.»

Lo so che non mi ha abbandonata. Non ha sopportato la tensione. Non ha retto il peso del passato e dei ricordi e ha avuto paura. Paura che mi capitasse ciò che era accaduto a Elizabeth.

Ma mia madre non poteva saperlo, e la confusione sul suo volto ne era la prova. L'atteggiamento di Acher le aveva lasciato delle perplessità, ma non le importava. Stava rivolgendo tutte le sue attenzioni a me. Le dispiaceva per Acher, ne ero certa, ma non stava pensando a lui.

Lei no, ma io sì.

«Non… non ha detto altro?»

«Ha lasciato una busta con una lettera e dei fogli. Ha detto di aprirla quando sarai sola e vigile.»

«Voglio leggerla», risposi risoluta.

«Ma, amore, ti sei appena svegliata.»

«Mamma, per favore, voglio leggerla. È davvero molto importante, devi credermi», la supplicai.

Avevo *bisogno* di leggere quella lettera.

«Mi bastano dieci minuti, non di più», precisai, e lei si arrese. Mi porse la busta e uscì, lasciandomi sola nel silenzio della stanza.

Acher, ti prego…

Non puoi essertene andato davvero.

Non per sempre, almeno, perché non lo sopporterei.

Mi districai tra le flebo, tentando di aprire la busta il più velocemente possibile. Ogni secondo che passava, la mia frequenza cardiaca aumentava e con essa i numerosi *bip* dello schermo poco distante dal mio letto.

Cara Trinity,

sono certo che leggerai questa lettera e non hai la più pallida idea della felicità che provo, in questo momento, a scrivere a

una persona che continuerà a respirare, a un cuore che continuerà a battere.
Quando la polizia ci ha chiamati, quando ha telefonato a tua madre, ho temuto davvero di averti persa. Inizialmente, pensavano che non ci fosse nulla da fare. Ma eri viva. Anche se il battito cardiaco era debole, eri ancora viva. Avevi perso i sensi, la tua macchina era totalmente distrutta, e ho pensato anch'io che fossi morta. Non ci ho visto più, sono impazzito. Eri stesa sull'asfalto, proprio come lei. I tuoi vestiti e i tuoi capelli erano fradici, proprio come i suoi. Dio, eri così pallida...
Non hanno lasciato avvicinare tua madre: piangeva, urlava, si dimenava. Max continuava a tenerla ferma, mentre era in preda alle convulsioni. Temevano che potesse sentirsi male, allora ho attraversato io le transenne. Avrei preferito morire piuttosto che vedere te in quelle condizioni. Sono salito sull'ambulanza insieme a te, e ti ho tenuto la mano per tutto il tempo, mentre avevi gli occhi chiusi e respiravi dell'ossigeno da una maschera. E in quei cinque minuti che ci separavano dal Seafolk Hospital, ho pensato. Ho pensato soltanto che, dopo Elizabeth, non ero pronto. Non ero pronto ad affrontare un'altra perdita. Non ero pronto ad affrontare la tua.
Credevo di essermi abituato al dolore, ma non era così. Ho ripercorso con la mente tutti i momenti strazianti che avevo già vissuto. Il funerale di Elizabeth, i giorni trascorsi senza di lei. E avevo giurato che, se anche tu quella sera fossi morta, non sarei rimasto vivo tanto a lungo da poter venire anche al tuo funerale. Ed ero pronto a farlo, Trinity, credimi. Ero pronto a porre fine al dolore che sarebbe scaturito dalla tua scomparsa. Ero così arrabbiato con la vita, col destino...
Non poteva capitare anche a te, no. Non poteva succedere. E mentre tenevo la tua mano fra le mie, mi sono convinto che non avresti mollato. Che avresti combattuto, perché tu sei così dannatamente testarda, ed ero certo che non avresti abbandonato tua madre e i tuoi amici. Che ce l'avresti fatta, perché sei una forza della natura e non avresti mollato.
Mi sono ripetuto che tu sei Trinity Sanders, e che tu rendi possibile persino l'impossibile. Quando sei entrata in rianimazione, non mi hanno più permesso di vederti. Ho aspettato in sala d'attesa con tua madre per tutta la notte, fino a che

non ti hanno fatta uscire. Ne sei uscita con un braccio rotto, tre costole incrinate e un trauma cranico, ma eri fuori pericolo. In quel momento, con la certezza che eri sopravvissuta, ho capito di dover andare via. Perché temevo, e temo tuttora, che quando ti sveglierai non vedrò te, ma lei.
Sono terrorizzato all'idea di vedere lei nei lineamenti del tuo volto, lei nella luce dei tuoi occhi e lei nei tuoi sorrisi e nelle tue parole.
E tu meriti qualcuno che non sia ancorato al suo passato come lo sono io, qualcuno che possa renderti felice alla luce del sole, che possa tenerti la mano anche se tutti ti stanno guardando.
Io non potrò mai darti questo.
Mi dispiace, Trinity, ma non posso farlo.
Non posso rimanere a Seafolk.
So che è un addio, ma voglio che tu sappia questo: la vita ti ha concesso una seconda opportunità, Trin. Non sprecarla. Ricorda ogni giorno che sei viva, che il tuo cuore batte e che devi sentirti tale. Non devi sopravvivere, Trinity. Devi vivere. Devi dare al tuo cuore un motivo per cui battere, e solo allora potrai dire di essere felice.
Sono orgoglioso di te. Sono orgoglioso della persona che sei diventata. Sono orgoglioso che tu sia cambiata senza cambiare mai.
Non voglio lasciarti pensando di aver spento quello splendido sorriso che ti dipinge il volto, perciò ho lasciato qualcosa sul fondo della busta.
È un regalo.
Voglio che tu possa ricordarmi così.
So che tu sei tempesta, ma se vuoi posso essere il tuo faro.
Ti amerò per sempre,

Acher

Ancora tutta tremante, adagiai la lettera accanto al me, sul materasso, e setacciai la busta. Riposti al suo interno c'erano dei fogli spillati tra loro.

Iniziai a leggerli…

100
Il guardiano e l'usignolo

C'era una volta un usignolo dal canto melodioso.

La piccola, lasciata sola appena nata e cresciuta senza i suoi simili, non incontrò mai nessuno che le insegnasse a cantare.

Così, appena fu abbastanza grande da poter spiccare il volo, abbandonò il nido per scoprire il mondo e per conoscere altri usignoli come lei.

Ma le insidie e i tranelli del mondo erano dietro l'angolo, e il piccolo usignolo, fragile e gracile qual era, non era pronto ad affrontarli.

La piccola volò sopra terre lontane dimenticate dall'uomo, sopra montagne dagli alti picchi e colline dai manti variopinti, fino a che non intravide una distesa blu cobalto rasentare l'orizzonte.

L'usignolo non aveva mai visto il mare né sapeva che, se ne avesse sfiorato la superficie con le ali, queste si sarebbero impregnate e le avrebbero impedito di volare.

Ma ella era caparbia e voleva toccare le onde di un blu così intenso da richiamare il colore dei suoi sogni. E lo fece, si immerse nell'oceano, ma quando tornò in superficie, pronta a spiccare il volo, le piume delle ali rimasero attaccate tra loro, per via della salsedine.

Il piccolo uccellino iniziò a dimenarsi, ma invano. Non sapeva cantare, e nessun altro uccellino avrebbe potuto sentire il suo grido e accorrere in suo aiuto.

Continuò ad agitarsi tra le onde tentando di rimanere a galla, fino a che un uomo, in mare con la sua barca, non notò qualcosa muoversi sulla superficie dell'acqua proprio accanto a lui. Non appena la vide, quello non esitò neppure un istante e si gettò in acqua per salvarla. La prese tra le mani e la portò con sé, a casa sua.

Quell'uomo non era un marinaio qualunque, era il guardiano del faro, che da secoli illuminava le rotte dei naviganti nelle notti senza luna.

Il guardiano la accolse nella sua dimora, la tenne al caldo per scongiurare un malanno e asciugò le sue ali, così che, un giorno, avrebbe potuto di nuovo spiccare il volo.

Quando fu vigile e sveglia, il guardiano le chiese il suo nome, ma ella non seppe rispondere, perché mai aveva imparato a cantare.

«Ti insegnerò a comporre melodie col tuo splendido canto, così che nessuno tra gli uomini potrà insinuare di non conoscere la tua voce», disse.

Con calma e perseveranza, il guardiano le insegnò, giorno dopo giorno, a pronunciare i suoni e a modulare il canto. E persino quando l'uccellino si rifiutava di provarci, pensando di non esserne capace, lui continuava a credere nelle sue capacità e nel suo talento.

«Sei un usignolo», le ripeteva. «E in quanto tale, puoi cantare per natura. Devi soltanto credere in te.»

E lei imparava in fretta, colorando le giornate dell'uomo con le sue melodie. Ben presto tutti, sull'isola, conobbero la sua voce.

Il guardiano e l'usignolo rimasero insieme per tre lunghi mesi, durante i quali la piccola imparò a cantare. Ma quando sviluppò il suo canto, il guardiano decise che era arrivato il momento di farle spiccare il volo.

«Non voglio andarmene», cantò la piccola. «Sto bene con te, qui nel tuo faro. Questa è casa mia.»

«Casa tua è il mondo, e tutti i luoghi dove il tuo canto può arrivare», rispondeva lui. «Non disegnare confini dove l'orizzonte delinea infiniti. Le tue ali ti porteranno lontano, non rinchiuderle tra le mura di un faro.»

Ma l'usignolo era testardo, e non voleva lasciare il suo guardiano. «D'accordo», gli disse, pronta a spiccare il volo. «Allora scoprirò il mondo e farò udire a tutti il mio canto. Ma quando avrò visitato l'ultimo centimetro del globo, tornerò da te, che mi hai insegnato a cantare.»

E quella fu la loro promessa.

La mattina seguente la piccola si rimise in viaggio, e il guardiano, tutte le notti, accendeva il suo faro, così che lei potesse sempre trovare la strada di casa.

L'usignolo è tuttora in volo.

Il suo guardiano la sta ancora aspettando.

Non riuscivo a crederci.

Il centesimo racconto.

Acher li aveva terminati. Aveva scritto il racconto mancante. L'ultimo della raccolta di mio padre.

Una lacrima bagnò i fogli e cominciai a singhiozzare, stringendo la lettera al petto.

Ti amerò anch'io per sempre, Acher.

39.
VERITÀ

«Non è il nostro passato a dirci chi siamo,
né la maschera che indossiamo.
È l'amore che abbiamo ricevuto,
anche quando credevamo di non meritarlo.»
MICHAEL SANDERS, *La maschera di vetro*

Odiavo chi prendeva di propria iniziativa decisioni che spettavano a me. Ero testarda, maledettamente testarda. Non mi capacitavo di come Acher fosse riuscito ad andare via senza salutarmi. Comprendevo la sua volontà: i ricordi di Elizabeth non gli lasciavano pace, temeva di poter perdere anche me, non sopportava il fatto che non potessimo amarci come due comuni adolescenti.

Ma se mi aveva lasciata solo perché credeva che io non avessi sopportato l'impossibilità di amare lui come chiunque altro, allora aveva commesso un errore.

Spettava a me decidere se avere la forza e le capacità di vivere con lui mantenendo le distanze. Spettava a me perché avevo disperatamente bisogno di Acher nella mia vita.

"Meriti qualcuno che non sia ancorato al suo passato come lo sono io, qualcuno che possa renderti felice alla luce del sole, che possa tenerti la mano anche se tutti ti stanno guardando".

Ma se non lo volessi? Se non volessi per forza tenerti la mano, quando tutti ci stanno guardando? Se mi bastasse stare con te, anche solo per un'ora al giorno, cantare e suonare insieme, o passeggiare sul molo?

Odiavo che qualcuno credesse di sapere cosa volessi o cosa meritassi. Erano i *miei* desideri, le *mie* scelte.

Se Acher non riusciva a starmi vicino, andava bene. Avrei rispettato la sua decisione senza rimpianti. Ma se aveva lasciato Seafolk sostenendo che il motivo fosse unicamente il mio bene, allora aveva totalmente frainteso. Stare lontana da lui mi avrebbe fatto più male di fingere di non amarlo.

Lola aveva ragione, ero sempre stata brava a fingere. E per Acher lo avrei fatto; tutto pur di non perderlo.

Ma lui questo non poteva saperlo. Perché era andato via senza salutarmi, senza espormi la sua decisione faccia a faccia. Mi aveva lasciata dinanzi al fatto compiuto, così che non potessimo discuterne o confrontarci.

Pensava davvero che avrei iniziato a *vivere* senza di lui?

Si sbagliava eccome.

Venti giorni dopo l'incidente, la frattura al braccio era guarita e il Seafolk Hospital aveva sospeso i controlli di routine che effettuavo ogni tre giorni. Il trauma cranico non aveva causato danni irreparabili, se non un leggero acufene e le vertigini ogni volta che mi rimettevo in movimento con gesti bruschi.

Ma, tutto sommato, stavo bene.

Ed era stato un vero miracolo, considerando le condizioni in cui versava il mio fulmine alla brillantina, rottamato tre giorni dopo.

Mia madre mi aveva concesso di guidare la sua automobile, a patto che le condizioni meteorologiche fossero consone. Sapeva benissimo di non potermi tenere segregata in casa, o sarei impazzita. Motivo per cui si era fidata della mia responsabilità e mi aveva permesso di guidare non appena il mio povero braccio sinistro era guarito.

Mancava poco meno di una settimana al Natale e, dopo le vacanze, sarei andata alla Stanley Records per firmare il mio contratto. Ma prima… dovevo parlare con Acher.

Non mi importava dove fosse o cosa stesse facendo, se proprio doveva dirmi addio, volevo che mi guardasse negli occhi.

Sapevo di non dover riprendere a guidare così presto; era passato troppo poco tempo dall'incidente, ma se volevo trovare Acher, dovevo raggiungere l'unico luogo che lo teneva ancorato al suo passato: Blue Ridge.

Dissi a mia madre che avrei preso la sua macchina per andare a una festa poco lontano da Seafolk, e che sarei tornata la mattina seguente, appena le luci dell'alba avrebbero illuminato la strada. Aggiunsi che sarebbero venuti con me anche Miles e Lola, una volta certa che avrebbero retto il mio gioco, con non poche minacce se mi fosse accaduto qualcosa.

Dopo numerosi e insistenti "sei sicura?" e "non credi che sia troppo presto per guidare fuori città?" si arrese alla mia caparbietà.

L'incidente non era stata colpa di una mia disattenzione. Ero responsabile alla guida, e non mi sarebbe accaduto nulla di male. Ma dovevo assolutamente trovare Acher. Grazie alla memoria e a Google Maps riuscii a ripercorrere la stessa strada che mi aveva indicato Acher quando mi aveva portata a casa sua. Odiavo la tecnologia e avevo un animo vintage, ma dovevo ammettere che la scoperta della geolocalizzazione non era stata poi tanto male.

Raggiunsi la villetta di Acher con qualche difficoltà nello spegnere il navigatore del mio cellulare che continuava a borbottare indicazioni.

Tutto era come l'avevamo lasciato, totalmente identico.

Bussai alla porta, nella speranza che Acher avesse mentito a mia madre e che, invece di stare da un suo amico, fosse tornato a casa. Ma non era così.

Quelle mura trasudavano ricordi che Acher voleva dimenticare, e non sarebbe mai riuscito a vivere lì dentro. Non senza sua madre, almeno.

Pregai che, come ogni film di spionaggio d'eccellenza, ci fosse un duplicato delle chiavi di casa dietro un vaso o sotto il tappetino, ma così non fu. Non potevo forzare la porta blindata all'entrata, ma una qualche finestra sul retro sì. Non ero una ginnasta professionista, ma il mio corpo minuto mi permise di infilarmi in uno sportello semiaperto che affacciava sul seminterrato.

Mi arrampicai sulle colonne di scatoloni e polvere che riempivano la stanza e controllai con la torcia del cellulare dove fosse la porta per salire al piano terra.

Non appena la vidi, poggiai la mano sul pomello arrugginito, nella speranza che ruotasse assieme al mio polso. Grazie al cielo, era aperta.

Salii le scale fino al salone, dove non vi era anima viva.

Proseguii fino al primo piano, camminando sul pianerottolo che conduceva alla camera da letto di Acher. Magari era lì, stava dormendo o aveva finto di non essere in casa per non essere costretto a parlarmi.

Ma anche la sua stanza era vuota. Setacciai tutti gli ambienti della casa, tranne uno. L'unico che neppure Acher aveva avuto il coraggio di aprire, dopo il ricovero della madre.

La camera di Amanda.

La chiave della sua stanza era ancora inserita nella serratura. Il letto a baldacchino, dalle lenzuola rosee, era rifatto con precisione. Una scrivania, davanti alle finestre coperte da tendine semitrasparenti a fiori, era perfettamente in ordine. Sembrava che qualcuno l'avesse da poco spolverata. Per un attimo mi ricordò quella di mio padre, rimasta, invece, in disordine per mesi dopo la sua morte. La mia immagine fu catturata dagli specchi che ricoprivano le ante dell'armadio, e sussultai, presa alla sprovvista dal mio stesso sguardo riflesso nella superficie. Sfiorai il letto con la mano, e tentai di riconoscere in quella camera alcuni tratti della sua proprietaria. Avevo conosciuto Amanda indirettamente. Mia madre parlava spesso di lei ricordando gli anni del college, ma dopo la mia nascita avevano smesso di frequentarsi tanto spesso. Non avevo ricordi di lei e non avrei neppure riconosciuto i lineamenti del suo volto se non avessi osservato da cima a fondo le foto che mia madre conservava gelosamente nei suoi album.

Amanda, mia madre e mio padre al loro matrimonio, al mio primo compleanno.

Un momento…

Amanda, al matrimonio dei miei genitori.

Amanda e mia madre al college.

Amanda e mia madre al mio primo compleanno.

Del padre di Acher non c'era traccia.

Mai.

Non compariva in nessuna foto, mia madre non sapeva neppure che aspetto avesse. Non l'aveva mai incontrato. Diceva che Amanda era contraria ai matrimoni, questo giustificava un mancato invito al loro. Ma qualcosa non tornava…

Acher non aveva ricordi di suo padre prima di trasferirsi a Blue Ridge. Amanda non ne parlava mai, né possedeva sue foto in camera o nel salotto.

Ritornai di sotto per controllare un ultimo, importantissimo dettaglio: non c'erano foto di Acher da bambino, prima dei suoi sei anni.

Il Blue Ridge Hospital non era poi così diverso dall'ospedale di Seafolk. In realtà, gli ospedali, in America, sembravano tutti realizzati con lo stampino.

Curati, certo, ma finanziati da chi aveva un'assicurazione di ferro. Per fortuna Amanda l'aveva ottenuta, nonostante non coprisse le cure sperimentali che di lì a poco avrebbe iniziato. Motivo per cui era ricoverata in uno dei migliori reparti di oncologia del paese, dalle poltroncine d'attesa in velluto e dalle lunghe vetrate che affacciavano sulle Blue Ridge Mountains. Quel reparto sembrava più parte di una clinica privata che di un ospedale pubblico. Era così diverso dalla struttura fatiscente che ospitava il Seafolk Hospital.

Andai a trovarla durante l'orario delle visite, presentandomi come una nipote di secondo grado. Almeno quel dettaglio era vero. Bussai alla porta della stanza con un pizzico di esitazione. Lei conosceva me, ma io non conoscevo lei.

«Avanti», rispose dall'interno una voce delicata. Attesi qualche istante, poi mi decisi a entrare.

«Salve», dissi riacquistando un briciolo di sicurezza. «Non so se ti ricordi di me, sono…»

«Trinity, ma che piacere vederti!» mi interruppe, con gli occhi colmi di gioia.

Occhi ammalianti, certo, ma diversi dalla tonalità smeraldo che illuminava quelli di Acher.

Amanda riusciva a essere elegante persino con una vestaglia rosa cipria e un cappello a coprirle la testa. I capelli le erano caduti, ma avrei giurato che, un tempo, fossero di un lucente biondo cenere, come nelle foto di mia madre.

Mi invitò con un cenno a sedermi di fronte a lei, proprio davanti alla grande finestra che incorniciava i picchi innevati della catena montuosa che abbracciava Blue Ridge.

Doveva essere frustrante non poter uscire da lì…

«Non mi aspettavo una tua visita, ma è sempre bello avere compagnia.»

«È stata una scelta un po'… impulsiva.»

Amanda scoppiò in una fragorosa risata.

«Oh, mia cara, non riusciresti neppure a immaginare quanto fossi impulsiva e testarda da bambina!» Prese un sorso dalla tazza di tè fumante che teneva tra le mani.

«Come sta Ellen? Come va lì a Seafolk?» mi domandò serena.

«Mia madre sta bene. Le manchi e non vede l'ora di incontrarti, quando tutto questo sarà finito.»

Amanda guardò fuori dalla finestra e un sospiro le sfuggì lento dalle labbra screpolate. Una nuvoletta appannò il vetro, e lei sfiorò la condensa con le dita.

«Ma tu non sei venuta qui per i convenevoli, dico bene?»

«Sono venuta per Achernar.»

Il suo sguardo si fece immediatamente serio.

«Lui non è tuo figlio naturale, vero?» Attesi invano qualche istante una risposta che non arrivò. «Acher dice di non ricordare suo padre. Dice di ricordare solo te, ma i suoi ricordi partono da quando lui aveva sei anni. Questo perché, prima, un trauma li ha cancellati. Soltanto un dolore così forte può annebbiare la memoria. Perché lo hai adottato quando aveva sei anni, non è così?»

Amanda mi fissò negli occhi per qualche istante, poi distolse lo sguardo.

«Il mio compagno, Matthew, è morto prima che decidessimo di sposarci. E con lui è morta non solo la possibilità di mettere su famiglia, ma anche di crescere un bambino, perché sapevo che non avrei mai più amato in vita mia un uomo quanto ho amato lui.» Ci fu un attimo di silenzio. «Hai mai desiderato così ardentemente qualcosa che sai di non poter avere?»

Sì.

Acher.

«Non potevo avere figli senza Matthew, ma potevo adottarli. Qualche anno dopo venni a sapere che una mia cara amica gestiva una casa-famiglia in Kentucky, e ogni anno arrivavano decine di bambini che attendevano solo che qualcuno li adottasse per dare loro l'amore che meritavano. E io ero *bisognosa* di dare amore. Acher era arrivato da poco. Era così solare… ricordo di averlo visto la prima volta leggere un libro con delle figure agli altri bambini, in cortile. Incredibile come un bambino a sei anni sapesse già leggere così bene. Ho subito capito che era un ragazzino speciale.»

Oh, non immagini quanto…

«Superati i test psicologici e sbrigate le pratiche per l'adozione, in men che non si dica Acher era libero di venire con me a Blue Ridge. Avevo la possibilità di ricominciare con lui.»

«E gli hai raccontato per tutta la vita che suo padre vi aveva abbandonati.» Tentai di modulare il tono di voce perché le mie parole non suonassero come un'accusa.

«Non potevo rivelargli di Matthew né della casa-famiglia. Volevo che credesse di essere mio figlio, perché lo era e lo è tuttora, nonostante non ci sia alcun legame di sangue.»

«Mia madre…» razionalizzai. «Mia madre lo sapeva. E quando ha capito che…»

Mia madre aveva capito che ero innamorata di lui, ma non lo aveva mandato via. Perché sapeva tutta la verità. Sapeva che Acher non era mio cugino, non lo era mai stato.

«Tua madre lo sapeva, sì», confermò Amanda.

Dunque era vero.

Amanda non era sua madre.

Io e Acher non eravamo legati in alcun modo.

«Ma, come si dice… tutti i nodi vengono al pettine. Qualche tempo fa, Acher è tornato a Blue Ridge.» Il giorno del mio incidente. «Ha dato una rassettata alla casa e, sistemando camera mia, ha trovato i documenti dell'adozione e il suo certificato di nascita. È corso qui e ha chiesto delle spiegazioni, com'è giusto che sia. Non ho potuto negargliele. È diventato un uomo e meritava di sapere la verità. Non so dove sia al momento, se sei venuta a chiedermi questo.»

Non importava che non lo sapesse.

Io lo sapevo, invece.

Dove il guardiano aspettava, ogni giorno, il suo usignolo.

Una cosa, però, era certa.

Io e Acher non eravamo cugini.

40.
UN SOGNO

«Ognuno può essere
un narratore di storie,
sia che narri la propria,
sia che narri quella degli altri.»
MICHAEL SANDERS, *Il narratore di storie*

Mi trovo sulla spiaggia.

Sto camminando a piedi nudi sulla sabbia umida. Mi fermo un istante ad ammirare l'orizzonte, incorniciato dal faro di Seafolk. Mi siedo su uno scoglio e il vento mi sferza i capelli. Ci sono dei sassolini attorno a me, e vorrei lanciarli, ma c'è qualcosa che mi frena.

Fisso le onde, finché qualcuno non sfiora la mia spalla per attirare la mia attenzione, e mi porge un sassolino piatto.

«Lancialo», mi esorta con dolcezza una voce.

La riconosco subito, ma mi volto ugualmente per averne conferma.

È mio padre.

«Papà?» Lo guardo sbalordita. È accanto a me in carne e ossa, e si rigira dei sassolini tra le dita.

«Il prossimo lancio deve essere il più lungo.» Sorride tendendo la mano a mezz'aria, in attesa che io prenda quel sasso.

«Sai benissimo che non so farlo», mi impunto.

Papà scuote la testa, divertito e serio al tempo stesso.

«Quel sassolino può arrivare lontano, ma solo se tu ci credi. Tu prova. Provaci sempre. Se al primo tentativo non raggiungerà la boa, allora proverai con il secondo, e così via, fino a che non arriverà lontano. E se qualcuno ti dice che non ne sei capace, tu continua a lanciare, fino a che non gli dimostrerai il contrario.»

Le sue parole mi convincono ad afferrarlo.

«Non so se ce la faccio senza di te, papà.»

«Io ci sono, Trinity.» Sorride un'ultima volta, fissando anche lui l'orizzonte. «Ci sono sempre.»

Gli lancio un'ultima occhiata, prima di sentire le sue ultime parole.

«Sai già cosa fare...»

Lo lancio.

E arriva lontano, saltella per tre volte sull'acqua e raggiunge la boa. La supera e poi scompare in acqua.

Mi volto verso mio padre, per dirgli che ce l'ho fatta, ma lui è scomparso. Sorrido al vento e sospiro.

«Sognare in grande.»

Mi svegliai madida di sudore.

Non avevo mai sognato mio padre da quando era morto, o almeno non in quel modo. Sembrava che fosse... *reale.*

Dopo il ritorno da Blue Ridge, ero caduta esausta sul mio letto e avevo dormito fino al tramonto.

Mi stropicciai gli occhi con i pugni, prima di realizzare.

Acher!

Devo andare da lui.

Scattai dal letto come un fulmine. Scesi di sotto e infilai le Converse e il giubbotto al volo, chiudendo con un tonfo la porta di casa alle mie spalle.

Correvo.

Correvo con tutto il fiato che avevo in corpo, lungo le strade deserte di Seafolk. Il vento mi spazzava indietro i capelli, ma non mi importava di prendere un malanno.

Doveva essere lì.

Nell'ultimo racconto, Acher mi aveva lasciato un indizio che solo io avrei potuto decifrare.

Quello non era un addio.

Era una promessa.

Mi avrebbe aspettata, come il guardiano con il suo usignolo.

Arrivai al molo con il fiatone, sudata nonostante il vento di tramontana e con la speranza di aver interpretato bene le parole di Acher. Le mie scarpe si impregnarono di sabbia umida, e continuarono a lasciare impronte sulla superficie bagnata fino a che non intravidi il faro davanti a me.

Mi immobilizzai, tentando di scorgere la sua figura.

Era lì.

Sugli scogli, davanti al faro, a lanciare dei sassolini, come la volta in cui lo avevo visto insegnare a un bimbo lo stesso gesto.

Mi avvicinai a lui, adagiandomi sulle rocce. Non riuscivo a scorgere il suo volto per intero, ma avrei giurato che stesse sorridendo. Rimanemmo in silenzio per qualche minuto, nella tranquillità e nella sicurezza che mi trasmetteva lo stare accanto a lui.

Poi, mi porse un sassolino.

«Scommetto che non riesci a lanciarlo oltre la boa», mi provocò, sereno.

«Scommessa accettata.»

Non esitai neppure un momento, prima di lanciarlo. Inclinai il corpo, presi la mira e ruotai il polso, e il sassolino rimbalzò tre volte prima di finire oltre la boa.

Acher mi lanciò uno sguardo carico di soddisfazione.

«Mi piace questa nuova Trinity… più sicura di sé.»

Ricambiai il sorriso.

Poi il mio pensiero corse inevitabilmente ad Amanda, ai segreti che aveva custodito e alle verità che non aveva mai raccontato a suo figlio.

«Lo hai scoperto…» sussurrai.

Acher annuì, mentre la serenità gli carezzava il volto. Non c'era nessun altro ostacolo, ormai. Nessuna legge non scritta da rispettare, nessuna paura. Neppure il passato ci avrebbe strappato via i nostri sentimenti.

«Mi hai aspettata qui…» soffiai, d'un tratto.

«Tutte le sere, al tramonto, vicino al faro.»

Come il mio guardiano…

Io sono il tuo usignolo, Acher.

Lo sono sempre stata, dal momento in cui hai varcato la porta di casa mia e hai messo piede nella mia vita. Una vita buia, almeno fino a quando non mi hai insegnato a sorridere.

«Non avevo idea che tu potessi essere un narratore di storie come mio padre. Ma a quanto pare lo sei…»

«Noi siamo tutto, Trinity. Siamo la *principessa di crepe*, ma anche il *ladro di sogni*. Indossiamo una *maschera di vetro* e custodiamo *acchiappasogni incantati*. Tuo padre ha racchiuso l'essenza della vita in quei racconti. Ora l'hai capito. Ci sei tu lì dentro, sei tu il vero narratore di storie.»

La sua mano sfiorò la mia con un gesto fluido, come se l'intreccio delle nostre dita fosse un disegno del destino, un incontro di passato e futuro.

Poggiai la testa sulla sua spalla.

All'improvviso, Seafolk non era poi così male, accanto a lui. Non era più un luogo da cui volevo fuggire per via dei ricordi. Ne avrei costruiti altri, assieme a lui.

Assieme al mio guardiano.

Avevo la certezza che, qualunque cosa fosse successa, lui sarebbe rimasto al mio fianco, pronto a proteggermi. E qualora le mie ali si fossero ferite, lui le avrebbe curate, per permettermi di volare.

Acher mi lasciò un bacio sulla fronte, scompigliandomi i capelli. In risposta, immersi le dita nell'acqua salata e presi a schizzarlo, ma lui schivò gli spruzzi con agilità.

«Andiamo a casa, *pop star*», mi canzonò, alludendo alla Stanley Records.

Lo sapeva…

«Vuoi un autografo?» controbattei, divertita.

«Non mi serve un autografo, quando posso vantarmi di baciare la star quando voglio.» Ammiccò con lo sguardo, incamminandosi verso la spiaggia.

«Acher?» lo richiamai.

«Sì?» Si voltò, tendendomi la mano.

«So di essere tempesta…» sussurrai.

«…ma se vuoi posso essere il tuo faro», terminò lui.

Los Angeles, tre mesi dopo.

Sono nella sala d'attesa della Stanley Records, a Los Angeles, per firmare il mio primo contratto discografico.

È incredibile ciò che è accaduto in questi tre mesi; Amanda ha iniziato la cura sperimentale e pare che stia funzionando. Io ho composto almeno una decina di canzoni che verranno incise sul mio primo disco. Acher sta per pubblicare i racconti di mio padre e il suo con una grande casa editrice, che ha accettato di acquistarne i diritti.

È buffo come la vita giochi con i tasselli delle nostre esistenze per spostarli a suo piacimento fino a farli combaciare. Ma non mi dispiace aver capito che le nostre vite sono come le onde del mare: hanno alti e bassi, alle volte si infrangono contro gli scogli e altre ancora se ne stanno tranquille ad accarezzare la battigia.

È proprio ciò che penso mentre attendo che il signor Stanley mi inviti a entrare; intanto i miei auricolari riproducono in loop le canzoni dei Bee Gees e il mio piede batte a ritmo di musica. Acher e mia madre mi hanno accompagnata e mi stanno aspettando al piano di sotto, intrattenendosi nella caffetteria. Sono fortunata ad avere accanto a me persone che mi vogliono bene e che mi supportano in ogni istante. Ce n'è solo una, però, che vorrei avere vicina al momento e che non è qui.

Ma posso sempre rimediare...

Tiro fuori un quaderno dallo zaino. Ho imparato che non devo porre limiti alla mia immaginazione, e che le canzoni che compongo possono venir fuori in ogni momento, per cui tengo sempre dei fogli di carta e una penna con me. Ho anche compreso che ci sono molti modi per raccontare una storia: un romanzo, un quadro o persino una canzone.

Ma, questa volta, non è una canzone che voglio scrivere.

Caro papà,
credo di aver trovato finalmente il coraggio di scriverti. Devo aggiornarti su parecchie novità, in effetti. Tranquillo, stiamo tutti bene. La mamma è felice e Max continua a essere una guida fantastica. Quanto a me... sto per firmare un contratto con la Stanley Records e sto per incidere il mio primo disco. Buffo, vero? Era ieri che ascoltavamo le canzoni dei Bee Gees sul tuo giradischi e ora potrò incidere un disco tutto mio. In estate parteciperò a un campo scuola in Michigan, che mi darà la possibilità di studiare canto e recitazione.
Sto realizzando i miei sogni.
Sì, proprio io, che non credevo neppure di averne.
Ma non è cambiato tutto ciò che è importante: le persone che mi hanno sempre voluto bene e che mi hanno sostenuta nei momenti difficili, ossia mamma, Lola, Miles e Max.
Ecco cosa intendevi con: cambiare il mio cuore senza cambiare mai.
Con una piccola novità: Acher.
Ha completato la tua raccolta di racconti.
L'ultimo, «Il guardiano e l'usignolo», lo ha scritto lui. Spero ti piaccia, davvero. Acher è uno scrittore fantastico.
Vorrei che potessi conoscerlo, sareste grandi amici. Ma sono certa che lo stai studiando per bene da lassù, magari starai già scrivendo una delle tue storie su di lui.
Anche lui è un narratore di storie, proprio come te.
Quando legge i suoi scritti riesco a sentire la magia che scorreva nella tua penna, ed è incredibile.
Ma credo di aver capito che tutti siamo dei narratori di storie perché abbiamo il potere di scrivere le nostre storie, di intrecciare i fili dei nostri destini e di delineare le linee dei nostri so-

gni. Raccontiamo tutti storie, che siano le nostre o quelle degli altri, o addirittura entrambe.
E lo facciamo sognando in grande, senza smettere mai, senza arrenderci mai.
Quindi avevi ragione, papà. Sin dall'inizio.
Dovevo solo crederci un po' di più, sognare un po' di più.
Ma finalmente ho capito.
Sono io il mio narratore di storie.

Acher

«Come sta?» domando con voce rotta non appena la dottoressa Ramírez esce dalla stanza in cui hanno portato Trinity.

Sono scattato in piedi nell'istante esatto in cui ho intravisto il camice bianco spuntare dalla porta richiusa alle sue spalle.

«È fuori pericolo.» La dottoressa si asciuga con il polso una goccia di sudore dalla fronte. «Ha riportato un trauma cranico importante, è un miracolo che sia viva considerando che è stata sbalzata fuori dalla vettura.»

L'immagine di Trinity distesa sull'asfalto appare davanti ai miei occhi e devo battere le palpebre più di una volta per convincermi di non essere tornato a *quel* momento. Ma non ci riesco. Me la immagino svenuta sotto la pioggia e d'improvviso i suoi tratti si trasformano in quelli di Liz.

Ellen è seduta dietro di me, su una delle sedie della sala d'attesa, e il professor Donovan le sta accanto, tenendole la mano. Presto arriveranno anche Miles e Lola, che ho avvisato appena ho potuto.

«Vi aggiornerò sugli sviluppi.»

Annuisco e ringrazio il medico, prima che se ne vada.

Ellen è troppo sconvolta anche solo per proferire parola, figuriamoci per fare domande.

Per un istante, al suo posto, non faccio che vedere la madre di Elizabeth. Al posto di Donovan, suo padre. Non riconosco più i loro veri volti, i contorni dei loro visi con corrispondono a quelli reali.

Ho già vissuto queste scene, questo strazio. Ho già visto il dolore di una madre e di un padre che hanno appena scoperto di aver perso la loro unica figlia. A causa mia.

Batto le palpebre, ma i ricordi continuano a riaffiorare, ritornano a galla e mi offuscano il poco di vista che mi rimane. Cerco di pensare a Trinity, alla sua voce, ai suoi occhi che mi ricordano il colore del mare di Seafolk. Ai suoi capelli, che si muovono come onde in tempesta quando il grecale le sospinge.

Mi concentro sul mio usignolo.

È *viva.*

Lei è viva, mi ripeto.

Non mi ha lasciato.

Ma se soltanto non l'avessi lasciata da sola…

Se soltanto l'avessi aspettata, al termine del musical. Se non avessi permesso che tornasse da sola, in auto, durante il temporale…

È di nuovo colpa mia.

Mi massaggio le tempie, mentre la nausea mi invade. Prima Elizabeth, ora Trinity…

Non riesco a sopportare il dolore che mi tortura il petto ogni volta che penso a loro due.

E per quanto mi ripeta che Trinity non è lei, che è viva, che respira, non riesco a non pensare al passato.

Non ce la faccio.

Trinity non lo merita.

Non merita un ragazzo ancorato a un passato troppo doloroso, che non ha speranza di futuro. Perciò, prima di prendere la decisione più straziante della mia vita, estraggo dallo zaino un foglio stropicciato e una penna. E faccio l'unica cosa che mi è sempre riuscita bene.

Scrivo.

Scrivo come un narratore di storie, come nella favola del padre di Trinity. Scrivo tutto ciò che penso, tutto ciò che provo. Scuse, pensieri, paure, rimpianti.

Butto giù tutto, inchiostro su carta.

E poi…

La fine del cerchio.

L'ultimo pezzo. Un regalo che desidero lasciarle. Lo devo a lei... e a suo padre.

Dopodiché, mi avvicino a Ellen e faccio appello a quel briciolo di lucidità che mi rimane.

«Devo andarmene.»

Mi sento un codardo, ma non ho il coraggio di incontrare Trinity quando si sveglierà. Perché nei suoi occhi vedrò quelli di Elizabeth. Perché sarà un ricordo del dolore che ho causato. Perché lei è viva per miracolo, ma Liz no. Non l'ho salvata, non l'ho aiutata. Liz è morta. Non sono riuscito a impedirlo.

«È meglio...» deglutisco, fissando il pavimento. Le piastrelle vorticano sotto il mio sguardo, ma mi schiarisco la voce e continuo. «È meglio che stia da un amico, per un po'.»

«Cosa? Ne sei sicuro, Acher?» Ellen, come ripresasi dall'apatia, mi fissa confusa.

«Trinity ha bisogno di voi, e io mi sento un peso. Hai già fatto tanto per me, Ellen. E te ne sono grato. Ma è meglio che tolga il disturbo.»

Ho davvero bisogno di tornare a Blue Ridge. Di tornare da dove sono partito, perché è da lì che devo ricominciare.

«Non preoccuparti per me. Ora che so che Trinity è fuori pericolo, posso andare via.»

Sono solo una manciata di parole, quelle che riesco a pronunciare mentre la stringo in un abbraccio.

«Grazie di tutto, Ellen.»

Lei non controbatte, ancora sconvolta.

«Un'ultima cosa...» Le porgo la lettera e il racconto. «Consegnali a Trinity da parte mia, per favore. Sono molto importanti, lei capirà. Dille che non l'ho abbandonata.»

Saluto il professor Donovan e percorro il pallido corridoio illuminato da luci al neon.

Devo tornare a casa.

È incredibile non sentire più mia la casa in cui sono cresciuto

Il trasferimento a Seafolk era un'opportunità per ricominciare in una nuova città, dove non ero il responsabile della morte di Elizabeth, ma non ho mai riposto speranze o fiducia in un vero cambiamento.

Mai mi sarei aspettato di trovare in Seafolk un luogo a cui appartenere.

Blue Ridge, invece, mi ricorda un passato cristallizzato, frutto di errori a cui non posso rimediare. Perciò, quando entro in casa, non riesco a sentirla mia.

Non riesco a sentirla mia come lo studio del padre di Trinity, come il faro, come l'Havana's.

Quasi mi chiedo se casa sia non il luogo in cui cresciamo, ma quello in cui mettiamo davvero radici. E credo che le mie siano a Seafolk, ormai.

Dove non posso più tornare.

La solitudine e il buio mi abbracciano ed esito qualche istante in salotto, accanto alla libreria, prima di dirigermi in camera mia.

Vorrei non aver lasciato Trinity e ciò che abbiamo costruito.

Vorrei non essere tornato qui, senza di lei, mentre i ricordi mi divorano.

Vorrei solo esserle accanto al suo risveglio.

Ma tutto questo è necessario. Perché, anche se io non sento più Blue Ridge mia, spero che almeno lei, dopo ciò che abbiamo vissuto insieme, senta Seafolk un po' più sua.

Un po' più nostra.

Anche se ora non sono più al suo fianco.

Salgo le scale e indugio sul pianerottolo, fermandomi proprio davanti alla camera di mia madre.

La porta è chiusa ormai da mesi e l'idea di aprirla, senza di lei, mi provoca una tristezza immensa. Ora capisco come si è sentita Trinity ad aprire la porta dello studio di suo padre a un estraneo come me.

Ma poi penso...

Cosa sarebbe successo se non lo avesse fatto, se non mi avesse accolto? Cosa sarebbe successo se quella porta fosse rimasta chiusa?

Quanto sarebbe diverso, oggi?

Con queste domande in testa, decido di aprire la porta.

Per la prima volta da quando lei è in ospedale, *scelgo* di aprirla.

Titubante, recupero la chiave e la faccio girare nella serratura, poi afferro la maniglia e la spingo verso il basso. Faccio un respiro profondo ed entro.

Tutto è come lo ricordavo, in perfetto ordine.

In camera non sento che il profumo di mia madre, come se delle peonie fossero state lì per tutto il tempo. Evito di sedermi sul letto: non voglio stropicciare le lenzuola stirate alla perfezione. Così scelgo di sedermi alla scrivania sgombra.

Osservo la stanza da questa prospettiva e, ora che ci penso, non mi sono mai seduto qui in tutta la mia vita. Non volevo disturbare la mamma, quando si sedeva, concentrata sul suo lavoro.

Soffio sulla superficie lucida di legno per mandare via la polvere. Devo dare una ripulita, penso, e decido di partire proprio dalla vecchia scrivania. Apro i primi due cassetti e inizio a sistemare dei fogli lasciati in disordine. Si tratta di vecchie ricevute di pagamenti o rubriche con numeri di cellulare.

Li sistemo impilandoli finché le mie dita non sfiorano un cartoncino più piccolo rispetto agli altri. Consumato e ingiallito, dai bordi rovinati e sfibrati, ha l'aria di essere molto vecchio.

Sembra un certificato di nascita.

Riesco a leggere le iniziali del mio nome e di quello di mia madre, e istintivamente le mie labbra si curvano all'insù. Ma l'istante successivo il mio sorriso si spegne alla velocità della luce.

Perché questo non è un certificato di nascita.

Delle date non corrispondono: il documento non presenta il giorno del mio compleanno.

Altri elementi non tornano, come un luogo che non è quello in cui sono nato, come le firme di altre persone che non conosco.

Dopo averlo letto, il cartoncino mi scivola dalle mani.

È un certificato di adozione.

Sono stato... *adottato*?
Amanda Morris non è la mia *vera* madre?
Sento le gambe tremare e il cuore mi martella nel petto, a stento riesco a respirare. Devo andare in ospedale, devo chiedere delle spiegazioni a mia madre, devo...
Ci sono troppe domande che necessitano una risposta, troppi interrogativi.
Mentre il mondo mi crolla addosso in un misero e brevissimo istante, un pensiero corre alla ragazza che ho tentato di non amare per un segreto, per una bugia.
Tra le lacrime, ancora sconvolto, realizzo...
Non abbiamo alcun legame.
Io e Trinity Sanders non siamo parenti.
Sono libero di amarla.
Sono libero di aspettarla.
Dove il guardiano attende il suo usignolo.

I RACCONTI DI MICHAEL SANDERS

IL NARRATORE DI STORIE

C'era una volta un narratore di storie.

Si racconta che vivesse nelle terre più lontane e remote dell'Est, tutto solo, con i suoi fogli stregati e il suo inchiostro magico.

Incantava anche le anime più disilluse, perché le sue storie donavano ciò che più rincuorava l'animo umano: la speranza.

Aveva fiuto per le storie degli altri, le accarezzava e le custodiva come solo i narratori sanno fare.

Osservava le vite degli abitanti di Terramondo da lontano, senza farsi mai vedere. Appuntava dettagli, scrutava particolari e, in poche righe, quelle vite grigie e monotone si imprimevano su carta, diventando... *magiche.*

Nelle storie dei narratori, tutto era possibile. Comunissime balie diventavano eleganti principesse, goffi pescatori si trasformavano in aggraziati tritoni, servi squattrinati mutavano in nobili cavalieri.

Non c'era vita che il narratore di storie non sapesse tessere, raccontare, consegnandola all'eternità.

Si tramanda che solo pochi abbiano avuto la fortuna di incontrarne uno. Come lo scovassero non è dato saperlo, ma un tempo i narratori di storie si riconoscevano all'istante, perché insegnavano alle anime a sognare in grande. Instillavano nei loro cuori sogni da realizzare e desideri da esaudire.

Non bastava intravedere un buon uomo brandire una penna e un calamaio per affermare di averne trovato uno, perché uno scrittore qualunque narra una storia. Ma un narratore di storie narra la *tua.*

E cosa siamo noi, se non una storia raccontata.

Siamo il dolore che abbiamo vissuto e la speranza che abbiamo custodito. Siamo i sogni che rincorriamo e l'amore che esprimiamo. Siamo le storie che raccontiamo a bassa voce, ma che desideriamo gridare a squarciagola.

Gli abitanti di Terramondo lo sapevano bene. Per tale ragione, quando il regno si trovava in pericolo, tutti pregavano il narratore affinché la sua penna potesse esaudire i sogni più grandi, i desideri più ignoti. E perché anche quando il mondo cade a pezzi, le storie che scriviamo erigono castelli.

Si dice, ormai da secoli, che l'ultimo narratore sia morto. Alcuni sostengono sia scomparso nelle terre dell'Est e che abbia portato con sé il libro in cui custodiva gelosamente i suoi racconti, un tomo blu come le onde del mare che bagnano Terramondo, consunto, dagli angoli sfibrati, il cui inchiostro permette di viaggiare tra mondi.

Altri dicono che si sia nascosto e che stia continuando a scrivere le nostre storie.

Purtroppo non si hanno sue notizie, né qualche fortunato esploratore ha trovato il coraggio di partire in cerca dell'ultimo narratore.

Ma ciò che è conservato qui è molto più importante delle congetture di molti. Nelle pagine seguenti, caro lettore, sono riportate alcune delle storie più belle mai scritte da un narratore. Custodiscile come un prezioso tesoro e non abbandonarle mai. E perdonalo, se ti sembreranno manchevoli o colme di lacune.

E ricorda...

Ognuno può essere un narratore di storie, sia che narri la propria, sia che narri quella degli altri, ma tutti, prima o poi, ne narreranno una.

C'era una volta un ladro di sogni.

Si racconta che fosse un omuncolo arcigno proveniente dalle antiche terre dell'Ovest, dove le cime aguzze delle montagne sfiorano il cielo e solleticano le creste delle nuvole.

Il ladro di sogni non era un uomo senza cuore, un tempo. Era un uomo a cui l'avevano strappato via. Nessuno sapeva dove si nascondesse: era come uno spirito, perennemente assente e presente al tempo stesso. Il buio era la sua casa, la notte il momento in cui tutti i sogni uscivano allo scoperto.

Lo spiritello si aggirava tra i tetti delle case, saltellando da un comignolo all'altro. E proprio quando il sole calava e gli ultimi raggi accarezzavano le cime delle montagne, il ladro di sogni si intrufolava nelle camere dei bambini e tempestava le loro menti di incubi, nutrendosi dei loro sogni più belli. Tutti, sul far della sera, si barricavano in casa, serravano gli scuri e pregavano che i loro bimbi fossero risparmiati da quel mostro. Alcuni riponevano barattolini di sale agli angoli dai davanzali, altri appendevano rametti di pungitopo alle finestre. Tentavano in ogni modo di scacciare il ladruncolo.

Una sera, però, la finestrella di una modestissima dimora di Terramondo rimase socchiusa.

Una bimba dalla pelle di porcellana e dai lunghi capelli bianchi come il chiarore della luna si rigirava nel suo lettuccio, incapace di abbandonarsi al sonno.

D'improvviso, nel buio della notte, le parve di scorgere un'ombra più scura delle altre.

La bimba si chiese se stesse sognando, ma si sa... la linea che divide un sogno da un incubo ha contorni labili e orli fragili.

Non riusciva a vedere altro che delle linee scure e sinuose. Quell'ombra se ne stava lì, ai piedi del suo letto, immobile come una statua.

Il ladro di sogni non aveva un volto. Era il nulla e il tutto al tempo stesso. Tutti, però, avrebbero riconosciuto quell'ombra...

«Chi sei?» domandò la bambina.

«Chi vuoi che io sia?» rispose lo spiritello con una risata divertita. «Posso essere un mostro orripilante, o la tua paura più grande.»

«Sei qui per rubare i miei sogni?»

L'ombra si sorprese di tanto coraggio.

«I tuoi sogni hanno paura del buio?»

La bimba scosse la testa, incuriosita. Quell'essere non sembrava poi così malvagio come nei racconti con cui era cresciuta.

«Perché rubi i sogni degli altri? Non ne hai di tuoi?»

Lo spirito rimase immobile, avvolto dalle tenebre, improvvisamente muto. La bambina, invece, aveva così tante domande da porgli!

«Un tempo ce l'avevo, un sogno mio, ma mi è stato strappato via.» La sua voce era un soffio di vento gelido nella notte, una carezza delle tenebre.

La bambina sembrò d'un tratto triste.

«Purtroppo non ho sogni felici da offrirti. Ho solo incubi, ma quelli non ti servono, li possiedi già. Anch'io, come te, spero di trovare un sogno tutto mio.»

Alla bambina dispiacque molto non avere nulla da dare al ladro, ma tutte le sue notti erano infestate dagli incubi peggiori che potessero esistere in tutto Terramondo.

D'improvviso, quella strana conversazione fu interrotta dal cigolio di una porta che ruotava sui cardini.

Il padre della bimba fece capolino nella stanza della piccola, illuminando i suoi passi con la sola fiammella di una candela.

«Spegnila, papà! O lui andrà via», lo sgridò la piccola.

L'uomo si guardò attorno, ma la stanza era vuota. Dell'ombra non c'era più traccia. Perlustrò con lo sguardo ogni angolo della cameretta, ma proprio non riusciva a capire di chi stesse parlando.

«Chi, piccola mia? Hai di nuovo fatto uno dei tuoi incubi?»

«Il ladro di sogni! Era qui, poco fa. Spegni la candela, la luce gli fa paura!»

Il padre della bimba esitò un istante, poi soffiò sulla candela e l'oscurità riavvolse la stanza. Non c'era motivo di avere paura: il buio può essere casa quando chi ti ama ti sfiora nell'ombra.

«Non hai paura che rubi i tuoi sogni?» domandò il padre a sua figlia.

«Lui non ne ha, papà, proprio come me. Ma, forse, possiamo regalargliene uno noi, stanotte.»

In quel momento fu certa che, insieme al suo papà, sarebbe riuscita a sognare qualcosa da offrire al ladro. Perché i sogni sono come scintille, da sole possono essere spente, ma insieme sono indomabili.

«D'accordo, piccola. Gliene offriremo uno. Ma ricorda, non si può vivere con i sogni di qualcun altro. Prima o poi dovrà costruirne uno da solo.»

La bimba annuì. Suo padre si distese accanto a lei e piano piano gli occhi della piccola si chiusero.

«Ora dormi, tesoro. Fa' un bel sogno, così che anche lui possa essere felice per questa notte. Io rimarrò accanto a te, così gli incubi non ti faranno paura.»

Il ladruncolo, rimasto in un angolo, sgattaiolò via dalla stanza poco prima che i due cadessero in un sonno profondo.

Si racconta che per ricompensare la piccola e suo padre della generosità ricevuta, il ladro di sogni fece in modo che gli incubi non disturbassero mai più la bimba.

Anche tu, sul far della sera, quando le tenebre calano e

la luce lascia spazio al regno dei sogni, puoi lasciare una finestra socchiusa.

Lui arriverà. Di soppiatto, come una brezza leggera. Nel momento in cui ci siete solo tu e i tuoi sogni.

Se avrai buon cuore e intenzioni sincere, il ladro ti ricompenserà ed esaudirà il tuo desiderio più grande.

Non avere paura, però, perché possono strapparci via tutto, tranne i nostri sogni.

C'era una volta la principessa di crepe.

La principessa nacque prematura in una notte senza luna, sotto gli occhi dei sudditi del Reame di Rubino, perché, essendo l'unica figlia dei sovrani, sarebbe diventata l'erede al trono.

Erano trascorsi tre anni dalla sua nascita, quando una straniera incappucciata bussò alle porte del castello, chiedendo soccorso. Diceva di essere stata attaccata da un male oscuro, che presto si sarebbe propagato in tutto il reame. Ripeteva di essere giunta da lontano per avvertire tutti del pericolo, così che si traessero in salvo.

Il re e la regina le offrirono ospitalità come è d'uopo tra i governatori degni di rispetto e d'onore, permettendole di rimanere tra le mura nel castello. Ma la donna, una notte senza luna, identica a quella in cui era nata l'erede, uscì dalle sue stanze e si intrufolò nella camera dove la principessa dormiva serena.

Tutto accadde in una manciata d'istanti; la straniera mutò forma e lanciò una stregoneria sulla bambina, che, il giorno seguente, al suo risveglio, vide la sua pelle di porcellana tempestata da crepe.

Il re e la regina inorridirono dinanzi a tanta malvagità e compresero che la straniera a cui avevano offerto aiuto altri non era che una maga proveniente dalle remote terre dell'Ovest, abitate da mostri e stregoni, spettri e incantatori.

Medici e alchimisti accorsero da tutto Terramondo per trovare rimedio al male che aveva colpito la principessa, ma nessuno trovò una soluzione.

«Che nessuno la tocchi!» ordinò il re, preoccupato che, se qualcuno avesse sfiorato la figlia, le sue crepe si sarebbero estese al punto da causarne la morte.

Così, per la sua salvaguardia, la regina propose con grande dolore di rinchiuderla nella torre più alta del castello, in attesa di un rimedio, lontana da tutti, persino dai suoi genitori.

La principessa trascorse sedici lunghi anni lontana dalle bellezze e dagli orrori del mondo, che osservava con curiosità e mestizia da un'unica minuscola finestrella.

Quella torre era il suo inferno e il suo paradiso al tempo stesso. Lì sarebbe stata al sicuro, ma mai felice.

Le faceva paura l'idea di morire lì, da sola, ma non aveva il coraggio di scappare. Temeva che, abbandonata la torre, le crepe l'avrebbero distrutta sino all'ultimo fragile pezzo.

Si chiedeva se qualcuno avrebbe mai potuto amare le sue crepe e il suo dolore. Si chiedeva se, una volta visto il mondo là fuori, quello l'avrebbe capita.

Allora perché desiderava tanto fuggire se le sembrava tanto sbagliato?

Nulla le era mancato: squisite leccornie, gioielli preziosi, abiti raffinati, libri meravigliosi.

Nulla, eccetto la libertà.

Così, un giorno, decise di fare qualcosa. Gridò a gran voce che era guarita e che richiedeva immediatamente di aprire la porta. Appena la guardia che sorvegliava la torre obbedì all'ordine, la principessa fuggì, correndo con quanto fiato aveva nei polmoni e sentendo l'aria sferzare le crepe sul suo viso. La guardia, temendo di farle del male, rinunciò a rincorrerla.

Fu così che la giovane riuscì a uscire dal castello prima che l'allarme fosse diramato dappertutto. Senza fermarsi vagò per le campagne del Reame di Rubino fino a che la notte non calò sull'orizzonte.

Era difficile non inciampare nel buio. La principessa sapeva che ogni svista poteva costarle la vita, perciò si convinse a chiedere aiuto. Seguì un corso d'acqua, nella speranza di incontrare sulla sua strada un villaggio, e proseguì inoltrandosi in un bosco.

D'un tratto, vagando lentamente tra i fitti tronchi, le parve di intravedere una casetta, simile a una bottega. Dal suo interno proveniva una luce fioca; la fanciulla pensò che dovesse essere abitata, così si decise a gridare aiuto.

Nell'umile bottega viveva, difatti, un giovane artigiano; i suoi genitori erano morti da tempo e lui si guadagnava da vivere costruendo giocattoli in legno che vendeva al mercato nei villaggi vicini.

Non appena udì le urla della ragazza, l'artigiano si recò fuori, e la vide.

La principessa, da sola, nella sua torre, non aveva mai conosciuto l'amore. Ma appena lo vide, lo riconobbe.

«Avete bisogno d'aiuto, fanciulla? Vi siete forse persa nel bosco?» domandò impacciato l'artigiano. Al buio non aveva ancora visto le crepe.

«Vi prego, aiutatemi», lo supplicò, senza aver ancora chiaro in mente se alludesse al male che le avevano inflitto da bambina o a un posto in cui trovare riparo.

Non appena l'artigiano constatò la condizione della principessa, la invitò subito a entrare al caldo, nella sua bottega, dove davanti a una tazza di zuppa, lei gli raccontò la sua storia.

«Credete che possa guarire?» gli domandò. «Nessuno ha mai trovato rimedio alla mia maledizione.»

L'artigiano, colpito nel profondo, si convinse a provare.

«Tenterò di riparare le vostre crepe, per quanto mi è possibile. Non vi assicuro che funzionerà, ma mi piace aggiustare le cose», rispose timidamente.

E per quanto vecchi giocattoli e ingranaggi arrugginiti fossero molto più facili da sistemare, l'artigiano non si diede per vinto. Nessuno aveva mai provato a guarire quelle crepe, ma lui credeva nella magia dell'amore. E lei non aveva mai creduto in sé stessa, fino a quando non aveva scorto il mondo al di là della sua torre. D'improvviso, persino guarire le sembrava possibile.

Con impegno e delicatezza, l'artigiano aggiustò le crepe che, una a una, parevano sigillate da una magia dorata. Solo un incantesimo potente come l'amore avrebbe potuto rompere un incantesimo generato dall'odio e dall'invidia. Solo l'amore avrebbe potuto spezzare la maledizione della maga, che mai aveva conosciuto un sentimento così vero e forte.

Così l'artigiano guarì la principessa e la rese finalmente libera dal sortilegio che per anni le aveva impedito di vivere.

Anche tu, caro lettore, quando hai bisogno, lascia che chi ti ami possa aiutarti, perché l'amore rende possibile anche l'impossibile.

E ricorda…

L'amore non è mai sbagliato, neanche quando è tempestato di crepe.

C'era una volta un soldatino di cristallo.

Perché di cristallo era fatto il suo cuore.

Era solo un bimbo come tutti gli altri quando l'esercito del Reame di Diamante lo prelevò dalla fattoria in cui era nato e lo addestrò per combattere contro i nemici del regno.

Lo ricoprirono di un'armatura forgiata con del cristallo puro e il fanciullo crebbe destinato a combattere, lontano dagli affetti della sua famiglia e dalle bellezze del mondo.

Tutti, per tale ragione, lo chiamarono "il soldatino di cristallo". Perché combatteva senza sosta, come una furia, credendo che quello fosse il suo destino. Perché gli avevano insegnato l'ordine, per porre rimedio al caos nella sua mente.

Si narra che visse per venti lunghi anni nel buio di un castello, addestrandosi per uccidere, perché gli avevano fatto credere che la morte era il suo scopo, il suo unico fine.

Crebbe senza mai conoscere l'amore, tanto che il suo cuore divenne indistruttibile come il cristallo con cui era stato ricoperto. Così, quando fu abbastanza grande per combattere in campo contro dei nemici, l'esercito lo schierò nelle prime file, sfoggiando la sua arma più crudele.

Gli abitanti di Terramondo tremavano al suo passaggio, fuggivano e si nascondevano più lontano che potevano. In molti si domandavano chi fosse prima di diventare un soldato, ma nessuno sapeva nulla di lui. Alcuni credevano fosse un fantasma, altri ancora una leggenda. Ma una cosa era certa: il suo cuore era di cristallo. Impossibile incrinarlo.

Non era altro che uno strumento nelle mani di uomini

rudi e malvagi, perché credeva che il mondo non sarebbe mai cambiato, e per questo faceva dell'odio e della rabbia la sua armatura.

Continuò a combattere, fino a che non gli comandarono di distruggere un intero villaggio a nord di Terramondo.

Quello non era un villaggio qualunque... Ma lui ancora non lo sapeva.

Il soldato entrò silenzioso nella prima fattoria per uccidere il capovillaggio e appiccare il fuoco che in poco tempo avrebbe distrutto quell'angolo di Terramondo ostile al regno.

Ma, non appena mise piede nella dimora, si trovò dinanzi alla *bellezza.*

La figlia del capo lo guardava terrorizzata, immobile nel suo letto, e lo pregava di risparmiarla.

Non ricordava nulla della sua vita prima di diventare un soldato del Reame di Diamante. Ma, quando la guardò negli occhi, un solo sentimento riaffiorò nella sua mente: l'amore.

Il soldatino non aveva mai visto una fanciulla così bella. Lo splendore dei suoi occhi scuri, la sinuosità delle sue mani che stringevano le lenzuola, lo segnarono a tal punto che si domandò se fosse necessario spezzare quella vita.

D'un tratto, quella giovane gli parve familiare.

L'intero villaggio non sembrava poi così sconosciuto.

Nella sua mente annebbiata da quel sentimento così forte apparvero centinaia di immagini di quando era bambino. E all'istante capì.

Quella giovane donna era cresciuta con lui, prima che fosse catturato dal Reame.

Allora il cristallo con cui era stato forgiato si incrinò e centinaia di crepe si formarono nella sua armatura. La fanciulla, esterrefatta, assistette alla magia, coprendosi il volto per non essere accecata dalla luce emanata dal cuore del soldatino.

Poco dopo, del cristallo non rimasero altro che schegge, e dall'armatura fuoriuscì un giovane in carne e ossa.

Nonostante gli anni, i due si riconobbero immediatamente. Ciò che un tempo li aveva uniti, l'amore, era rimasto tale. Un legame indistruttibile, come credevano fosse il cristallo che teneva imprigionato il cuore del soldatino.

Perché solo l'amore avrebbe potuto risvegliare l'animo del giovane. Il cristallo aveva indurito il suo cuore, ma non i suoi ricordi.

Il giovane soldato ebbe conferma che quello era il villaggio in cui era nato e i suoi abitanti le persone che l'avevano amato e cresciuto prima che fosse rapito. Il suo cuore era stato risvegliato dalla bellezza e dall'amore della fanciulla, che lo aveva riconosciuto al di sotto dell'armatura.

Il soldatino protesse il villaggio contro l'esercito del Reame di Diamante, giurando che mai più sarebbe tornato a uccidere e dando inizio a una nuova vita, assieme a tutti coloro che lo amavano.

Così termina la storia di un giovane il cui cuore era stato indurito dal male, ma che fu risvegliato dall'amore.

Anche tu, caro lettore, se segui l'istinto potrai sbagliarti, ma se segui il tuo cuore, non sbaglierai mai.

C'era una volta una maschera di vetro.

Alcuni dicevano che potesse mostrare i desideri più reconditi degli uomini. Altri che ingannasse anche la mente del più abile degli incantatori.

Niente e nessuno poteva resistere alla stregoneria che aveva reso la maschera di vetro l'oggetto magico più ambito del regno.

Ma contro di lei… quella maschera nulla poteva.

Tutto iniziò durante una festa indetta dal principe del Reame di Smeraldo. Si diceva che fosse l'ultimo possessore della maschera e che l'avesse ottenuta dopo aver superato prove impossibili contro i più terribili e orripilanti mostri confinati agli angoli dell'Est di Terramondo.

Le sue feste in maschera erano le più sontuose e tutti accorrevano da ogni luogo pur di prendervi parte. Tutti erano ammessi: contadini, balie, mercanti… chiunque aveva accesso al castello, a una sola condizione. Indossare una maschera che celasse la sua identità.

Nessuno sapeva con chi avrebbe allegramente danzato, con chi avrebbe scambiato gioiose parole. Non esistevano ruoli né doveri, quella notte.

Il principe organizzò un sontuoso banchetto nel salone del castello, poi diede il via alle danze, fondendosi nella folla che si dilettava in balli e in chiacchiere.

Nessuno degli invitati, neppure la servitù, lo riconobbe con indosso la maschera di vetro. Perché gli umani sono tanto abituati alla finzione da non riconoscere più la verità. E perché per quella sera, e quella sera soltanto, non sarebbe stato l'erede al trono del Reame di Smeraldo, ma un giovane qualunque, la cui identità era celata da quello schermo di vetro e pietre preziose, intinte nella magia più potente degli ingannatori.

Ma le maschere che indossiamo sono fatte di vetro, così che chi ci ama possa scheggiarle con la sua anima.

Dopo aver scambiato gentili parole con i suoi sudditi e aver ascoltato maldicenze sul principe in persona (lo divertiva così tanto ascoltare pettegolezzi da coloro che non avevano idea fosse l'oggetto delle critiche!) si allontanò in terrazzo, stanco della finzione che regnava nella sala.

«State bene, vostra altezza?» Una flebile voce attirò la sua attenzione.

Chi l'aveva riconosciuto? Com'era possibile? Indossava ancora la maschera, e il suo potere era infallibile. La sua forma doveva apparire mutata e distorta agli occhi di chi lo guardava!

«Di chi parlate? Non vedo alcun principe!» ribatté, fissando il volto di colei che l'aveva scoperto.

Una giovane donna lo fissava preoccupata. Non indossava un abito costoso, né gioielli di pietre preziose. Il principe intuì le sue umili origini, ma non se ne preoccupò.

«Voi siete il principe. *Io vi vedo*», pronunciò timidamente. «Vi vedo al di sotto di quella maschera.»

Com'era possibile che la magia non avesse effetto su quella fanciulla?

«Cos'altro vedete?» domandò il principe, avvicinandosi a lei e tentando di celare il suo interesse.

«Vedo un giovane cresciuto senza la sua povera madre, abbandonato alla violenza di un padre crudele. Vedo un uomo manchevole d'amore e speranzoso di trovare qualcuno che lo guardi davvero.»

Il principe non riusciva a credere alle sue orecchie. Come sapeva così tanto di lui?

«Siete una maga? Un'ingannatrice, forse?»

La fanciulla scosse il capo, portandosi le dita alla bocca spalancata in segno di stupore.

«Oh, no, vostra altezza. Non sono nulla di tutto ciò!»

Lui *non poteva* saperlo. Lei indossava ancora la maschera e non l'aveva riconosciuta.

Era cresciuta nel castello, proprio come lui. Figlia illegittima della nutrice del principe in persona, lo aveva visto diventare un giovane uomo, di nascosto, osservandolo quando nessuno lo scrutava, ascoltandolo quando nessuno udiva le sue grida.

Lo amava. L'aveva sempre amato.

Ma era figlia di una serva, e sapeva che la loro unione era impossibile.

«Allora, chi siete?» domandò ancora, incuriosito dalla giovane.

Il principe rifletté un istante. Lei lo *vedeva.* Solo una magia più forte di ogni stregoneria avrebbe potuto spezzare l'incantesimo della maschera.

Si trattava dell'amore.

Lei lo amava e lui non la conosceva neppure.

«Non importa, non voglio conoscere il vostro nome. Danzate con me, questa sera. E anche domani, se lo vorrete.»

Desiderava con tutto sé stesso conoscere quella fanciulla. Conoscerla davvero. Non gli importava da dove venisse, se fosse una ricca contessa o una povera contadina.

«Non potete!» La giovane si allontanò. Non potevano ballare insieme, lui era il principe e lei soltanto la figlia della sua vecchia nutrice. «Non posso. Lo desidero, ma non posso.»

Il principe le prese la mano e ne baciò il palmo.

«Danzate con me, vi prego.»

La fanciulla tentò di trattenersi, ma alla fine cedette. Trascorsero tutta la notte insieme, danzando e conversando. Giunta l'alba, la giovane decise di rivelargli chi era. In fondo, perché indossare una maschera, se chi ti ama può scorgere la tua anima?

Aveva trascorso la notte più bella della sua vita, ma la sua maschera non era stregata e non l'avrebbe protetta ancora a lungo. Prima o poi il principe avrebbe scoperto le sue origini.

Quando si mostrò per quella che era, lui la riconobbe all'istante. Riconobbe la figlia della donna che l'aveva cresciuto, ma era troppo tardi: se ne era già innamorato.

«Non mi importa di chi siete figlia né da dove provenite. Non mi importa se non siete nobile né ricca. Voi mi avete visto per chi ero e anch'io vedo voi per chi siete.»

Lei lo aveva visto per chi era davvero, non solo un principe, ma un giovane con un doloroso passato e la speranza di un radioso futuro.

Lui l'aveva vista per chi era davvero, non solo la figlia di una serva, ma una giovane, con grandi sogni e spaventose paure.

Anche tu, caro lettore, quando incontrerai l'amore vero, non avrai bisogno di indossare una maschera per nascondere le tue paure o le tue imperfezioni. Non avrai bisogno di alcuna stregoneria per mutare il tuo aspetto.

Perché non è il passato a dirci chi siamo, né la maschera che indossiamo. È l'amore che abbiamo ricevuto, anche quando credevamo di non meritarlo.

C'era una volta un acchiappasogni incantato.

Si diceva che fosse stato costruito da un fabbro per proteggere la figlia dalle insidie della notte e dai mostri del passato.

Secondo le leggende, la bambina cadde in un sonno profondo a soli tre autunni dalla nascita. I medici, dopo averla visitata, appurarono che non c'era nulla da fare per lei e che avrebbe vissuto per tutta la vita come una bella addormentata.

Il padre, allora, che era il fabbro più brillante e ingegnoso di Terramondo, costruì un acchiappasogni incantato, impiegando una delle magie più potenti: l'amore di un padre per la propria figlia.

Non solo l'oggetto stregato avrebbe protetto la piccola dai mostri che si insinuavano nella mente dei bambini quando dormivano, ma le avrebbe permesso di vivere in un altro universo segreto, magico… il Regno dei Sogni.

Dopo la morte del fabbro e della sua bambina, l'acchiappasogni incantato (così iniziarono a chiamarlo i cantastorie) divenne lo strumento più ambito di Terramondo, perché consentiva a chi lo possedeva di viaggiare da una dimensione all'altra.

Quell'acchiappasogni permetteva di infrangere le barriere dello spazio e del tempo, di superare il confine tra la vita e la morte. Era nato per permettere a una bimba di vivere la vita che le era stata sottratta, e rispondeva solo a uomini le cui azioni venivano mosse dall'amore e dal bene.

Passando nelle mani di numerosi possessori, alcuni nobili di cuore, altri scaltri e malvagi, l'acchiappasogni capitò nelle mani di un alchimista.

L'uomo, perfido e crudele, desiderava a ogni costo entrare nell'acchiappasogni per raggiungere il Regno celato al suo interno, per scoprirne i segreti e i misteri. Non riuscendovi – solo gli spiriti senza un corpo potevano accedervi –, però, tentò di distruggerlo, invano.

Si racconta che, pochi giorni dopo, perì a causa di uno strano e sconosciuto morbo e l'acchiappasogni continuò a vagare attraverso i regni di Terramondo e oltre.

Lo stesso acchiappasogni, un bel giorno, scomparve.

Trascorsero millenni e mai più nessuno lo ritrovò, tanto che tutti iniziarono a temere che l'oggetto avesse attraversato lo spazio e il tempo, giungendo in un'altra dimensione.

Altre fonti, caro lettore, sostengono che l'acchiappasogni sia finito in un luogo alquanto bizzarro, chiamato… terra.

Un universo tanto simile quanto diverso da Terramondo.

Pare che l'ultimo possessore sia stato proprio un narratore che, avendo in mente di costruire un acchiappasogni per sua figlia, si ritrovò tra le mani l'oggetto incantato.

L'acchiappasogni comparve di notte, al posto di quello costruito dal padre per la sua bambina. Quest'ultimo, credendo nella magia dei sogni, pensò che fosse un segno del destino e decise di tenere l'oggetto.

Lo custodì fino alla sua ultima alba, quando giunse l'ora che il suo corpo mortale abbandonasse la terra. Ma si tramanda che il suo spirito, meritevole di ogni bene e colmo d'amore per la figlia, fu scelto dall'acchiappasogni incantato per continuare a vivere nel Regno dei Sogni e a vegliare da lontano sulla sua piccola.

Ora lei custodisce il cimelio con cura e premura, e chissà a chi altri giungerà, un giorno.

Qui terminano i nostri racconti, caro lettore, e che tu possa perdonare questo povero narratore di storie se ti sono parsi incompleti o manchevoli.

Lungo è il tempo trascorso e lunghe erano le storie, un tempo; ma confido che abbiano allietato i tuoi giorni e, se possibile, anche le tue notti. Talvolta abbiamo bisogno che qualcuno ci strappi dai nostri incubi, per continuare a sognare. E mi auguro che queste storie abbiano riacceso in te la scintilla che è motore di tutti i tuoi sogni.

Perché, anche se questi sono solo racconti, frutto della fantasia e dell'immaginazione di un umile narratore, la mente impone al cuore di fingere, ma l'anima si ribella e la verità affiora.

E ricorda, caro lettore, la finzione non è che la più splendida delle verità.

Il narratore di storie è nato contemporaneamente all'editing di *Liberi come la neve*. L'editing è un processo impegnativo, sentivo su di me il peso delle aspettative e temevo di perdere la gioia e la spensieratezza che avevano sempre caratterizzato la mia scrittura.

Allora ho iniziato a scrivere di Trinity e Acher. Mi divertivo un mondo a sentirli battibeccare nella mia mente, a dipingere le serate ai falò o all'Havana's, a riascoltare le canzoni che mi hanno accompagnata per tutta la vita.

Non è una storia spensierata, me ne rendo conto, ma il mio animo lo era durante la stesura. Ho impiegato tutta la mia passione per la musica, i miei ricordi al mare con la mia famiglia e con i miei amici, l'amore per le favole che i miei genitori mi leggevano da bambina e le mie esperienze, anche quelle più dolorose.

Se in *Liberi come la neve* c'era qualcosa di me, nel *Narratore di storie* c'è tutto. Più di quanto si possa immaginare.

Questo è il motivo per cui avevo una paura terribile. Paura del giudizio altrui, paura di non essere all'altezza, paura di non essere compresa. Ero terrorizzata.

Ho pensato di mollare così tante volte...

Ero una piccola Trinity. Sono stata una piccola Trinity per anni e anni, tra i banchi di scuola o semplicemente con la mia famiglia. Avevo difficoltà ad accettare me stessa ed ero convinta che alcuni sogni fossero destinati a rimanere nel cassetto in cui li avevo segregati.

Allora ho pensato...

Chissà quante Trinity Sanders ci sono là fuori. Quante

Trinity si sentono incomprese, giudicate. Quante hanno paura di non trovare la propria strada nel mondo.

E allora ho continuato a scrivere.

Per voi.

È vero, un autore scrive anche e soprattutto per sé. Ma voi mi avete dato uno scopo.

Dare voce a tutte le Trinity e agli Acher che affrontano l'adolescenza e la vita con tutte le loro difficoltà.

Perciò, le prime persone che ringrazio sono quelle che rimangono nell'ombra, che non riescono a esprimere il dolore che portano dentro, la tristezza che non le abbandona mai, neppure per un secondo.

Ringrazio tutte le persone che hanno avuto dubbi sul proprio futuro, che si sono sentite spaesate, sole.

Sono diventata un *narratore di storie* per voi. Per dare voce a chi non riesce a gridare la propria rabbia, come diceva Acher.

Perciò vi ringrazio. Ringrazio voi, che siete storie da raccontare, racconti da custodire e tramandare nel tempo. Non sarei diventata una scrittrice se non avessi vissuto ciò che ha affrontato Trinity e che tante persone affrontano ogni giorno.

Ringrazio i miei lettori e le mie lettrici. Non avete idea di quanto le vostre parole mi abbiano spronata a non mollare, a continuare a scrivere. Non immaginate neppure i sorrisi comparsi sul mio volto a ogni parola di incoraggiamento, a ogni lacrima versata per i miei scritti. Siete voi ad aver dato vita ai miei personaggi, non io.

Io ho solo dato loro voce, ma voi avete permesso loro di entrare nelle vostre case, nelle vostre vite, nei vostri cuori.

È merito vostro se non mi arrendo.

Perché finché ci sarà anche solo una persona che si emozionerà leggendo le mie storie, allora io continuerò.

Perciò grazie, solo grazie.

Ringrazio i miei genitori, per avermi regalato un'infanzia fantastica, in cui le storie e i racconti della buonanotte non mancavano mai. Ringrazio mia madre, per aver sopportato un'adolescente parecchio arrabbiata con sé stessa e col mondo, e per aver creduto sempre in lei e nelle sue capacità. Grazie per avermi insegnato a inseguire i miei sogni, mamma. Ringrazio mio padre, per avermi trasmesso la passione per i tramonti in riva al mare e per l'eccezionale e inimitabile musica anni Ottanta, che farà sempre parte della mia vita. Grazie per avermi insegnato che ho ali per volare, papà.

Entrambi mi avete insegnato che posso rendere possibile persino l'impossibile. Vi amo immensamente.

Ringrazio Ludovica e Giuseppe, che per anni sono stati i miei Lola e Miles. Non dimenticherò mai le nostre serate in riva al mare, le nostre chiacchierate notturne con il suono delle onde e la volta stellata a farci compagnia.

Ringrazio coloro che, spesso, nelle interviste, sono solita chiamare "colleghi universitari", ma non sono solo colleghi. Sono stati la mia seconda famiglia quando ero lontana da casa e stavo iniziando una nuova vita; mi hanno tenuto compagnia nei giorni più difficili, ma soprattutto mi hanno supportata in ogni mia scelta. Vi voglio bene, ragazzi.

Grazie, in particolare, a una persona speciale che mi ha inconsapevolmente aiutata durante la stesura. Grazie per avermi detto di staccare il mondo della scrittura da Rita, ma di non staccare Rita dalla scrittura.

Ringrazio Sele, per essere, oltre che una scrittrice di talento, una delle mie più care amiche e una speciale compagna di viaggio. Ringrazio Flami, per essere stata il mio punto di riferimento ogni volta che ne avevo bisogno, sin dall'inizio. Ringrazio Ele, per la sua preziosa amicizia e per l'amore che nutre nelle mie storie. Ringrazio Fra, per essermi stato accanto, persino nei giorni più bui.

Ringrazio Adriano Della Starza per il suo supporto e per i suoi insegnamenti, perché "dietro un grande scrittore, c'è sempre un grande professore di lettere".

Ringrazio Max D'Alesio per avermi insegnato che fare filosofia vuol dire semplicemente... vivere. Vivere per davvero.

Ringrazio Elisabetta, perché non ha mai smesso di credere in me. Perché mi ha accolta come Henry ha fatto con Nive ed è stata una guida come Max lo è per Trinity.

Ringrazio Letizia, Nicol, Cecilia, Rosanna, Alice, Giulia, Alessandro e tutto il team Garzanti. Per la vostra cura, la vostra passione, il vostro impegno. Vi sono grata e riconoscente. Per me è un onore e un piacere lavorare con voi ogni giorno.

Come avrete inteso, i ringraziamenti, per me, sono la parte più importante del romanzo. È il momento in cui si tirano le somme, in cui l'autore può uscire da dietro le quinte e parlare senza filtri ai suoi lettori non solo tramite i suoi personaggi, ma con la sua voce.

E la mia voce grida soltanto "grazie".

Grazie a chi ha atteso Trinity e Acher, grazie a chi è rimasto con me fino a questo momento. Grazie a chi c'è stato sin dall'inizio e a chi ha scoperto questo mondo da poco. Grazie a chi si è lasciato emozionare.

Ma soprattutto…

Grazie a chi ha sognato in grande.

Rita

Finito di stampare nel mese di ottobre 2023
da Grafica Veneta s.p.a., Trebaseleghe (PD)

Questo libro è stampato col sole

GRAFICA VENETA

Azienda carbon-free

PEFC

PEFC/18-31-226

Certificato PEFC

Questo prodotto è realizzato con materia prima da foreste gestite in maniera sostenibile e da fonti controllate

www.pefc.it